Christian Scherl

Tod am Grünen See

Der zweite Fall für Inspektor Pöls

Kriminalroman

federfrei
www.federfrei.at

Sowohl die im Buch vorkommenden Personen als auch
die Handlungen sind frei erfunden.
Namen und Ähnlichkeiten mit Personen oder tatsächlichen
Handlungen sind zufällig und nicht gewollt.

1. Auflage
Marchtrenk, 2023
www.federfrei.at
Umschlagabbildung:
© RLAND, Adobe Stock
Lektorat:
E. Reisinger
Satz und Layout:
Verlag federfrei
Printed in EU

ISBN 978-3-99074-263-1

Prolog

Im Nebel ist das Gewässer nur zart zu erkennen. Entferntes Vogelgezwitscher und Bachrauschen. Wie aus dem Nichts grätscht der Schrei des Steinadlers dazwischen und hallt im Echo nach.
An der Oberfläche des Wassers treibt eine Bachforelle vorbei – mit dem hellen Bauch nach oben – tot!
Wenig dahinter folgt eine weitere Fischleiche – und noch eine.
Ein Handydisplay nimmt die tote Forelle ins Visier. Die Linse stellt scharf und das Bild friert ein.

»Geschätzter Genosse Josef!
Jetzt ist es passiert. Unser geliebter Grüner See stirbt. Warum lässt du das zu? Wir verlieren einen wertvollen Flecken Natur, ein Stück Heimat und du trägst die Schuld daran, denn es ist deine Aufgabe, dafür zu sorgen, dass dieses kostbare Erbe nicht zu Grunde geht. Wir hoffen, du weißt, was zu unternehmen ist. Kommen von dir keine klaren Zeichen, nehmen wir die Geschicke selbst in die Hand.«

Kapitel I – Oh, du erquickendes Nass

Ich plaudere kein großes Geheimnis aus, wenn ich euch von der hohen Qualität des österreichischen Trinkwassers berichte. Manche Experten bezeichnen H2O »made in Austria« sogar als weltweit führend bezüglich Reinheit, Geschmack und Zusammensetzung.
Speziell die Quellen des Hochschwabs, einem Gebirgszug der Nördlichen Kalkalpen in der Steiermark, sind heiß begehrt. Seit mehr als 100 Jahren bilden die Hochschwabquellen einen wichtigen Bestandteil der Wiener Trinkwasserversorgung. In den 1990ern wurden die Leitungen vom Hochschwab auch nach Graz verlegt. Die einzigartige Qualität geht vor allem auf die Morphologie, die Geologie, die Vegetation, das Klima und die Böden zurück. Auf ihr sauberes Trinkwasser sind die Steirer sehr stolz.
Alle?
Nein, durchaus nicht – und davon will ich euch berichten.

1. Georg Reinthaler – Wasseranalyse

Zum wiederholten Mal greift der Hagere zum Wasserglas, hebt es zur Unterlippe und gurgelt eine gefühlte Ewigkeit.

Gespannt haften die Blicke von Georg und Valerie Reinthaler an dem Mann, der seine Augen geschlossen hat und den Kopf andächtig in den Nacken legt. Beiläufig spielen seine Finger am hässlichen Einstecktuch, das aus der Brusttasche der Herrenweste hervorragt.

»Und?«, fragt Valerie genervt und wird sogleich von Georgs Ellbogen gestoßen.

»Stör ihn nicht.«

Aber der Hagere macht ohnehin nicht den Anschein, als würde er sich stören lassen.

»Warum dauert das so lange?«

»Valerie! Lass den Mann! Doktor Mückmann ist Profi.«

Der Hagere wirkt wie weggetreten. Nicht einmal das Klopfen an der Tür reißt ihn aus der Konzentration. Jetzt ist es Valeries Ellbogen, der Georg malträtiert.

Geh nachsehen, wer vor der Wohnungstür steht, sagt ihr strenger Blick mit hochgeschobener Augenbraue.

Georg schleicht aus dem Wohnzimmer, ein Ohr Richtung Doktor gespitzt, falls der sein Schweigen brechen sollte.

»Schönen Abend, Reinthaler.« Der Nachbar von einer Etage unterhalb steht im Flur. Nur mit Socken an den Füßen, Trainingshose, Schmuddelleibchen. Unwirsch stehen seine Haare in alle Windrichtungen.»Ich frage mich, was das für ein Lärm ist. Habt ihr einen Traktor in eurer Küche geparkt?«

»Nein, nein, wir testen eine Wasserfilteranlage.«

»Hä?«

»Für sauberes Trinkwasser. Wir lassen uns einen Wasserfilter in die Leitung einbauen.«

»Wozu das denn? Wir haben das beste Wasser in der Region. Heißt's.«

Ungefragt übertritt der Nachbar die Türschwelle und versucht, einen Blick ins Wohnzimmer zu erhaschen, in dem soeben erneut gegurgelt wird. Georg gewährt dem Mann aber nur Zutritt in die Küche. Neben der Abwasch thront ein riesiger Apparat, den man für den Korpus eines Stand-Computers halten könnte. Alleine wegen der unzähligen roten, gelben und grünen LED-Birnchen, die an der Frontseite leuchten. Dicke Kabel hängen aus der Rückseite und sind mit der Wasserzufuhr unter der Abwasch verbunden.

»Ist das das Ding, das so einen Krach macht?«

»Das Wasser wird in dieser Anlage durch sechs Filter getrieben. Es hört sich jetzt wahrscheinlich lauter an, weil das Gerät ungeschützt auf der Ablage steht. Eingebaut unterm Waschbecken ist es dann garantiert gedämpfter.«

»Was? Ihr wollt euch das Ding anschaffen und das macht dann täglich so einen Krach? Nein, mein Lieber, da hebt es mich jedes Mal aus dem Bett, wenn euch nach Wassertrinken ist. Das lasst ihr bleiben, haben wir uns verstanden? Sonst herrscht Krieg, das gebe ich euch schriftlich.«

»Ist ja noch gar nicht gesagt, dass wir es uns kaufen.«

»Wenn ihr euch für das Ding entscheidet, schicke ich euch die Bullen auf den Hals oder die Hausverwaltung oder die Russen oder wen auch immer. Das ist Ruhestörung.«

Im Retourgang zur Haustür hat der Nachbar nun doch die Gelegenheit, für einen Moment den Gast im Wohnzimmer zu sehen.

»DER Typ verscherbelt euch das Ding?«

»Ich gebe Ihnen gerne seine Visitenkarte, wenn Sie in Erwägung ziehen, sich so eine tolle Anlage anzuschaffen.«

»Der sieht aus wie ein verwirrter Wissenschaftler. Ich verklage euch, wenn der Krach zur Dauereinrichtung wird.«

»Schon recht.« Georg schiebt den Nachbarn förmlich aus der Wohnung.

»Es ist reinstes Zauberwasser«, hört Georg den Doktor murmeln, als er sich ins Wohnzimmer begibt. Die wachsamen Augen des Hageren nehmen Georg ins Visier.

»Erschmecken Sie denn nicht den Unterschied zwischen der ursprünglichen Brühe und dem neu gefilterten Lebenselixier?«

»Gibt es auch leisere Geräte?«

»Wir haben Modelle mit lediglich drei Filtern. Um alle Schadstoffe zu eliminieren, empfehle ich unbedingt dieses Modell. Es ist das beste im Portfolio. An das Geräusch gewöhnen Sie sich. Ich benutze selbst diese Anlage und kann Ihnen versichern, ich nehme den Motor nicht mehr wahr. Sie können sich aus dem Baumarkt Schaumstoff besorgen. Das reduziert die Geräuschentwicklung deutlich und schadet dem Gerät nicht.«

»So ein lächerliches Stück Dämmmaterial ist im Service nicht einmal enthalten?« Valeries Stirn legt sich in Falten. Sie nippt vom Glas mit dem osmotischen Wasser.

»Es schmeckt irgendwie …« – Gurgeln – »… langweilig.«

»*Unbelastet* lautet das entsprechende Adjektiv, nach dem Sie gesucht haben, werte Dame. Ich kann Ihnen preislich entgegenkommen, wenn Sie sich heute für den Kauf entscheiden«, sagt Doktor Mückmann, der das Stecktuch in die Brusttasche stopft.

»Wir dürfen nicht einmal ein paar Nächte darüber schlafen?« Valerie schüttelt entgeistert den Kopf.

»Die Teststreifen sprechen eine eindeutige Sprache. Worüber wollen Sie da noch nachdenken?«

»Was weiß ich, was das für Streifen sind, die Sie da mitgebracht haben.«

»Unterstellen Sie mir, dass ich Sie über den Tisch ziehe?«

»Nein, das tut Valerie nicht. Was kostet denn dieses Gerät?«

»Sie haben ausgesprochenes Glück. Aktuell befindet sich der Firmengründer von Aqua Spirit wieder in Österreich und aus diesem speziellen Anlass darf ich Ihnen einen Rabatt von sage und schreibe 2.000 Euro gewähren.«

»Da muss das Gerät dann praktisch umsonst sein.«

»Gnädige Frau beliebt zu scherzen. Der Verkaufspreis abzüglich der Steuern beträgt bei diesem Modell 9.999 Euro.«

»Wer macht hier Scherze? Zehntausend Eier für eine läppische Wasserfilteranlage?«

Georg greift besänftigend ein: »Minus den 2.000 Euro sind es unter 8.000.«

»Reden wir von der Anschaffung eines Zweitwagens? Für 8.000 Euro kann ich mich ein Leben lang mit dem teuersten Sprudelwasser eindecken und drehe den Wasserhahn nur noch für Dusche und Häusl auf.«

»Selbst das exklusivste Mineralwasser liegt qualitativ deutlich unter einem von Aqua Spirit gefilterten Osmose-Wasser.«

»Das ist mir doch wurscht.«

»Ihrer Frau scheinen die elementaren Dinge des Lebens unwichtig zu sein.«

»Valerie benötigt ein paar Tage Bedenkzeit.«

»Der Firmengründer fliegt bald zurück in die Staaten. Wenn Sie an dem Modell *Aqua Fit 1* interessiert sind, müssen Sie sich heute entscheiden.«

»Kann man den Verkaufspreis verhandeln?«

»An welchen Preis hätten Sie gedacht?«

»Auf keinen Fall mehr als 2.000 Euro«, mischt sich Valerie wieder in den Vordergrund.

»Sie versuchen, mich auf den Arm zu nehmen.«

»Sie tun so, als wären 2.000 Euro ein Pappenstiel.«

»Wenn es um Gesundheit geht, darf es nicht am Investment scheitern.«

»Sie haben leicht reden. Kassieren wahrscheinlich ein paar Tausender Provision für den Deal. Schwatzen ein paar Idioten so eine grummelnde Anlage auf und lachen sich dumm und dämlich, dass Ihnen die Leute dafür unglaubliche Beträge bezahlen. Ich verdiene als Buchhalterin kein Vermögen und mein Mann ist erst mit dem Studium fertig geworden. Für den Scheiß geht unser komplettes Erspartes flöten.«

»Was bringt Ihnen ein fettes Bankkonto, wenn Sie krepieren?«

»Ich trinke täglich unser Leitungswasser und fühle mich topfit, obwohl mich Ihre Demonstration glauben lassen soll, dass wir die pure Grütze saufen.«

Valerie schnippt den rötlichen Teststreifen von einem Wasserglas, das beim Test am schlechtesten abgeschnitten hat. Ohne zu zögern, trinkt sie die Brühe aus. Beleidigt sammelt der Hagere seine Utensilien zusammen.

»Dann ist dieser Beratungstermin augenblicklich zu Ende. Ich zwinge garantiert niemandem diese wertvollen Produkte auf. Normalerweise wenn mich Kunden zu Beratungsterminen einladen, gehe ich davon aus, dass ein Grundinteresse an sauberem

Trinkwasser und einem gesunden Lebensstil besteht. Ich habe meine Zeit schließlich nicht gestohlen.«

Der gertenschlanke Mann erhebt sich. Laut klacken die Schnallen seines alten Arzt-Lederkoffers zusammen.

»Wenn Ihnen Ihre Gesundheit nichts wert ist, dann sollten Sie weiterhin tun, was das Gesundheitsministerium Ihnen empfiehlt. Viel Erfolg!«

Forsch stakst Doktor Mückmann aus dem Zimmer. Georg folgt ihm. In der Küche trennt der Gast das Demonstrationsgerät hektisch von der Wasserzufuhr.

»Ich helfe Ihnen beim Tragen.«

»Nur keine Umstände, ich habe Ihre Zeit unnötig lange beansprucht.«

Er quetscht sich das Gerät unter den Arm. Der Arztkoffer in der anderen Hand. Bereits drei Schritte weiter hinkt der Mann wie der Glöckner von Notre Dame. Georg kommt ihm rechtzeitig zu Hilfe, bevor *Aqua Fit 1* gegen die Haustür knallt.

»Wäre doch schade um dieses Baby.«

Ohne ein Wort gibt der Hagere das Gerät frei.

»Meine Frau benötigt etwas Überzeugungsarbeit«, sagt Georg, als es mit dem Aufzug zwei Stockwerke nach unten geht.

»Haben Sie Ihre Lebensgefährtin nicht eingeweiht in den Test-Termin?«

»Heute hat sie nicht ihren besten Tag. Sie müssen ihr das nachsehen. Ihr Job laugt sie aus. Sie macht viele Überstunden. Da ist ihre Laune häufig im Keller. Bei größeren Anschaffungen ist das immer so. Was glauben Sie, wie ich mich mit ihr in die Haare kriege, wenn wir uns einen neuen Wagen kaufen wollen? Da fliegen die Fetzen, aber am Ende kommt ein Kompromiss heraus, mit dem wir beide leben können und wir legen uns genau das Auto zu, das ich ursprünglich wollte, nur eben mit anderer Lackierung und dem einen oder anderen Zusatz-Feature für die zufriedene Frau, Sie verstehen?«

»Bei der Gesundheit gibt es keinen Kompromiss.«

Doktor Mückmann ist dabei, das schwere Gerät in den Kofferraum des alten Mercedes zu verfrachten. Georg verhindert, dass der Hagere den Kofferraumdeckel voreilig zuwerfen kann.

»*Aqua Fit 1* ist eine Wucht. Mich hat bereits die Vorführung im Böhlerstern überzeugt. Ein halbes Jahr habe ich jetzt auf die Wasseranalyse gewartet. Hätte ich geahnt, dass sie bei meiner Frau zu derartiger Reaktion führt, hätte ich den Test mit Ihnen alleine gemacht. Was ich damit sagen möchte: ICH kaufe das Gerät. Meine Frau muss keinen Cent beisteuern.«

Georg möchte die Anlage wieder aus dem Kofferraum heben, spürt die Hand von Mückmann an seiner Schulter.

»Das geht leider nicht. Das ist ein Vorführmodell. Unverkäuflich.«

»Ich möchte aber den Rabatt. Ich überweise Ihnen das Geld heute auf Ihr Konto, wenn Sie darauf bestehen.«

Mückmann schließt den Kofferraum, stellt seine Arzttasche auf der Karosserie ab und fischt einen mehrseitigen Vertrag aus einem Seitenfach.

»Sie kriegen ein nagelneues Modell. Den Rabatt kann ich Ihnen nur gegen Bares geben.« Die offene Hand ist eine unmissverständliche Aufforderung.

2. Georg Reinthaler – Warten

Zwei Wochen ziehen rasch ins Land. Georg und Valerie Reinthaler haben von Doktor Mückmann nichts mehr gehört.

»Ich habe dir von Anfang an gesagt, der Typ verarscht uns.«

»Vielleicht dauert es so lange, bis mein Modell aus den Vereinigten Staaten zu uns in die Obersteiermark geliefert wird. Oder die Post hat's verschmissen. Kennst ja die Pappenheimer, denen ist alles zuzutrauen.«

»Warum greifst du nicht endlich zum Telefon und machst Mückmann Dampf unterm Arsch?«

»Hebt nicht ab.«

»Der hat dich verarscht und 8.000 Euro sind futsch. So ein Mistkerl. Mit dem Geld hätten wir jetzt zu Pfingsten ein paar Tage in einem Luxushotel verbringen können.«

»Vielleicht geben wir ihm noch bis nach Pfingsten Zeit.«

»Nein, mein Lieber, wir knöpfen uns den Kerl vor.«

»Was willst du tun, wenn er nicht ans Telefon geht und auf seiner Visitenkarte steht nur die Telefonnummer.«

»Ich finde raus, wo er sich aufhält.«

»Und wie, Valerie?«

»Gaukler hat garantiert seine Adresse.«

»Dein Chef?«

»Ja, wir haben in der Firma seit kurzem die Vorschrift, auf das Aqua Spirit Wasserfiltersystem umzuschalten.«

»Jetzt leuchtet mir ein, warum du so schlecht auf Mückmann zu sprechen bist. Es nervt dich, weil dein Chef die Organisation der Umstellung auf dich abwälzt und du Überstunden machen musst.«

»Gaukler dreht jeden Cent dreimal um, verweigert jede Investition in Modernisierung. Wir sind beim EDV-System noch im letzten Jahrtausend. Die digitale Transformation findet bei uns schlichtweg nicht statt. Aber plötzlich haut er Unsummen für eine betriebliche Wassersystem-Umstellung raus, obwohl wir demnächst umziehen. Was hat dieser Mückmann, dass ihm alle aus der Hand fressen?«

Georg muss lachen. Endlich hat er Gewissheit über Valeries schlechte Laune.

3. Georg Reinthaler – Briefkasten

Valerie macht ernst. Sie hat sich die Adresse von Aqua Spirit tatsächlich aus dem Büro von Stefan Gaukler besorgt.

»Auf nach St. Kathrein an der Laming«, singt sie.

»Dort ist Aqua Spirit zuhause?«

»Komm endlich, wir dürfen keine Zeit verlieren.«

Georg versteht die Eile nicht. Auf die paar Minuten kommt es jetzt auch nicht mehr an.

»Ich möchte nicht, dass der Kerl womöglich mit unserer Kohle nach Amerika abhaut.«

Es ist zwar alleine Georgs Geld, aber das sieht Valerie offenbar nicht so. Sie drängt ihren Lebensgefährten zur Haustür. Im Treppenhaus begegnen die Reinthalers dem Nachbarn, der Georg den Daumen hoch zeigt.

»Kluge Entscheidung, sich das Ding nicht anzuschaffen. Schön, dass meine Drohung gewirkt hat.«

Georg zwängt sich am Nachbarn vorbei. Draußen erst einmal durchatmen.

»Wenn ich unseren lieben Hausgenossen Mückmann als Kunden bringe, kriegen wir nochmals Rabatt«, flüstert Georg am Weg zum Auto.

»Den Rabatt hole ich mir selbst. Der Doktor wird uns nicht nur das verlorene Geld zurückzahlen, sondern ich bestehe auf einen kleinen Schadenersatz.«

»Schadenersatz für was?«

»Seiner Theorie nach saufen wir vergiftetes Wasser. Aufgrund seiner verspäteten Lieferung ist das eine Zumutung.«

Dem Fahrstil nach kann sie es nicht mehr erwarten, Mückmann einen Besuch abzustatten. Sie quält das Gaspedal. In einer knappen Viertelstunde erreicht der Wagen den Zielort – bloß, kaum vorstellbar, dass hinter diesen schief zusammengenagelten Holzplanken eine Firma einquartiert sein soll.

»Check nochmals die Adresse.«

»Es ist diese Scheune.«

»Hier ist aber nichts, das ansatzweise nach Büro oder nach einem Lager aussehen würde.«

Beide steigen aus dem Wagen. Sogar das Dach der Bruchbude wirkt einsturzgefährdet.

»Da war in letzter Zeit nicht einmal mehr ein Rindvieh eingesperrt. Das ist eine vergammelte Scheune, die nur darauf wartet, vom Wind endgültig dem Erdboden gleichgemacht zu werden.«

Georg kann Valerie nicht widersprechen. Er hofft, an dem verrosteten Briefkasten eine befriedigende Antwort zu erhalten, aber auf dem verbeulten Blechkasten steht kein Name. Der Deckel lässt sich widerspenstig aufklappen. Im Briefkasten verrotten uralte Werbebroschüren. Unadressiert. Vom Regenwasser gewellt.

»Glaubst du mir jetzt, dass uns dein lieber Doktor Mückmann reingelegt hat?«

»Dann müsste doch auch dein Chef zum Handkuss gekommen sein.«

»Ich weiß nicht, ob er so blöd war, dem so viel Kohle im Vorfeld rüberzuschieben.«

»Du machst doch seine Finanzen.«

»Immer seltener. Gaukler gibt in letzter Zeit kaum Finanzangelegenheiten ab.«

»Dann sprich ihn auf Mückmann an.«

»Nein, ich habe eine bessere Idee. Ich habe mir das Autokennzeichen seiner Rostschüssel gemerkt.«

»Und du glaubst, die Polizei gibt dir die Adresse des Autobesitzers?«

»Wozu hat man Freunde bei den Bullen? Ich werde Lammer darum bitten, uns die Privatadresse von Mückmann zu beschaffen.«

»Lammer, dein ehemaliger Klassenkamerad? Wann hast du den Typen das letzte Mal gesehen? Vor zwei Jahrzehnten?«

»Gut möglich, aber er ist immer schon auf mich gestanden und ich bin mir sicher, er träumt heute noch von mir.«

Sie greift zu ihrem Smartphone.

4. Georg Reinthaler – Seltsame Adresse

Valerie übertreibt gerne. Umso überraschter ist Georg, als seine Frau stolz mit einem Notizzettel wedelt. Der Polizist und ehemalige Klassenkamerad hat ihr tatsächlich die Adresse zum Fahrzeugbesitzer mitgeteilt. Allerdings ist der weiße Mercedes Benz 450 SEL 6.9, Baujahr 1979 nicht auf Dr. Hans Mückmann registriert, sondern auf eine gewisse Elsa Kraushammer. Vielleicht seine Lebensgefährtin?

Wird man herausfinden, denn schon befinden sich Georg und Valerie Reinthaler auf dem Weg in die kleine Siedlungsstraße an der Laming, dem Grenzbach zwischen den obersteirischen Handels- und Industriestädten Bruck an der Mur und Kapfenberg.

»Welches der Häuser ist es?«

»Das zweite links.«

Der Wagen der Reinthalers parkt vor einer großen Garage auf einer Schotterfläche. Valerie und Georg blicken gebannt durch die Windschutzscheibe zu dem schicken Haus, das zur Hälfte mit Holzschindeln verziert ist. Es ist mucksmäuschenstill. Bis auf die monotonen Kratzgeräusche von Georgs Fingernägeln auf seinem freien Ellbogen.

»Gehen wir beide oder nur ich?«, fragt Valerie.

»Es ist mein Geld, also gehe ich.«

»Ich komme mit.«

»Wir bleiben höflich. Nicht gleich mit dem Arsch ins Gesicht, versprich mir das, Valerie.«

»Kommt drauf an: Wenn er ohne Anstalten mit der Kohle

rausrückt, bin ich die Freundlichkeit in Person. Wenn nicht, kratze ich dem Doktor die Augen aus. So einfach ist das.«

»Doktor Mückmann will uns nicht betrügen.« Georg schiebt sich den Pulli bis zum Handgelenk und betätigt als Erster den Mechanismus des Türöffners.

Seitlich an der Garage ist ein kleines Fenster, durch das man den alten Mercedes sehen kann. Die Adresse stimmt also. Hat nicht gelogen, Valeries Polizeischwarm. Die beiden Gäste treten bis an die Haustür heran und läuten. Synchron dazu springt eine Katze von einem Fenstersims. Nachdem sich Georg von dem kurzen Schreck erholt hat, kann er lächeln, als sich der Stubentiger zwischen seinen Beinen vorbei schmiegt.

»Läute noch einmal«, fordert Valerie mit aufkommender Genervtheit. Als Georg den Finger an den Klingelknopf setzt, hört man hinter der Haustür Geräusche. Es dauert trotzdem eine geschlagene Minute, bis endlich der Schlüssel im Schloss gedreht wird und sich die Haustür öffnet. Eine zierliche, alte Frau mit müden, aber freundlichen Augen blickt hervor.

»Wohnt hier Elsa Kraushammer?«

»Das bin ich.«

»Dann ist Herr Mückmann Ihr Sohn?«, schießt Valerie ungeduldig los.

»Wer?«

»Hans Mückmann. Doktor Hans Mückmann«, wiederholt Georg.»Wer?«

Georg ist sich nicht sicher, ob die Alte ihn aufgrund einer Hörschwäche akustisch nicht verstehen kann, oder ob ihr der genannte Name nichts sagt.

»Wollen Sie mir was verkaufen?«, fragt die Alte und minimiert den Türspalt.

»Nein, wir sind gekommen, um mit Herrn Mückmann zu sprechen.« Valerie schmettert der Frau den Satz inbrünstig entgegen. Georg schwenkt seinen Blick über die Nachbarhäuser.

»Wen wollen Sie sprechen?«

»Können wir das vielleicht drinnen klären?« Valerie zwängt sich an der alten Frau in den Vorraum.

»Aber ich kenne diese Person nicht, die Sie suchen.«

Zögerlich taucht Georg ins Haus ein und versucht den verwirrten Gesichtsausdruck der betagten Frau zu deuten: Leidet sie unter Demenz oder sagt ihr Hans Mückmann tatsächlich nichts? Es riecht einladend nach gerösteten Kaffeebohnen.

»Vielleicht hat er sich uns mit einem falschen Namen vorgestellt«, sagt Valerie in Normallautstärke zu Georg, als würde sie davon ausgehen, dass die Alte sie nicht verstehen kann.

»Wer wohnt denn mit Ihnen unter diesem Dach?«, plärrt sie Elsa in der nächsten Sekunde entgegen.

»Mein Mann ist seit 15 Jahren im Himmel.«

Der Blick der alten Dame wandert zur holzverkleideten Decke. Eine nicht mehr ganz moderne, aber wunderschön ausgearbeitete Treppe führt in den ersten Stock. Darunter eine schmale Milchglastür als Ausgang zum Garten. Das verrät zumindest die krakelige Schrift auf dem Schlüsselanhänger, der vom Schlüssel im Türschloss baumelt.

»Und Ihr Sohn?«

»Sohn?«

»Haben Sie Kinder?«

»Ich wohne alleine hier.«

Elsa wandert in ihre kleine Stube. Zur einen Seite geht es in die Küche, zur anderen ins Wohnzimmer. Ein offener Kachelofen bildet den eleganten Übergang der beiden Wohnbereiche.

»So ein riesiges Haus für Sie alleine?«

»Was wollen Sie eigentlich von mir?«

»Wir sind auf der Suche nach Herrn Mückmann. Der wohnt angeblich hier.«

»Nein, der wohnt hier nicht.«

»Aber Sie kennen ihn?«

»Nein, nein, kenne ich nicht.«

»Aber er fährt mit Ihrem Auto.«

»Mit meinem Auto?«

»Dem alten Mercedes in der Garage.«

»Mein alter Gorn[1] fährt lange nimmer.«

»Er ist noch immer auf Sie zugelassen und die Kennzeichen wurden nicht abgemeldet.«

»Damit ich im Notfall fahren könnte, wenn es sein muss.«

Die kann nie im Leben ein Automobil steuern, liest Georg aus Valeries Blick ab.

»Wohnt ein Mückmann in der Nachbarschaft?«, fragt Georg.

»Wie?«

»Mückmann.«

»Der Name sagt mir nichts.«

»Eventuell ein Nachbar?«

»Nein.«

»Kennen Sie überhaupt Ihre Nachbarn?«

»Natürlich. Die ganze Siedlung ist mir vertraut. Ich bin die Gassenälteste. Manche von meinen Nachbarn kenne ich vom Schnuller an.«

»Es ist nämlich so: Vor zwei Wochen war ein gewisser Herr Mückmann bei uns und wollte uns etwas verkaufen. Er kam mit Ihrem Wagen zu dem Termin.«

In der Küche steht tatsächlich frisch zubereiteter Kaffee, gleich eine Kanne voll. Reichlich viel für eine einzige Person, wie Georg empfindet. Außerdem stehen zwei Tassen servierfertig daneben. Die Alte wollte das Kaffeekränzchen nicht alleine begehen.

»Da müssen Sie sich verschaut haben, mein Gorn fährt nicht mehr.«

»Es wäre ein besonderer Zufall, wenn es gleich zwei solcher seltenen Oldtimer in derselben Gegend geben würde und dass die Kennzeichen sich dermaßen gleichen, dass ein eventueller kleiner Zahlendreher zum gleichen Modell führen würde.«

»Mir passieren keine Zahlendreher«, korrigiert Valerie ihren Mann umgehend. Auch ihr dürften die beiden Kaffeetassen nicht entgangen sein, denn sie fragt Elsa: »Erwarten Sie Besuch?«

»Ja, mich«, sagt eine fremde Stimme. Georg und Valerie drehen sich um. Hinter ihnen steht eine junge attraktive Dunkelhaarige. Sie spricht mit slawischem Akzent und ihre angespannten Gesichtszüge unterstreichen ihre schlechte Laune.

»Svetlana, Kinderl, Sie wollten sich doch ausruhen«, sagt Elsa.

»Ja, wollte ich, aber das Läuten hat mich geweckt und dann habe ich die Stimmen gehört.«

»Sie sagten doch, Sie wohnen alleine«, ist Valerie empört.

»Tu ich doch. Meine Betreuerinnen sind nur zu Besuch. Außerdem kommt da alle paar Wochen eine Neue.«

»Ganz so ist es nicht.« Svetlana umarmt Elsa. »Ich tausche mich mit einer Kollegin ab. Vier Wochen bin ich hier, dann ist wieder meine Kollegin für einen Monat an der Reihe. Oder erkennst du mich von einem aufs andere Mal nicht mehr, Elsa?«

Die selbstbewusste Pflegerin wendet sich mit strengem Blick dem Besuch zu: »Deshalb soll Elsa nicht an die Tür gehen, wenn es klingelt. Die Gefahr ist zu groß, dass sie Fremde ins Haus lässt, die nichts Gutes im Schilde führen.«

»Wir sind lediglich auf der Suche nach Doktor Hans Mückmann. Sagt Ihnen der Name womöglich etwas?«

»Ich komme aus Bosnien. Ich kenne hier niemanden. Nur Elsa und ein, zwei Nachbarn vom Sehen.«

»Keinen Mückmann?«

Sie schüttelt den Kopf.

»Ne! Darf ich Sie zur Tür begleiten?«

»Sie sprechen hervorragend Deutsch«, bemerkt Georg auf dem Weg zur Haustür.

»Ich verdiene in Österreich mein Geld. Da ist es meine Pflicht, die Sprache zu beherrschen.«

Die Frau bleibt so lange unter der offenen Tür stehen, bis Georg und Valerie in ihren Wagen eingestiegen sind.

»Wie kommt Mückmann an den Wagen?«, fragt Valerie, ohne die Pflegerin aus dem Blick zu lassen.

»Vielleicht hat sich dein guter Schulkollege vertan. Womöglich ist das ein ganz anderes Fahrzeug in der Garage.«

Georg legt den Retourgang ein und schraubt den Wagen vorsichtig bis ans Ende der Siedlungsstraße zurück.

»Ich muss mit Gaukler sprechen. Womöglich kennt der Mückmanns echte Adresse.«

»Und wenn nicht?«

»Dann kommen wir heute Nacht zurück, wenn diese Siedlung schläft.«

5. Georg Reinthaler – Nachtausflug

Georg hat kein gutes Gefühl dabei, in Elsas Garage einzubrechen. Das Gespräch zwischen Valerie und ihrem Chef hat dem Anschein nach zu keinem Erfolg geführt. Valerie äußert sich darüber nicht. Über Niederlagen redet sie nicht gerne. Aber die eingefrästen Stirnfalten verraten ihren Gram.

»Na bitte, die Hälfte aller Nachbarn schläft«, glätten sich die ärgsten Falten. »Ich dachte mir schon, dass hier bevorzugt Frühaufsteher hausen und mit Dämmerung die einbruchsicheren Rollläden heruntergefahren werden. Wer sich so ein Eigenheim errichten kann, muss gut verdienen.«

»Ausgerechnet bei Elsa brennt noch Licht.«

»Das heißt nichts. Entweder hat die Alte vergessen, abzudrehen oder sie hat senile Bettflucht.«

»Oder die Pflegerin ist noch wach. Denk daran, wie viel Kaffee die getrunken haben.«

»Dann wirst du dich um die Bosnierin kümmern.«

»Und wie?«

»Indem du sie im Auge behältst. Steig über den Zaun, beobachte sie durchs Fenster und achte darauf, dass sie sich weiterhin ihre TV-Serien ansieht, oder am Handy hängt und mit ihren Freundinnen in Jugoslawien telefoniert – oder was auch immer sie macht. Ich kümmere mich um den Schlüssel.«

»Wie willst du an den Schlüssel ran?«

»Die Tür im Haus zum Garten sollte offen sein. Wenn die Pflegerin heute Mittag nicht zu emsig war und jede Tür nochmals kontrolliert hat.«

»Du hast die Tür aufgesperrt?«

Valerie nickt.

»Wann hast du das angestellt?«

»Als uns die Pflegerin so eilig loswerden wollte.«

»Hattest du da schon vor, einzubrechen?«

»Einbruch klingt so dramatisch! Ich hole uns lediglich zurück, was uns zusteht.«

Valerie fordert Georg auf, sich endlich auf die Lauer zu legen. Er steigt gleich neben der Garage über den Zaun. Im ersten Stock des großen Hauses ist alles finster. Aus dem ebenerdigen Wohnzimmer kommt Licht. In der Tat sitzen Elsa und die Pflegerin in der Stube und vertreiben sich die Zeit mit einem Brettspiel. Es wird gelacht und die Alte wirkt alles andere als verkalkt oder ein leichter Gegner. Der Würfel fliegt nur so über die Tischfläche und Elsa bewegt ihre Spielfiguren mit Elan über das Brett. Fitter als Svetlana.

Georg bleibt im Schatten eines Baumstammes, um sich nicht im Lichtschein zu verraten. Dennoch bemüht er sich, durchs Fenster hinweg so weit wie möglich Einblick zu erhalten, um eventuell Valerie im Hintergrund wahrzunehmen. Gottlob bleibt dort hinten alles finster.

Elsa gewinnt die Partie. Triumphierend reißt sie ihre Arme in die Höhe. Die Pflegerin lächelt der Siegerin zu, aber als sie sich erhebt und in die Küche geht, ist ihr anzusehen, dass es ihr nicht behagt, gegen eine betagte Pensionistin zu verlieren.

»Die wird doch nicht noch eine Tasse Kaffee schlürfen«, murmelt Georg zu sich und folgt der Pflegerin zum Küchenfenster. Sie füllt ein Glas Wasser. Mit einem Mal wird Georg ganz heiß, als er hört, dass Elsas Küche über eine Wasserfilteranlage verfügt. Das ohrenbetäubende Knattern der sich reinigenden Filter ist selbst durch die dicke Ziegelwand zu hören: *Aqua Fit 1*!

Dann war Mückmann zumindest schon einmal in diesem Haus, um der Alten das Gerät anzudrehen, ist sich Georg sicher. Als sich ihm eine Hand auf die Schulter legt, schreit er beinahe auf.

»Ich habe den Schlüssel«, sagt Valerie und lässt den kleinen Silberschlüssel im Lichtschein der Küche funkeln.

Hastig zieht Georg seine Frau aus der Helligkeit. Der Zugang zur Garage ist über eine schmale Blechtür an der Hinterseite möglich. Die liegt im Finstern. Valerie sperrt auf. Kaum stehen beide in der Garage, dreht Valerie das Licht an.

»Nicht«, sagt Georg.

»Besser als Taschenlampen. Das würde die Nachbarn skeptisch machen.«

In der geräumigen Garage wäre Platz für zwei PKWs, aber der alte Mercedes parkt protzig in der Mitte. Zudem verstellt Gerümpel die Seiten. Die Garage diente dem verstorbenen Kraushammer als Hobbywerkstatt. Unübersehbar schraubte der intensiv an Autos und Motorrädern herum. Die Liebe zu Oldtimern ist unverkennbar. Neben dem Mercedes sitzt ein zerlegtes Zweirad auf einem Bock.

»Das ist doch das Auto, mit dem dein Doktor bei uns war.«

»Es ist nicht MEIN Doktor.«

»Aber du hast uns den Typen ins Haus geschleppt.«

Georg lässt den Blick über die Stellagen gleiten: alte Felgen neben Kisten, die fein säuberlich Fahrzeugteile beherbergen.

»Was machst du da?«, fragt Georg, als Valerie den Scheibenwischer des Mercedes zur Seite klappt. Er geht nach vorne, um auf die Windschutzscheibe zu sehen, an der Valerie ein Stück Karton platziert. Darauf steht in schwarzen Großbuchstaben:

»Wir wissen, dass du ein Betrüger bist!«

Valerie hält einen Markierstift in der Hand und fügt eine weitere Zeile hinzu:

»Du kriegst drei Tage Zeit, deine Schulden zurückzuzahlen!«

»Bist du verrückt, Vali?«

»Schreibt man zurückzuzahlen zusammen oder auseinander?«

Kurzerhand streicht sie das Wort durch und kritzelt stattdessen *»zu begleichen«* darunter.

»Er soll spüren, dass wir ihm auf der Spur sind.«

»Gib das wieder weg!«

Als er selbst nach dem Karton greifen will, geht das Licht aus.

»Da kommt wer«, flüstert Valerie.

Im selben Moment sieht Georg durch das Seitenfenster den Strahl einer Taschenlampe.

»Mist! Die Tür lässt sich von innen nicht absperren«, hört er Valerie fluchen.

Die Taschenlampe rückt näher. Das Leuchtgehäuse setzt direkt an der Scheibe auf und der Strahl reflektiert an der Karosserie des Mercedes.

Georg ist rechtzeitig in Deckung gegangen. Wie eine Ente watschelt er Richtung Hinterausgang. Dort kauert bereits Valerie und fixiert mit beiden Händen den Türgriff.

Draußen sind Schritte zu hören. Dann der Versuch, die Türklinke nach unten zu drücken. Valerie verhindert ein Öffnen.

Die Schritte entfernen sich. Georg schleicht zum Seitenfenster. Vorsichtig wagt er einen Blick nach draußen. Von der Taschenlampe ist nichts mehr zu sehen.

»Die Luft ist rein«, sagt Valerie, die durch den Türspalt nach draußen schaut. »Lass uns abhauen.«

Georg folgt seiner Frau. Sie springen über den Zaun und laufen zum Auto, das sie gut 50 Meter vor der Siedlungseinfahrt in die Wiese geparkt haben.

»Mist!«, entkommt es Valerie. »Ich habe vergessen, die Garage abzusperren.« Sie blickt auf den Schlüssel in ihrer Hand.

»Wir können jetzt unmöglich zurück.«

Georg startet den Wagen. Er will so schnell wie möglich weg von diesem Ort.

»Was mache ich jetzt mit dem Schlüssel?«

Georg blickt zur Hand seiner Frau, entreißt ihr den Garagenschlüssel und schleudert ihn aus dem fahrenden Auto. Dann verreißt er das Lenkrad, weil er den Schatten auf der Straße im Augenwinkel wahrnimmt.

»Verflucht, was war das?«

Die Reifen quietschen, der Wagen stoppt abrupt.

»Da hinten ist ein Typ«, sagt Valerie und sieht die hagere Gestalt im Seitenspiegel.

»Fahr los!«, brüllt Valerie.

Kapitel II
Herzlich willkommen am Grünen See

Wenn ich von gutem Wasser aus der Steiermark spreche, dann darf der Grüne See in Tragöß nicht fehlen. Ein Naturjuwel, gespeist vom Schmelzwasser der südlichen Hochschwab-Ausläufer, zu denen die drei markanten Gebirgsstöcke Trechtling, Pribitz und Meßnerin zählen, die im Trio die unvergleichliche Kulisse für diesen smaragdgrünen Karstsee bilden.
Jetzt zu Pfingsten erreicht der Grüne See seinen jährlichen Wasserhöchststand. Das lassen sich die Touristen aus aller Welt normalerweise nicht entgehen – wäre da nicht dieses Wetter! Grauslich kalt, von Sonne keine Spur und überhaupt hat man das Gefühl, dass es nicht und nicht frühlingshaft werden will. Das hat Inspektor Heinz Pöls nicht wissen können, aber nun, wo er schon einmal seinen Wanderurlaub gebucht hat, macht er keinen Rückzieher mehr – und das wollen wir uns natürlich genauer ansehen.

6. Inspektor Pöls – Pfingst-Wandern

Worauf hat sich Pöls da eingelassen? Groß angegeben hat er zuhause in Graz, dass Höhenmeter für ihn kein Problem seien und seine Hawara ihn respektvoll »Gämse« nennen, weil er so tüchtig bergsteigt. Ja, mit seinen Nordic Walking-Stöcken in den Händen ist er echt ein flinkes Wiesel, jedoch nur in der Grazer Umgebung mit überschaubarem Höhenprofil. Den gerade einmal 700 Meter hohen Plabutsch überwindet er ohne Übertreibung wie nix, das kann man ihm nicht absprechen, dem Inspektor. Auf den doppelt so hohen Schöckl, den Hausberg von Graz, tut er sich wesentlich schwerer. Zumindest, wenn er den Berg aus eigener Kraft erklimmt. Bei seinen stolzen Schilderungen lässt er gerne unter den Tisch fallen, dass er sich am liebsten bequem per Seilbahn auf die Alm bringen lässt. Das Schlitzohr! Aber so ist er, der Inspektor, der jetzt, bei der Meßnerin in Tragöß, seine konditionellen Grenzen aufgezeigt bekommt. Erstens geht keine Gondel hoch. Zweitens ist das mit mehr als 1.800 Metern ein Berg, der die Bezeichnung wahrhaft verdient hat – nicht mehr so ein »Hügerl« wie rund um Graz.

Aber vor Azra wollte er sich keine Blöße geben. Er ist fest davon überzeugt, dass ihn seine Physiotherapeutin für einen feschen Lackl hält. Als sie ihn vor ein paar Wochen fragte, ob er seine Depression nicht mit einem Tapetenwechsel lindern möchte, da kam seine Pumpe so richtig in Schwung. So nervös war er das letzte Mal als Teenager, als ihm seine Latein-Lehrerin bei einer Schularbeit[2] zärtlich an die Schulter fasste, um ihn auf einen Übersetzungsfehler aufmerksam zu machen und er das Augenzwinkern mit einer Anmache verwechselte. Azra ließ anklingen, dass sie mit dem frisch geschassten Inspektor gerne das steirische Hochschwabgebiet erobern möchte.

Mit einem Mal war der Gram über die Zwangsbeurlaubung von der Kriminalpolizei vergessen. Sofort hat er sich von seinem Kollegen Bobo aus dem Internet ein paar Übernachtungstipps ausdrucken lassen. Als romantisches Platzerl hat ihm Bobo eine Hütte unmittelbar am Grünen See empfohlen. Um ein Haar wäre aus dem Urlaub nichts geworden. Der Vermieter hat nämlich vor ein paar Tagen einen Rückzieher machen wollen und gemeint, die Hütte wäre plötzlich doch nicht mehr zu vergeben – aber wer sich mit einem Inspektor von der Abteilung »Leib und Leben« anlegt, sollte wissen, dass man aus vertraglichen Vereinbarungen nicht mehr so einfach rauskommt – geschasst hin oder her.

Jetzt, auf knapp 1.450 Metern Seehöhe, wünscht sich der Inspektor nichts sehnlicher, als dass er die Stornierung angenommen hätte. Mit Handkuss. Seine Pumpe spielt verrückt, aber nicht mehr aufgrund der Verliebtheit zu der Dame, die wenige

Meter vor ihm leichtfüßig bergauf marschiert. Er krallt sich mit seinen Händen an den Ästen einer Latschenkiefer fest.

»Windscharte« steht auf dem Holztaferl vor ihm. Er traut sich nicht, zur Seite zu blicken. Gegenüber protzen die nackten Felsen der südlichen Hochschwabausläufer. Der Grüne See tief unten im Tal ist von hier aus nicht mehr als ein kleines, unscheinbares türkises Lackerl. Wäre ein exzellentes Postkarten-Panorama, würde das Wetter mitspielen, aber es ist stark bewölkt und obwohl es kalendarisch Frühling ist, fühlt es sich an wie tiefster Winter, nur eben ohne Schnee. Aber die Temperaturen? Brrr!

Für den Gipfel fehlen noch knapp 400 Höhenmeter. Nicht nur das, zusätzlich wird der Weg von hier zunehmend steiler. Selbst mit Nordic Walking-Stöcken zu anstrengend für die Kondition des Inspektors. Herzkasperl braucht er keinen.

»Ich bleib hier sitzen.«

Pöls lässt den Rucksack neben sich auf den Boden plumpsen. Erst mal ein Schluck aus dem Flachmann. Zum Desinfizieren des Rachens, versteht sich.

»Jetzt schon schlappmachen?«

Azra wirkt fit, als wäre sie eben erst dem Badezimmer entstiegen. Wäre es nach ihr gegangen, wäre sie den Kamplsteig lässig hoch gejoggt. Pöls rechnet es ihr hoch an, dass sie ihn zu keiner Zeit spüren ließ, dass er bremst. Aber hier an der Latschenzone, da kann er nicht mehr. Das Speckbrot muss her. Und die Dose Bier. Das Flascherl Weißburgunder aus Kitzeck will er sich trotzdem für den möglichen Gipfelsieg aufheben. So viel Stolz hat der Inspektor dann schon noch.

»Eines hat es wenigstens gebracht«, sagt er schmatzend. »Ich denke nicht mehr ständig an meinen Job und die G'frasta vom Amt, die mir den Führerschein entzogen haben.«

Von hinten kommt Azras Hund an Pöls herangeschossen und bettelt mit Dackelblick um ein Stück von der Jause.

»Na, das ist doch positiv«, sagt Azra und nimmt neben dem Inspektor Platz. So dicht, dass er nicht umhinkommt, seinen Arm um ihre Schultern zu legen. In letzter Sekunde zerpflückt er lieber sein Brot und wirft dem Hund einen Speckwürfel vor die Pfoten.

»Nach unserem Wanderurlaub hast du sicher Energie, Kontaktlinsen zu checken und einen neuen Sehtest zu absolvieren.«

Alleine beim Gedanken daran steigt in Pöls die Wut auf.

»Die lassen mich nie wieder allein ermitteln.«

»Geh, sicher, du musst bloß diesen blöden Test machen.«

Das Speiben könnte dem Inspektor bei dem Wort kommen.

Plötzlich lehnt sich Azra stärker an ihn. Da ist es wieder, dieses Herzklopfen, das Pöls fast die Luft raubt.

»Das hätte ich mir vor einem Monat nicht träumen lassen, dass ich mit einem Kunden eine Woche gemeinsam auf einer einsamen Almhütte verbringe.«

»Kunde? Ich bin doch nicht einfach ein Kunde.«

Pöls zerquetscht den letzten Brotkrümel in seiner Faust. Als wäre das nicht genug, schießt Azra hinterher: »Und dann machst du gleich bei der ersten Tour auf halbem Weg schlapp.«

»Ich mach' überhaupt nicht schlapp. Man darf es bloß nicht übertreiben. Soll ich dir zeigen, wie viel Kraft in mir steckt? Retour übernehme ich deinen Rucksack.«

»Das musst du nicht, Heinz. Ich will nicht, dass du dir meinetwegen wieder einen Hexenschuss einfängst. Dann habe ich erst recht wieder Arbeit und ich bin doch hier zum Entspannen.«

»Von wegen.«

Pöls beginnt, ihr die Schlaufen vom Oberkörper zu ziehen. Auch so bekommt man Körperkontakt. Die Frau hat noch kaum einen Tropfen Schweiß vergossen.

»Ohne Rucksack fühle ich mich nackt«, sagt sie und kann es nicht unterlassen, ihre Leichtfüßigkeit mit ein paar Hampelmannsprüngen unter Beweis zu stellen.

Alleine der Anblick macht Pöls atemlos.

Im ersten Moment ist er sich deshalb nicht sicher, ob ihm gerade sämtliche Sicherungen explodiert sind oder ob er da tatsächlich einen Schuss in der Ferne vernommen hat.

»Sind die Jäger um die Zeit aktiv?«, fragt Azra. Also nicht verhört – außerdem kennt Pöls den Klang einer Jagdflinte haargenau, ist ja kein Trottel. Trotzdem könnte er beim Wandern auf das Geknalle verzichten. Ungern würde er von einem Irrläufer aus dem Urlaub gerissen werden – und man weiß ja, wie trinkfreudig Waidmänner sein können. Da ist nicht garantiert, dass die den Abzug immer unter Kontrolle haben.

»Vielleicht war's ein Schweizerkracher«, sagt er für Azra zur Beruhigung, denn auch ihr Hund hat sich ob des Tuschers[3] kurz geschreckt. Fünf Sekunden später ist alles vergessen.

7. Inspektor Pöls – Abstieg

Nach der Jause heißt es erst einmal den Hosenträger etwas lockerer stellen. Trotz Mehrbelastung am Rücken genießt Pöls den Marsch bergab. Mit jedem Schritt wird ihm bewusster, dass er der ersten gemeinsamen Nacht mit Azra näher rückt. Er kann sich gar nicht mehr erinnern, wann er das letzte Mal mit einer Frau ein Schlafzimmer geteilt hat, die nicht seine Mutter war.

Pöls stolpert über seine eigenen Füße.

»Alles gut?«, fragt Azra. »Du darfst mir meinen Rucksack durchaus wieder geben.«

»Geht schon. Ist nicht schwer. Da war nur so ein blöder Stein im Weg.« Mein Gott, hat er etwa gestottert? Er muss seine Nervosität in den Griff bekommen. Nicht an die rustikale Almhütte und das Bett aus Zirbenholz denken, die Azra und ihn in besondere Stimmung versetzen vermögen. Pöls muss sich ablenken, braucht neue Gedanken im Kopf. Rasch!

»Wieso brauchst du von deinem Job eine Auszeit?«, fragt er ins Blaue hinein.

»Was?«

»Naja, dein Physiostudio lief blendend. Wieso eine Auszeit? Bin ich daran schuld?«

»Du?«

»Hat dich mein letzter Fall so hergenommen? Ich wollte nicht, dass du da so dermaßen hineingezogen wirst.«

Jetzt setzt sich doch ein Lächeln auf ihr Gesicht.

»Das ist ja süß, was du dir für Gedanken machst, Heinz, aber keine Sorge, mit dir hat das nix zu tun. Ich brauchte etwas Abstand zu den verrückten Städtern.«

»Sind die Obersteirer angenehmer als die Grazer?«

»Bis jetzt sind sie zumindest nicht so aufdringlich. Im Gegenteil zu manchem meiner Kunden. Die haben in letzter Zeit mehrmals die Grenze überschritten. Mehrmals!«

»Ja? Wollten sie mehr als nur ein paar heilende Handgriffe von dir?«

»Da kam einer in meinen Laden, um sich von mir seine verirrten Knochen wieder einrenken zu lassen. Und der kann nicht einfach die Klappe halten, sondern sudert mir die ganze Therapie über die Ohren voll.«

»Als Physiotherapeutin bist du so etwas wie ein Mistkübel für die Seele deiner Klienten.«

»Das ist mir klar, aber bei dem wurde es mir zu bunt. Der hat sich die ganze Zeit erkundigt, ob ich eh alle elektronischen Geräte während seiner Behandlung ausgeschaltet habe, weil er so empfindlich auf Strahlungen ist. Und dann hat er mir eine Predigt gehalten, wie schlecht 5G für uns Menschen ist. In Kombination mit der Corona-Impfung eine tödliche Waffe.«

»Auch ein Schwurbler hat ein Recht auf deine Behandlung.«

»Solange er den Mund hält, ist es mir egal, aber der wollte mich missionieren.«

»Lass ihn reden. Ohren zu und durch.«

»Der hat mir einen Vortrag gehalten, dass Impfung und 5G zusammenhängen und man in Zukunft die Menschen auf Knopfdruck beseitigen wird. Da habe ich ihn vor die Tür gesetzt und ihm gesagt, dass ich ihn auch ohne 5G eigenhändig beseitigen kann. Wiederschauen!«

Mit einem Mal fühlt sich die Last am Rücken wie eine Tonne an. Es ist also nicht der Charme des Inspektors, der Azra zum Urlaub verführt hat. Pöls hat diese Wanderung einem Schwurbler zu verdanken. Außerdem hat die Geschichte das Mädchen emotional so ergriffen, dass sie von Schritt zu Schritt das Tempo erhöht und Pöls wie eine alte Dampflok schnauft. Da kommt ihm dieses Geräusch gelegen, das er sofort für eine kurze Verschnaufpause nutzt.

»Hast du das gehört?«, sagt Pöls und packt Azras Hand.

»Was soll ich gehört haben?«

»Diesen Schrei.«

»Einen Schrei? Nein, ich habe keinen Schrei gehört.«

»Das war der Schrei eines Adlers.«

»Sag bloß, du bist nicht nur Steiermarks beste Spürnase, ein echter Bergfex UND Waffenexperte, sondern auch noch ein Greifvogelspezialist?«

»Mit Vögeln kenn ich mich aus.«

Bevor der Satz zu lange im Raum steht, bemüht er sich, seine Expertise ins Spiel zu bringen.

»Das war nicht irgendein Adler, sondern der Laut eines echten Steinadlers. Ein majestätisches Tier. Normalerweise kreist er durch die Lüfte, aber ich denke, bei so einer starken Bewölkung wie heute muss er irgendwo auf einem Felsen hocken.«

Zwischen den dichten Bäumen ist es unmöglich, einen Blick auf den Himmel zu erhaschen.

»Dann nehme ich Polly lieber an die Leine.«

Azras Hund ist weit voraus. Somit setzt die Frau zum Laufschritt an. Unmöglich für den Inspektor, das Tempo mitzugehen. Zwei Rucksäcke am Buckel, nicht zu vergessen. Bald hat er Azra aus den Augen verloren. Den Hund sowieso. Das Bellen ist schon ganz fern.

Den restlichen Abstieg geht der Inspektor solo. Einen Wanderurlaub in trauter Zweisamkeit hat er sich anders erwartet. Er hofft, dass er die Abzweigung zur Almhütte nicht übersieht. Ihn dürstet nach einem Schluck aus dem Flachmann.

8. Inspektor Pöls – Trinken verboten

Natürlich hat Pöls die Abbiegung verschlafen. Anders war's nicht zu erwarten. Bedenklicher ist, dass der alte Inspektor erst ein paar Kilometer später stutzig wird, als er auf die asphaltierte Bundesstraße gelangt. Zum Glück ist die Route zur größten Attraktion der Region auf der Straße überall unübersehbar – selbst für Schasaugige – beschrieben. Ein überdimensionales Plakat des Tragößer Tourismusvereins – so groß wie eine Kinoleinwand – heißt die Gäste vorm offiziellen Besucherparkplatz herzlich willkommen am Grünen See. Ein breiter Pfeil deutet nach rechts. Störend auf dem Plakat ist einzig das hässliche rote X, das den Schriftzug *»Grüner See«* durchkreuzt. Darunter, ebenfalls in Rot, klaffen krakelige Buchstaben, die aneinandergereiht das Wort »Giftlac« ergeben.

Na, da hatte jemand ordentliche Wut, kam aber nicht bis zum Ende. Weil die Farbe ausging? Weil der Schmierfink gestört wurde? Oder steht »Giftlac« für ein Codewort?

»Urlaub, Pöls, du hast Urlaub«, spricht der Inspektor zu sich selbst, als er sich dabei ertappt, dass er seine Nase wieder in Angelegenheiten hält, die ihn nichts angehen.

Pöls folgt dem Schotterweg rund einen Kilometer. Dann erreicht er endlich das bäuerliche Gasthaus, hinter dem sich der

See erstreckt. Gasthaus zum Pribitzblick nennt es sich. Zu gerne hätte sich Pöls hier ein Bier und eine Brettljause genehmigt, aber seit der Ankunft von ihm und Azra ist das Gasthaus finster und geschlossen, obwohl bei der Buchung der Hütte die Küche dieses Hauses großartig gewürdigt und als absoluter Geheimtipp angepriesen wurde. Vor dem Gebäude ist der Schotterparkplatz, der ausnahmslos für Wirtshausgäste ausgewiesen ist, gähnend leer.

Um zur gebuchten Almhütte zu gelangen, muss Pöls auf die andere Seite des Sees. Noch vor einem Monat wäre es dem Inspektor möglich gewesen, eine Abkürzung quer über das Steinfeld zu nehmen, weil der See sich erst mit dem Schmelzwasser vom Hochschwabmassiv füllt und in der kalten Jahreshälfte zu einer winzigen Lacke zusammenschrumpft. Jetzt aber, kurz vor Pfingsten, zeigt sich das Naturjuwel von seiner prächtigsten Seite. Sogar der kleine Rundweg, auf dem man für elf Monate im Jahr ungehindert spazieren kann, endet an einer Stelle im See und Pöls muss auf den höher gelegenen Pfad ausweichen. Gerade als er das tut und seine nicht vorhandene Kondition verflucht, dringt Hundegebell aus dem Wald. Auf Vermutung ruft Pöls den Namen von Azras Vierbeiners – und tatsächlich kommt bald darauf Polly aus dem Wald geschossen und steuert kläffend auf den Inspektor zu.

»Zehn Minuten länger und ich hätte Alarm geschlagen, Heinz.« Azra taucht aus dem Wald auf – ihr Brustkorb hebt und senkt sich wie nach einer sportlichen Höchstleistung.

»Weißt du, dass ich fünf Runden um den See drehen konnte? Im lockeren Tempo?«

»Das ist aber lieb, dass du dir um mich Sorgen gemacht hast.«

»Du hast den Schlüssel zur Almhütte und meinen Rucksack. Ich sterbe vor Durst.«

»Es war dein eigener Wunsch, die Smartphones in der Hütte zu lassen.«

»Hätte mich nur frustriert, wenn ich dich anrufe und Gewissheit habe, wie weit du tatsächlich noch zurück bist.«

Sie dreht Pöls um seine eigene Achse, damit sie sich an ihrem Rucksack bedienen kann, der mittlerweile den Schweiß von Pöls bis zur Vordertasche übernommen hat. Der Inspektor darf erst schauen, da hat sie die Flasche schon in der Hand und saugt gierig. Frustriert nimmt sie die Flasche aus dem ungläubig dreinblickenden Gesicht.

»Leer? Du hast alles gesoffen?«

»Ich brauchte auf meiner Extrarunde dringend Flüssigkeit.«

»Du hast meinen gesamten Tee gesoffen? Über den du dich lustig gemacht hast, als ich ihn eingepackt habe?«

»Bier war aus.«

Kopfschüttelnd dreht sie ab und nähert sich dem Seeufer. Als sie in die Knie geht, kommt Pöls das Plakat in den Sinn, das er auf der Bundesstraße gesehen hat.

»Da solltest du lieber nichts trinken.«

Aber Azra beugt sich schon mit ihrem Oberkörper nach vorne und formt die Hände vor der Brust zur Schale.

Pöls kommt langsam an die Frau heran. Azras Gesicht spiegelt sich in der Wasseroberfläche. Eine Haarsträhne taucht vor den Lippen im Wasser ein. Mit einem Mal schreckt Azra zurück und ihr entgleitet ein schriller Schrei, als hätte sie eine Begegnung mit einer Wasserschlange. Sie stößt mit dem Rücken an den herannahenden Pöls, der ihr über die Schulter blickt.

Der Inspektor muss seine Augen zusammenkneifen. In dem glasklaren Wasser erkennt er eine versunkene Sitzbank und erinnert sich augenblicklich an die Werbefolder, die er vor ein paar Wochen von Azra vom Grünen See zum Schmackhaftmachen präsentiert bekommen hat. Vor allem Taucher schwärmen von der Parkbank, die bei Wasserhöchststand vom See geschluckt wird – aber es ist freilich nicht das Bankerl, das Azra so erschreckt.

»Himmel, Arsch und Zwirn!«

In der Spiegelung verschwimmen Azras Gesichtszüge mit einer Fratze.

9. Inspektor Pöls – Wasserleiche

Auf der untergegangenen Parkbank sitzt eine männliche Gestalt. Das blasse Gesicht starrt Pöls wenige Zentimeter unter der Wasseroberfläche entgegen.

Eben hätte Pöls schwören können, er wäre zu schlapp für einen Dauerlauf, aber der Anblick des Toten lässt ihn die Füße in die Hand nehmen. In Rekordzeit ist er bei der Hütte, in der das Handy liegt, mit dem er seine Kollegen informiert.

Kaum hat er den Anruf erledigt, sinkt er schlapp in dem Korbsessel auf der kleinen Holzterrasse vor seiner Hütte in sich zusammen. Der Rucksack auf seinem Schoss. Durch den Stoff spürt Pöls das Gewicht der kleinen Weinflasche. Er hadert mit seinen Gedanken.

Jetzt wäre ein schlechter Moment für den Weißburgunder – aber der Flachmann ist ausgetrocknet wie vor wenigen Monaten wohl noch der Grüne See.

Wo bleibt Azra? Warum ist sie mit Pöls nicht gleich mitgekommen? Muss ihr doch grausen. Will sie Totenwache halten?

Schwerfällig kämpft sich Pöls aus dem bequemen Sessel, hinkt von der Terrasse und kämpft sich die wenigen Meter hinunter zum Seeufer.

»Was zum Teufel machst du da?«

Pöls erblickt seine Traumfrau. Selbst in Gegenwart einer Leiche vermag es Azra, bei dem Inspektor ganz besondere Gefühle auszulösen. Sie hat den Toten bis zur Hüfte aus dem eiskalten Wasser auf den Schotter gezogen und stemmt ihre Handballen kraftvoll gegen den Brustkorb des Mannes.

»Statt rumbrüllen, könntest du mir helfen.«

»Du darfst den Fundort nicht verändern.«

»Vielleicht kriegen wir ihn wieder wach.«

»Der ist tot, mausetot. Wahrscheinlich ist der nach einer anstrengenden Wanderung auf dem Bankerl eingeschlafen und hat schlichtweg die Flut verschlafen.«

»Bei seinem Gesichtsausdruck war der noch nicht lange im See.«

Sie beugt sich wieder über die Leiche und pumpt dynamisch.

»Du redest wie meine Freunde aus der Gerichtsmedizin. Hast du manchmal Wasserleichen in deinem Studio auf der Matte liegen oder warum willst du wissen, wie Ersoffene aussehen?«

»Der ist noch nicht lange auf dem Bankerl gesessen. Außerdem hat jemand nachgeholfen«, sagt Azra und hebt eine nasse Bleimanschette hoch, die wenige Zentimeter neben dem Handgelenk des Ertrunkenen liegt.

»Da wollte jemand sichergehen, dass der brav am Bankerl sitzen bleibt.«

»Na toll, Azra, wieso hast du den dann aus dem Wasser gezogen? Meine Kollegen werden begeistert sein, dass du den Tatort verändert hast.«

»Weil mir wurscht ist, was deine Kollegen denken. Leben retten hat bei mir Vorrang.«

Azra erzählt Pöls, dass da noch weitere Bleigewichte auf der Bank im Wasser liegen. Pöls muss ihr glauben, mit seinem trüben Blick sieht er nur türkise Wasserspiele.

»Ich bin mir sicher, der Mörder wurde bei seiner Arbeit gestört.«

»Von wem?«

»Na, von uns.«

»Na gut, wenn du dieser Meinung bist, dann müsstest du den Mörder doch gesehen haben. Du warst weit vor mir hier.«

10. Inspektor Pöls – Unter Kollegen

Ein paar Momente sieht Pöls der Frau zu, wie sie verzweifelt ihre Handballen gegen den Brustkorb der Leiche drückt, dann zieht er Azra behutsam an sich.

»Lass gut sein und uns aufwärmen, bis meine Kollegen kommen.«

»Ich habe nicht auf Wanderer geachtet«, sagt Azra, als würde sie Pöls Rechenschaft schuldig sein. Er schlingt einen Arm um ihre Schultern und führt sie zur Hütte.

Rettung und Polizei sind schnell zur Stelle. Das rege Treiben ist durch die Bäume bis zur Hütte zu hören, wo Pöls auf der Terrasse im bequemen Korbsessel zusammengesunken ist. Azra ist nicht nach Sitzen. Sie lehnt an einer gedeichselten Säule neben der Eingangstür.

»Willst du nicht endlich runter zu deinen Kollegen?«

»Ich bin beurlaubt. Der Fall geht mich nichts an.«

»Es ist deine Pflicht, den Mörder zu fangen.«

»Nein, es ist mir sogar strikt untersagt, zu ermitteln – und ich möchte mich nicht mit der Justiz anlegen.«

»Es kann dir doch nicht egal sein, dass dort unten eine frische Leiche liegt und der Mörder womöglich noch in der Nähe ist.«

»Doch, ich bin erstaunt, wie kalt mich das lässt. Das macht mir Hoffnung für die Rente. Pensionsschock muss ich nicht befürchten.«

»Ich halte es nicht aus, hier rumzustehen.« Azra stößt sich von der Säule ab und verschwindet zwischen den Bäumen.

Warum kann sie nicht bei ihm bleiben und eine Ruhe geben? Genervt folgt ihr der Inspektor. Bis er ans Ufer schlurft, ist ein Spurensicherungsteam voll bei der Arbeit. Die Leiche liegt auf einer Plastikplane auf den Steinen.

»Im Wasser saß er maximal ein, zwei Stunden am Bankerl«, sagt der Gerichtsmediziner, der sich wie selbstverständlich Pöls zudreht, als hätte er einen Radar für den Hüter des Gesetzes. »Gut möglich, dass er zu dem Zeitpunkt schon tot war. Er weist eine starke Blessur am Hinterkopf auf, die auf einen Schlag mit einer spitzen Hiebwaffe hindeutet.«

»Messer, Axt, Hammer? Geht's ein bisserl genauer?«, fragt ein Mann betont kräftig mit Leobener Akzent. Er steht seeseitig vis-à-vis zu Pöls und zückt Block und Kugelschreiber.

Der Gerichtsmediziner schwenkt seinen Kopf sichtlich verwirrt zwischen den beiden hin und her.

»Ich bin nur Zeuge«, klärt Pöls auf und zaubert ein Lächeln auf das Gesicht des Leobener Kollegen, der sich sogleich vorstellt.

»Angenehm, Erich Kothbauer. Ich übernehme diesen Fall.«

»Von der Hiebwaffe fehlt bisher jede Spur«, sagt der Gerichtsmediziner zu Pöls, als hätte er die Worte von Kothbauer nicht verstanden.

Kurzes Schweigen. Pöls möchte den Leobener Kollegen nicht demütigen. Gelassen blickt er zu Kothbauer, bei dem allerdings was Gehässiges in seinem Gesichtsausdruck aufkeimt.

»Du bist der Pöls, richtig? Inspektor Heinz Pöls, aus Graz!« Kothbauer verdeckt mit den Händen die Augen und schielt zwischen den Fingern hervor. Will er damit einen Blinden andeuten oder einen Vollidioten oder beides?

»Du hast jahrelang bei den Sehtests geschummelt, stimmt's? Bis sie dich erwischt haben. Das weiß ich so gut, weil die Auswertung über meinen Neffen gelaufen ist – der leitet das größte Augenheilzentrum der Steiermark. War eine Riesengeschichte! *Kommissar blindes Hendl* war das inoffizielle Pseudonym, das sie dir gegeben haben. Mach dir nix draus, jeder von uns kriegt seinen Spitznamen.«

»Davon gehe ich aus, Kollege, wie war schnell dein Name? Kot? Bauer?«

»Zurück zur Leiche«, unterbricht der Gerichtsmediziner das Hick-Hack. »Das Opfer wurde vermutlich mit Bleigewichten unter Wasser gehalten. Insgesamt haben wir rund zwanzig Kilogramm an unterschiedlich schweren Bleigewichten gefunden. Acht Kilo davon waren bei unserem Antreffen der Leiche noch am Körper befestigt.«

Kothbauer pfeift durch seine Zahnlücke und grinst Pöls an: »Und du genießt jetzt die Frühpension, Pöls?«

»Ich gönne mir nur eine kreative Schaffenspause. Habt's ihr wenigstens die Leiche identifizieren können?«

»Trägt leider keinen Ausweis bei sich, nur ein Telefon, aber das hat im eiskalten Wasser den Geist aufgegeben. Zu sensibel, dieses moderne Klumpat.«

Das Smartphone liegt in einem transparenten Beutel auf der Plastikplane, in Nachbarschaft mit einem zusammengeknüllten Transparent. Kothbauer registriert die neugierigen Blicke seines Kollegen und erklärt stolz: »Haben wir am Ufer rausgefischt. Ausgerollt steht *Vorsicht: Giftiges Gewässer!* drauf. Ich tippe mal, dass er das entweder gerade an den Uferbäumen befestigen wollte, als er von seinem Mörder überrascht wurde, oder er wollte denjenigen, der das befestigen wollte, davon abhalten und hat es mit seinem Leben bezahlt.«

Wieder trifft der Blick Pöls. Der schüttelt nur den Kopf.

Plötzlich keimt von der anderen Seite Unruhe auf.

»Lasst's mich durch!«

Alle drehen sich in die Richtung, aus der ein Mann in traditioneller Jägerkluft an den Tatort heranschreitet. Sein Gang weist starke Schlagseite auf. Dass der Mann nicht mehr nüchtern ist, kann Pöls bald riechen, ihm eilt eine scharfe Schnapsfahne voraus. Ernst betrachtet der Jäger zuerst die Leiche, dann sieht er sich um. Pöls ist es unangenehm, dass der Mann Kothbauer links liegen lässt und direkt auf den beurlaubten Inspektor zusteuert.

»Ich kenne das Opfer. Das ist der Herr Doktor.« Wobei er das Wort wie »Dokta« ausspricht.

»Doktor?«, wiederholt Kothbauer.

Der Jäger behält trotzdem Pöls im Blick.

»Dokta Hans Mückmann. Eine echte steirische Arzt-Koryphäe, wie es sie kein zweites Mal mehr gibt in unserem schönen Land. Was ist mit ihm geschehen? Ist er ersoffen?«

»Da hat wohl jemand nachgeholfen. Koryphäen leben gefährlich.« Pöls rückt etwas von der Schnapsdrossel ab.

»Sie fassen das Schwein, das das getan hat, nicht wahr, Inspektor?«

Klar, dass bei dem Mann »Inspektor« auch zum »Inspekta« wird.

»Das musst du meinem Kollegen erzählen, denn der ermittelt hier, weißt du.«

Der Angetrunkene will Pöls an den Händen packen, überlegt es sich im letzten Moment anders und verschränkt die Arme vor der Brust.

»Sie sind doch der Herr Heinz Pöls, der sich in meiner Besucherhütte einquartiert hat, richtig?« Die glasigen Augen des Mannes schimmern.

»Ah, dann bist du der Josef Schinagl, bei dem ich die Hütte gebucht habe.«

»Sagens Joschi zu mir.«

»Na, dann weißt du doch, dass ich nur wegen des Urlaubs hier bin. Mein werter Kollege ermittelt«, sagt Pöls und übernimmt die Rolle des Vermittlers: »Kollege Kothbauer, darf ich vorstellen, das ist der sehr geschätzte Josef Schinagl.«

»Joschi!«

»Ihm gehört der See, mehr oder weniger. Und alles, was du da so rundherum siehst. Habe ich etwas vergessen?«

Schinagl schüttelt den Kopf: »Ich bestehe darauf, mit Ihnen zusammenzuarbeiten, Inspekta.«

Aber Kothbauer hat sich mittlerweile wie ein Schrank vor dem Jäger aufgebaut.

»Woher kennen Sie das Opfer?«

»Eine Tragödie, dass er ausgerechnet auf meinem Grundstück krepieren muss. Das bringt mir garantiert schlechte Publicity ein.«

»Was wissen Sie über das Opfer?«

»Der Herr Dokta ist nicht nur Arzt, sondern zudem exzellenter Wasserexperte und hat dazu beigetragen, dass der Grüne See als Gesundheitsoase ausgezeichnet wurde. Ich habe den Herrn Dokta bewundert. Er pflegte einen sehr achtsamen Lebensstil. Eine gute Wasserqualität war für ihn das A und O. Er stopfte nichts in sich hinein, bei dem er nicht zu tausend Prozent von dessen Reinheit überzeugt war. Ich glaube, ich muss nicht erwähnen, dass er ein veganes Leben führte.«

Pöls spürt, dass ihn der Jäger mit seinem verschwommenen Blick anstarrt, obwohl Kothbauer alles unternimmt, um ernst genommen zu werden.

»Das hat dir als leidenschaftlicher Jäger sicher nicht geschmeckt, dass dem so ein Wildbraten nichts bedeutet«, kann sich Pöls nicht verkneifen und scheint ins Schwarze zu treffen, denn Schinagl muss sich kräftig räuspern und schwankt hin und her.

»Eines tut mir in der Seele weh: Zu gerne hätte ich den Herrn Dokta von meinem Bambi-Ragout überzeugt. Schade, dass ich diese Gelegenheit nicht mehr habe.«

»Ein kleiner Trost: Das Opfer ist zumindest an seinem Lieblingsplatzerl verendet. So etwas ist nicht jedem Mordopfer vergönnt.«

»Das reicht jetzt, Kommissar blindes Hendl. Du setzt am besten deinen wohlverdienten Urlaub fort und überlässt die Arbeit den Profis, die ermitteln dürfen. Hältst dich uns aber zur Verfügung, gell.«

Beschwichtigend hebt Pöls seine Arme und dreht ab, als hinter ihm ein Polizist aus dem Wald gekrochen kommt.

»Keine fünf Meter von hier ist ein verlassenes Zelt«, sagt der

Polizist und zeigt zum Opfer. »Gut möglich, dass es das Zelt vom Opfer ist.«

»Wildcampieren ist auf meinem Gelände verboten«, lallt der Jäger.

»Aber vielleicht findet ihr dort die Waffe, mit der man dem Opfer auf den Hinterkopf gedroschen hat.«

»Pöls, hast du nicht gehört, was ich gesagt habe? Es ist Zeit für dich, uns zu überlassen, wie wir ermitteln.«

Kothbauer hat so recht, Pöls geht das alles nichts an. Er ist nur Zeuge! Was für eine Luxusposition! Kein Herumstreiten mit Besserwissern. Einfach nur chillen. Zum ersten Mal profitiert er von seiner Beurlaubung. Das Leben ist schön!

11. Inspektor Pöls – Abschied

Kurz nach Pöls trifft Azra in der Hütte ein und vervollständigt den seltsamen Geruchemix aus nassem Hund, Moder und Patschuli. Sie entledigt sich ihrer Wanderhose, die sie über eine Stuhllehne neben dem Fenster hängt, und lässt sich auf der Sitzfläche nieder. Das Hündchen springt Frauchen zur Begrüßung gleich in den Schoß. Ein Lächeln kann selbst Polly ihr nicht entlocken. So einen ernsten Gesichtsausdruck hat Pöls erst ein einziges Mal an ihr gesehen – als sie bei der ersten Massage-Session seine Unbeweglichkeit in den Gliedern diagnostizierte.

Pöls macht ein paar Schritte auf sie zu.

»Pflicht erledigt. Jetzt können wir uns unserem Urlaub widmen – und lächeln.«

»Ich habe dem Toten direkt ins Gesicht geblickt. Keine zwanzig Zentimeter von meinen Lippen entfernt.«

»Ich habe dich gewarnt, nicht vom Grünen See zu trinken.«

»Mir ist, als hätte ich die Seele der Leiche inhaliert. Ich habe mir drei Mal den Mund gespült.«

»Mückmann war eine medizinische Intelligenzbestie und Großmeister der Hydrologie. Wenn du ab nun wissenschaftliches Fachchinesisch von dir gibst, weiß ich zumindest, warum.«

Pöls wollte ein Lächeln auf Azras Wangen zaubern, aber sie stakst unbeeindruckt an ihm vorbei, setzt den Hund am Bett ab und beginnt, ihre Shirts und Hosen in eine Reisetasche zu stopfen.

»Ich werde wieder nach Graz zurückfahren.«

»Wann? Jetzt? Ich habe meine Sachen eben erst in mühsamer Arbeit in den Schrank geräumt.«

»Du bleibst hier. Ich fahre allein.«

»Du willst mich alleine hier sitzen lassen? Unser Urlaub hat gerade erst begonnen.«

»Nein, dein Fall hat begonnen.«

»Das ist nicht mein Fall. Hast du doch selbst mitbekommen. Kothbauer ist für die Ermittlungen zuständig. Ich lasse da die Finger raus.«

»Heinz, du bist Kriminalist mit Leib und Seele. Es wird dich tagein, tagaus nicht in Ruhe lassen, wer den Doktor aus dem Leben scheiden ließ.«

»Ich bin mit Leib und Seele Urlauber und Frührentner. Ich habe in meiner Karriere genug Verbrecher gejagt.«

»Beim letzten Mal konnte dich nicht mal der schlimmste Hexenschuss stoppen. Jetzt hast du nicht nur die Leiche gefunden, sondern dein Haus steht unmittelbar am Tatort. Was soll das für ein Urlaub werden?«

»Im Grunde genommen hast DU die Leiche entdeckt. Du könntest mir assistieren, falls es mich tatsächlich zu sehr in den Fingern jucken sollte.«

Aber die Tasche ist schon voll. Laut ratscht der Reißverschluss von einer zur anderen Seite. Das Hündchen merkt die Aufbruchstimmung und wedelt aufgeregt mit der Rute.

»Ich komme erst wieder, wenn du den Fall gelöst hast.«

Pöls zieht seinen Flachmann hervor und bietet seiner heimlichen Traumfrau ein Schluckerl an: »Wirkt Wunder! Danach sieht die Welt ganz anders aus.«

Azra ist nicht aufzuhalten und sie treibt ihr Hündchen zur Tür.

»Ist das nicht etwas überstürzt? Bleib!«

»Nein!«

»Kannst du nicht bis morgen warten? Wir haben noch keine einzige Nacht miteinander in dieser lauschigen Hütte verbracht.«

Pöls spürt den Kloß in seiner Kehle. Hat er das tatsächlich gesagt?

»Dieses tote Gesicht kriege ich wahrscheinlich nie mehr aus meinem Kopf. Ich muss hier weg.«

Sie tritt vor die Hütte.

»Warte«, ruft Pöls und eilt ihr hinterher. »Dann komm ich mit dir mit. Vielleicht können wir die Wanderungen in Graz fortsetzen.«

»Nein! Du bleibst hier und schnappst den Mörder.«

»Ich soll hier bleiben? Bei den Wilden? Allein? Niemals!«

»Du enttäuscht mich, wenn du nicht bleibst, Heinz.«

»Ohne dich?«

»Ich lenke dich nur ab.«

»Apropos lenken – wenn du mir Hausarrest im Lamingtal gibst, dann bestehe ich darauf, dass du mir deinen Wagen überlässt.«

»Was?«

»Du willst zurück nach Graz? Taugt mir nicht, aber gut. Doch dann nimmst du dir ein Taxi oder benutzt einen meiner ehemaligen Kollegen als Chauffeur. Ohne fahrbaren Untersatz verwelke ich hier.«

»Heinz, hast du vergessen, dass sie dir den Führerschein abgenommen haben?«

»Hier fahren doch selbst alle besoffen.«

»Das würde ich hier nicht so laut herumbrüllen. Außerdem hast du deinen Führerschein nicht wegen Trunkenheit am Steuer verloren. Du kriegst den Deckel erst wieder, wenn du den Sehtest bestehst.«

»Ein Klax! Das schaff ich mit links. Hast du selbst gesagt.« Pöls schielt provokativ.

»Deinem Augenarzt-Kumpel schauen sie genau auf die Finger. Der wird dir keinen positiven Test mehr fälschen können.«

»Von Fälschen kann nicht die Rede sein.«

»Der Kontrolleur, der deinen Sehtest prüft, wird auf keinem Auge blind sein.«

»Du willst, dass ich statt einem Wanderurlaub meinen Job ausübe, von dem ich freigestellt wurde, weil die mich mit meiner Sehkraft für untauglich halten? Entscheide dich. Entweder ermitteln und Auto fahren oder Urlaub und wandern – such's dir aus, Mademoiselle!«

»Du kannst doch mit dem Leobener Kollegen mitfahren.«

»Mit Sicherheit nicht! Wenn du willst, dass ich einen Finger für diesen Fall krumm mache, überlässt du mir deine alte Kiste.«

12. Inspektor Pöls – Wache Ohren

Alleingelassen strahlt die rustikale Holzhütte mit der kargen Einrichtung eine deprimierende Energie aus: Ein Holzstuhl ohne Sitzpolster, ein uralter Plattenspieler aus dem Jahre Schnee[4] auf dem Holzregal, aber keine Schallplatten, eine kleine Küchenzeile, aber leere Gewürzfächer. Wie eine undurchdachte Theaterkulisse, oder noch besser: Fast wie in der Bude von Pöls zuhause in Graz.

Um ein Haar versinkt der Inspektor in der Trostlosigkeit, da klopft es an der Hüttentür. So sehr hätte er sich gewünscht, dass es sich Azra doch anders überlegt hat. Statt der Physiotherapeutin steht Kothbauer vor dem Häuschen und blickt über Pöls' Schulter in die Hütte.

»Kriegt's ihr in Graz so schlecht bezahlt, dass ihr euch keine gscheite Urlaubsdestination leisten könnt's?«

»Ich bin ja halb blind, da seh ich den Luxus ohnehin nicht, schon vergessen?«

»Richtig, aber bei euch Behinderten ist es doch so, dass meist ausgleichend ein anderer Sinn besser ausgeprägt ist, stimmt's, Pöls?«

»Ok, danke für deinen Besuch. Kannst dich wieder schleichen[5].«

»Sei nicht gleich eingeschnappt, Kollege. Ich bin mir sicher, dass du zwar ein blindes Hendl bist, aber dafür hörst du wie eine Fledermaus, hab ich recht? Mir kam zu Ohren, dass du selbst aus der größten Entfernung einen Steinadler am Schrei erkennst.«

»Wer sagt das?«

»Völlig egal. Jedenfalls dachte ich mir, wenn ich schon so ein scharfsinniges Schlitzohr am Tatort zur Verfügung habe, wäre ich doch deppert, es nicht zu nutzen. Könntest du ein Ohrwaschel nach dem Zelt ausrichten und es mir umgehend mitteilen, wenn sich da etwas tut?«

»Mückmanns Zelt?«

»Ich bezweifle, dass das Zelt dem Opfer gehört. Laut dem besoffenen Grundstücksbesitzer ist der Herr Doktor Mückmann Veganer und beim Zeltplatz wurden Spuren von Bratwürsten gefunden.«

»Vielleicht hatte er Besuch.«

»Mit ein bisserl Glück kehrt der Besuch zum Zelt zurück und dann haben wir womöglich schon unseren Täter.«

Kothbauer nimmt sich die Freiheit, die Hütte zu betreten, bleibt nach zwei Schritten stehen und streicht sich über die Nasenflügel.

»Hast du es zufällig auch mit dem Geruchssinn? Man könnte glauben, hier haust ein Köter.«

»Das soll unliebsame Gäste abhalten.«

Kothbauer versteht den Wink und grinst.

»Wir laufen uns die nächsten Tage garantiert noch über den Weg, Kollege Pöls. Warte aber nicht, bis du mich wieder triffst, sondern greif sofort zum Telefon, wenn sich irgendwas tut.«

»Rund um den Grünen See besteht ein ziemliches Funkloch.«

»Du schaffst das schon, Kollege. Hauptsache, ich erspar mir die Rumfahrerei. Und du hast eh nix zu tun. Hab gesehen, dass die Cinderella gerade abgereist ist.«

Mit einem fiesen Lächeln dreht Kothbauer ab. Pöls wirft die Tür zu. Jetzt muss der Weißburgunder aus Kitzeck daran glauben.

Kapitel III – Da hamma den Salat

Und während unser Inspektor Heinz Pöls in alte Muster verfällt und mit seinen Lastern dafür sorgt, dass sich sein Puls beruhigt, geht rund 30 Kilometer südöstlich der Herzschlag in die Höhe – nämlich bei dem jungen Pärchen Georg und Valerie Reinthaler aus Bruck an der Mur.
Noch wissen sie nicht, dass eine Konfrontation mit dem Helden unserer Geschichte unausweichlich ist. Aber noch haben wir Zeit, ja, noch wähnen sie sich in Sicherheit – aber seht selbst:

13. Georg Reinthaler – Schmierfinken

»Leiche im zauberhaften Grünen See!«

Die Schlagzeile der Lokalzeitung ist unübersehbar. Darunter ein Foto mit einem reglosen Körper am Ufer, Gesicht verpixelt, aber Georg Reinthaler weiß trotzdem, dass es der Hagere ist.

Stumm kreist sein Blick über die Headline und bleibt dann an dem nicht unwesentlich kleiner geschriebenen Hinweis hängen:

»Polizei bittet Bevölkerung um Mithilfe. Zeugen dringend gesucht!«

Als Valerie das Wohnzimmer betritt, schreckt Georg wie ein ertappter Schuljunge auf, der ein Pornoheft über dem Grammatikbuch studiert. Hektisch schlägt er die Zeitung übereinander.

»Du bist schon da?«

»Mein Chef musste heute früher weg, da fällt es nicht auf, wenn ich eher nachhause gehe.«

»Mückmann ist tot.«

»Ich weiß.«

»Woher? Ich habe die Zeitung eben erst aus dem Postkasten geholt.«

»Hab's im Radio gehört.«

»Die haben im Radio seinen Namen genannt? In der Zeitung

steht nur Hans M.«

»Mein Chef hat den Regionalsender aufgedreht. Er hat mir gesagt, dass das Mückmann ist, und hat umgehend die ganze Wasserfiltergeschichte abgeblasen.«

»Hast du deinem Chef erzählt, dass wir auch Kontakt zu Mückmann haben?«

»Glaub nicht.«

»Du glaubst? Das ist wichtig. Die Polizei wird Fragen stellen. Es ist essenziell, ob dein Chef weiß, dass wir mit Mückmann in Kontakt waren.«

»Selbst wenn ich ihm erzählt habe, dass wir uns ebenfalls so eine Anlage anschaffen wollten, hat Gaukler das längst vergessen. Der lebt in seiner Welt.«

»Wir haben trotzdem ein Problem! Auf Mückmanns Oldtimer haftet deine Drohbotschaft.«

»Es ist nicht Mückmanns Wagen und die Alte weiß nichts von dem Betrüger, also kann dort die Polizei herumstöbern, so viel sie will und wird nicht auf uns kommen.«

»Was ist mit der Pflegerin?«

»Die weiß nicht, wer wir sind.«

»Wir sollten trotzdem verhindern, dass deine Drohbotschaft in die Hände der Polizei gerät.«

14. Georg Reinthaler – Garage

Diesmal parkt Georg den Wagen in ausreichender Entfernung von der kleinen Siedlungsstraße. Gute fünf Minuten Fußweg in einer tristen Nebenstraße mit Industriebauten inmitten mehrerer schrottreifer Fahrzeuge.

»Wir ziehen das nur durch, wenn die Luft rein ist. Versprich mir das, Valerie?«

»Sei nicht so nervös. Damit machst du dich verdächtig. Du

hättest den Garagenschlüssel nicht wegwerfen dürfen. Jetzt können wir nur hoffen, dass die Garagentür offen ist.«

Die beiden erreichen die Siedlungsstraße.

»Keine Spur von Polizei. Das ist ein gutes Zeichen. Würde Mückmann hier wohnen, würde es längst vor Kiberern[6] wimmeln.«

Valerie geht vor, achtet nicht auf die benachbarten Häuser und marschiert schnurstracks auf Elsas Gartentor zu. Georg schielt zu den vielen Fenstern, hinter denen überall potenzielle Zeugen stecken könnten.

»Bleib cool«, sagt Valerie, öffnet das Gartentor und steuert sofort auf die Hinterseite der Garage zu. Die Blechtür ist tatsächlich nicht abgeschlossen und der Oldtimer schnarcht wie ein Walfisch in der dunklen Garage.

»Mist«, entkommt es Valerie. »Der Zettel ist weg.«

Georg glaubt es erst, als er es mit den eigenen Augen sieht.

»Muss sich diese Pflegerin geschnappt haben.«

Zornig stapft Valerie aus der Garage. Georg wird übers Garagenfenster Zeuge, wie seine Frau auf Elsas Haustür zusteuert – das darf nicht wahr sein.

»Mach das nicht, Valerie.«

Aber da hat sie den Klingelknopf schon gedrückt.

Im Haus tut sich nichts. Erst als Valerie ein zweites Mal klingelt.

»Svetlana?«, fragt die krächzende Stimme von Elsa durch die geschlossene Tür.

Valerie überlegt nicht lang: »Öffnen Sie, es ist dringend!«

Heute dauert es noch länger, bis die Alte das Haustor aufgeschlossen hat.

»Sind Sie der Ersatz für Svetlana?«

»Wir waren doch gestern da, können Sie sich nicht erinnern?«

»Wirklich? Und was wollen Sie?«

Im Unterschied zum letzten Besuch wirkt Elsa blass und niedergeschlagen.

»Wir wollten nachsehen, ob alles in Ordnung ist«, meint Valerie.

»Ich habe mich so erschrocken, dass Svetlana weg ist. Ohne ein Wort des Abschieds. Das ist nicht ihre Art.«

»Deshalb sind wir hier«, sagt Valerie und winkt vom Vorraum aus Georg herbei.

»Ich will keinen männlichen Pfleger«, sagt Elsa beim Anblick von Georg.

»Das ist nur mein Kollege, der sieht sich mit mir Ihr Gebäude an, damit wir Ihnen den besten Ersatz zuteilen können.«

»Aber die Agentur kennt doch meine Räumlichkeiten.«

»Wir überprüfen den aktuellen Zustand des Hauses.«

Georg schließt die Tür, während Valerie längst in die Wohnräume vorgegangen ist, um nach dem Karton zu suchen. Elsa ist heute langsamer und tut sich schwer beim Gehen. Sie muss sich auf halbem Weg zur Wohnstube beim Kachelofen niedersetzen und ausrasten.

»Was befindet sich oben?«, fragt Valerie.

»Oben bin ich nie. Da ist nur das Gästezimmer intakt. Für die Pflegerin.«

»Das muss ich mir ansehen.«

Noch ein Blickkontakt zu Georg, dann stapft Valerie die Treppen ins Obergeschoss, während er bei der Alten im Erdgeschoss bleibt und einen Klage-Monolog über sich ergehen lässt.

»Ich bin so enttäuscht von Svetlana. Von jeder anderen Pflegerin, die bisher da war, hätte mich so ein Benehmen nicht überrascht, aber Svetlana ist doch so ein herzensguter Engel.«

»Wann haben Sie die Pflegerin das letzte Mal gesehen?«

»Gestern Abend vorm Schlafengehen.«

»Wie war Svetlanas Stimmung?«

»Gut! Ich habe sie beim Mensch-ärgere-Dich-nicht-Spiel besiegt. Meinen Sie, dass sie das so mitgenommen hat?«

Georg zuckt mit den Schultern.

Die Alte gibt sich die Antwort selbst.

»Nein, niemals! Das kann ich mir nicht vorstellen.«

Keine fünf Minuten später steht Valerie wieder neben Georg und zupft an seinem Oberarm.

»Steh auf!« Dann lauter zu Elsa: »Alles geregelt. Wir sind dann mal weg, Oma. Die Ersatzpflegerin wird jeden Moment antanzen.«

Georg folgt ihr auf die Straße. Sie legt ein Tempo vor.

»Musstest du unbedingt *Oma* zu ihr sagen? So reden die aus der Betreuungsagentur garantiert nicht.«

»Das kann uns egal sein.«

»Hast du das Schild gefunden?«

»Vergiss das Schild. Ich habe das gefunden.« Jetzt erst sieht Georg, dass Valerie einen Koffer in einer Hand trägt. Denselben, den Hans Mückmann bei sich hatte, als er bei den Reinthalers zur Wasseranalyse zu Besuch war.

»Ist das seiner? Solche Koffer gibt es wie Sand am Meer.«

Im Gehen stopft Valerie ihm ein Stecktuch in die Hand. Das hypnotisierende Muster fängt Georg augenblicklich.

»Noch irgendwelche Zweifel, dass der Doktor hier war? Wahrscheinlich hatte er was mit der Pflegerin am Laufen. Wir müssen die Tussi finden, bevor sie zur Polizei geht.«

Kapitel IV – Doch nix mit Urlaub

Die erste Nacht am Grünen See hätte sich unser Inspektor Heinz Pöls weiß Gott anders vorgestellt. Statt romantischer Zweisamkeit, frustriert einsam unter der Bettdecke. Verständlich, dass so etwas der Laune nicht gerade bekömmlich ist. Da hätte er aber gleich in Graz in seiner stickigen Bude bleiben können. War es nicht der Sinn des Urlaubs, Abstand zu seinen Problemen zu gewinnen? Jobverlust, Führerscheinentzug, Rufschädigung!
Wie soll er da zum besseren Menschen werden und Abstinenz vollbringen? Die Sauferei im Job hat nur begonnen, weil Heinz Pöls festgestellt hat, dass seine müden Augen vom Hochprozentigen regelrecht wachgespült werden und er besser sieht als mit jeder Augenprothese. Schasaugert[7] sein ist nicht lustig. Uns darf der liebe Inspektor Heinz Pöls ruhig ein bisschen leidtun!

15. Inspektor Pöls – Einsam statt zweisam

Azra ist bestimmt schon zuhause in ihrer Grazer Wohnung, frisch gebadet und gönnt sich ihren Schönheitsschlaf. Insgeheim hat Pöls gehofft, dass sie sich meldet, wenn sie in Graz angekommen ist. Vielleicht ist die schlechte Telefonverbindung schuld.

Draußen wirft der Wind ständig den wackeligen Fensterbalken gegen die Fassade. Das blöde Ding lässt sich nicht fixieren. Pöls hat weiß Gott was probiert. Immerhin ist er so geschlaucht, dass er trotz der Lärmbelästigung rasch einschläft. Sein Unterbewusstsein kann sich nicht entscheiden, ob es ihm Azra oder die Leiche servieren soll.

Hans Mückmann! Pöls müsste stocksauer auf den Kerl sein. Er hat den Inspektor um eine aufregende Nacht mit Schmusefaktor betrogen, oder besser gesagt: Dessen Mörder trifft die Schuld.

Irgendwann schlägt der verfluchte Balken so hart gegen das Fenster, dass Pöls aufschreckt. Oder hat da tatsächlich jemand geklopft?

Zögerlich wagt sich der Inspektor aus dem Bett. Die Hütte ist ihm noch nicht so vertraut wie seine kleine Grazer Bude. Daher stößt sich Pöls auf dem Weg zum Hütteneingang mindestens drei Mal die Zehen an irgendwelchen Hindernissen. Für einen Moment überlegt er, sich sicherheitshalber mit einem Messer aus der Küchenlade auszurüsten, entscheidet sich aber dagegen und legt unbewaffnet Hand am Türgriff an.

Ein eisiger Luftzug peitscht gegen die nackten Beine.

Die Nacht ist rabenschwarz.

»Hallo?«, ruft Pöls in die Finsternis.

Er schreitet ein paar Schritte vor die Hütte und blickt Richtung See, von dem in der Dunkelheit nichts zu erkennen ist. Wahrscheinlich war das Klopfen nur der Fensterbalken.

Pöls will umdrehen, dann ist ihm, als sähe er für einen kurzen Moment ein kleines Licht im Wald aufblitzen.

Seine Augen täuschen ihm Illusionen vor, aber es fühlt sich so real an: Da war ein Licht. Pöls ist sich ganz sicher. Bloßfüßig verlässt er die Holzterrasse und betritt den wurzeligen Waldboden. Er stolpert über einen Stein. Unsanft rammt die Schulter gegen einen Baumstamm.

»Das hat keinen Sinn.«

Für Pöls ist es anstrengend genug, die wenigen Meter zurück zur Hütte schadenfrei zu überstehen.

Er schließt die Tür, verkriecht sich wieder in seinem Bett, mit der Gewissheit, dass das Klopfgeräusch nicht der Fensterbalken war.

16. Inspektor Pöls – Erwachen

Sieben Stunden später wird Pöls erneut aus dem Schlaf gerissen. Diesmal von seinem Telefon. Hat das Ding doch genügend Empfang?

»Pöls?«

Ein einziges Wort – und doch sind dem Inspektor die Stimme und der südsteirische Dialekt vertraut: Bruno Stangl, vulgo Bobo, der ehemalige Leibnitzer Polizist, der kürzlich zur Kriminalpolizei nach Graz in die Abteilung »Leib & Leben«, also Pöls' Revier, wechselte.

»Ich schicke dir romantische Liebesgrüße in die Obersteiermark.«

»Witzbold, dazu fehlt mir die Partnerin an meiner Seite.«

»Hab schon gehört, dass dir deine Holde abhandengekommen ist. Deshalb wage ich es, dich vor acht Uhr zu stören, weil du garantiert an keiner Frau herumfummelst und keine lange, heiße Nacht zum Auskurieren hast.«

»Solche Sehnsucht nach mir?«

»Wollte dich über den Fall Grüner See am Laufenden halten.«

»Dir ist klar, dass ich beurlaubt bin?«

»Kothbauer hat mich eingeweiht, dass du ihm zuarbeitest.«

»Das würde dem so passen.«

»Unter Kollegen: Mir wäre es recht, wenn der Fall deine Handschrift annimmt.«

»Es ist nicht mein Fall.«

»Ich bitte dich, Pöls, du sitzt direkt am Tatort. Besser geht's nicht. Und der Kothbauer ist nicht für seine Genauigkeit bekannt. Wennst mich fragst, will der rasant Karriere machen. Der buchtet uns den erstbesten Verdächtigen ein, damit er ins Guinness-Buch der Rekorde für den schnellsten gelösten Mordfall kommt. Er wollte den Grundstücksbesitzer Josef Schinagl festnehmen lassen. Der Herr hat ein lupenreines Alibi: Er war beim Jägerkongress in Frohnleiten. Trotzdem schießt sich Kothbauer auf ihn ein. Wir haben es geschafft, den Kollegen erst einmal anderweitig zu beschäftigen. Er soll herausfinden, wo das Opfer gewohnt hat, wie der so gelebt hat und was der so den lieben langen Tag getan hat. Diese Zeit müssen wir nutzen, möglichst viele neue Erkenntnisse zu finden – und da habe ich an dich gedacht.«

»Das blinde Hendl ist auf Erholung.«

»Sei nicht eingeschnappt!«

»Du hast gesagt, so eine kurze Auszeit würde mir guttun und ich soll mich schleichen.«

»Aber nur, weil ich dir Zweisamkeit mit deiner Physiotherapeutin vergönnt hätte. Ein Urlaub in der Einöde ohne Frau, daran gehst du doch zugrunde. Ich komme gerade aus der Obduktion.«

»Ich will's nicht hören.«

»Gestorben ist das Opfer aufgrund des Wassers in der Lunge. Also ertrunken. Dem ist ein heftiger Kampf am Ufer vorausgegangen. Auffällig ist eine große Kopfwunde am Hinterschädel. Ein mehrere Zentimeter tiefes Loch. Verursacht durch einen Hieb mit einem spitzen Gegenstand. Vielleicht ein Eispickel, oder Ähnliches. Tot war Mückmann zum Zeitpunkt des Eintauchens in den See nicht. Es ist aber davon auszugehen, dass das Opfer bewusstlos war, bevor es in den See gelegt wurde. Zudem weist der Tote Hämatome unter den Kniekehlen auf. Könnten entstehen, wenn man zum Beispiel rückwärts über Zeltschnüre stolpert. Kothbauer erwähnte etwas von einem Zelt, das dort in unmittelbarer Ufernähe gefunden wurde. Er hat gesagt, du hast ein Auge darauf. Ach nein, er hat es anders formuliert: Du hättest ein *Ohrwaschl* darauf. Und dämlich gelacht hat er dabei.«

»Soll er, der Affe. Was habt ihr über das Opfer herausgefunden?«

»Das war schon ein merkwürdiger Kauz. Von Beruf Arzt. Allgemeinmediziner. Hat aber seit mehr als einem Jahr Berufsverbot und trieb sich neuerdings als Wasserapostel herum, jobbt für eine amerikanische Firma, die sündteure Osmose-Anlagen verkauft, mit denen man verschmutztes Wasser in sauberes filtern kann. Und dieser Mückmann wurde von Josef Schinagl beauftragt, die Wasserqualität des Grünen Sees zu testen. Vor einem Jahr hat der das angeblich schon einmal gemacht. Damals überschüttete er den Grünen See mit Lob. Diesmal dürfte der Test nicht nach den Erwartungen des Auftraggebers ausgegangen sein. Möglich, dass der See verseucht ist. Kothbauer glaubt, dass Mückmann das Plakat mit der Warnbotschaft im See deponieren wollte und von Schinagl überrascht wurde.«

»Ja, warum nicht?«

»Geh, Pöls, du hast mir selbst eingebläut: Die meisten Fälle sind nie, wie sie auf den ersten Eindruck scheinen.«

»Hab ich das gesagt?«

»Hast du, und deshalb möchte ich, dass du deinem Umfeld ein bisserl auf den Zahn fühlst.«

»Ich bin hier nicht zum Quatschen, sondern zum Wandern.«

»Pöls, ich starre gerade auf den Live-Wetterbericht. Ich sage mal so: Bei euch ist's zurzeit noch beschissener als bei uns in der Stadt.«

»Dann liege ich eben faul im Bett.«

»Es ist eine Selbstversorgerhütte!«

»Na und?«

»Wie ich dich kenne, ist der Kühlschrank leer. Du musst früher oder später sowieso raus. Da kannst du dich doch gleich umhören. Knöpfe dir Schinagl vor. Aber mit mehr Gespür als Kothbauer. Du hast ein spezielles Händchen für solche Typen.«

17. Inspektor Pöls – Gestohlen

Die Wolken schmiegen sich heute noch enger aneinander. Temperaturen fernab des Frühlings. Unwirtlich, eher das ideale Wetter, um den Tag mit Azra gemütlich im Bett zu verbringen – aber das Leben ist fies zu Heinz Pöls. Er kann nur mit seinem Polster kuscheln – und auf den hat er keine Lust. Er riecht wie ein modriger Dachboden. Da begibt er sich lieber vor die Hütte. Eine gefühlte Ewigkeit blickt er in den angrenzenden Wald. Irgendwo da muss dieses Zelt sein, auf das er ein Auge beziehungsweise ein Ohr werfen soll. Der Waldweg ist feucht. Durch die schütteren Bäume kann Pöls zum See blicken. Noch bevor er das Zelt entdeckt, fällt ihm ein stattlicher Baum auf, der in seinem Stamm sichtbare Schrammen aufweist. Als hätte sich jemand mit einem Schwert an der Rinde ausgetobt. Wenige Schritte weiter offenbart sich das Zelt. Pöls hatte eine romantischere Vorstellung im Kopf als die Version, die sich ihm hier darbietet. Was für ein erbärmlicher Leinenfetzen. Da würde Pöls eher den nackten Nadelboden als Schlafstätte bevorzugen. Ein äußerst provisorisches Exemplar.

Wer immer in dem Zelt geschlafen hat, verteilte viel Schmutz auf der Bodenfolie. Das ist ja kein Zustand!

Rund um das Zelt liegt Klimbim: einfachste Campingausrüstung. Keine Markenware. Mehr Müll als Brauchbares. Passt nicht zu jemandem, der Vertreter für sündteure US-Osmose-Anlagen sein soll. Instinktiv mustert der Inspektor die Gegenstände auch auf potenzielle Tatwaffen. Nichts, was sich aufdrängen würde.

Pöls tritt aus dem Wald und steht auf der Schotterfläche, die zum Grünen See führt. Von der Leiche ist nichts mehr zu sehen. Der Inspektor entschließt sich für einen Spaziergang um den smaragdgrünen Pracht-See. Auf der anderen Uferseite befindet sich das Gasthaus zum Pribitzblick. Leider macht es noch immer einen geschlossenen Eindruck. Obwohl Pöls hier gestern mit Azra vorbeimarschiert ist, nimmt er die schlichte Tür an der Seitenfassade erst heute wahr. Lediglich ein bescheidener Zettel auf Kopfhöhe verweist auf: *»Gaukler Diving«*. Die Tür lässt sich zwar nur mit Nachdruck öffnen, ist aber nicht abgesperrt.

Das wundert Pöls. Neugierig steckt er seinen Kopf in die Stube. Im Vergleich zu dem beißenden Neopren-Geruch duftet es in seiner Hütte geradezu lieblich. Eine Breitseite ist mit Garderobenbänken ausgekleidet. Von den Kleiderhaken hängen leere Tauchanzüge. Entlang einer Mauer stehen Sauerstoffflaschen und Kisten mit Tauchzubehör: Taucherbrillen, Flossen, Schnorchel, Atemregler, Unterwasserlampen – und jede Menge Gewichte in den unterschiedlichsten Farben. Pöls tritt näher an die Kiste heran und nimmt eine der Bleimanschetten in die Hand.

»Hallo Süßer, hast du dich in der Tür geirrt? Die Toiletten sind auf der Vorderseite vom Gasthaus. Oder willst du Bekanntschaft mit meinem Mann machen? Der ist auch gleich da.«

Pöls wirbelt herum und blickt einer großgewachsenen, rassigen Dame in die Augen. Stark geschminkt, aufgeklebte Wimpern und lange, künstliche Fingernägel. Ihre Parfümwolke erstickt den Gummigestank.

»Ich bin nicht zum Wasserlassen gekommen. Im Grünen See wurde eine Wasserleiche gefunden. Beschwert mit Gewichten aus diesem Laden.«

»Sind Sie Polizist?«

»Sowas in der Art. Mit wem habe ich das Vergnügen?«

»Ich bin Karin Gaukler.«

»Oh, dann gehört der Laden dir?«

»Meinem Mann.«

»Den möchte ich gerne sprechen.«

»Der ist nicht da.«

»Sagest du nicht, dein Mann kommt jeden Moment?«

»Das sollte eine Abschreckung sein, weil ich Sie für ungebetenen Besuch gehalten habe.«

»Wo finde ich ihn?«

»Unsere Zentrale von Gaukler Diving ist in Kapfenberg.«

»Ist hier Tag der offenen Tür? Da kann jeder hereinspazieren und die Ausrüstung stibitzen.«

Pöls betrachtet die Fußspuren am Steinboden. Die Straßenschuhe dürften sich die Tauchschüler erst in der Garderobe ausziehen. Unzählige Matschprofile dokumentieren das Schlechtwetter der letzten Tage.

»Das Schloss ist defekt. Haben wir schon bemängelt. Normalerweise kommt hier ohnehin nix weg. Die Menschen in dieser Gegend haben Anstand.«

»Jedenfalls müssten dir ein paar Tauchgewichte abgehen.«

Pöls macht einen Schritt zur Seite, damit er den Blick auf die Kiste mit den Bleigewichten frei gibt.

»Ach ja?«

»Die haben wir gestern an Hans Mückmann gefunden.«

Ihr Stirnrunzeln drückt ihre Verwirrung aus.

»Mück…?«

»Sagt dir der Name etwas?«

»Wer soll das sein?«

»Die Wasserleiche.«

»Wir hatten mit dem nichts zu tun.«

»Warst du gestern auch hier?«

»Verdächtigen Sie mich?«

»Nichts liegt mir ferner. Reine Routinefrage.«

»Gestern war ich den ganzen Tag in unserer Zentrale.«

»Und dein Mann?«

»Auch!«

»Umso fahrlässiger, dass ihr euren Clubraum nicht abschließt.«

»Dass die Tür defekt ist, liegt am Schinagl. Der müsste das Schloss auswechseln. Aber der alte Depp kommt nicht in die Gänge.«

»Absperrbare Schränke wären in so einem Fall eine kluge Alternative.«

»Zahlt sich hier kaum aus, weil wir im Grünen See pro Jahr nur eine Handvoll Sondertauchkurse abhalten.«

»Wann finden die statt?«

»Normalerweise jetzt.«

»Normalerweise?«

»Naja, bei dem miesen Wetter geht keiner tauchen.«

»Wieso bist du dann heute hier?«

»Ich muss gestehen, dass mich kein spezieller Grund hierher geführt hat. Es war mehr ein Gefühl. Nach dem Frühstück hatte ich das Bedürfnis, nach Tragöß zu fahren. Sehnsucht, verstehen Sie?«

»Absolut!« An einem Sonnentag. Aber bei mausgrauem Wetter?

»Dann werde ich mal deinem Mann in der Zentrale einen Besuch abstatten.«

Pöls ist, als würde der Frau die Blässe ins Gesicht steigen.

18. Inspektor Pöls – Tauchquartier

Richtig ungewohnt, nach Wochen der Fahrabstinenz hinter einem Steuer zu sitzen. Alles in Azras Wagen ist winzig – allen voran die Armaturen-Anzeigen, die Pöls schlichtweg nicht lesen kann. Zum Glück ist er routiniert im Fahren nach Motorengeräuschen.

Der Fiat springt beim ersten Versuch an. Pöls wertet das als Freundschaftsbeweis.

Aus Tragöß schlängelt sich die Straße wie ein elendig langer Wurm durch das Lamingtal. Um nicht gleich den Kollegen von der Verkehrsabteilung in die Arme zu fahren, lenkt Pöls so konzentriert und vorsichtig wie möglich.

Keine fünf Kilometer gefahren, nimmt er im Rückspiegel einen knallgelben Punkt wahr, der rasant näher rückt. Kurz vermutet der Inspektor eine Halluzination, aber dann offenbart sich der gelbe Punkt als Sportwagen. Mit ohrenbetäubendem Lärm brettert die Teufelsmühle am Fiat vorbei. Durch den starken

Windstoß muss Pöls gehörig am Lenkrad rudern, um auf der Fahrbahn zu bleiben. Schon ist der gelbe Fleck wieder dahin.

Knapp eine Dreiviertelstunde später biegt der kleine Fiat am Stadtende von Kapfenberg auf den Parkplatz eines modernen Gebäudes, das einem stylischen Würfel gleicht.

Pöls kommt direkt neben dem gelben Sportwagen zu stehen. Deshalb ist er nicht sonderlich überrascht, als er im Foyer von Gaukler Diving von Karin Gaukler begrüßt wird. Neu Make-up aufgetragen, in eine Extra-Wolke lieblichen Flieder gehüllt. Der Mund präsentiert die gebleichten Zahnreihen.

»Mein Ehegatte ist leider verhindert. Ich wünschte, ich hätte Ihnen das in Tragöß mitteilen können, dann hätten Sie sich den weiten Weg erspart.«

Pöls betrachtet die Bilder an der Wand. Sie zeigen paradiesische Taucherlebnisse von Thomas und Karin Gaukler. Ein Traumpaar über wie unter Wasser. Jedes einzelne Foto spiegelt die Begeisterung im Gesicht des Tauschulbesitzers. Zu gerne hätte Pöls mit ihm ein paar Worte gewechselt. Aber auch Karin Gaukler macht den Anschein, als hätte sie noch etwas auf dem Herzen.

»Sie sind Inspektor Kothbauer, richtig? Ein Anruf bei der Polizei hat genügt.«

»Und warum war es dir so wichtig, meinen Namen herauszufinden?«

»Damit ich Sie sofort informieren kann, wenn ich Neuigkeiten erfahre. Als ich Sie zuvor am Grünen See gesehen habe, war ich total überrascht und somit etwas überfordert – und ich glaube, ich habe eine Spur zu wenig betont, dass Tommy und ich gestern beide hier in der Hauptzentrale waren. Den ganzen Tag.«

»Hast du mir das nicht schon gesagt?«

»Ich möchte nur, dass Sie wissen, dass wir ein Alibi für den Tatzeitpunkt haben.«

»Wer sagt dir, dass sich der Mord gestern ereignet hat?«

»Die Zeitung.«

»Da steht nur, dass die Leiche gestern geborgen wurde. Der genaue Mordzeitpunkt steht noch nicht fest.«

»Der Grüne See ist so glasklar, da bleibt das keine zwei Tage ungesehen. Und selbst wenn: Tommy und ich waren die komplette letzte Woche nicht in Tragöß.«

Ihr Grinsen wirkt deplatziert. Es dürfte ihr selbst auffallen, denn rasch wendet sie den Kopf ab und erkundigt sich, ob der Inspektor etwas trinken möchte.

»Wo kann ich deinen Mann finden?«

»Er ist bei einem Vortrag, hat sein Handy abgedreht.«

»Wo ist der Vortrag?«

»Kann überall sein. Wir haben Kunden bis nach Wien.«

»Du bist seine rechte Hand und kennst seine Termine nicht?«

»Ich mache die Buchhaltung und nicht seine Terminplanung. Es tut mir schrecklich leid, Herr Inspektor Kothbauer, aber wir können Ihnen bei diesem Mordfall leider nicht behilflich sein.«

»Oh, doch! Die Spurensicherung nimmt die Abdrücke der Schuhprofile in eurem Vereinslokal in Tragöß. Es wäre hilfreich, wenn du mir beim Abgleichen der Profile helfen könntest.«

»Was erwarten Sie sich davon? Dass unter den Fußspuren der Dieb unserer Bleigewichte ist? Natürlich werden Sie Abdrücke von meinen Schuhen und vielleicht von Tommy finden. Das heißt noch lange nicht, dass wir etwas mit diesem schrecklichen Mord zu tun haben.«

»Interessant, worüber du dir Gedanken machst. Ich frage mich, warum ich dort Spuren von dir finden soll, wenn du die letzten Tage nicht in Tragöß warst?«

»Ich meine ältere Spuren.«

»Unsere Spurensicherung interessieren nur frische Abdrücke, nicht älter als 36 Stunden – also sollte es für dich keinen Grund zur Sorge geben.«

Karin Gaukler steht auf einem Bein – das andere ist angewinkelt und der Turnschuh schmiegt sich gegen die Wade. Pöls registriert die blitzsaubere Sohle.

»38er«, tippt er und erntet einen verwirrten Gesichtsausdruck.

»Die Schuhgröße meine ich: 38?«

»Wenn Sie von mir Spuren finden, müssen die von heute stammen. Ich war kurz mal drinnen, bevor Sie in unser Lokal gestolpert sind.«

»Hoffentlich hast du dabei nicht jene Spuren vom Gewichte-Dieb vernichtet.«

19. Inspektor Pöls – Bahnschranken

Pöls sitzt in Azras Auto und lenkt sich durch Kapfenberg. Im Augenwinkel das Blinken seines Mobiltelefons. Bobo hat eine Nachricht hinterlassen. Ob's wichtig ist? Autofahren mit starker Sehschwäche und telefonieren: Würde er mit seinem eigenen Wagen riskieren, aber beim Fiat hat er Angst, eine Delle reinzufahren. Denn eines hat Azras Auto mit seinem gemeinsam: Beide sind so oldschool, dass sie über keine Komfortfeatures verfügen – auch eine Handy-Halterung bleibt Wunschdenken.

Also muss er warten – und die Gelegenheit ergibt sich rascher als gedacht: Nachdem sich Pöls durch die Kapfenberger Altstadt geschlängelt hat, stoppt ihn eine herabgelassene Bahnschranke. Auf der Gegenüberseite der Trasse blenden ihn die großen Scheinwerfer eines LKWs.

Pöls greift zum Handy. Bobo hat Neuigkeiten von Kothbauers Recherchen über das Opfer.

»Dass Hans Mückmann ein Arzt war, wussten wir. Nun haben wir herausgefunden, dass er über viele Jahre in Graz wirklich ein angesehener Allgemeinmediziner war. Vor knapp zwei Jahren hat er jedoch seine Approbation verloren, weil er Patienten unter der Hand gefälschte Impfausweise besorgte und sich damit ein gutes Zubrot verdiente. Bis er an den falschen Patienten geriet. Der Mann ist frau- und kinderlos. Lebte nur für Medizin und Wissenschaft und wohnte in Andritz in einer Wohngemeinschaft aus akademischen Junggesellen. Angeblich hat er sich aber schon mindestens ein halbes Jahr nicht mehr in der Männer-WG blicken lassen, übermittelte aber dem Hauptmieter regelmäßig ein kleines Trinkgeld fürs Post-Bunkern. Den Berg an Briefen hat er nie abgeholt. Gegen Hans Mückmann wurden unendlich viele Prozesse geführt. Der Mann hat speziell in den letzten drei Jahren keine Gelegenheit ausgelassen, sich mit Personen, Institutionen, Organisationen anzulegen. Mit anderen Worten: Es mangelt nicht an Menschen, die es nicht stört, dass der Querulant den Löffel abgegeben hat. Und was hast du bis jetzt rausbekommen, Pöls?«

»Nix. Bei der kaputten Tür vom Tauchclub kann sich jeder an den Bleigewichten bedienen.«

»Stell dir vor, der Seebesitzer hat sich gemeldet und möchte dich umgehend treffen.«

»Der Joschi.«

»Zu Mittag bei dem Gasthaus am Grünen See.«

»Na, super! Der Wirt hat geschlossen. Ich hab einen Bärenhunger.«

»Pöls, ich freu mich, dass du wieder im Boot bist. Wenn du uns hilfst, werde ich alles unternehmen, was in meiner Macht steht, um dich so schnell wie möglich wieder in unser Büro zurückzuholen, darauf kannst du dich verlassen.«

Pöls glaubt, er hat einen Hörschaden! Was will das Leibnitzer Wurschtl ausrichten? Bobo ist Frischfleisch bei der Kriminalpolizei – da hört man noch nicht einmal auf einen Furz, den er lässt.

Frustriert fummelt Pöls an dem CD-Player in der Mittelkonsole herum, bis schließlich melancholische Klänge die Fahrzelle ausfüllen. Azra steht auf Musik des südamerikanischen Künstlers Lucien Belmond. Genau das Richtige, um den Pulsschlag wieder deutlich abzusenken. Pöls muss nur aufpassen, dass er zu dem hypnotisierenden Frauenchor nicht einschläft. Mittlerweile donnert ein schier endloser Güterzug an der Windschutzscheibe vorbei. Vollbeladen mit Luxus-Swimmingpools. Die unterschiedlichsten Modelle präsentieren sich wie am Laufsteg.

Zwischen den einzelnen Waggons blitzt dazwischen immer wieder das Scheinwerferlicht des LKWs hindurch. Wie bei einem Stop-Motion-Film kann Pöls mitverfolgen, wie der Lastwagen wendet. Mit jedem weiteren kurzen Eindruck zwischen zwei Waggons lässt sich ein Buchstabe nach dem anderen auf dem Anhänger entziffern: G-A-U-K-L-E-R-T-R-A-N-S-P-O-R-T-E.

»Gaukler Transporte«, setzt das Hirn des Inspektors zusammen.

Im gleißenden Scheinwerferlicht werden die Pools wie beim Röntgen durchleuchtet und Pöls wundert sich, dass diese Becken gefüllt sind. Wie in einem schaukelnden Wasserbett schwappt in jedem Pool eine Flüssigkeit hin und her. Gelegentlich spritzt es über den Beckenrand. Vielleicht standen die Waggons tagelang bei Regen unter freiem Himmel. So etwas hat Pöls auch noch nie gesehen. Wie kann man Swimmingpools nur so deppert transportieren? Oder werden die nach Gewicht bezahlt? Dann ist's äußerst lukrativ.

Und wieder ertappt sich Pöls dabei, dass er sich über Sachen Gedanken macht, die schlichtweg nicht seine Baustelle sind.

Urlaub! Pöls! Wann kapiert er es endlich?

Bis der Güterwaggon hinweggefegt ist und sich der Bahnschranken wieder hebt, sind von dem LKW nur mehr die Rücklichter zu sehen.

Für einen Moment hat Pöls den Impuls, sich an den Auspuff des Lastwagens zu hängen – als sich sein Fuß auf das Gaspedal des PS-schwachen Kleinwagens setzt, wird er sich seiner Beurlaubung bewusst und sagt endlich zu sich selbst: »Das ist nicht mehr deine Aufgabe, Heinz! Du nimmst dir nur noch den Schinagl vor – und dann ab in die Berge!«

Endlich hat er's begriffen!

20. Inspektor Pöls – Beim Wirt

Auf den letzten Kilometern Richtung Tragöß grübelt Pöls, wie wahrscheinlich es sein kann, dass Mückmann für Monate in diesem schäbigen Zelt am Grünen See hauste.

Vielleicht bringt Josef Schinagl mehr Licht ins Dunkel. Das Gasthaus zum Pribitzblick, in dem auch die Tauchschule integriert ist, macht weiterhin einen geschlossenen Eindruck, aber zumindest brennt hinter einem der Fenster Licht und ein stämmiger Mann mit kariertem Hemd lehnt rauchend am Geländer der Holzveranda. Pöls kann sich für den Fiat einen beliebigen Parkplatz aussuchen. Alles frei.

»Endlich sehe ich hier mal jemanden. Ich bin Inspektor Heinz Pöls. Ich residiere seit gestern in der Waldhütte beim See. Habe mich gefragt, ob ich hier was zu essen bekomme.«

»Kein Zweifel, dass es sich beim Toten um den Oasch handelt?«

Pöls weht eine lungengefilterte Rauchwolke entgegen.

»Das ist jetzt Definitionssache, wen du in diese Schublade gibst«, meint Pöls und gesellt sich zu dem Herrn.

»Den *Wassertrottel*, meint der Walter!«

»Walter?«, wiederholt Pöls und wüsste gerne, von wem der gute Herr da spricht – aber, um nicht auf die guten alten Gewohnheiten zu verzichten, sorgt der Inspektor einmal für Durchblick in der Konversation: »Hans Mückmann heißt das Opfer. Genauer genommen: Doktor Hans Mückmann.«

»Der wollte unsere Region ruinieren.«

»Hat die Region dem Mückmann nicht die goldene Qualitätsplakette zu verdanken?«

»Eine Kasperlplakette ist das höchstens. Die kann er sich sonst wohin stecken. Die kann mir gestohlen bleiben – im wahrsten Sinne des Wortes.« Der Mann deutet an die Hausfassade. Neben der Tür ist noch die ovale, sonnenausgeblichene Stelle zu sehen, an der sie wohl bis vor kurzem gehaftet haben muss.

»Hat sich bei den Touristen aber sicher bezahlt gemacht, so ein Trinkwasserqualitätsnachweis.«

»Pah, der Oasch ist nicht einmal von einer registrierten Prüfstelle. Der darf offiziell solche Zertifikate gar nicht vergeben. Das ist wertloser Dreck. Nur der Joschi ist auf die Plaketten vom Oasch voll abgefahren.«

»Schinagl? Mit dem habe ich jetzt eine Verabredung. Ist er in der guten Stube?«

»Nein, der hat sich heute noch nicht blicken lassen.«

»Darf ich trotzdem was trinken? Beim Bier vertraue ich aufs Reinheitsgebot.«

Im Ausdämpfen der Zigarette nickt der Mann.

Alles sehr rustikal gehalten. In der Gaststube stehen die Stühle auf den Tischen. Der Wirt schnappt sich zwei Stuhlbeine und hebt zuerst den ersten, dann den zweiten Stuhl von einem Tisch.

»Hucken[8] Sie sich hin.«

Dann wird Bier gezapft und mit einer Spur zu großer Schaumhaube serviert. Der Wirt selbst gönnt sich einen Schnaps.

»Du glaubst also, der Mückmann hat den Schinagl erpresst, indem er ihm mit dem neuen Test das Zertifikat wieder wegnimmt?«

»Dem Walter kann keiner erzählen, dass sich die Wasserqualität innerhalb eines Jahres derart verschlechtert. Und der Oasch arbeitet für so eine amerikanische Firma, die mit verdrecktem Wasser Geld macht. Der ist bei mir in der Stube gestanden mit seinen Geräten und wollte, dass ich mir das ans Trinkwasser anschließe. Danke! Gemma! Baba! Der Walter hat ihn gleich wieder marschieren lassen.«

»Wäre der Walter eventuell persönlich zu sprechen? Ich würde das gerne aus seinem Mund hören.«

»Tun's eh! Der Walter steht vor Ihnen.«

Der Pöls trinkt lieber einen Schluck, um keine falsche Grimasse zu schneiden. Aber jetzt macht es natürlich Sinn, was der Typ so von sich gibt.

»Jahrelang hat Joschi für die Prüfung der Wasserqualität eine offizielle Prüfstelle beauftragt. Warum engagiert er auf einmal diese Witzfigur? Weil ihm der selbsternannte Wasserprophet mit der selbstgemachten Kasperlplakette Honig ums Maul geschmiert hat. Normalerweise macht Joschi aus der Wasserkontrolle kein großes Geheimnis – diesmal lief alles so im Verborgenen ab. Und auf einmal wandert diese Kündigung ins Haus.« Der Wirt greift in eine Lade und zieht ein mehrseitiges Zettelwerk hervor.

»Joschi hat mir die Pacht gekündigt. Und dem Tommy hat er die Tauchlizenz weggenommen. Der Tourismusverband hat Unmengen ins Marketing gesteckt. Die müssen ihre gesamten Sommerpackages stornieren. Chaos, wohin man schaut. Von einem Tag auf den anderen.«

»Du musst zusperren?«

»Dass die Taucher abziehen müssen, kann ich nachvollziehen. Die sind unmittelbar betroffen. Aber wir? Das Betreten des Wassers ist sowieso strengstens verboten. Für die Wanderer macht's also keinen Unterschied und deshalb kapier' ich nicht, weshalb ein Walter seinen Betrieb zusperren soll und der Tourismusverband keine Werbung mehr machen darf.«

»Das macht dich ganz schön zornig, was?«

»Schauen's mich nicht so an. Der Walter hat den Oasch nicht abgemurkst.«

»Warst du gestern hier?«

»Das hätten Sie gern, was? Damit Sie mich zu den möglichen Mördern zählen können. Nochmals Glück gehabt, der Walter, denn der war gestern im Großmarkt in Graz, um sämtliche Aufträge zu stornieren. Nachweinen tu ich dem Oasch trotzdem keine Träne.«

»Da bist du sicher nicht der Einzige im Ort. Hast du gestern zufällig auch den Thomas Gaukler vor Ort gesehen?«

»Guter Versuch, Inspektor! Ich habe Ihnen doch gesagt, dass der Walter in Graz war. Ich schau für Sie vielleicht deppert aus, aber ich bins ned.«

»Wohnst du ganz alleine hier? Frau? Kinder? Angestellte?«

»Die Frau ist mir vor einem halben Jahr abgeposcht[9], mein Kind ist im Vollinternat in Wien und meine Saisonarbeiter habe ich zum Stempeln geschickt, solange der Laden hier nicht schnurrt. Die paar Frankfurter kann ich für meine Wandersleut auch noch selbst ins kochende Wasser hauen. Und jetzt ist der Ofen sowieso aus.«

Pöls rinnt augenblicklich das Wasser im Mund zusammen, aber draußen ist das Aufheulen eines Geländewagens zu hören. Der Wirt stellt sich ans Fenster.

»Der Joschi ist da! Vielleicht können Sie ihm ins Gewissen reden, dass er wegen dem Chaos nicht gleich auch den Pachtvertrag vom Walter ad absurdum schicken muss.«

Die Tür knallt auf und der Grundbesitzer steht völlig außer Atem im Eingang. Seinen Hund an der kurzen Leine.

»Inspekta, prima, dass Sie noch da sind. Unpünktlichkeit ist normalerweise nicht meine Art – aber ich habe ihn gefunden.«

»Wen?«

Der Schäferhund ist genauso aufgeregt wie Herrchen und zerrt so lange an der Leine, bis sie Schinagl entgleitet. Er bückt sich, um den Plastikgriff aufzuheben, doch sein Köter ist schneller und verschafft sich Zutritt zur Küche.

»Untersteh dich, du Bestie«, krächzt der Wirt und jagt dem Hund hinterher. Schinagl stolpert an Pöls heran.

»Ich habe den Mörder vom Herrn Dokta.«

»Was redest du da?«

»Deshalb hab' ich Sie ein bisserl warten lassen müssen. Ich musste sichergehen, dass er aus der Almhütte nicht mehr rauskommt, der Lump.«

»Von wem redest du?«

»Na, von wem werd' ich reden? Von dem Wildcampierer natürlich. Dem das Zelt gehört. Der hat den Herrn Dokta umgebracht und ist dann auf'd Pribitz geflüchtet. Aber Arthus hat seine Fährte aufgenommen.« Schinagls Arm schwenkt Richtung Küchentür. Im nächsten Moment legt der Mann den Arm um die Schultern des Inspektors.

»Sie können ihn gleich festnehmen. Ich führe Sie dorthin.«

»Wohin?«

»Na, auf die Pribitzalm. Die Hütte gehört mir. Ich habe ihn eingesperrt. Er sitzt in der Falle.«

Ohne Eile befreit sich Pöls aus der Umarmung und nimmt dafür sein Bierglas in die Hände. »Wie du gestern sicher mitbekommen hast, leitet mein Kollege diesen Fall. Für eine Festnahme ist er zuständig.«

»Dieser Clown wollte mich gestern in Handschellen wie einen Schwerverbrecher von meinem Grundstück abführen lassen.« Der Kopf des Jägers färbt sich dunkelrot. »Der darf sich jetzt mit meinem Anwalt herumärgern. Ich habe eine Beschwerde gegen ihn eingereicht. Nein, dem sag ich nix. Sie würden mir hingegen eine Riesenehre erweisen, wenn Sie den wahren Mörder in Gewahrsam nehmen, Inspekta.«

»Auf eine Wandertour bin ich im Augenblick weder mental noch körperlich eingestellt. Mir steckt von gestern eine Bergtour in den Knochen.«

»Ist nur ein kurzer Spaziergang. Nicht der Rede wert. Ein

Stück können wir mit dem Wagen fahren. Kommen's, bevor der Lump aus der Almhütte Hackschnitzel macht.«

21. Inspektor Pöls – Aufbruch zur Pribitzalm

Ein Stück in die Jassing[10] geht's bequem mit dem Geländewagen. Dann parkt Schinagl im ärgsten Morast und deutet auf einen knackigen Anstieg. Pöls versteht es nicht ganz.

»Die Forststraße führt doch noch weiter.«

»Die schlängelt sich ewig, bis wir dort oben sind. Gemma direttissima. Da simma schneller.«

»Das schaffe ich nicht ohne Stöcke.«

»Ich hab welche im Kofferraum.«

Schon stochert Pöls hinter dem Grundstücksbesitzer hinterher, der ein Tempo vorlegt, als ginge es darum, einen Großbrand zu löschen. Also hilft nur eine Taktik, um die Schrittfrequenz zu drosseln: Provokante Fragen!

»Du musst auf Mückmann eine ordentliche Wut haben.«

»Auf den Herrn Dokta? Wieso denn das?«

»Kaum ein Jahr, nachdem dir der Mann das beste Zeugnis ausgestellt hat, entzieht er es dir wieder.«

»Im Gegenteil, dank seiner Hilfe haben wir rechtzeitig erkannt, dass die Gesundheit des Sees bedroht ist. Nicht auszudenken, wenn ich zu verantworten hätte, wenn ein Taucher nach einem Bad in meinem See gesundheitliche Probleme hat.«

»Ich würde die Auswertung von Mückmanns Proben gerne sehen.«

»Die offizielle Auswertung liegt noch gar nicht vor.«

»Wie kommt's dann, dass du überall Panik verbreitest?«

»Tu ich doch gar nicht.«

»Du kündigst den Tauchclub, den Gastwirt und verbietest dem Tourismusverband Werbeaktionen.«

»Der Herr Dokta hat schließlich Einblick in die Analyse. Er hat mich schon einmal vorgewarnt, dass das Ergebnis nicht lustig werden könnte und dass ein Tauchen darin mit Sicherheit nicht förderlich ist.«

»Mit anderen Worten, Mückmann hat dir gesagt, dass der See vergiftet ist.«

»Er drückte sich wissenschaftlicher aus und nannte eine ganze Latte an Grenzwerten für hochriskante Substanzen, die in Trinkwasser absolut nichts verloren haben.«

»Von dem hast du dir aber alles erzählen lassen.«

»Er genoss mein absolutes Vertrauen, falls es das ist, was Sie wissen wollen. Ich war dabei, wie er die Proben an verschiedenen Stellen aus dem See genommen hat und ich habe beobachtet, wie er die Röhrchen versiegelt und codiert hat.«

»Du hast dich nie gefragt, ob womöglich Mückmann selbst am meisten von einer Verschmutzung profitieren würde?«

»Der Herr Dokta liebte den Grünen See.«

»Aber er hätte mit seinen Osmose-Geräten ein Bombengeschäft gemacht.«

»Aqua Spirit ist ausschließlich für Gebäude-Wassersysteme geeignet. Für die Reinigung des Sees taugen diese Geräte nicht. Das hat mir der Herr Dokta unmissverständlich klar gemacht, weil er ein Ehrenmann ist. Mit seinem Wissen unterstützt er mich beim Aufbau einer gesunden Gewässerökologie. Ohne die geringste Honorarforderung für seine Beratungstätigkeit, so ganz nebenbei erwähnt.«

»Vernachlässigbar, wenn ihm danach jeder Tragößer Haushalt ein Osmose-Gerät abkauft.«

»Sie sitzen einem Denkfehler auf, Herr Inspekta. Der Herr Dokta war nicht das Problem, sondern Teil der Lösung. Das ist ein gravierender Unterschied.«

»Warum hast du keine offizielle Stelle mit der Untersuchung beauftragt?«

»Bis die Behörden in die Gänge kommen, dauert's ewig. Beim Herrn Dokta genügt ein Anruf und er kommt. Ich wollte keine Zeit verlieren. Schon gar nicht, weil demnächst die Taucher gekommen wären.«

»Woher kommt deine Vermutung, dass irgendwas mit dem Wasser nicht stimmen könnte?«

»Deshalb!«

Mitten im steilsten Anstieg macht der Mann Halt, holt sein Mobiltelefon hervor und tippt darin herum, bis er findet, wonach er sucht. Er streckt Pöls das Display entgegen. Bei der Spiegelung erkennt der Inspektor so gut wie nichts. Er eignet sich das Telefon an und hält es nah vor sein Gesicht. Ein Foto, auf dem eine tote Forelle im Wasser treibt. Darunter der Text:

»*Geschätzter Genosse Josef! Jetzt ist es passiert. Unser geliebter Grüner See stirbt. Warum lässt du das zu? Wir verlieren einen wertvollen Flecken Natur, ein Stück Heimat und du trägst die Schuld daran, denn es ist deine Aufgabe, dafür zu sorgen, dass dieses kostbare Erbe nicht zu Grunde geht. Wir hoffen, du weißt, was zu unternehmen ist. Kommen von dir keine klaren Zeichen, nehmen wir die Geschicke selbst in die Hand.*«

Pöls betrachtet das Foto eine ganze Weile.

»Absender unbekannt?«

»Bis gestern Nacht, ja, aber jetzt bin ich mir sicher, dass es der Lump ist, den ich in der Hütte gefangen halte.«

»Erpresst er dich?«

»Tät er gern, aber dazu hat er sich leider verschätzt!«

»Wieso?«

»Mir war gleich klar, dass mir das nur jemand geschickt haben kann, der den Grünen See nicht kennt. In dem See gibt's zur Zeit keine Fische. Da kann keine tote Forelle vorbeitreiben. Das ist Fake. Jeder Einheimische hätte das gewusst.«

22. Inspektor Pöls – Auf der Pribitzalm

Die Pribitzalm taucht auf knapp 1.400 Höhenmetern auf. Wenn er es sich aussuchen könnte, würde Pöls hier lieber mit Azra eine Jausenpause einlegen, anstatt einem irren Wildcampierer zu begegnen. Schon aus der Ferne ist der Lärm aus der Hütte vernehmbar. Musik! Da liegt ein flotter Beat in der Luft. Als fände in der Pribitzalm eine ausgelassene Party statt.

»Was ist da los?«, fragt Pöls.

»Keine Ahnung!« Josef Schinagl ist der Schock ins Gesicht geschrieben. »Ich sag' doch die ganze Zeit: Der Lump ist vollkommen irre. Wo ist Ihre Waffe, Inspekta?«

Die musste Pöls freilich mit seiner Beurlaubung samt Dienstmarke abgeben. Also lächelt er und streckt seine offenen Hände unschuldig von sich.

»Sie sind mir ein Polizist!«

Alle Balken bei der Hütte sind dicht und der Eingang ist mit Kette und Vorhängeschloss verriegelt. Mit Öffnen der Tür wird der Song schlagartig ein sattes Stück lauter.

Im Raum spendet ein kleiner Kerzenständer spärliches Licht. Ein bis auf Haut und Knochen ausgemergelter Typ in erdfarbener Wanderkleidung hockt meditierend im Schneidersitz am Boden und lässt sich vom plötzlich einfallenden Tageslicht nicht stören. Schinagl stapft sofort auf das Regal zu, auf dem ein alter Plattenspieler steht. Kratzend wirft er die Nadel von der Vinylplatte. Pöls kommt an die Anlage heran und schnappt sich die Hülle der Platte: »Atomic« von Blondie.

Noch bevor er irgendetwas dazu sagen kann, rechtfertigt sich Schinagl: »Ich wusste gar nicht, dass ich eine Scheibe zu dem Plattenspieler besitze. Ich habe den alten Kasten vor Jahren geschenkt bekommen und nie benutzt. Er dient nur als Zierde.«

»Genau wie in der Holzhütte am Grünen See. Da steht auch so ein Kastl«, sagt Pöls.

»Ja, ich habe den Plattenspieler meines Vaters verehrt. Das hat sich herumgesprochen und jetzt bekomme ich zu jedem runden Geburtstag von irgendwem einen alten Plattenspieler geschenkt.«

»Was macht das für einen Sinn ohne Platten?«

»Zuhause habe ich ein paar Blasmusik-Alben.«

»Das hier ist aber *Blondi*!«

»Sie heißt *Blondie* und die Platte gehört mir«, mischt sich der Lump ein.

Pöls dreht sich dem Mann zu, der sich jetzt im Zeitlupentempo aus der meditativen Position in den Stand begibt. Sein knochiges Gesicht erinnert an einen Totenschädel mit wachen Augäpfeln. Die verfilzte Frisur hat lange keinen Kamm mehr gesehen. Trotzdem können die Haarsträhnen das getrocknete Blut an der Stirn nicht verdecken. Hoch über dem Auge heilt eine nicht allzu alte Platzwunde.

»Was heißt, die gehört dir?«, plärrt ihn Schinagl an und schiebt die Vinylplatte nicht gerade rücksichtsvoll in die Hülle. »Du hast deine eigene Scheibe mitgebracht, oder wie?«

»Es ist mehr als eine Schallplatte. Es ist *Atomic*.«

»Was ist daran so toll?«

»Die versteckte Botschaft.«

»Ein Irrer!« Einem Frisbee gleich schießt Schinagl dem Mann die eingepackte Platte zu. Der fängt sie und hält sie sich schützend vor den Oberkörper. Pöls wartet, bis sich die Blicke treffen.

»Ich bin Inspektor Heinz Pöls.«

»Halten Sie mich ja nicht für einen Olo. Das bin ich nämlich nicht.«

»Was ist ein Olo?«

»Sie haben gesagt, Sie sind Polizist.«

»Ja, bin ich.«

»Dann müssen Sie wissen, dass Olo für Obdachloser steht.«

»Zum Obdachlosen sag ich Obdachloser, Penner, Sandler, aber sicher nicht Olo. Polizei hin, Polizei her.«

»Der redet ständig so«, zischt Schinagl. »Ein völlig Wahnsinniger.«

»Kannst du dich ausweisen?«

»Ich brauche keine schmutzigen Papiere, die meine Existenz belegen. Ich bin Mensch. Ich bin frei und somit frei von Dokumenten.«

»Einen Namen wirst haben.«

»Nennen Sie mich Altkönig. Moritz.«

»Ok, Moritz, das ist ein Anfang. Und was führt dich an den Grünen See?«

»Ich bin in der Nähe aufgewachsen.«

»Lügner! Ich hab' den Kerl nie zuvor in meinem Leben gesehen – und ich kenne alle Leute aus der Umgebung. Alle! Es gibt keine Familie Altkönig in Tragöß. Der ist nicht von hier.«

»Ich habe meine Kindheit in St. Kathrein verbracht und am Grünen See meine erste Liebe geküsst. Vor mehr als fünfzehn Jahren.«

»Es gibt auch keine Familie Altkönig aus St. Kathrein. Ich kenne sie alle. Alle! Das ist ein Wahnsinniger, ein Parasit, ein Blutsauger. Gib zu, dass du mir das Foto mit dem toten Fisch geschickt hast. Kein anderer Trottel würde sowas tun, weil es gegenwärtig keine Fische im Grünen See gibt. Dumm gelaufen für dich, du Lump.«

Nachdem von dem Angesprochenen keine Reaktion kommt, tritt Pöls näher an den Mann heran.

»Moritz, kannst du mir dein Handy zeigen?«

»So etwas besitze ich nicht.«

»Die nächste Lüge.« Schinagl ballt seine Fäuste. So hochrot hat Pöls den Jäger noch nie gesehen. Der Wildcampierer bleibt davon unbeeindruckt: »Freiheit bedeutet für mich, dass ich mich von nichts und niemandem einschränken lasse. Weder von

Gesetzen noch von Materiellem. Auch nicht von diesen Gurken, die jeden Schritt überwachen. Sie geben dir das Gefühl, eine Unterstützung und Erleichterung im Alltag zu sein, aber in Wirklichkeit legen sie dich in Fesseln, machen dich abhängig wie einen Junkie und verstrahlen dich.«

»Wie lange bist du schon am Grünen See?«

»Ich achte nicht auf einzelne Tage und rechne nicht in Wochen. Ich genieße das pure Sein.«

»Mir würde vorerst eine grobe Schätzung reichen.«

»Seit die Almrose in rostigem Rot aufgegangen ist.«

»Dann haust der Lump mehrere Wochen illegal auf meinem Grund«, posaunt Schinagl quer durch die Hütte: »Dein Freiheitswille ignoriert die Regeln, die für alle gelten. Auf meinem Gelände ist das Campieren strengstens verboten. Hast du die Warnhinweise nicht gesehen?«

»Ich achte nicht auf Manipulationstafeln.«

»Könnte erklären, warum du ein Cut überm Auge hast«, merkt Pöls an und versucht, die Gesprächslautstärke wieder etwas zu drosseln. Sollte man an der frischen Bergluft nicht gelassener werden?

Der Lump, wie der Jäger den jungen Mann nennt, scheint den Appell des Inspektors zu spüren und fährt ruhig fort: »Ich vertraue auf mein eigenes Gefühl. Ich benötige gerade einmal einen Quadratmeter für meinen Schlafplatz, mache kaum Feuer, hinterlasse keinen Müll.«

»Meine Warnschilder stehen nicht aus Jux und Tollerei herum«, macht Schinagl die Ruhe obsolet. »Für jeden einzelnen Tag brumme ich dir nachträglich eine saftige Strafgebühr auf. Mach dich darauf gefasst.«

Pöls wartet, bis die Wut-Wölkchen am Holzplafond verpuffen: »Warum hast du dein Zelt ausgerechnet am Grünen See aufgeschlagen?«

»Wegen der Good Vibes!«

»Ist das wieder so ein Codewort, das ich verstehen müsste?«

»Na, weil ich hier meinen Schwarm gebumst habe. Bei einem Schulausflug.«

»Wieso sorgt das fünfzehn Jahre danach bei dir für gute Vibrationen?«

»Weil die Zeit reif ist. Ich habe lange genug wertvolle Jahre dafür verschwendet, westlichen Werten hinterherzulaufen und zu knechten. Jetzt wird gelebt, wahrhaft gelebt.«

»Verstehe!«

»Ich bezweifle, dass Sie das verstehen.«

»Doch, du bist wegen der Sinnsuche hier.«

»Nein, meinen Sinn des Lebens habe ich längst gefunden.«

»Ein Leben am Grünen See?«

»Ein Leben in Freiheit.«

»Kommt das nicht aufs Selbe raus?«

»Ich träume von Kanada, Australien, Neuseeland.«

»Da bist du aber am Knoten Bruck an der Mur zu früh abgebogen.«

»Tragöß ist meine Trainings-Base. Hier kann ich testen, wie es sich in der Abgeschiedenheit anfühlt.«

»Brauchst also doch ein Sicherheitsnetz. Von Tragöß bist du natürlich schneller in deinem alten Leben als vom Yukon oder aus Auckland.«

»Mein altes Leben ist gestorben. Das sieht mich nie wieder.«

»Apropos sehen: Ist dir auf deinem Survival-Trip ein Mann namens Hans Mückmann untergekommen?«

»Namen, wie sie unsere westliche Welt vergibt, haben für mich keine Bedeutung. Ich erinnere mich nicht an Namen, sondern an Charaktere, Stimmen, Gerüche, Eindrücke, Aussagen – das Elementare eben.«

»Tja, dann versuche ich deinem Gedächtnis etwas auf die Sprünge zu helfen. Der Mann hat aus dem Grünen See Wasserproben entnommen.«

Der Mann schmunzelt, als würde der Groschen fallen.

»Ich nannte ihn *Aquaman*!«

»Dann könnten wir tatsächlich vom Selben reden.«

»Wir sind uns ein paar Mal über den Weg gelaufen.«

»Hast du mit *Aquaman*, falls du damit Herrn Doktor Mückmann meinst, auch gesprochen?«

»Wir haben rasch herausgefunden, dass wir aus demselben Holz geschnitzt sind.«

»Lügner«, fährt Schinagl mit Donnerknall dazwischen. »Der Herr Dokta war kein Wahnsinniger!«

Aber der Junge lässt sich von Schinagls Plärrer nicht beirren und schwelgt in seiner eigenen Erinnerung: »Bei mir und *Aquaman* stimmte die Wellenlänge. Uns verband das *Space*.«

»Was verband euch?«, wiederholt Pöls, weil er sich nicht sicher ist, ob er irgendein Codewort nicht verstanden hätte.

»Das Projekt *Space*!«

Also doch richtig verstanden, aber klüger ist Pöls trotzdem nicht.

»Was soll das sein?«

»Das ist spirituell.«

»Erkläre es mir.«

»Versteht nicht jeder.«

»Versuch's.«

»Zuvor muss er raus.« Moritz deutet auf den Grundstückbesitzer, der wie zu erwarten augenblicklich ausflippt: »Das hier ist meine Hütte und in meiner Hütte schreibt mir keiner vor, wo ich mich aufzuhalten habe – egal, ob ihr euch spirituell wegbeamt oder nicht. Was will man von einem erwarten, der Forellen im Grünen See schwimmen sieht? Forellen! Im Grünen See! Das ist doch ein Wahnsinn.«

»Ok, Auszeit«, ruft Pöls in der Manier eines Eishockeyreferees.»Ich habe eine Idee«, sagt der Inspektor und rupft kurzerhand Moritz die Plattenhülle aus der Hand, stellt sich neben

Schinagl ans Regal und lässt die Vinylplatte in seine Hand gleiten, legt sie geschwind auf und setzt die Nadel nicht ganz kratzfrei an den Anfang von »Atomic«.

»Dann genießt der Joschi hier herinnen ein paar Takte flotte Musik, während ich mich mit Moritz vor der Hütte unterhalte.«

»Nicht Ihr Ernst, Inspekta!«

»Vielleicht entdeckst du ja die geheime Botschaft. Und wage nicht, vor Ende des Liedes zu uns aufzuschließen.«

Pöls sagt das völlig ohne Zorn, ganz ruhig, aber bestimmt. Wie in seinen besten Jahren.

Er packt den Wildcampierer am Handgelenk, zieht ihn mit sich. Schinagl bleibt artig neben dem Plattenspieler stehen. Na, wenn da die Worte nicht gewirkt haben.

Aus den Lautsprechern flötet ihm Blondie ins Ohr:

Uh huh, make me tonight, tonight, make it right.

Der Lärm ist vor der Tür etwas erträglicher.

»Jetzt raus mit der Sprache: Was hat dir Mückmann gesagt?«

»Wer?«

»Mückmann!«, wird jetzt Pöls unerwartet laut. »Der Doktor. *Aquaman*, wie du ihn zu nennen pflegst!«

»Er hat mir viel erzählt.«

»Dann konzentriere dich auf die Teile, von denen du dir vorstellen kannst, dass sie mich interessieren.«

»Er war einem großen Skandal auf der Spur.«

»Hat er Namen genannt?«

»Namen sind für mich Schall und Rauch.«

»Gibt es nichts, woran du dich erinnerst?«

»Er war so unbekümmert und zielstrebig, das habe ich an ihm gemocht. Umso überraschter war ich gestern. Er wirkte niedergeschlagen und meinte, dass ihm der Teufel begegnet wäre, der ihm den Zugang zum Paradies verweigere.«

»Wie schade, dass du dir keine Namen merkst, denn er hat dir womöglich gesagt, wer dieser Teufel ist.«

»Das hat er, oh ja, das hat er. Ich sagte Ihnen doch, ich vergesse keine Eindrücke. *Aquaman* malte mir so ein eindrucksvolles verbales Bild. Ich habe sofort gewusst, wen er meint.«

»Und zwar?«

Der Wildcampierer kneift die Augen zusammen, als müsse er sich das Wort erst ins Gedächtnis rufen. Pöls gibt seine Hoffnungen schon auf, da sagt der junge Mann auf einmal:

»Gaukler!« Er hustet das Wort fast aus.

»Was?«

»Gaukler hat er gesagt.«

»Gaukler?«

»Ja.«

»Ganz sicher?«

Als würde sich der Mann hoch konzentrieren müssen, presst er die Augen zusammen und legt den Kopf an seine Fingerspitzen: Denkerpose für Esoteriker.

»Ich erinnere mich, dass er Gaukler gesagt hat. Das war das Letzte, was ich von ihm gehört habe. Dann habe ich mich auf den Weg zur Pribitz gemacht. Ich habe ihm angeboten, mich zu begleiten. Aber er hat abgelehnt, weil er den paradiesischen Zustand wiederherstellen musste.«

23. Inspektor Pöls – Ruppig

Der Blondie-Song begleitet Pöls und den Aussteiger noch über die weite Wiesenfläche bis zur Bergkante, hinter der es dann spürbar steiler bergab geht. Gift für die Gelenke des Inspektors, aber neben dem Jungspund gibt er sich keine Blöße. Durchbeißen!

Beim Geländewagen stößt Schinagl wieder hinzu.

»Was immer der Irre Ihnen erzählt hat, Inspekta, genießen Sie seine Worte mit Vorsicht. In seinem Gehirn vermischen sich

Träume mit Visionen und Geisterschwüren. Ich sage nur Forelle, Inspekta, Forelle!«

Schinagl sperrt für Pöls die Seitentür auf, damit der Inspektor am Beifahrersitz Platz nehmen kann. Vom Fußmarsch ist Pöls so fertig, dass er zuerst nicht einmal mitkriegt, was sich hinterm Auto abspielt. Erst als er gedankenverloren in den Seitenspiegel schielt, bemerkt er das Handgemenge. Es ist so rasch vorbei, dass es keines Eingreifens bedarf. Kurz darauf sitzt der Wildcampierer eingepfercht im Hundezwinger im Kofferraum.

Grinsend schwingt sich Schinagl hinters Steuer.

»Den Lump bringe ich gleich zu Ihren Kollegen. Der wird keine einzige weitere Nacht auf meinem Grundstück verbringen.«

»Hier sind eklig viele Hundehaare«, jammert der Junge aus dem Zwinger.

»Sollte einen Naturburschen nicht aus der Ruhe bringen«, keift Schinagl zurück und startet gehässig kichernd den Geländewagen. Pöls wartet, bis der Besitzer den Wagen aus dem Morast in die Spur gebracht hat.

»Ich weiß, dass meine Kollegen dein Alibi überprüft haben. Du warst bei irgendeinem Jägertreffen. Aber ist aktuell überhaupt Jagdzeit?«

»Nein.«

»Gestern vernahm ich nämlich auf deiner Liegenschaft einen Schuss aus einem Jagdgewehr.«

»Da haben Sie sich verhört. Kann nicht sein.«

»Mit meinen Ohrwaschln haut alles hin. Ich tippe auf eine 308 Winchester.«

»Respekt, Inspekta! Da haben's sich aber trotzdem im Datum vertan. Das letzte Mal, dass ich geschossen hab', war Ende März auf Dachs und Steinmarder.«

Über den Rückspiegel nimmt der Jäger den Gefangenen im Hundezwinger ins Visier.

»Vielleicht hat der nicht nur merkwürdige Schallplatten bei

sich, sondern ist auch bewaffnet. Ich lasse mein gesamtes Gelände durchforsten. Meter für Meter.«

»Ist dir Thomas Gaukler in letzter Zeit am Grünen See begegnet?«

»Tommy? Nein, aber Karin hat mich ständig genervt. Wegen des kaputten Schlosses im Vereinslokal. Zahlt sich nicht mehr aus, es zu reparieren, weil es mit dem Tauchen im See ohnehin vorbei ist. Will sie nicht wahrhaben. Außerdem ist es die Aufgabe von Walter, sich um funktionierende Schlösser zu kümmern.«

»Der Entzug der Tauchlizenz hat Thomas Gaukler sicher schwer getroffen.«

»Tommy darf sich nicht beschweren. Am Grünen See herrscht seit 2016 Tauchverbot. Jetzt ist eben auch für Tommy Schluss.«

»Auf Mückmanns Anraten?«

Der Fahrer nickt.

»Meine Güte, verlegt er seine Kurse eben in den Leopoldsteiner See. Der ist fast genauso schön wie der Grüne See und nur einen Hupfer über den Berg. So ein Drama kann das nicht sein.«

»Ob das Tommy und Karin auch so sehen?«

»Was habe ich für eine andere Wahl? Ich kann nicht verantworten, dass jemand in verseuchtem Wasser wakt[11].«

»Aber erst seit neuestem. Warum ist das Tauchen trotzdem schon seit 2016 verboten?«

»Sie werden lachen, Herr Inspekta, es besteht durchaus die Gefahr, dass der Grüne See seine türkise Farbe verliert, wenn zu viele Taucher Sediment aufwirbeln. Das Türkis ist sein Markenzeichen! Bis vor zehn Jahren hat das noch keinen interessiert. Der Grüne See war ein echter Geheimtipp. Bis dann diese Medienshow kam. 2014 wurde unser See zum schönsten Platzerl Österreichs gewählt. Im Fernsehen erreichte eine Vorstellung des Sees ein Millionenpublikum. Plötzlich sind die Touristen busseweise aus aller Welt zu uns gekommen. Bald war der Punkt erreicht, wo der See von einem Tauchtourismus-Zunami überrollt wurde. Ich war früher bei den Bewohnern beliebt. Bei mir gab's keine Regeln. Es war für die Leut' selbstverständlich, dass sie sich benahmen. Aber mit dem medialen Rummel musste ich mit Geboten und Verboten auffahren, weil die alle ihren Dreck zurückgelassen haben. Schwimmen und Baden im See verboten, Hunde an die Leine, bitte kein Feuer machen, bitte den Müll mitnehmen, für jeden Schas[12] musste ich ein Schild anbringen. Ich bin als Besitzer dem Naturschutz verpflichtet. Wenn der See seine Farbe verliert, dann kostet mich das eine Stange Geld.«

»Warum hast du es Thomas Gaukler dennoch erlaubt?«

»Von ein paar wenigen Tauchern im Jahr geht der Lack nicht ab.«

»Ist das mit dem Tourismusverband abgesprochen?«

Schinagl tauscht mit Pöls einen grimmigen Blick aus. »Die Sondergenehmigung war ein ständiges Spiel mit dem Feuer. Monika hat es nicht gerne gesehen, weil sie davon nicht profitierte.«

»Wer ist Monika?«

»Sie leitet das Tragößer Tourismusbüro. Tausend Mal hat sie vergeblich darum gebettelt, ihre eigenen Tauchpakete zu schnüren. Aber da blieb ich hart. Tommy genießt eben den Regionalbonus.«

»Weiß Thomas Gaukler, dass er sein Aus Hans Mückmann zu verdanken hat?«

»Keine Ahnung.«

»Hat er keine Begründung für seinen Rauswurf verlangt?«

»Vergiftungsgefahr! Was braucht es da lange Erläuterungen? Das spricht doch für sich.«

»Warum kündigst du deshalb auch den Pachtvertrag mit dem Wirten?«

»Hat mit dem Dokta nix zu tun. Walter hatte ein ganzes Jahr Zeit, zum Aufschwung des Grünen Sees beizutragen. Aber er hat die Gäste als reine Melkkühe betrachtet. Hand aufhalten ohne Service. So geht's nicht.«

Da taucht das Gasthaus vor dem Geländewagen auf.

»Jetzt kriegt der Lump gleich Besuch«, lacht Schinagl in den Rückspiegel und brüllt dann im nächsten Moment: »Mach schon mal etwas Platz für Arthur.«

Pöls sucht im Rückspiegel nach dem Gesicht des Wildcampierers im Heck, doch dann lenkt ihn sein vibrierendes Mobiltelefon in der Hosentasche ab. Offenbar schnuppert das Telefon wieder etwas Frequenz. Pöls schielt aufs Display. Eine Sprachnachricht wurde hinterlassen: Bobo.

Der Wagen hält abrupt.

»War mir eine Freude, Herr Inspekta Pöls. Ich bin jederzeit für Sie erreichbar. Vielleicht können Sie Ihre Kollegen in Bruck vorab informieren, dass ich Ihnen den Wahnsinnigen bringe – damit die ihn nicht gleich wieder laufen lassen.«

»Was willst du?« Pöls ist fast sprachlos. Der Jäger nicht. Er lacht dem Inspektor laut ins Gesicht.

»Na, ich nehme Ihnen Arbeit ab und chauffiere den Lump direkt ins Gefängnis.«

»Du kannst den nicht einfach …«, aber dann besinnt sich Pöls seines Status als freigestellten Kriminalinspektor. Soll der Kerl machen, was er will. Damit müssen sich jetzt andere herumschlagen, nicht Heinz Pöls! Der dreht ab und geht.

Schinagl hupt drei Mal, bis der Wirt mit Arthur endlich aus dem Gasthaus eilt.

»Der Walter hat deiner Bestie ein Luxusmenü spendiert«, ruft der stämmige Mann, der von sich selbst in dritter Person spricht, zum Wagen herüber. Dann lässt er die Leine los und der Hund kennt seinen Weg.

Pöls hat sich gerade rechtzeitig vom Geländewagen entfernt, um nicht Gefahr zu laufen, vom Köter überrannt zu werden. Er ist froh, dass Schinagl seine Drohung nicht wahr macht und Arthur statt in den Zwinger auf die Rückbank springen lässt. Staubaufwirbelnd setzt sich der Geländewagen wieder in Bewegung. Als die Scheinwerfer auf Pöls' Brust treffen, winkt er der Windschutzscheibe zu.

»Meine Kollegen aus Graz haben mir die Auswertung der Wasserprobe geschickt.«

»Und?« Schinagl bleibt auf Höhe des Inspektors stehen und lehnt sich aus dem Seitenfenster. »Na, machen's es nicht so spannend, Inspekta!«

»Weder im Wasser in der Lunge der Leiche noch in den separat gezogenen Seeproben konnten erhöhte toxische Werte festgestellt werden.«

»Wie der Herr Dokta sagte: Diese Labore testen nur ein Minimum an kritischen Substanzen.«

»Meine Kollegen testen alles, was tödlich sein könnte.«

»Für die elementarsten Giftstoffe existieren teilweise keine Grenzwertangaben, geschweige denn Teststreifen. Der Herr Dokta analysiert alles. Jede noch so unbekannte Substanz. Nur weil es nicht getestet wird, heißt es nicht, dass es nicht enthalten ist.«

»Klingt ja geradezu so, als wärst du enttäuscht, dass dein See sauber ist.«

»Weil ich dem Testergebnis gegenüber skeptisch bin. Ich vertraue ausschließlich unabhängigen Laboren«, schwurbelt Schinagl vor sich hin und Pöls kann sich richtig vorstellen, wie der alte Grundstücksbesitzer und der Doktor gemeinsam aus dem saubersten Wasser eine Giftbrühe analysieren.

»So ist es ja nicht, meine Kollegen stießen durchaus auf hochriskante Substanzen – allerdings nicht in den Wasserproben vom See, sondern auf dem Leinenstoff des Transparents, das wir am Ufer gefunden haben.«

Pöls kann Schinagl ansehen, wie der plötzlich bleich wird.

»Auf dem dieser verdammte Spruch stand?«

Pöls nickt. »Vorsicht: Vergiftetes Gewässer!«

Pöls hat den Slogan noch nicht einmal zu Ende gesprochen,

verschwindet das blasse Gesicht des Jägers hinter der hochfahrenden Seitenscheibe. Der Mann hat es auf einmal sehr eilig.

24. Inspektor Pöls – Praktikanten

Alleine im Wald. Kaum auszuhalten. Pöls bleibt vor seiner Hütte stehen und hat so viele Fragen im Kopf. *Liebenswert sind sie ja, die Obersteier,* denkt sich Pöls, *aber einen kleinen Vogel kann man ihnen auch nicht absprechen.* Der eine redet von sich in der dritten Person, der andere kommuniziert ausschließlich in Codes, die er selbst nicht durchschaut. Wie tief hängt der Wirt in der Sache drinnen? Immerhin schimpft er das Opfer »Wassertrottel« und was hat er mit der Plakette gemacht, die er von Mückmann erhalten hat? Ganz anders dieser Wildcampierer, der zum Doktor »Aquaman« sagt und geradezu von ihm schwärmt. Was Pöls aber wurmt: Wieso belegt der Aussteiger alles mit Codes, außer den Namen Gaukler, den er aus dem Mund von Mückmann gehört haben will? Das macht irgendwie keinen Sinn. Sich mit all diesen Gedanken in die kleine, finstere, einsame Hütte zu verkriechen, hält Pöls für keine gute Idee. Noch dazu bei leerem Kühlschrank.

Pöls braucht Menschen und entschließt sich, in den Ort zu spazieren. In wenigen Minuten erreicht er den großen Parkplatz, an dem an herkömmlichen Sommertagen die Besucher aus aller Welt Stopp machen und den letzten Kilometer zum Grünen See zu Fuß auf sich nehmen. Heute ist der Parkplatz von der Polizei abgesperrt und jedes Auto, das hier vorbeifährt, wird registriert. Viel zu tun hat der Polizist mit dem Schnauzbart nicht. Er sitzt mit weit zurückgelehntem Fahrersitz im Wagen, die Seitenscheibe wenige Zentimeter geöffnet.

Pöls versteht, dass an einem windigen und wolkenverhangenen Tag wie heute nur wenige Wanderer Lust verspüren, um den Grünen See zu spazieren. Aber ein Leichenfund, das hätte in Wien oder Graz eine Völkerwanderung an Schaulustigen und Presse ausgelöst und eine Heerschar an Uniformierten benötigt, diese Menschen im Zaum zu halten. Nicht so in der idyllischen Obersteiermark. Das grenzt ja nahezu an schweizerische Zurückhaltung! Alleine dafür hat Pöls diese Region schon ins Herz geschlossen.

Pöls geht an dem Polizisten vorbei, weil er nicht damit rechnet, dass ihn der Kollege, den er noch nie gesehen hat, kennt, doch der kurbelt das Fenster weiter herunter und ruft: »Ich hoffe, ihr findet den Wicht, der den See vergiftet hat. Ein Skandal!«

»Du darfst nicht alles glauben, was du in der Zeitung liest.«

»Ist mir recht, wenn die Schmierfinke eine Seuche vermuten, dann habe ich hier weniger zu tun. Haben alle Angst, sich zu vergiften.«

Daher weht also der Wind. Pöls stapft weiter.

Zwei junge, engagierte Burschen stehen vor dem Willkommens-Werbeplakat auf Stehleitern und schrubben, um das gekritzelte Wort »Giftlac« zu eliminieren. Beide mit Sweater, auf denen am Rücken »I love Tragöß« in rot-weiß-roten Lettern geschrieben steht. Echte Patrioten.

»Was meint ihr, fehlt hier noch das ›ke‹ oder wollte ein tschechischer Besucher auf die Giftlacke aufmerksam machen?«

Die Burschen gaffen Pöls an, als habe er über Gott gelästert.

»Man macht keine Witze darüber«, sagt der Blonde der bei den. »Die Werbeplakate haben dem Tourismusverband ein Heidengeld gekostet. Und selbst wenn sich da jemand einen Scherz erlaubt hat. Die Rufschädigung bleibt.«

»Seid ihr vom Tourismusverband?«

»Praktikanten. Wir sind nur bis Herbst hier.«

»Verstehe! Die Praktikanten teilt man für die niedrigen Dienste ein.«

»Wir erachten es als unsere Pflicht, solche Schmierereien sofort zu eliminieren, wenn wir sie entdecken.«

»Dafür seid ihr aber spät dran. Das stand gestern auch schon auf dem Plakat. Ich bin am Nachmittag vorbeigekommen und habe es gesehen.«

Die beiden Praktikanten tauschen verwunderte Blicke aus.

»Gestern waren wir nicht hier. Das Büro war gestern geschlossen. Betriebsausflug.«

»Wo ist's denn hingegangen?«

»Bärenschützklamm.«

»Das hat der Schmierfink gleich ausgenutzt. Und trotzdem wirkt's, als hätte ihn dabei jemand überrascht. Habt ihr eine Ahnung, wer das geschrieben haben könnte?«

»Sie stellen verdammt viele Fragen, alter Mann«, meldet sich der Dunkelhaarige erstmals zu Wort. Deutlich genervter als sein blonder Kollege.

»Ist es das erste Mal, dass euch jemand die Plakate vollschmiert?«

Die Burschen mustern Pöls, als habe er ihnen nicht zugehört. Es ist der Blonde, der sich erbarmt: »Wissen wir nicht. Wir sind erst seit ein paar Wochen hier.«

Große Teile des Wortes »Gift« konnten erfolgreich entfernt werden, allerdings ist auch die ursprüngliche Schrift darunter in Mitleidenschaft gezogen worden.

»Bis die Sonnentage und damit die Touristen zurückkehren, habt ihr das garantiert in den Ursprungszustand zurückversetzt.« Pöls streckt den Daumen in die Höhe und zwinkert.

Jetzt steigt der Blonde von der Leiter und ringt sich ein halbherziges Lächeln ab.

»Das wäre schön, dann könnte ich endlich mein Training am Grünen See fortsetzen.«

»Ihr trainiert am Grünen See?«

Der Blonde nickt.

»Ich brauche Sonnenschein, um mich zum Training zu motivieren. Waldi ist der Ehrgeizigere von uns beiden. Für ihn gibt es kein schlechtes Wetter. Er trainiert jeden Tag, ausnahmslos!«

Der Blonde hat inzwischen seine Leiter zusammengeklappt und in den breiten Anhänger eines Lastenfahrrads gelegt, von denen zwei Modelle am Straßenrand gegen einen Zaun lehnen.

»Dauerte euer Betriebsausflug gestern den ganzen Tag?«

Der Dunkelhaarige hat jetzt auch das »G« wegradiert. Er wischt sich mit dem Unterarm den Schweiß von der Stirn und blickt zum Inspektor.

»Alter Mann, du darfst wieder weitergehen. Ich glaube, wir haben dir genug erzählt. Wir stehen nicht auf Spanner.«

»Waldi! Der Mann will sich doch nur nett unterhalten.«

»Dein Freund Waldi hat recht, heutzutage kann man nicht vorsichtig genug sein.«

»Waldi dürfen mich nur meine Freunde nennen«, motzt der Dunkelhaarige und stapft ebenfalls von seiner Leiter.

»Ich heiße Waldemar.«

»Und ich bin Inspektor Heinz Pöls und ihr müsst vor mir keine Angst haben.«

»Bulle? Sind Sie wegen der Leiche hier, die gestern aus dem See gefischt wurde?«

»Ich habe mich in der Ferienhütte beim Grünen See einquartiert. Also gleich neben dem Tatort. Kanntet ihr den Toten?«

Den Jungs hat es kurz die Rede verschlagen. Schüchtern fragt der Blonde: »Die Hütte von Josef Schinagl?«

Pöls nickt.

»Kennen ist übertrieben«, sagt der Dunkelhaarige und verfrachtet die Leiter im Anhänger. »Unsere Chefin hatte Stress mit ihm.«

»Ist eure Chefin zu sprechen?«

»Nein, die hat sich gestern in der Bärenschützklamm den Knöchel gebrochen und liegt in Bruck an der Mur im Krankenhaus.«

»Wisst ihr, warum sie mit dem Opfer Scherereien hatte?«

»Weil er für böses Blut sorgt«, sagt der Blonde.

»Frank!«, ermahnt ihn Waldi streng. »Wir wollen hier trainieren und unseren Sommerjob machen. In die Probleme der Einheimischen mischen wir uns nicht ein.«

Waldi schwingt sich auf den Sattel.

»Komm, Frank, wir haben dem Bullen alles gesagt, was es von unserer Seite zu sagen gibt. Alles andere müssen Sie unsere Vorgesetzte fragen. An Gerüchten beteiligen wir uns nicht.«

Pöls macht Platz, damit der Junge an ihm vorbeifahren kann. Frank ist noch nicht abfahrbereit und muss seine Leiter erst besser sichern.

Der Inspektor blickt Waldi hinterher, der an der Kurve einen Lastwagen schneidet, der gerade mit Schwung einbiegen will, aber wegen Waldemar unsanft zusammenschleifen muss.

»Vollidiot«, kreischt eine Frau aus dem Führerhaus, neben dem Staubwolken von der Schotterstraße emporsteigen.

Ungläubig starrt Pöls auf die Aufschrift aus dem Container: Gaukler Transporte.

»Leck mich doch!«, brüllt Waldi, der hinter der nächsten Kurve verschwindet.

»Dein Kumpel versteht so richtig, wie man den Tourismusverband zu vertreten hat.«

»Gaukler mag niemand«, gibt Frank kleinlaut von sich.

»Gehört dem Transportunternehmen auch der Tauchclub?«

»Nein, Gaukler Diving gehört Tommy, Gaukler Transporte seinem Bruder Stefan Gaukler.«

Wie Statisten sehen Pöls und Frank dem LKW zu, der sich 50 Meter vor ihnen um die steile Kurve plagt.

»Warum der ausgerechnet hier fahren muss«, empört sich Pöls.

»Na, weil der zum Haus von Stefan Gaukler unterwegs ist.«

»Weißt du, wo das steht?«

»Hupfen Sie rein, ich bringe Sie hin. Ist ein Katzensprung.«

Auf der Transportfläche ist jede Menge Platz für Pöls, aber Frank hat bei seinem Angebot vergessen zu erwähnen, wie ungemütlich es auf der ungefederten Ladefläche ist. Jede Bodenunebenheit überträgt sich ungefiltert auf die Knochen des Inspektors, der nicht weiß, wie er am besten hocken soll, um die Fahrt erträglicher zu machen. Wenn da nicht der alte Bandscheibenvorfall aus dem Tiefschlaf gerüttelt wird!

25. Inspektor Pöls – Altes Haus

Der Schrei des Steinadlers liegt laut und kräftig in der Luft, als sich Pöls der großen Thujenhecke nähert, die ein riesiges Grundstück umrandet. Das Haus dahinter versprüht unromantischen 1970er-Jahre-Flair. Riesig, dass darin locker drei Generationen Platz hätten.

Frank hat den Inspektor vor dem riesigen Einfahrtstor abgesetzt. Pöls steht mit geschlossenen Augen vor dem Zaun. Das Verhallen des Steinadler-Schreis noch im Ohr.

Erst jetzt drückt er den Klingelknopf. Der Leerlauf der Taste macht ihm klar, dass das Ding nicht funktioniert. Was für ein Glück, dass das Tor nicht verschlossen ist. Pöls legt Hand an und verschafft sich Zutritt. Das Heck des Lasters lässt nicht viel Platz. Pöls muss seinen Bauch ganz schön einziehen, um sich beim Vorbeizwängen keine Schürfwunden einzuhandeln. Ein in die Jahre gekommener Pfad aus Waschbetonplatten leitet zur Haustür.

Im Garten stehen mehrere LKW-Container mit ausgeblichener Gaukler-Aufschrift auf einer Wiesenfläche, die mehr Erde als Gras zu bieten hat, durchfurcht von unzähligen Monster-Reifenspuren.

Das Führerhaus ist leer, aber der abkühlende Motor knistert noch unter der Kühlerhaube, die nur wenige Zentimeter vor dem Fenster im Erdgeschoss zum Stehen gekommen ist. Die Fahrerin hatte es eilig, denn die Haustür ist sperrangelweit offen. Pöls nimmt die Einladung gerne an.

»Hallo?«

Pöls späht in den gekachelten Flur, der mehr an eine Fleischhauerei als an ein gemütliches Zuhause erinnert. An der Wand ein einsames, gerahmtes Bild, das ausgeblichen eine stolze, sechsköpfige Familie vor dem Firmenemblem von Gaukler Transporte zeigt. Drei Generationen auf einem Fleck. Pöls schätzt gemäß des 80er-Jahre-Looks, dass es sich bei den beiden Minderjährigen um Stefan und Thomas Gaukler handelt.

Lange hält sich der Inspektor nicht mit dem Foto auf, sondern durchschreitet den Raum, bis er die Entscheidung zwischen drei Türen und dem Treppenauf- bzw. -abgang zu treffen hat. Das Kunstlicht aus dem Keller übt die stärkste Anziehungskraft auf ihn aus. Er stapft die Betonstufen hinab. Seine Fußspitze kickt unabsichtlich einen Gegenstand auf die nächstniedrigere Stufe. Eine umgefallene Graffiti-Spraydose mit roter Farbe, die aus dem Sprühaufsatz wie aus einer verschnupften Nase tropft.

Kurz hält Pöls an, lauscht, geht weiter. Unten geht es durch drei Räume. Im hintersten kniet eine Frau am Boden. Mit dem Rücken zum Eindringling. Voll beschäftigt, einen Tresor zu öffnen, aber das Ding scheint stur zu sein, denn die Frau knallt wütend ihre Handfläche gegen den eingemauerten Metallkasten.

Sie hat Pöls noch nicht bemerkt. Schleichen, darin war er schon als Teenager hervorragend und er hat es bis heute nicht verlernt. Ihre nicht jugendfreien Flüche durchbrechen in unregelmäßigen Abständen die Stille. Irgendwann spürt sie die Anwesenheit eines Fremden, wirbelt herum, mit Augen, in denen sich das Entsetzen spiegelt.

»Scheiße, wer sind Sie, was wollen Sie?«

»Ich habe Hallo gerufen, mehrmals, aber du hast mich nicht gehört.«

Die Frau ist schneller auf den Beinen, als Pöls reagieren kann. Fäuste geballt, jeden Moment bereit, wie eine Wildkatze auf den Inspektor loszugehen. Beschwichtigend hebt er seine Arme.

»Ich tu dir nichts!«

»Wer zum Teufel sind Sie? Machen Sie, dass Sie raus kommen.«

»Keine Angst, ich bin Inspektor Heinz Pöls.«

»Polizei?«

»Ich ermittle in dem Mordfall, der sich gestern am Grünen See ereignet hat. Wahrscheinlich hast du davon mitgekriegt.«

»Ein Mord?«

»Die gesamte Region zerreißt sich darüber das Maul.«

Die Frau schüttelt den Kopf. Schritt für Schritt umrundet sie Pöls, sodass sie bald näher beim Ausgang ist als er.

»Ich bin nicht aus Tragöß. Unsere Firmenzentrale ist in Bruck an der Mur.«

»Aber ihr wohnt doch hier, oder?«

»Nein, ich wohne nicht hier, hab ich doch gesagt, verdammt.«

Sie geht verkehrt zurück durch die Tür und ruft: »Wir haben mit dem Mordfall nichts zu tun.«

Jetzt wendet sie und läuft Richtung Treppe. Pöls ist nicht einmal ansatzweise so flink wie die schlanke Dame, die im besten Saft zu stehen scheint. Ihre Schuhsohlen wetzen schon über die Stufen.

»Warte! Ich muss mit dir reden.«

Aber welche Person ist jemals freiwillig stehengeblieben, wenn die Polizei hinterherläuft und »stehenbleiben, stehenbleiben« brüllt?

Wieder stolpert Pöls beinahe über die Spraydose. Sie klackert über sämtliche Treppen und kullert in die Dunkelheit. Durch den langen Flur peitscht das Gedröhne des startenden Lastwagens. Auf den glatten Fliesen scheren die Füße des Inspektors wie auf einer Eisfläche aus. Zum Lärm gesellt sich jetzt eine grässliche Auspuffwolke. Der LKW schiebt rückwärts durch die Zufahrt. Ein Blinklicht rasiert an der Mauer des Torbogens.

26. Inspektor Pöls – Alter Truck

Das Mädel lässt den Motor laut aufbrummen, aber den Koloss kann sie trotzdem nur in Schrittgeschwindigkeit aus dem Nadelöhr fädeln, um nicht alles umreißen. Und so hat selbst jemand mit mieser Kondition die Chance, die Beifahrerseite zu besteigen.

»Durchaus nett, dass du mir eine Taxifahrt zu deinem Mann bescherst.«

Die Frau blickt Pöls an, als käme der Leibhaftige in den Truck gestiegen.

»Hauen Sie ab! Oder ich brülle ganz Tragöß zusammen.«

»Die rufen dann die Polizei und ich bin die Polizei. Wo liegt also das Problem?«

»Was wollen Sie von mir? Lassen Sie mich in Ruhe! Fassen Sie mich ja nicht an.«

»Ich will nur reden. Bist du die Frau von Stefan Gaukler?«

»Nein! Ich bin seine Assistentin.«

Sie steuert den LKW routiniert durch enge Kurven. Aus den Lautsprecherboxen kommt Panflötenmusik. Das scheint sie zu beruhigen – die Angst schwindet mit jedem Meter aus ihrem Gesicht, dafür klammert sich Pöls an die Haltegriffe. Er hat noch zu wenig im Magen für diese Art des Schwerkraft-Workouts.

»Was wolltest du in dem Haus, im Tresor?«, fragt er sie, als sie endlich auf der Hauptstraße ist.

»Ich sollte meinem Chef ein paar Dokumente besorgen, aber der Idiot hat mir den falschen Code gegeben.«

»Du hättest beinahe das Eingangstor von Gaukler planiert.«

»Und wenn schon, das enge Tor kommt für einen neuen LKW-Parkplatz ohnehin weg.«

»Expansion?«

»Nein, ein Schritt zurück in die Steinzeit.«

»Warum so pessimistisch?«

»Weil mein Chef ständig falsche Entscheidungen trifft. Ständig investiert er in die falschen Projekte.«

»Was wären denn richtige Schritte?«

»Digitale Transformation, grüne Mobilität, Innovation. Aber er bleibt in alten Konzepten stecken.«

»Gibt es Gaukler Transporte schon lange?«

Ihre Blicke flutschen gelegentlich zu ihrem Beifahrer.

»Können Sie alles auf der Homepage nachlesen.«

»Dachte, es gibt keinen Webauftritt.«

»Doch, weil ich ihn angelegt habe.«

»Dann kannst du mir einen kurzen Einblick in die Historie geben.«

»Der Vater meines Chefs hat das Unternehmen gegründet. Im Jahre Schnee.«

»Na, da haben wir's. Tradition lässt sich schwer biegen.«

»Quatsch! Außerdem war der Firmenhauptsitz immer Bruck an der Mur. Dass mein Chef den Fuhrpark aus heiterem Himmel nach Tragöß verlegen möchte, schmeckt den Anrainern ohnehin nicht.«

»Gibt's Proteste?«

»Blockaden ohne Ende. Heute hatte ich Glück, dass sich mal kein Nachbar *zufällig* vor die Einfahrt geparkt hat.«

»So viel Widerstand macht Stefan Gaukler sicher unglücklich.«

»Das ist harmlos ausgedrückt.«

»Hat er zum Gegenschlag ausgeholt?«

»Wie meinen Sie das?«

»Die Werbeplakate am Parkplatz vom Grünen See wurden gestern beschmiert.«

»Sie glauben, dass das mein Chef war? Kann nicht sein. Gestern war er nicht in Tragöß.«

»Nicht?«

Sie schüttelt den Kopf.

»Und du?«

»Ich?« Jetzt gafft sie ihn so lange an, dass er mit einem Auge zur Windschutzscheibe schielt, weil sie das Tempo nicht drosselt, obwohl sie sträflich die Straßenumsicht vernachlässigt.

»Ich auch nicht. Weder mein Chef noch ich waren gestern in Tragöß.«

»Gibt's LKW-Fahrer, die hier gewesen sein konnten?«

»Nein.«

»Sicher?«

»Was hätten die in Tragöß zu suchen? Noch ist unser Fuhrpark nicht umgezogen. Unser Geschäft wird zu 100 Prozent von Bruck an der Mur aus gesteuert.«

»Irgendwer war gestern mit diesem Laster in Tragöß!«

»Werfen Sie doch einen Blick ins Fahrtenbuch.« Sie deutet zum Handschuhfach. Pöls drückt den Knopf und das alte Fach klappt auf. Jede Menge Ramsch. Kein Fahrtenbuch, dafür liegt an oberster Stelle ein großes zerknittertes Blatt, auf das eine elendslange Zahlenkombination gekritzelt ist. Pöls wendet das Blatt. Es ist ein »Auftragsschein« vom Frachtenbahnhof Bruck an der Mur mit heutigem Datum und dem Vermerk: *»Adria-Pool« – Venezia – Bruck a. d. Mur – Vienna – Brno.«*

»Heute war das alte Baby zumindest im Einsatz.«

»Nein«, sagt sie und nimmt den Zettel an sich. »Adria-Pool gehört gar nicht mehr zu unseren Kunden, aber mein Chef hat davon sämtliche Auftragsscheine herumliegen.« Sie wendet das Blatt und deutet auf die gekritzelten Zahlen.

»Er hat mir die Tresor-Zahlenkombination hier draufgeschrieben.«

»Das soll ein Tresor-Code sein?«

»Ist aber leider falsch!«

»Das hätte ich dir auch so sagen können. Kein Tresor-Code ist dermaßen lang.«

»Was soll's dann sein?«

»Vielleicht kann dein Chef Licht ins Dunkel bringen.«

»Hoffentlich, wenn er dazu noch in der Lage ist.«

Ihre Hand symbolisiert eine Flasche.

»Gluck, gluck, gluck!«

27. Inspektor Pöls – Der zweite Gaukler

Der Lastwagen biegt in Bruck an der Mur in ein Industriegebiet ein. Vor einer grauen Fabrikhalle parken mehrere Container und Zugmaschinen. Auf einer Wiesenfläche neben der Zufahrt sitzt ein überdimensionales steinernes Ei mit der Firmenaufschrift »*Gaukler Transporte*«. Dieses Schild hat Pöls bereits auf dem ausgeblichenen Familienfoto im verfliesten Flur gesehen.

»Ich befürchte, dass er um die Zeit nicht mehr ansprechbar ist«, sagt die Assistentin, die den Lastwagen ziemlich unsanft zwischen einem Container und einem Fahnenstangen-Trio mit jeweils der österreichischen, der steirischen und der EU-Flagge platziert.

»Endstation, bitte alle aussteigen«, sagt sie und reißt die Fahrertür auf. Ihre Scheu gegenüber Pöls hat sich gelegt. Das freut ihn. Er folgt der Frau, die auch zu Fuß ein irres Tempo hat. Als würde die Dame ausschließlich Energydrinks konsumieren. Sie schreitet auf eine Glastür zu. Im Erdgeschoss ist die Fabrikhalle fensterlos. Unmittelbar hinter dem Eingang führt eine Metalltreppe steil in den ersten Stock. Links und rechts wird der Aufgang von eingerahmten Urkunden flankiert. Im Vorbeifliegen registriert Pöls Zertifikate für Green-Logistics, Bio-Transport, Recycling-Profi usw.

»Verzeihen Sie die Unordnung, wir haben heute nicht mit Besuch gerechnet«, schickt die Assistentin voraus, deren Hinterteil Pöls vor sich über die Stufen hin und her wackeln sieht.

Der Weg führt in ein Großraumbüro, in dem Unmengen an Schachteln chaotisch in der Gegend herumstehen. Auf den Schreibtischen türmen sich Aktenordner und Papierstapel. Die wenigen Computermonitore dienen als Ablage für weitere Dokumente. Einzig ein Schreibtisch ist penibel freigeräumt – jener in einer Art Durchgangsbereich zwischen Hauptbüro und Chef-Office. Ein kleiner Bilderrahmen zeigt die Assistentin Wange an Wange, Arm in Arm gemeinsam mit einem rothaarigen Mann.

»Chef! Besuch! Polizei! Ein Inspektor! Den Namen hab ich vergessen.«

»Pöls, Heinz Pöls.«

»Ich habe Herrn Pöls schon unterrichtet, dass wir gestern den ganzen Nachmittag zusammengesessen sind und über unsere Firmenstrategie diskutiert haben.«

Erst jetzt kann Pöls einen Blick auf den Geschäftsführer erhaschen. Stefan Gaukler hat es sich auf einer Couch gemütlich gemacht, wobei gemütlich der falsche Ausdruck ist, angesichts der unzähligen Kartonagen, mit denen sich der Mann auf der Schlafgelegenheit den Platz teilen muss. Als er sich dem Inspektor zudreht, purzeln zwei kleine Schachteln vom Polster und landen in einem Zettelmeer am Boden. Blutunterlaufene Augen starren Pöls an.

»Sie sind Polizist?«

»So ist es!«

Pöls registriert die rot befleckten Fingerspitzen an Gauklers Hand. Sofort streckt der Inspektor die Hand zur Begrüßung aus, erfasst die Hand von Stefan Gaukler, schüttelt sie kurz, zieht den Mann dann aber mit Schwung in eine sitzende Position hoch und sagt:

»Lässt sich nur mit Nagellackentferner oder Terpentin abmachen, nicht wahr?«

»Der Herr Inspektor denkt nämlich, dass Sie die Werbetafeln in Tragöß besprüht haben. Gestern! Als der Mord am Grünen See geschah. Dabei waren wir hier, genau hier.«

Auf dem Schreibtisch bilden neben Aktenbergen mehrere leere und halb leere Spirituosenflaschen eine beeindruckende Silhouette.

»Mein Chef kann die Werbeplakate also nicht beschmiert haben.«

»Meine roten Finger?«, stammelt Stefan Gaukler und muss gähnen. »Weil ich rote Finger habe, werde ich verdächtigt? Ich kann mich nicht erinnern, wann ich das letzte Mal keine roten Pratzen hatte.« Sein Augenpaar tanzt zwischen seiner Assistentin und Pöls.

»Ich habe in deinem Haus in Tragöß eine rote, gebrauchte Spraydose am Kellerabgang gesehen.«

»Eine? Sie haben nur eine gesehen? Valerie, wie viele rote Spraydosen dürften in meinem Elternhaus herumkugeln?«

»Weiß nicht. Eine Million?«

»Mindestens! Ich kennzeichne meine Container ausschließlich mit roter Farbe.«

»Aber warum in Tragöß?«, wirft Pöls ein. »Deine Mitarbeiterin hat mir schon verraten, dass 100 Prozent eures Geschäfts über diese Zentrale laufen.«

»Tragöß dient mir als Lagerfläche für Zubehör wie eben diese Spraydosen.«

»Was dich nicht weniger verdächtig macht, das Plakat beschmiert zu haben, denn warum steht dann eine benutzte Dose in Tragöß herum?«

Stefan Gaukler vergräbt sein Gesicht in beiden Händen und reibt sich den restlichen Schlaf aus den Augen.

»Vielleicht hat sich ein Nachbar an meinen Mülleimern bedient. Die sind wie die wilden Tiere, durchwühlen garantiert meinen Dreck und haben auch eine alte Spraydose gefunden. Das eine oder andere Tröpfchen ist garantiert in den weggeworfenen Dosen noch drinnen.«

Für einen Moment beschleicht Pöls ein Gefühl der Beschämung: Hat er in seiner Überlegung tatsächlich vergessen, die Möglichkeit in Betracht zu ziehen, dass sich jemand an Gauklers Mülleimer bedient? Das würde dann erklären, warum der Schmierfink mit einer ausgedienten Dose das Wort »Giftlacke« nicht vervollständigen konnte.

»Tja, Herr Inspektor, ich bin das Alibi für meinen Chef und mein Chef ist das Alibi für mich.«

»Ich würde euch das gerne glauben, aber ich habe ein Problem.« Pöls geht zur Treppe vor. »Dann kommt mal mit.«

»Wo wollen Sie hin?«

»Ich will euch was zeigen.«

»Ich wäre doch bescheuert, wenn ich in Tragöß mit meinen eigenen Farben durch die Gegend renne und Wände bekritzeln würde.« Pöls spürt die scharfe Alkoholfahne in seinem Nacken.

»Wo sind die restlichen Mitarbeiter? Besprichst du deine Firmenstrategie nur mit deiner Assistentin?«

»Habe alle rausgeworfen. Alle bis auf Valerie.«

»Sogar die Lastwagenfahrer? Vor der Halle stehen mindestens fünf Transporter.«

»Dafür habe ich ein Driver-Pool an externen Fahrern«, sagt Gaukler, der hinter Pöls ins Freie tritt. Man muss kein Meisterdetektiv sein, um mitzubekommen, wie unangenehm es Valerie ist, dass ihr Chef immer wieder den Körperkontakt sucht. Wie will es diese Frau gestern stundenlang neben der Schnapsdrossel in einem stickigen Büro ausgehalten haben?

»Wie ist denn die Diskussion um die neue Strategie ausgegangen?«

»Positiv. Valerie ist absolut auf meiner Linie.«

Stefan Gaukler zeigt grinsend seine Zähne und eine Hand fischt nach der Schulter seiner Assistentin, die den Inspektor genervt fragt: »Was wollen wir hier draußen?«

»Eine Demonstration«, sagt Pöls. »Ich würde dich bitten, in den Lastwagen einzusteigen.«

Valerie nutzt die Aufforderung, um sich von ihrem Chef zu entfernen, trotzdem kann sie ihre Verwunderung nicht unterdrücken: »Wozu?«

»Sage ich dir gleich.«

Bevor sie dazu kommt, schreit Stefan Gaukler auf einmal auf: »Wieso ist denn der alte Neuner noch hier? Du solltest die alte Kiste doch wegschaffen.«

»Neuner?«, fragt Pöls.

»Das ist der alte LKW. Unser ältestes Model im Fuhrpark. Alt, aber gut, sag ich immer.«

Dann ist der versoffene Blick aber wieder auf seiner Assistentin.

»Also, warum steht der Neuner in Bruck und nicht in Tragöß?«

»Weil ich irgendwie von Tragöß hier her musste.«

»Wozu gibt's den Bus?«

»Den hätte ich ja genommen, aber dann tauchte der Inspektor auf und da habe ich mich so erschrocken, dass ich mich sofort wieder in den Truck gesetzt habe und nichts wie weg wollte.«

»Sehen Sie, was Sie für einen unnötigen Wirbel verursachen?«

»Das tut mir sehr leid, ehrlich.«

»Haben Sie denn überhaupt einen Durchsuchungsbefehl, Inspektor?« Die Höflichkeit ist aus der Stimme des Geschäftsführers verschwunden.

»Ich brauche keinen Durchsuchungsbefehl. Ich möchte lediglich, dass sich das Mädchen in den Lastwagen setzt.«

Augenrollen, aber dann nickt der Chef seiner Assistentin zu.

»Na los, mach, dann sind wir ihn wieder los.«

Valerie blickt sich um, ehe sie auf eines der neueren Modelle zumarschiert.

»Nein, es muss dieser hier sein«, ruft ihr Pöls zu. »Der Neuner.«

Valerie und ihr Chef tauschen Blicke aus. Er zuckt mit den Achseln. Sichtlich genervt erklimmt sie den Türgriff des Lasters, reißt die Tür auf und nimmt auf dem komfortablen Sessel Platz.

»Und nun?«

»Zumachen.«

Wumm!

»Soll ich starten?«

»Nicht nötig. Du kannst wieder aussteigen.«

»Na, toll!«

Pöls fängt Valerie ab, als sie knapp vor ihm von der Trittfläche springt. »Und nun bitte der Chef.«

»Was soll die Verarsche? Damit Sie mir einen Strafzettel aufbrummen können? Ich darf in meinem Zustand heute nicht mehr fahren.«

»Nicht fahren, nur reinsetzen.«

»Wozu soll das gut sein?«

»Mach's einfach.«

»Ich verstehe es zwar absolut nicht, aber bitte.«

Etwas unbeholfen kraxelt Stefan Gaukler ins Führerhaus, als würde er zum ersten Mal diesen Wagen besteigen.

»Einmal zumachen, bitte. Danke! Und wieder herauskommen.«

»Kapier ich nicht! Wozu war das jetzt gut? Haben Sie einen LKW-Fetisch?«

»Nein, eher einen Vogel-Fetisch.«

»Wer hat das nicht, Inspektor. Aber was hat Vögeln mit meinem LKW zu tun?«

»Ich liebe Greifvögel.«

»Dann empfehle ich die Burg Oberkapfenberg. Die hat mit der Greifvogelshow deutlich mehr zu bieten als mein Brummi-Parkplatz.«

»Habt ihr es nicht gehört?«

»Was gehört?«

»Jedes Mal, wenn bei diesem Laster die Fahrertür geöffnet wird, ertönt der Schrei des Steinadlers.«

Valerie und Stefan Gaukler sehen sich an, als zweifeln sie am Verstand des Inspektors.

»Die Tür quietscht«, stellt Valerie fest.

»Exakt in der Tonlage eines Steinadlers.«

»Keine Ahnung, wie ein Steinadler klingt.«

»Identisch wie diese Tür. Faszinierend! Genau dieses Geräusch habe ich gestern Nachmittag in unmittelbarer Nähe zum Grünen See gehört.«

Stefan Gaukler gräbt sein Gesicht in seine Hände. »Oh Gott, sind das die modernen Profiler-Methoden der Kriminalpolizei?«

Auch Valerie kann sich ein Grinsen nicht verkneifen.

»Chef, soll ich den Neuner nochmals nach Tragöß bringen?«

»Nein, lass ihn stehen. Vielen Dank, Valerie. Ich brauche dich dann für heute nicht mehr. Du musst sicher nachhause. Dein Ehemann hat bestimmt Bärenhunger.«

»Ok, Chef.« Dem Inspektor wirft sie nur ein abschätziges Grinsen zu. Pöls spürt, wie seine Seriosität flöten geht.

»Ich weiß, dass dieser Lastwagen gestern in Tragöß war. Meine Ohren betrügen mich nicht.«

»Ich verspreche Ihnen, Inspektor, ich werde diese blöde Tür schmieren. Gleich morgen Früh! Wollen Sie auch die anderen Brummis testen? Vielleicht haben wir unwissentlich einen Falken, Bussard, Kolibri und ein Rotkehlchen in unserem Team.«

»Sollten unsere Logistikaufträge stagnieren, hätten wir zumindest ein alternatives Showprogramm, mit dem wir uns über Wasser halten könnten«, sind Valeries Abschiedsworte, bevor sie zu ihrem Kleinwagen spaziert. »Mir fehlt leider die Zeit, um Sie zurück nach Tragöß mit zu nehmen, Inspektor. Ich kann Sie bei der Bushaltestelle absetzen.«

»Das ist lieb, danke, aber ich denke, ich wechsle noch ein paar Worte mit deinem Chef.«

»Welche Ungeheuerlichkeit wollen Sie mir noch an den Kopf knallen, Herr Inspektor? Darf ich mir daneben einen Drink gönnen, während ich Ihrem Stumpfsinn lausche?« Stefan Gaukler deutet auf die Fabrikhalle und geht vor. »Hier draußen wird es allmählich etwas frisch, finden Sie nicht auch?«

»Ist es üblich, dass deine Sekretärin mit den Lastern durch die Gegend kutschiert?«

»Nein, das war heute die Ausnahme, die absolute Ausnahme. Wissen Sie, ich möchte aus meinem ehemaligen Elternhaus in Tragöß einen LKW-Parkplatz machen und da will ich den Neuner als Muster-Modell dorthin bringen, um ein paar Abmessungen anzustellen. Mit der alten Mühle fahren wir ohnehin keine Aufträge mehr.«

»Nicht? Mir war, als hätte ich diesen Laster heute schon im Einsatz gesehen.«

»Muss einer unserer anderen LKW gewesen sein – dieser hier garantiert nicht.«

»Warum beauftragst du deine Sekretärin und nicht einen professionellen Fahrer, den Laster nach Tragöß zu bringen?«

»Hat sich kurzfristig ergeben. Gestern und heute hatten wir keine Fuhren. Für die Strategiebesprechung waren zwei Tage eingeplant. Da wir vorzeitig fertiggeworden sind, wollte ich die Zeit nutzen und habe Valerie gebeten, den Brummi zu meinem Haus zu bringen. Es ist mir ein wenig peinlich, aber ich hatte noch zu viel Restalkohol, ich wollte aber für diesen Klacks nicht extra einen Fahrer bestellen, der unnötig Kosten verursacht. Noch dazu, wo ich weiß, dass sich Valerie am Führerstand geschickt anstellt. An ihr ist eine kleine Rennfahrerin verloren gegangen. Sie ist ein Turbo, ein Wirbelwind. Das gesamte Büro zu feuern war die beste Entscheidung, die ich treffen konnte. Valerie erledigt ihre Arbeit besser als die zwölf Mitarbeiter, die ich gekündigt habe.«

Oben im Chefbüro schenkt Stefan Gaukler Hochprozentiges aus. Pöls sagt nicht nein, ist ja offiziell im Urlaub und nicht einmal mit dem eigenen Auto unterwegs.

»Sind Sie neben einem Akustikgenie auch ein Geruchsakrobat?«, fragt Stefan Gaukler und lässt im Hinsetzen auf seine Couch einen unüberhörbaren Furz.

»Was habe ich heute gefrühstückt, Inspektor? Als Polizist brauchen Sie doch einen guten Riecher. Wenn Sie das erraten, haben Sie meine vollste Hochachtung.«

Pöls schenkt sich von der Schnapsflasche nach und nippt.

»Ist es nicht unökonomisch, den Fuhrpark nach Tragöß zu verlegen? Als Logistiker musst du an einem Verkehrsknotenpunkt sitzen.«

»Weitsichtig denken, das bläue ich Valerie ständig ein. Das Grundstück in Tragöß kostet mich keinen Cent. In Bruck brenne ich mich mit dem Pachtvertrag aus. Wenn das Haus dem Erdboden gleichgemacht ist, passen meine Babys optimal drauf.«

»Der Tourismusverband hat damit allerdings keine große Freude.«

»Hätten mir das Grundstück ja abkaufen und ein Nobelhotel oder ein Gasthaus draufstellen können, aber das war es ihnen nicht wert. Also darf sich Monika jetzt auch nicht beklagen, dass ich andere Pläne umsetze.«

»Wie ist dein Verhältnis mit dieser Monika?«

»Der ganze Haufen geht mir am Arsch vorbei.«

»Ich habe heute Monikas Praktikanten getroffen. Kennst du die?«

»Diese Scharlatane!«

»Die Praktikanten?«

»Die haben das böse Blut erst in Wallung gebracht. Sie wollten mich dazu zwingen, dass ich für eine bescheuerte Veranstaltung am See als Sponsor auftrete. Seither habe ich richtig Ärger mit Monika und sie hat den ganzen Ort gegen mich aufgebracht.«

»Weil du den Jungs abgesagt hast?«

»Weil ich zugesagt habe. Das ist ja die Frechheit. Monika bezeichnet mich als den Teufel von Tragöß und behauptet, ich würde mich in den Vordergrund drängen. Die hat ihre Jungs bewusst vorgeschickt, damit sie mich anprangern kann.«

»Womit du einen Grund hättest, die Werbeplakate zu beschmieren.«

»Nicht schon wieder so eine haarsträubende Unterstellung, die einem die Zehennägel aufrollen lassen, Inspektor«, sagt Stefan Gaukler und steckt sich seine roten Finger tief in den Mund.

»Keine Angst, ich muss meinen Bus nach Tragöß erwischen«, sagt der Inspektor und stellt sein Schnapsglas ab.

»Welche Dokumente hätte Valerie mitbringen sollen?«

Pöls blickt in ein verwirrtes Gesicht.

»Dokumente?«

»Ich habe deine Sekretärin in deinem Haus im Keller vor dem Tresor angetroffen. Du hast ihr den falschen Code gegeben und deshalb konnte sie die Dokumente nicht mitbringen, um die du sie gebeten hast.«

Noch immer ein verdutztes Gesicht. Vielleicht nur Auswirkung von übermäßig viel Alkohol. Pöls marschiert auf den Abgang zu.

»Ich tippe übrigens auf Heringe.«

»Bitte?«

»Dein Frühstück. Ich sollte doch raten. Gab es Heringe?«

»Wie kommen Sie auf Heringe?«

»Meine Ohren sind nicht zu betrügen. Heringe furzen über sieben Sekunden lang und in drei Oktaven – und es klang verdammt ähnlich zu deinem Furz.«

»Sie sind ein echter Spaßvogel, Inspektor, Sie gefallen mir.«

»Wussten Sie, dass das Mordopfer erst durch einen Fisch auf einem Foto nach Tragöß geködert wurde? Dem Grundstücksbesitzer wurde ein Foto mit toter Forelle zugespielt.«

»Jetzt beleidigen Sie mich aber nicht! Wollen Sie damit sagen, dass mein Furz nach totem Fisch riecht? Ich glaube, es ist an der Zeit, dass wir nachhause gehen.«

»Zuhause – erwartet dich dort deine Frau?«

»Die ist gestorben.«

»Oh, das tut mir leid.«

»Schon gut, ist lange her.«

»Vor lauter Arbeit kein neuer Fang?«

»Kein Interesse an den Weibern. Mir reicht's, mit dem Job verheiratet zu sein. Der verlangt genug von mir. Das ist schwer genug, glauben Sie mir. Im Notfall, wenn das Bedürfnis gar so groß wird, gönne ich mir das Etablissement. Kommt mir insgesamt billiger und macht weniger Scherereien.«

Stefan Gaukler hebt sein vibrierendes Smartphone in die Höhe, damit auch Pöls mitkriegt, dass ein Anruf hereinkommt. Der Daumen verdeckt den vorderen Teil des Anrufers.

»…loch«, ist alles, was Pöls mit viel Fantasie entziffern kann – und wieder mal wünscht er sich die Sehkraft wie mit Kontaktlinsen.

Kapitel V – Und der Haifisch, der hat Zähne

Muss ich euch die Qualität des Wassers vom Hochschwab wirklich noch schmackhafter machen? Nun, wie wäre es damit, wenn ich euch sage, dass das Wasser der Südleitung auf seinem Weg vom Berg bis nach Graz völlig unbehandelt bleibt. Es benötigt keine Aufbereitung, keine Desinfektion. Selbst den langen Weg vom Hochschwabmassiv bis in die Wasserbehälter in Wien bewältigt das Trinkwasser über Stollen ohne Pumphilfe und rinnt im natürlichen Gefälle in einem Zeitraum von rund 24 bis 36 Stunden in die österreichische Bundeshauptstadt. Ob Graz oder Wien, stets kommt das Wasser nahezu so rein aus der Pippe[13] *wie aus dem Berg. Weh dem, der Gegenteiliges behauptet! Dann haben wir den Bahö*[14].

28. Georg Reinthaler – Mückmanns Vermächtnis

Das Ticken der Wanduhr wird nur vom Kratzen übertönt. Georgs Unterarm ist schon rot. Als der Kuckuck über dem Ziffernblatt aus der kleinen Holztür springt und zwölf Mal krächzt, lässt sich Georg trotzdem nicht aus der Konzentration bringen. Vor ihm stehen fünf halb gefüllte Wassergläser am Esszimmertisch. Auf vieren davon liegt jeweils ein Teststreifen. Ganz zart gefärbt.

Georgs Daumen streicht sanft über die Gravierung an einem unbenutzten Teststreifen. Er hat nämlich festgestellt, dass sich die Stripes aus einer speziellen Packung, die sich von den anderen Packungen abhebt, anders anfühlen. Nun tunkt er diesen speziellen Teststreifen ins letzte Glas in der Reihe. Rasch nimmt das Papier eine rote Farbe an. Der Farbton wird von Minute zu Minute dunkler. Laut Farbtabelle auf der Broschüre, die vor Georg liegt, bedeutet das massive Schwermetallbelastung. Es ist aber dasselbe Wasser wie in allen anderen Gläsern und die ersten drei weisen sauberen, absolut unbedenklichen Inhalt nach, die restlichen zwei das Gegenteil. Also liegt das Testergebnis nicht an der Flüssigkeit, sondern an den Streifen an sich. Doktor Hans Mückmann spielte mit gezinkten Karten.

»So ein Mist!« Zornig lässt Georg den verfärbten Teststreifen zu Boden fallen. So gerne hätte er an die Theorie des gefilterten Heilwassers geglaubt. So gerne hätte er an die Kompetenz des Doktors geglaubt. Zwei Finger tauchen in das fünfte Glas. Er streicht sich die feuchten Fingerspitzen gegen die rot-gescheuerte Stelle an seinem Unterarm.

»Dann verbrenn' doch!«, zischt Georg und widersteht dem Juckreiz fünf Sekunden, dann muss er sich wieder kratzen.

Mückmanns Arztkoffer steht geöffnet auf einem Stuhl. Georg fasst ins große Fach und knallt einen Berg an Aqua Spirit-Broschüren auf den Tisch. Durchwühlt sie wie einen Haufen Spielkarten. Die schönsten Sujets auf den Titelseiten – Wasser in seiner vielfältigsten Form. Alles nur Lug und Trug. Zwischen den Broschüren zeigen sich mehrere Visitenkarten. Keine von Hans Mückmann, dafür von Jeff Eriksen, CEO von Aqua Spirit. Firmensitz in San Francisco, aber keine direkte Adresse, nur Telefonnummer, E-Mail und Website. Auf einer der Karten ist in hektischer Schrift eine Mobilnummer für Europa hinzugekritzelt.

Georgs Kopf windet sich nach seinem eigenen Mobiltelefon und die Augen entdecken es auf dem Wohnzimmersofa. Soll er diesen Mann direkt anrufen?

Wie auf Befehl wird der Juckreiz unerträglich.

Nach minutenlangem Kratzen schnappt sich Georg das erste Wasserglas und trinkt es leer. Seine Zungenspitze schleckt sich die Mundwinkel.

»Hören Sie, ich weiß, dass ihr mich beschissen habt. Das werde ich nicht so hinnehmen.« Georg wiederholt den Text, diesmal eine Spur tiefer und bedrohlicher gesprochen. Er trinkt das zweite Glas. Wie ein gefangenes Raubtier wandert er zahlreiche Runden durch seine Wohnung, ehe er das Telefon entschlossen vom Sofa nimmt. Gewissenhaft tippt er die Nummer des Geschäftsführers ein.

Es läutet. Nach dem vierten Tuten hebt jemand ab. Eine tiefe, männliche Stimme brummt: »Yes?«

»Mister Jeff Erikson?«

»Eriksen!«, mit Betonung auf »en«.

»Was kann ich für dich tun, Buddy?«, fragt die Stimme mit starkem amerikanischem Akzent.

»Herr Eriksen, ich habe mir Ihren Vortrag in Kapfenberg vor einem halben Jahr angesehen.«

»Kapfenberg! Wunderbare Stadt! Wunderbares Publikum! Ich liebe es.«

»Ich habe gehört, Sie befinden sich wieder in Österreich?«

»Nicht mehr lange. Eine letzte Show, dann sage ich bye, bye, Austria.«

»Wir müssen uns treffen.«

»Tickets kriegst du noch an der Abendkasse.«

»Nein, abseits Ihrer Veranstaltung.«

»Nach der Show geht es direkt zum Flughafen.«

»Wir müssen reden.«

»Bei der Show wird es ein kleines Zeitfenster für Fragen geben.«

»Ich bin ein Kunde von Hans Mückmann.«

»Oh«, sagt Jeff. Georg kann nicht deuten, ob es Überraschung oder Bedauern ist, aber dann meint die Brummstimme: »Ich werde veranlassen, dass du einen neuen Berater bekommst.«

»Ich brauche keinen Ersatzkontakt. Ich brauche nur Sie.«

»Service und Verkauf übernehmen meine Employees. Ich kümmere mich nur darum, dass mein Business fliegt, weißt du.«

»Genau darum geht es. Ich habe da etwas, das Sie interessieren dürfte.«

»Was ist das?«

»Mückmanns Vermächtnis.«

»Ich verstehe nicht ganz.«

»Deshalb müssen wir reden. Und ich glaube nicht, dass Sie diese Fragen bei einer öffentlichen Fragestellung hören wollen.«

Schweigen in der Leitung. Dann der Anflug eines hilflosen Lachens.

»Was willst du?«

»Kommen Sie nach Kapfenberg.«

»Wie bitte? Bist du verrückt? Woher hast du meine Nummer?«

»Ich sagte doch, ich habe Mückmanns Vermächtnis. Morgen, 10 Uhr. Ich schicke Ihnen die Koordinaten an diese Nummer.«

Georg beendet das Telefonat. Um die Achseln haben sich auf seinem T-Shirt riesige Schweißflecken gebildet. Er reißt sich das nasse Leiberl vom Körper. Jetzt bedarf es erst einmal eines Kratzmarathons. Gefolgt von einer eiskalten Dusche.

Als er fertig ist, sitzt Valerie schon in der Küche. Er kann ihren Blick schlecht deuten.

»Was ist los?«

»Wo warst du gestern Nachmittag?«, fragt sie.

»Was?«

»Gestern wurde Mückmann ermordet. Die Polizei wird dich fragen, wo du warst.«

»Wieso mich?«

»Weil die alle fragen, die irgendwann in letzter Zeit mit Mückmann zu tun hatten. Du brauchst einen Plan, wenn die Polizei auftaucht.«

Georg überlegt eine Sekunde. »Ok, dann sagen wir am besten, dass wir zusammen hier waren?«

»Du weißt, dass das nicht stimmt.«

»Was sagen wir dann?«

29. Inspektor Pöls – Haifisch

Die Sonne ist untergegangen. Eine dicke Wolkendecke verhindert einen romantisch roten Himmel.

Eine Dreiviertelstunde braucht der Postbus von Bruck an der Mur nach Tragöß – das entnimmt Pöls der Anzeigetafel im kleinen Wartehäuschen. Eine Blechlawine rollt am Inspektor vorbei. Die Busstation befindet sich an der unmittelbaren Hauptverkehrsader der Stadt. Benebelt von den Abgasen besteigt Pöls den Bus, löst sich eine Fahrkarte mit Seniorentarif, ohne einen Ausweis vorweisen zu müssen. Ein seltener Fall, dass der Inspektor für die Fehleinschätzung seines Alters nicht beleidigt ist. Freie Platzwahl. Maximal ein Drittel der Sitzplätze ist belegt. Pöls entscheidet sich für die goldene Mitte. Ganz vorne ist er vom Verkehr zu abgelenkt, ganz hinten wird ihm übel.

Eine Stunde Zeit, um die Eindrücke des Tages sacken zu lassen.

Aus Valerie wird Pöls nicht schlau. Als sie ihm im Keller in Tragöß begegnete, wirkte sie schüchtern und scheu wie ein Reh, ergriff sofort die Flucht. Bei ihrem Chef agierte sie äußerst keck und selbstbewusst. Wer, wenn nicht Pöls, bewundert ihre Fahrkünste? Um so einen Truck zu steuern, muss man einiges draufhaben und dieses Mädchen galoppiert den Neuner wie eine, die weiß, was sie tut. Der versoffene Chef dagegen tat sich schon schwer, überhaupt ins Führerhaus zu gelangen. Haben der Logistiker und Valerie etwas am Laufen?

Pöls lacht gegen sein eigenes Spiegelbild in der Seitenscheibe. In alter Routine steckt er seine Nase in Angelegenheiten, die ihn nichts angehen. Alte Berufskrankheit.

Am Gaumen klebt noch der Geschmack von Gauklers Schnaps. Bei Spirituosen hat der Logistiker ein gutes Händchen.

Pöls fallen beinahe die Augen zu. Am Fenster zieht ein großer Wegweiser mit der Aufschrift *»Tragöß«* vorbei. Ein Pfeil zeigt nach links. Parallel zum Bus überholt ein riesiger Haifisch. Pöls setzt sich aufrechter hin. Der Plastikfisch thront auf einem Lieferwagen. Auf dem Lieferwagen der Schriftzug: *»Gaukler Diving«*.

»Gibt's ja nicht«, murmelt Pöls und versucht den Fahrer zu erkennen, aber der Lieferwagen ist zu schnell vorbei. Pöls hat nur lange Haare gesehen. Sah nicht nach Karin Gaukler aus. Ampel auf Rot. Pöls reckt seinen Hals in die Höhe und blickt über die Kopfstützen der Bussitze hinweg zur Windschutzscheibe. Der Haifisch steht jetzt unmittelbar vor dem Postbus und blinkt.

Pöls fährt in die Höhe. Hastig wetzt er vor zum Fahrer.

»Lass mich aussteigen.«

»Hä?«

»Ich will aussteigen.«

»Das ist hier keine Haltestelle.«

»Ich muss trotzdem raus.«

»Hinsetzen!«

»Ich bin Polizist. Lass mich raus.«

Der Busfahrer grinst. Pöls durchsucht seine Taschen nach dem Ausweis, den er seit Wochen nicht mehr bei sich trägt.

»Ich bin wirklich Polizist.«

»Ja, Opa, schon klar.«

Noch immer klopft Pöls in alter Routine Hosen- und Jackentaschen ab. Ein Auge schielt zur Ampel. Noch ist die Lampe rot.

»Bevor du einen Herzkasperl erleidest.« Zischend schwenkt die Tür auf. »Deshalb musst du mir nicht gleich mit dem Polizei-Trick kommen, du Held.«

Pöls trippelt die Treppen zum Ausgang, springt auf die Straße. Auf der rechten Spur pfeifen Autos an ihm vorbei. Die grüne Ampel für Geradeaus blinkt. Pöls bleibt nicht mehr viel Zeit. Mit dem Umschwenken der Ampel von Rot auf Grün öffnet er die Beifahrertür des Lieferwagens und hopst auf den freien Sitz.

Der Fahrer gafft ihn entgeistert an – ein sonnengebräunter Typ, nicht besonders groß, aber athletisch und mit einer gigantischen Haarpracht, die in einem langen Pferdeschwanz mündet. Das muss Thomas Gaukler sein!

Der Bus hupt. Ruckartig steigt Thomas Gaukler aufs Gas.

»Ich bin Inspektor Heinz Pöls. Ich glaube, wir haben denselben Weg.«

»Haben wir das?«

»Du bist doch Thomas Gaukler?«

Der Mann nickt.

»Tommy, angenehm!« Er streckt Pöls die rechte Hand entgegen. Ein geknüpftes Armbändchen baumelt vom Handgelenk. Seine Handfläche ist rau wie Schmirgelpapier. In seinem Blick versteckt sich eine anhaltende Verwirrtheit, aber mittlerweile lächelt er und um sein Augenpaar bildet sich ein Kranz aus tausend Lachfältchen.

»Ermitteln Sie wegen dem Todesfall am Grünen See?«

»Mordfall, ja.«

»Sicher Mord?«

»Ohne jeden Zweifel. Es gab einen Kampf, bevor Hans Mückmann ertrunken ist. Bedauerlicherweise mit unzähligen Bleigewichten aus deinem Tauchladen am Körper.«

»Hat mir Karin erzählt, ja, Wahnsinn. Der Zugang zum Vereinsstüberl lässt sich unglücklicherweise nicht abschließen. Wir haben keine wertvolle Ausrüstung gelagert, ärgerlich ist es trotzdem.«

»Kanntest du Hans Mückmann?«

Kopfschütteln.

»Der hat das Wasser vom Grünen See untersucht.«

»Ach, der ist das. Erinnere mich. Dem hat Joschi die gute Werbung zu verdanken.«

»Die sich beinahe ins Negative verkehrt hätte, wenn das Testergebnis von Mückmann ans Tageslicht gekommen wäre.«

»Ach so?«

»Mückmann will hohe toxische Werte festgestellt haben.«

»Im Grünen See?«
»Ja. Deshalb hat dir Schinagl auch die Tauchlizenz entzogen.«
»Er hat was?«
»Weißt du nichts davon?«
»Wovon?«
»Du darfst im Grünen See nicht mehr tauchen.«
»Ich habe eine Sondergenehmigung.«
»Die dir entzogen wurde.«
»Was? Nein, niemals.«
Der Wagen gerät merklich auf die Gegenfahrbahn.
»Vorsicht!«, schreit Pöls und fuchtelt mit den Händen.
»Zu Pfingsten starten unsere Tauchgänge am Grünen See.«
»Schinagl hat mir gesagt, dass er dir die Kündigung schon mitgeteilt hat.«
»Kein Wort hat er gesagt.«
»Wann warst du das letzte Mal am Grünen See?«
»Uff, ich war die letzten Tage ziemlich beschäftigt. Das letzte Mal im Lamingtal? Würde sagen vor rund drei Wochen.«
»Wann hast du Schinagl das letzte Mal gesehen?«
»Auch so lange - bei meinem letzten Besuch habe ich Joschi getroffen. Kein Sterbenswörtchen hat er davon erzählt. Sie müssen sich irren. Ich tauche in dem See, seit ich ein kleiner Junge war. Ich werde immer darin tauchen.«
»Vielleicht wusste deine Frau über die Kündigung Bescheid.«
»Karin? Nein. Hätte sie mir doch sofort erzählt.«
Tommy blickt mit aufkommender Nervosität im Wagen umher. »Deshalb versuchte sie mich wahrscheinlich heute tausend Mal anzurufen. Inspektor, könnten Sie zwischen Ihren Füßen schauen, ob da mein Handy liegt?«
Pöls tastet zuerst mit den Schuhen, da er aber auf keinen Widerstand stößt, greift er die Fußmatte mit den Händen ab. Seine Hand wandert tiefer unter den Sitz, bis er etwas spürt.
»Unter den Sitz ist es gerutscht. Das Display hat einen Sprung.«

»Weil's mir zuvor runtergefallen ist. Legen Sie es in die Mittelkonsole.«

»Telefonieren während des Autofahrens ist gefährlich.«

Kaum abgelegt, manövriert sich die Hand des Fahrers blind über das kaputte Display durch das Menü.

»Spatzl anrufen«, befiehlt Tommy seiner Künstlichen Intelligenz. Eine akustische Verbindung wird hergestellt und es tutet im Auto. Nach wenigen Summertönen meldet sich die Mailbox mit verführerisch hauchender Stimme: »Hallo, hier ist Karin Gaukler und derzeit in einem dringenden Termin. Ich rufe dich unverzüglich zurück, wenn du mir dein Anliegen verrätst.«

»Spatzl, geh ran! Ich erreiche dich nicht. Neben mir sitzt Kommissar …, wie ist Ihr Name?«

»Pöls, Heinz Pöls, Inspektor Heinz Pöls.«

Tommy zeigt Pöls mit der rechten Hand »Daumen hoch«, schickt seiner Frau ein Küsschen und drückt auf die rote Taste.

»Von wo kommst du gerade?«

»Aus Graz. Von einem Vortrag.«

»Wo warst du gestern Nachmittag?«

»Da habe ich mich auf den Vortrag vorbereitet.«

»Am Grünen See?«

»Nein! Zuhause.«

»Mit Karin?«

Tommy blickt zwischen Straße und Pöls hin und her.

»Ist das eine Fangfrage?«

»Weißt du, dass ich gerade von Gaukler Transporte komme?«

»War er nüchtern?«

»Dein Bruder? Ich würde sagen, so lala.«

»Ich dachte wirklich, Stefan wäre darüber hinweg, aber offenbar nicht. Das ist so eine Schande.«

»Wie lange geht das schon so?«

»Wann es wieder angefangen hat, weiß ich nicht. Er hat immer gern ins Glas geschaut. Seit ich denken kann. Hat er von meinem Vater, der griff auch gleich zur Flasche, wenn's mal zu stressig wurde.«

»Und du bist immer nüchtern?«

»Ich komme da mehr nach Mutter.«

»Wurmt es dich, dass Stefan die Firma des Vaters übernommen hat?«

»Das war von Anfang an klar. Stefan ist sechs Jahre älter als ich und hat früh bei meinem Vater gearbeitet. Dass er so jung die Geschäftsführung übernimmt, war dann doch überraschend. Mein Vater erlag einem Herzinfarkt weit vor der Pension. Ein Schock. So wurde Stefan Chef, da war er keine 25.«

Unter den Straßenlaternen überholt der Haifisch-Schatten den Lieferwagen in regelmäßigen Abständen, als würde er Autos jagen.

»Du bist nie ins Familienunternehmen eingestiegen?«

Tommy lacht auf.

»Gott bewahre, nein. Kein Interesse. Für Stefan war immer klar, dass er in der Region bleibt. Mich hat es in die weite Welt gezogen. Ich sag ja, ich bin da wie Mutter. Nur mit dem Unterschied, dass sie nur davon träumte, ich hab's durchgezogen. Ich lebte zwölf Jahre im Ausland, knapp zehn davon auf Lanzarote.«

»Aber die Heimat hat dich wieder zurückgewonnen.«

»Karin träumt von einer Familie. Sie will, dass die Kinder hier aufwachsen. Vor einem Jahr ergab sich dann die Möglichkeit, in Kapfenberg ein modernes Tauchzentrum zu eröffnen. Also sind wir mit Sack und Pack zurückgekommen.«

»Blutet dir nicht das Herz, weil Stefan aus deinem Elternhaus einen LKW-Parkplatz macht?«

»Soll er daraus machen, was er will. Juckt mich nicht. Ich hätte es ihm abgekauft, aber er hat Preisvorstellungen, als stünde das Haus neben dem Stephansdom. So wird er es nie los.«

»Wie ist denn euer Verhältnis zueinander?«

Es genügt der Gesichtsausdruck von Tommy, der Pöls anblickt, als hätte der den Bombenwitz aller Zeiten erzählt.

»Solange er das Trinken nicht im Griff hat, wird das schwer werden. Er setzt das Unternehmen unseres Vaters in den Sand. Ich bin ihm nicht einmal böse. Es ist ein verdammt hartes Business. In dieser Branche überlebt man nur hemdsärmelig. Aber er trifft halt ständig die falschen Entscheidungen. Zuerst entlässt er sein ganzes Team, jetzt verlegt er die Firma nach Tragöß und dann installiert er am alten Standort noch diese bescheuerten Wasserfilteranlagen.«

»Er macht was?«

»Irgendjemand hat ihm eingeredet, dass er sein Wassersystem filtern müsse.« Tommys Hand fuchtelt durch die Luft. »Karin hat mir das erzählt.«

30. Inspektor Pöls – Max & Moritz

Pöls steigt am Parkplatz vor dem Gasthaus zum Pribitzblick aus dem Lieferwagen mit dem Plastikhaifisch am Dach. Erst vorm Auto bemerkt Pöls, wie klein Tommy Gaukler ist, im Gegenzug zu seinem Bruder. Optisch und charakterlich sind die beiden Gaukler wie Tag und Nacht.

Die Tür zur Taucherstube wurde von der Polizei versiegelt.

»Scheiße! Darf ich trotzdem rein?«

»Ich befürchte nein. Ich frage für dich nach.«

Pöls wollte ohnehin Bobo kontaktieren, um seinen Ermittlungsstand an den Kollegen in Graz durchzugeben und sich in den verdienten Urlaub zu verabschieden. Doch es ist eher Bobo, der beim Telefonat spricht wie ein Wasserfall: »Unsere Brucker Kollegen waren sehr aktiv, Pöls, nachdem du ihnen einen Verdächtigen vorbeibringen lassen wolltest.«

»Ich habe niemanden geschickt. Das war Schinagl. Der hat

sich eingebildet, er muss den *Lump*, also den Moritz Altkönig, höchstpersönlich der Polizei übergeben.«

»Laut Brucker Kollegen kennen sie den Schinagl sehr gut. Der serviert denen des Öfteren Wilderer. Bei dem jungen Mann vom Grünen See hat es nicht so geklappt, wie er sich das vorgestellt hat – denn der ist am Weg zur Polizeiwache getürmt. Im Gerangel hat ihm Schinagl einen Schlüssel abgenommen und die Brucker Kollegen haben das passende Schließfach dazu am Bahnhof gefunden. Rate mal, was die dort gefunden haben? Den Pass vom Flüchtigen und jede Menge Gold. Die Kollegen haben mittlerweile einiges über den Kerl herausgefunden. Er heißt in Wirklichkeit übrigens Max Neukaiser und nicht Moritz Altkönig.«

»Bitte?«

»Hat sich kurzerhand einen Künstlernamen angeeignet. Der Mann ist ein ehemaliger Banker. Unter der vielen Arbeit zusammengebrochen. Burnout nennt man das heute. Und dann kam der entscheidende Lebenswandel. Ein Aussteiger! Er will nicht mehr dem schnöden Mammon hinterherlaufen. Angeblich hat er sein gesamtes Vermögen in Gold gewechselt und bis auf den Pass all seine Dokumente verbrannt. Wir sind auf der Suche nach ihm. Es läuft gerade der Fingerabdruck-Abgleich. Wir haben genug, die wir eindeutig ihm zuordnen können: Auf der Schallplatte, auf dem Pass, auf dem Gold und an den Stäben des Zwingers im Geländewagen des Jägers. Laut Augenzeugen ist er aufs Madereck geflüchtet, einem Berg in Bruck an der Mur. Die Spur hat sich im Wald verlaufen. Gut möglich, dass er eh Richtung Tragöß unterwegs ist. Haltest halt ein bisserl deine Augerln und Ohrwascheln offen.«

»Fürchten muss ich mich vor dem Kerl kaum.«

»Du nicht, aber wahrscheinlich der Schinagl, der panische Angst davor hat, dass der Typ eine weitere Nacht illegal auf seinem Grundstück campiert.«

Nach dem Telefonat fällt dem Inspektor ein, dass er vergessen hat, Bobo bezüglich der Versiegelung des Tauchclubs in Tragöß zu befragen, aber Tommy und der Haifisch-Lieferwagen sind ohnehin nicht mehr zu sehen. Jetzt hat Pöls beinahe ein schlechtes Gewissen, dass Tommy umsonst nach Tragöß gefahren ist. Pöls hätte den Sunnyboy gerne etwas länger beobachtet und herausgefunden, wie echt die Überraschung von Tommy Gaukler über Mückmanns Tod war. Und wusste er wirklich nicht, dass der lukrative Pfingst-Tauchgang geplatzt ist? Immerhin wäre das ein Mordmotiv. Pöls denkt daran zurück, wie er reagiert hat, als man ihm vor ein paar Monaten mitteilte, dass sein Betrug bei der letzten Augenkontrolle aufgeflogen ist und somit Pöls seine Dienstmarke abgeben musste. Er hat seinen Flachmann, den er gerade in der Hand hielt, an die Wand gepfeffert. War es bei Tommy das Handy? Der große Sprung im Display würde es erklären.

31. Inspektor Pöls – Lange Nacht

Im Stockdunkeln erreicht Pöls seine Hütte. Er ist irritiert, dass die Tür einen Spalt offen steht und Licht in der Stube brennt. Der Inspektor ballt seine Hand um den Schlüssel und schiebt die Tür weiter auf. Niemand zu sehen. Nur ein unüberhörbares Klacken. Das kommt aus der Schlafkammer.

»Heinz!«

»Azra!« Der Schlüsselbund in der Faust entspannt. »Was machst du hier?«

»Ich hätte mir eine begeisterte Begrüßung erwartet.«

»Ich freue mich total, nur bin ich gleichzeitig irrsinnig baff. Wie bist du hierher gekommen ohne Auto? Du wolltest dich doch erst wieder blicken lassen, wenn ich den Fall gelöst habe. Wie bist du in die Hütte gekommen? Wer hat dir aufgesperrt?«

»Fragen über Fragen, ganz in deinem Element, ganz der Heinz. Ich wusste, dass du ohne meine Hilfe nicht weiterkommst. War das nicht immer so? Hättest du den Täter in Leibnitz ohne meine Sprachkenntnisse überführt? Heinz, du brauchst mich, um den Täter zu schnappen. Das ist unser Schicksal. Deshalb bin ich hier.«

Azra nimmt ihm den Schlüsselbund aus der Hand und legt ihn zur Seite. Ihre langen Finger öffnen einen Knopf nach dem anderen an Pöls' Weste. Monatelang hat der Inspektor von diesem Moment geträumt, aber jetzt, wo sie ihn tatsächlich liebreizend entschält, kriegt er Muffensausen. Das geht ihm irgendwie zu schnell. Er war darauf nicht vorbereitet. Trotzdem bringt er es nicht übers Herz, sie zurückzuweisen. Mit einem sanften Schubs gegen sein Brustbein lässt sie Pöls aufs Bett plumpsen. Sie nimmt neben ihm auf der Matratze Platz und haucht ihm ins Ohr: »Ich habe dir vergessen zu erzählen, dass ich gestern jemanden getroffen habe, als ich auf dich am See wartete.«

»Mückmann?«

»Nein, nicht den Doktor. Einen jungen Mann, der den Wald zu seinem Zuhause erklärt hat.«

»Den Aussteiger? Max Neukaiser, oder Moritz Altkönig, je nachdem, wie er sich gerade nennen mag.«

»Namen nannte er keinen. Ich bin an seinem Zeltplatz vorbeigejoggt.« Azra schmunzelt und ein Finger streicht in Kreisbewegungen über die Brustbehaarung des Inspektors.

»Wahrscheinlich hatte er länger keine Frau mehr an seiner Seite. In ihm stieg sofort die Geilheit auf wie bei einem Gorilla. Seine hungrigen Augen haben mich nicht mehr losgelassen.«

»Hat er dich berührt?«

»Nein, er hat mich nur zu ihm hingewunken.«

»Bist du zu ihm?«

»Ja, weil ich neugierig war. Hat sich als Fehler herausgestellt. Kaum bin ich bei ihm vorm Zelt gehockt, hat er mit seinen wirren Anschauungen über den Untergang der westlichen Welt zu labern begonnen. Er sagte, dass man sein gesamtes Guthaben in Gold tauschen müsse, um sich sein Vermögen zu sichern.«

»Na, da war er bei dir an der richtigen Adresse.«

»Ich hasse solche Irren. Deshalb bin ich auch sofort aufgestanden und habe ihm gesagt, dass er sich seine Wahnvorstellungen sonst wohin stecken kann.«

»Wie hat er reagiert?«

»Wie alle diese Idioten, wollte nicht locker lassen, hat weitergelabert. Vom Untergang der Welt. Sah schon die Atombomben im Anflug, dieser Idiot.«

»Und dann?«

»Na, was glaubst du? Hast du keine blühende Fantasie?«

»Ich weiß es nicht. Sag mir, was dann passiert ist.«

Sie stemmt Pöls mit beiden Händen auf die Matratze und schwingt sich auf seinen Bauch, fixiert seine Arme gegen die Bettdecke.

Nein, so hat sich das Pöls nicht ausgemalt – so will er das nicht.

»Weißt du, was man mit diesen Irren machen sollte?« Ihr Gesicht kommt näher und ihr Druck wird stärker. »Man sollte ihnen die Luft zum Atmen nehmen. Bis sie nicht mehr denken können. Bis ihnen der Blick verschwimmt und sie jämmerlich ersticken.«

Momentan hat Pöls eher das Gefühl, dass er es ist, der nicht mehr genug Sauerstoff bekommt und zappelt herum.

»Geh runter.«

»Ich hatte genug Zeit, bis du aufgekreuzt bist, Heinz!«

Sie lacht auf, wie eine Geisteskranke. Durch den schrillen Ton kommt Azras Hündchen aufs Bett gesprungen, drängt sich neben die eng zusammenliegenden Gesichter und die Schnauze schleckt Pöls um die Stirn. Azras Gesicht kommt näher – und jetzt hat sie nicht die geringste Ähnlichkeit mit der Physiotherapeutin, in die er sich so verknallt hat. Eine rote Gorilla-Fratze grinst ihn an. Aus den Poren schießen Haare, bis das ganze Gesicht mit Fell überzogen ist.

Hustend schlägt Pöls um sich, bis er feststellt, dass er alleine durchs Bett rollt. Er knallt mit dem Rücken gegen das Kopfteil des Bettes. Neben ihm das unberührte Kissen auf Azras Seite. Die Fensterbalken hämmern regelmäßig gegen den Rahmen.

Was war das bloß für ein Schnaps, den ihm Stefan Gaukler da serviert hat – anders kann es sich Pöls nicht erklären, wie er sich so wirres Zeug zusammenreimt. Schlapp, als hätte man ihn stundenlang mit einem nassen Fetzen um die Hütte getrieben, entsteigt er dem knarrenden Bett und blickt sich in seiner finsteren Hütte um. Weder Azra noch ihr Hund sind da.

Blind tastet sich Pöls zu dem Stuhl, auf dem seine Socken, Shirt und Hose liegen. Er fischt das Mobiltelefon hervor. Akku schwach. Nur der Empfang ist noch lahmer. Keine Anrufe in Abwesenheit. Drei Uhr in der Früh. Ein ungünstiger Zeitpunkt, um bei Azra anzurufen und nachzufragen, wie es ihr geht.

Pöls schlüpft in seine Socken. Lediglich mit Unterhose und Unterhemd bekleidet, geht er vor die Hütte, umrundet das Haus, bis er vor dem Fenster steht, an dem der Balken ihn ständig aus dem Schlaf reißt. Vielleicht ist der an Pöls' Alpträumen schuld. Er fixiert den Balken mit einem Ast, den er zwischen die rostigen Scharniere klemmt. Das wird nicht ewig halten, aber hoffentlich bis zum Sonnenaufgang.

Ganz schön frisch ist es hier heraußen. Beim Zurückgehen zur Hütte ist Pöls nicht sicher, ob er das Knacken eines Astes selbst verursacht hat, oder sich hinter der schwarzen Waldfront parallel zu ihm etwas bewegt. Kurz hält er inne.

»Hallo?«

Nichts.

»Azra?«

Nichts.

Was hat Pöls anderes erwartet? Er verkriecht sich wieder in seiner Hütte. Gerade unter die warme Decke geschlüpft, pocht es heftig an der Tür. Diesmal zieht sich Pöls Socken über. Der Holzboden hat seine Zehen in Eisblöcke verwandelt.

Er öffnet die Tür einen Spalt. Eine große, schwarze Kreatur steht auf der Terrasse. Als Pöls ihm mit dem Handy ins Gesicht leuchtet, erkennt er den Aussteiger – Max Neukaiser.

»Dachte ich mir doch, dass du das bist«, sagt Pöls und öffnet die Tür, damit der Mann eintreten kann. »Ich habe von dir geträumt! Dir muss ein Marathonmarsch in den Gliedern stecken. Und das Ganze, um bei einem Bullen zu landen, wo du doch von der Polizei geflüchtet bist?«

»Ihnen vertraue ich. Den anderen Möbelpackern nicht.«

»Möbelpackern?«

»Mein Codewort für Polizisten.«

Pöls verdreht die Augen – geht das wieder los. Tagsüber mag eine Konversation mit solchen Typen erträglich sein, jetzt, wo ihn der Schlaf drückt, verursacht es nur Kopfschmerzen.

»Warum verlegen wir das Gespräch nicht auf morgen Früh und du verkriechst dich in dein Zelt?«

»Bill Gates hat meinen Unterschlupf beseitigt.«

»Das halte ich für etwas übertrieben.«

»Mit Bill Gates meine ich Josef Schinagl.«

»Wieso sagst du dann nicht Josef Schinagl?«

»Die Kunst der Geheimsprache liegt darin, Bilder zu erzeugen, die in deinem Gehirn herkömmliche Begriffe zum Explodieren bringen.«

»Und was soll ich mit dem Bild von Bill Gates in meinem Hirn anstellen?«

»Bill Gates ist der größte Farmlandbesitzer der USA.«

»Ok, na jedenfalls, den Schinagl stört, dass du dein Zelt überall aufschlägst, wo es dir gerade passt.«

»Ich hatte mein Zelt immer an derselben Stelle.«

»Wenn man nach den Bäumen geht, an denen du deine Spuren hinterlassen hast, stimmt das nicht ganz.«

»Ich beschädige keine Bäume und hinterlasse keine Spuren. Ich bin unsichtbar wie ein Geist.«

»Keine Spuren, so, so. Benutzt du gelegentlich die Toilette vom Wirt?«

»Ich halte nichts von künstlichen Wasserklosettanlagen, die unnötig wertvolles Trinkwasser verschwenden.«

»Hoffentlich kommen wegen deiner Freiluftpisserei nicht irgendwelche Quellen zum Handkuss, die unser Trinkwasser nähren.«

»Wenn Sie wüssten, wie viel Urin Sie mit dem Leitungswasser zu sich nehmen.«

Pöls macht Licht und blickt in den kargen Kühlschrank.

»Ich trinke sowieso nur Bier. Wenn du also kein Wasser aus der Leitung trinkst, kann ich dir leider auch nur Bier anbieten.«

Der Gast lehnt ab und lässt sich auf dem Stuhl nieder, auf dem Azras Wanderhose hängt.

»Ich bin nicht gekommen, um die Rinne zu verzinken.«

»Die Rinne verzinken? Meinst du damit saufen?«

Pöls blickt den Jungen lange an und fühlt beinahe Mitleid. Was muss den Kerl so verängstigen, dass er sich eine eigene Geheimsprache ausdenkt?

»Gifltlac«, entkommt es Pöls auf einmal – und erntet einen verwirrten Gesichtsausdruck vom Wildcampierer.

»Wie bitte?«

»Giftlac. Ist das ein Codewort?« Um alle Möglichkeiten auszuschopfen, spricht der Inspektor es mehrfach aus. Einmal mit »k« wie Giflak, dann mit »tz« wie Giftlatz und schließlich einmal sogar als »tsch«, also Giftlatsch. Resultat ist ein fassungsloser Gesichtsausdruck bei Max Neukaiser.

»Wofür soll das stehen?«

»Das will ich von dir wissen.«

»Ich habe nicht die geringste Ahnung. Ich bin gekommen, um Ihnen mitzuteilen, dass ich *Aquaman* nicht ermordet habe. Bill Gates und die Möbelpacker werden es mir anhängen. Weil mein Alibi niemand belegen kann. Ich war alleine in den Bergen unterwegs. Die Möbelpacker werden Fingerabdrücke von mir finden. Am Tatort. Aber ich habe *Aquaman* nicht erschlagen.«

Pöls ist sich sicher, wenn jetzt wer zuhört, der greift sich aufs Hirn. Mühsam verknüpft Pöls die Codewörter mit den Synonymen: *Aquaman* = Hans Mückmann; Möbelpacker = die Polizei; Bill Gates = Joschi Schinagl.

Dann deutet er auf das getrocknete Blut der Platzwunde über dem Auge von Max Neukaiser.

»Was ist dir da passiert? Beim Wandern ausgerutscht?«

»Ich musste flüchten.«

»Vor wem?«

»Vor einem Verbündeten von Bill Gates, der mich eliminieren wollte.«

»Und wie sieht der aus?«

»Kann ich nicht beschreiben. Er war zu weit entfernt, aber es gab keinen Zweifel daran, dass er es auf mich abgesehen hatte. Kurz zuvor traf ich nämlich auf den Todesengel. Mit wunderschönem Haar, aber ich wusste, dass sie gekommen war, um mich zu verführen.«

»Das wird ja immer besser. Wie sah das Engelchen aus?«

»Kein Engelchen! Ein Todesengel. Das ist ein Unterschied. Sie war die Prophezeiung. Ich wollte sie entschärfen, aber sie ließ sich nicht fangen.«

»Wahrscheinlich fand sie dein Naturparfüm abstoßend.« Pöls schnüffelt in der Nähe der Achsel des Mannes durch die Luft.

Allmählich verzweifelt Pöls an der Ansammlung von undefinierbaren Personen, die dem Mann am Tatort begegnet sein wollen. Was dem Inspektor aber so gar nicht schmeckt: Für alle gibt es Codenamen, nur für Gaukler nicht.

»Von welchem Gaukler sprach *Aquaman*, wie du Mückmann nennst, eigentlich?«

»Was?«

»Du hast mir auf der Almhütte erzählt, dass Mückmann vor seinem Tod Gaukler begegnet sei, aber welchem: Stefan Gaukler, dem Logistiker, oder Tommy Gaukler, dem Tauchlehrer?«

»Von beiden nehme ich an.«

»Von beiden?« Verzweifelt greift sich Pöls mit der flachen Hand an die Stirn. Der Typ macht ihn noch ganz krank. Und so wie der grinst, weiß der das auch. Fast mit einem Hauch von Genuss spricht er zu Pöls: »Er sagte nicht *der Gaukler*, er verwendete die Mehrzahl.«

32. Inspektor Pöls – Sonnenstrahlen

Jetzt ist Pöls verwirrter, als er es ohnehin war. Die ganze Nacht mischen sich vor Pöls' imaginärem Auge die Profilgesichter von Stefan, Tommy und Karin Gaukler.

Es waren mindestens zwei! Bloß, welche Konstellation?

- Stefan und Tommy Gaukler?
- Tommy und Karin Gaukler?
- Karin und Stefan Gaukler?
- Oder alle drei?
- Oder war mit »die Gaukler« nur Karin gemeint?

Das ist ja zum Narrisch-Werden!

Mit dem Sonnenaufgang greift Pöls zum Telefon. Er marschiert so lange am Forstweg, bis das Empfangszeichen ausreichend Niveau anzeigt, um einen Anruf zu tätigen. Azras Nummer. Es klingelt. Pöls erwischt sie nicht zu früh. Frisch und dynamisch ertönt ihre Stimme.

»Na, Nick Knatterton, hast du schon eine Fährte aufgenommen?«

Seit Ankunft in Tragößs sind es die ersten Sonnenstrahlen, die Pöls auf seiner Haut verspürt. Er blinzelt ins Morgenlicht.

»Warum hast du mir verheimlicht, dass du den Wildcampierer am Grünen See getroffen hast?«

»Wen?«

»Den Aussteiger.«

»Ich habe niemanden getroffen.«

»Er hat mir von dir erzählt. Und du mir auch – im Traum.«

»Heinz, du träumst von mir?«

»Du bist fünf Runden um den See gejoggt, bis ich gekommen bin, da kann dir der Kerl nicht entgangen sein.«

Schweigen am anderen Ende der Leitung.

»Azra?«

»Da war einer, ja, oder irgendwas, ich weiß nicht genau. Es knackte hinter den Bäumen. Ich habe aufgesehen, aber nichts gesehen, oder bildete mir maximal ein, dass da einer war – Polly ist dann losgedüst, auf den Baum zu und was immer dort war, Polly hat es verscheucht.«

»Warum hast du mir das nicht erzählt?«

Schweigen in der Leitung. Nach einer Weile meint Azra: »Selbstschutz. Es ist seltsam, ich fühle mich in Wäldern beobachtet. Im Stadtpark, wo mir tausende Männer mit ziemlicher Sicherheit auf den Arsch schauen, ist mir das egal. Aber im Wald, nein, da vermute ich hinter jedem Baumstamm Augen. Das war in Tragöß nicht anders. Ich habe mich schon vor unserer Wanderung beobachtet gefühlt.«

»Ich hätte gerne, dass du zu mir nach Tragöß kommst.«

»Sobald du den Täter hast und die Handschellen klicken. Vorher setze ich keinen Fuß an den Grünen See.«

»Ich bin doch hier und beschütze dich.«

»Du sollst deine Arbeit machen. Ich habe auch wieder zu arbeiten begonnen. Es lenkt mich ab. Ich denke nicht mehr in einer Tour an dieses tote Gesicht, das mir direkt in die Augen geblickt hat. Du kannst dich glücklich schätzen, Heinz, denn du träumst nachts von mir. Ich aber sehe die Wasserleiche, sobald ich meine Augen schließe.«

»Warum bringen dich Verschwörungstheoretiker so auf die Palme?«

Erneutes Schweigen am anderen Ende der Leitung.

»Azra, bist du noch da?«

»Wie kommst du auf Verschwörungstheoretiker?«

»Du hast mir am Berg von dem Typen erzählt, der dir während der Physiobehandlung den letzten Nerv gezogen hat.«

»Der Schwurbler. Gott, den habe ich schon ganz vergessen.«

»Als du mir von ihm erzählt hast, konnte ich deine Wut spüren.«

»Es macht mich krank, dass manche Menschen die Schuld an ihrem traurigen Leben bei ihren Mitmenschen suchen. Solchen Spinnern verdanken wir den Zölibat.«

Trotz rund 80 Kilometern Entfernung fühlt der Inspektor, wie Azras Puls in die Höhe geht. Die Frau mit dem süßen Gesicht, von dem er bisher dachte, dass sie durch nichts aus der Ruhe zu bringen ist …

33. Inspektor Pöls – Die gefundene Nadel im Heuhaufen

Ist es ernsthaft in Azras Interesse, dass Pöls weiter ermittelt?

Der Inspektor steht auf Höhe des Gasthauses und blickt zu der verriegelten Tür von Gaukler Diving. Wie gerne würde Pöls wissen, was Tommy tatsächlich zu seinem entgangenen Pfingstgeschäft gesagt hat! Aber lange kann der Inspektor nicht sinnieren, weil das Telefon in der Hosentasche vibriert und um Aufmerksamkeit hascht.

»Guten Morgen, Pöls. Wir wissen, wo Hans Mückmann gelebt hat.«

»Aha.«

»Ein bisschen Zufall gehört dazu. Ich schicke dir die Adresse.«

»Du glaubst, dass mich das interessiert?«

»Es ist in deiner Nähe. In Bruck an der Mur.«

»Nähe ist gut gesagt. Mit dem Bus fast eine Stunde.«

»Du hast doch ein Auto und ich verrate niemandem, dass man dir den Führerschein abgenommen hat.«

»Verstehe, du willst, dass ich mich dort für dich umsehe. Du fauler Hund. Warum macht das nicht Kothbauer?«

»Der ist schon dort. Ich auch. Aber ich dachte mir, du willst vielleicht dabei sein, wie die Handschellen klicken, wenn die Beweislage den Hauptverdächtigen in Erklärungsnot bringt. Könnte sein, dass Kollege Kothbauer tatsächlich ins Guinness-Buch der Rekorde kommt. Und dann gehen wir zwei frühstücken. Was hältst du davon, Pöls?«

34. Inspektor Pöls – Bei Elsa

Vor dem großen, rustikalen Haus in der entlegenen Siedlungsstraße stehen Rettung, Polizei, Bestattungswagen. Die weitere Straße wird von Schaulustigen blockiert. Pöls ist froh, dass Azras Fiat so klein ist. Er bleibt unmittelbar hinter einem schicken BMW stehen, senkt den Kopf unter Lenkrad-Höhe und gönnt sich rasch einen Schluck aus seinem Flachmann.

»Pöls, gut siehst du aus!« Das sonnengebräunte Gesicht von Bobo grinst dem Inspektor entgegen. »Bist du neidisch auf meinen Dienstwagen? Ich dachte schon, du willst ihn aus dem Weg schieben.«

»Das ist dein BMW?«

»Zumindest erkennst du die Marke – das beruhigt mich und macht mir Hoffnung, dass du beim nächsten Augencheck bestehst.«

»Unserer Dienststelle geht's eindeutig zu gut!«

»Seit sie dein Gehalt nimmer zahlen müssen, bleibt genug für einen anständigen Fuhrpark übrig.«

»Ich kann auch gleich wieder abhauen.«

Das kostet Bobo nur ein Lächeln. Er klopft Pöls gegen den Bauch. »Tut deiner Linie auf jeden Fall gut, der Aktivurlaub. Bist ja nur mehr die Hälfte.«

»Du willst wirklich, dass ich mich verdünnisiere!«

Wer weiß, ob das Gespräch mit Pöls' Abgang geendet hätte, da rückt ein finsteres Gesicht ins Zentrum.

»Könnt's ihr Wahnsinnigen euch woanders hinparken? Wir müssen die Leich' wegbringen und kommen nicht durch.«

»Dann solltet ihr die Schaulustigen verscheuchen«, meint Pöls und lässt sich von Bobo zum Hauseingang führen, wo gerade ein Sarg herausbefördert wird.

»Ein Toter?«

»Richtig gendern, Pöls – eine Tote – die Hausbesitzerin. Elsa Kraushammer, 86, Herzversagen. Gefunden wurde sie von einem Nachbarn.«

Bobo deutet auf den Rücken eines Mannes, aber bei genauerer Betrachtung erkennt Pöls, dass dieser Rücken Kothbauer gehört, der mit seinem breiten Kreuz den Nachbarn verdeckt, den er gerade interviewt.

»Ich habe Ihren Namen nicht exakt verstanden.«

»Trinker, Sepp Trinker.«

»Ah, dann habe ich ihn eh richtig verstanden. Und warum haben Sie einen Schlüssel für das Haus von Elsa Kraushammer?«

»Jeder Zweite in der Siedlung hat einen Ersatzschlüssel für Elsa«, sagt der Mann und präsentiert den Haustorschlüssel. »Sie war die Älteste unserer Straße und bis sie die 24-Stunden-Pflege erhielt, schauten wir regelmäßig nach Elsa. Weil: In ein Heim gehen, das kam für Elsa nicht in Frage. Und wenn ihr mich tot aus der Wohnung tragen müsst, ich bleib hier, hat sie immer gesagt.«

»Seit wann hat sie die Pflege?«

»Mit ihrem 85. Geburtstag hat die Siedlung zusammengelegt.«

»Das ist dann gut ein ganzes Jahr.«

»14 Monate, vor zwei Monaten wurde sie 86.«

»Und Sie haben trotzdem noch den Haustorschlüssel?«

»Für Notfälle, na sicher.«

»Heute war so ein Notfall?«

»Ja, weil die Pflegerin sich aus dem Staub gemacht hat.« Der Nachbar deutet auf eine adrette Dame, die etwas weiter im Flur mit weiteren Polizisten spricht und auf deren Rücken das Logo der Betreuungsagentur prangt.

»Unsere Siedlung bildet ein soziales Sicherheitsnetz rund um Elsa und wenn es irgendwo zwickt, dann wenden sich die Institutionen auch an uns. Wie in diesem Fall.« Anmutig legt der Mann den Ersatzschlüssel auf die Kommode neben der Eingangstür und behält seine Hand ein paar Sekunden darauf, als wäre es die Eintrittskarte zum heiligen Gral.

»Ich kann Sie gerne durchs Haus führen, wenn Sie wollen«, bietet der Nachbar an.

»Nicht notwendig. Ihr Job ist erledigt. Habe die Ehre.«

Kothbauer ist an dem Nachbarn vorbei ins Haus gegangen und dreht sich erst um, als er Pöls hört, der nun unmittelbar vor dem Nachbarn steht.

»Bist du der unmittelbare Nachbar von Elsa?«

»Was meinen Sie mit unmittelbar? Zaun an Zaun? Nein. Ich wohne ein paar Häuser weiter.«

»Kommissar blindes Hendl, was willst du denn noch hier?«

Pöls lässt sich von Kothbauer nicht aus der Ruhe bringen und bleibt in Augenkontakt mit Sepp Trinker.

»Warum hat man ausgerechnet dich aus der Siedlung kontaktiert? Waren die direkten Nachbarn nicht erreichbar?«

»Ich kenne Elsa seit ich denken kann. Besser als die Zaun-an-Zaun-Nachbarn, die erst seit kurzem hier wohnen und lieber die

Anonymität pflegen. Ich bin schon als Kind durch Elsas Garten geschurlt[15], wenn wir wieder mal einen Geburtstag in der Siedlung feierten, weil sie den größten Garten dafür hat. Mir ist in letzter Zeit mehrmals aufgefallen, dass die Pflegerin ihre Position ausnutzt. Darüber habe ich mich bei der Agentur beschwert. Ich denke, dass die mich deshalb als Ersten kontaktiert haben, ob ich nicht nachsehen könne, was bei Elsa los ist.«

»Warum war dir das Verhalten der Pflegerin suspekt?«

»Weil sie Männerbesuch hatte.«

»Ist das verboten?«

»Kann mir natürlich egal sein, aber ich hatte das Gefühl, dass ihre Männer nicht nur für ein paar gewisse Stunden hier waren, sondern es sich regelrecht bei ihr eingerichtet haben, als würde das Haus ihr und nicht Elsa gehören.«

»Hast du Hans Mückmann auch gesehen?«

»Jetzt reicht's, Kollege Pöls. Plaudere keine internen Geheimnisse aus und lass den armen Mann in Ruhe. Danke, Herr Trinker, und auf Wiedersehen.«

»Ich bin gar nicht im Dienst, kann also plaudern, was ich will. Das fällt unter die Rubrik: Dorftratsch!«

Kothbauer kommt an Pöls heran und packt ihn an den Hosenträgern, spannt sie weit und grinst: »Ein falsches Wort und es schnalzt, Kommissar blindes Hendl!«

Aber da mischt sich der Nachbar ein: »Der da gewohnt hat, das ist der Tote aus dem Grünen See, stimmt's? Ich habe ihn in der Zeitung erkannt. Der war schon zu Lebzeiten wie ein Geist. Dürr, wie unsichtbar. Angetroffen hat man den in der Siedlung nie. Außer man ist ihm spät nachts zufällig über den Weg gelaufen. Da hat er sich dann immer sofort aus dem Staub gemacht. Wortkarg.«

»Danke für die Info, aber wir brauchen Ihre Beobachtungen momentan nicht mehr«, sagt Kothbauer, schiebt den Nachbarn zur Seite, damit er die Eingangstür schließen kann und jetzt nur noch Pöls und Bobo neben ihm stehen.

»Wozu hast du mich herbestellt, Bobo, wenn der Kollege Kothbauer den Fall scheinbar eh im Alleingang gelöst hat?«

»Weil ich deinen Spürsinn brauche. Gemma vielleicht zuerst nach oben. Da haben wir das Hab und Gut von Hans Mückmann gefunden.«

Bobo geht voran, dann Pöls. Kothbauer bleibt ihm im Nacken. Oben angekommen, folgt Bobos kurze Einweisung: »Links ist das Zimmer der Pflegerin. Gegenüber ist das Bad. Eins weiter links hauste Mückmann.«

Das Zimmer der Pflegerin ist spärlich mit dem Nötigsten eingerichtet. Sie hat alles mitgenommen: Der Schrank ist leer, bis auf ein paar einsame Kleiderhaken, zwei Mottensäckchen und eine zusammengerollte Stoffdecke.

Das Zimmer des Doktors hat eine chaotischere Note. Mückmanns Kleidung ist großteils in große Müllsäcke gestopft. Ein Sack mit Kleidungsstücken, einer mit Broschüren und Dokumenten, ein weiterer mit Toilettenartikeln und Ramsch.

»Im ersten Moment könnte man meinen, dem Doktor kam beim Packen etwas dazwischen, aber es ist etwas unüblich, sein eigenes Hab und Gut in Müllsäcke zu stopfen, also denken wir, da wollte jemand verhindern, dass man diesen Raum mit Hans Mückmann in Verbindung bringt«, sagt Bobo und führt Pöls an einen großen Schrank heran: »Schau, Pöls, hier mussten wir die Regalfächer aufbrechen.«

Das obere Fach ist bedeckt mit Bankauszügen, geöffneten und verschlossenen Briefen. Bobo fischt ein blankes Kuvert hervor. Darin: Banknoten.

»8.000 Euro«, fasst Bobo zusammen und schnappt sich einen der Zettel aus dem Haufen. »Er hat sein Geld sukzessive in Gold umgewandelt. Die Belege lassen darauf schließen, dass er irgendwo Unmengen Goldreserven gebunkert haben muss.«

»Unser Doktorchen nagt nicht am Hungertuch«, wirft der Leobener Kollege ein. »Hätte sich locker eine Luxusvilla leisten können, haust aber in einem Junggesellenzimmer bei einer alten Pensionistin. Wir konnten keinerlei Verwandtschaftsverhältnis zur verstorbenen Dame ausfindig machen. Mückmann scheint auch nicht als Untermieter auf. Er war ein U-Boot. Sogar seine offizielle Firmenadresse ist nur ein Briefkasten für Post, die er ohnehin nicht abholt.«

»Was ist mit der Altenbetreuerin aus dem Nebenzimmer?«

»Haftbefehl an die gute Lady geht in der nächsten Minute raus«, sagt Kothbauer.

Bobo wird konkreter: »Svetlana Brikic. Höchstwahrscheinlich ist sie nach Bosnien zurückgekehrt, nachdem sie Hans Mückmann im Grünen See versenkt hat. Brikic hat ihrem Arbeitgeber mitten in der Nacht eine SMS geschrieben, dass sie für den Job nicht mehr zur Verfügung steht. Seither ist ihr Handyanschluss lahmgelegt und die Frau untergetaucht.«

»Oder tot!«

»Kommissar blindes Hendl fantasiert wieder. Wieso soll die tot sein? Die kragelt[16] den Doktor ab und haut mit seinem Gold nach Jugo[17] ab.«

»Also ist sie für euch die Hauptverdächtige?«

»Moment, Pöls, wir sind ja noch nicht fertig.« Bobo lächelt. »Das Spannendste befindet sich im Keller.«

Der Tross bewegt sich die Stiegen abwärts.

»Vorsicht, Kopf!«, warnt ein junger Polizist von der örtlichen Polizei, der die Herrschaften beim Abgang in Empfang nimmt. *»F. Lammer«*, verrät das Namensschildchen auf seiner Brusttasche.

»Das ist die reinste Hexenküche«, sagt der Polizist und geleitet sie in ein regelrechtes Chemielabor, in dem ein ganzes Arsenal an Produkten von Aqua Spirit herumsteht. Pöls fällt sofort ein Apparat auf einer Tischplatte auf, aus dem ungesund viele Kabel aus einem Sprung hervortreten. Auf der Metallverkleidung klebt ein großer Zettel mit der Aufschrift: *»G. Reinthaler«*

Auf einem Metalltisch ist eine Vorrichtung für Reagenzgläser montiert. Darüber ein Lichtbalken, der optimale Bedingungen für ein Mikroskop bietet. Etwas abseits stehen drei bauchige Gläser mit trüber Suppe.

»Stell dir vor, wenn Mückmann das in den Grünen See kippt?«

»Was ist das?«

»Höchst giftige Substanzen. Damit hätte er wahrscheinlich nicht nur den See, sondern auch die Böden rund um den See verseucht.«

»Ich habe es euch von Anfang an gesagt«, plärrt Kothbauer los. »Schinagl hat den Doktor am Gewissen, weil er ihn erpressen wollte, den See zu verseuchen, wenn Schinagl nicht zahlt. Die Kollegen haben Schinagl schon abgeführt. Untersuchungshaft!«

»Ich hätte mir gewünscht, du hättest das Klicken der Handschellen mitkriegen können, Pöls«, sagt Bobo nahezu entschuldigend. Dabei liegt dem Inspektor herzlich wenig daran – immerhin hat er solche Szenen tausendfach live erlebt.

»Wie hat er auf seine Festnahme reagiert?«

»Pochte auf sein Alibi. Aber die erneute Kontrolle hat ergeben, dass der Jägerkongress einen Tag vorher stattgefunden hat. Daraufhin fiel Schinagl ein, dass er am besagten Nachmittag rauschig in seinem Wohnzimmer, fern von Tragößß, gelegen haben will. Ein dünnes Alibi. Seine Nachbarn wollen zumindest nicht bemerkt haben, dass er zuhause weilte. Jetzt geht es nur noch darum, ob er Svetlana für sich die Drecksarbeit erledigen hat lassen. In der Garage steht ein Mercedes, der einen äußerst frischen Blechschaden an der Vorderfront aufzuweisen hat, was dafür spricht, dass der Wagen kürzlich bewegt wurde.«

»Geh, Bobo, warum sollte die Pflegerin den Gutsbesitzer Josef Schinagl kennen und vor allem, wie soll sie dazu kommen, seine Gehilfin zu sein?«

»Schinagl kennt in Tragöß so gut wie alle Leut'. Auch die Elsa, die in Tragöß aufgewachsen ist. Er wird ihr den Mückmann eingenistet haben. Alles deutet darauf hin, dass Mückmann und Brikic etwas miteinander gehabt haben. Vielleicht hat er sie nur für Liebesdienste bezahlt. Geld genug hätte er ja. Vielleicht war Schinagl einer ihrer Freier. Laut Nachbarn gingen die Männer hier ein und aus.«

»Jetzt müssen wir das Luder nur noch aufgreifen – dann wissen wir mehr«, fügt Kothbauer hinzu und reibt sich die Hände.

»Und was ist mit den Gaukler-Brüdern?«

»Was soll mit denen sein?« Kothbauer tut gerade so, als wären der Logistiker und der Taucher von jeglichem Verdacht befreit. Innerlich kocht Pöls.

»Wenn das mein Fall wäre, dann würde ich mir die Gaukler vorknöpfen und die Reinthaler genauer ansehen. Die hatten offensichtlich engen Kontakt zu unserem Mordopfer.«

Pöls deutet zum Apparat, auf dem *»G. Reintahler«* steht.

»Das Scheißhäuslpapier hat auch engen Kontakt zum Opfer und wird deshalb nicht gleich in Untersuchungshaft genommen. Falls du es nicht nur mit den Augen, sondern auch mit den Ohren hast, Kollege: Fleißarbeit ist im Augenblick nicht angesagt. Wir haben unsere Pappenheimer.«

»Er hat recht, Pöls, genieße deinen Urlaub.«

Bobo setzt ein versöhnliches Lächeln auf, ehe er mit Kollege Kothbauer den Keller verlässt. Pöls steht wie angewurzelt neben dem Osmose-Apparat.

»Ich kann das Gerät untersuchen lassen, wenn Sie wollen«, bietet sich der junge Brucker Kollege Lammer an.

35. Georg Reinthaler – Abgeschieden

Die Koordinaten sind verschickt. Georg lockt Jeff Eriksen zu einer weißen Kugelkonstruktion – dem earthDATAsafe, einem ehemaligen Luftschutzbunker aus dem Zweiten Weltkrieg, der heute als unterirdisches Hochsicherheitsrechenzentrum dient. Unmittelbar neben der Autobahnabfahrt Kapfenberg. Normalerweise verhindert ein Gitter die Zufahrt, aber Georg ist rechtzeitig vor Ort, um das Schloss zu knacken und die Straße frei zu machen. Georg stellt seinen Wagen an der nahegelegenen Tankstelle ab und marschiert die wenigen Meter zu Fuß zur »Kugel«. Eine Ledermappe unterm Arm. Erst als er ungeduldig vor dem Gebäude steht und von einem auf den anderen Fuß tanzt, wird ihm bewusst, dass er sich mit dem uneinsichtigen Ort selbst in Gefahr bringen kann.

Die Zeit verrinnt. Jeff Eriksen taucht nicht auf.

Er hätte sich doch sicher gemeldet, wenn er sich nicht an den Termin hält. Dass er die Koordinaten empfangen hat, weiß Georg von der Empfangsbestätigung. Andererseits hat der Mann schon knapp zwanzig Minuten Verspätung. Georg zieht es vor, in seinem Wagen zu warten. Er kommt erst gar nicht bis zur Tankstelle. An dem Zaun, den Georg geknackt hat, parkt eine große Limousine mit verdunkelten Scheiben. Die hintere Tür schwingt auf und Georg weiß, was das zu bedeuten hat.

»Steig niemals in ein fremdes Fahrzeug ein!« Diesen Satz predigte er Valerie unendliche Male ein. Jetzt ist er es selbst, der diesen Merkspruch missachtet.

Im Wagen riecht es eine Prise zu intensiv nach Eukalyptus. Jeff Eriksen protzt auf der Rückbank, die genügend Platz für Georg überlässt. Im Gegensatz zu seinem straighten Bühnenoutfit trägt er einen schrillen Jogginganzug. Kaum ist die Tür zu, startet der Wagen und setzt auf die Autobahn.

»Was hast du für mich, Mister Reinthaler?«, schmatzt der Amerikaner kaugummikauend. Georg hat befürchtet, dass seine Mobiltelefonnummer ihn verraten hat. Wie einen heiligen Schatz klammert er die Ledermappe gegen seinen Brustkorb.

»Da ist es drinnen – the legacy of Hans?« Der dicke Diamantring deutet auf die Mappe. Georg nickt.

»Hier befindet sich der Beweis. Fotokopiert. Ich weiß, dass Sie die Leute übers Ohr hauen.«

»Übers Ohr hauen?«

»Betrügen! Die Teststreifen täuschen verschmutztes Wasser vor. Damit die Kunden verunsichert sind und sich sündteure Wasserfilter kaufen.«

»Du redest wie die Schmierfinken aus der Yellow-Press! Unsere Osmose-Anlagen produzieren gesundes Wasser. Du warst doch vor sechs Monaten bei der Demonstrationsvorführung und hast gesehen, dass wir absolut verschmutztes Wasser sauber bekommen haben.«

»Ich habe nur gesehen, was ich sehen sollte.«

»Unsere Produkte sind weltweit zertifiziert.«

»Mag sein, dass die Geräte gut arbeiten. In den USA verstehe ich, dass es Sinn macht, die Chlorbrühe aus der Wasserleitung zu behandeln – aber wir leben in Österreich. Wir haben das weltweit sauberste Wasser. Noch dazu in der Steiermark. Der Hochschwab spielt in der Champions League unter den saubersten Quellen. Hier kriegt man die Leute nur ins Boot, wenn man ihnen ein Märchen serviert.«

»Im Vergleich zu vielen Teilen der Welt dürft ihr euch in Austria glücklich schätzen. Das Wasser in diesem Land ist ein Segen, ein Geschenk der Natur. Durch die veralteten Pipes geht eine Menge Qualität verloren und die Wasserwerke tun alles, um einem reinen Produkt den Rest zu geben. Es sind nicht die Teststreifen, die lügen – es sind die Wassersysteme und die Arzneimittel, die dem Wasser zusetzen.«

»Aber ich habe fünf Gläser der Reihe nach aus ein und derselben Wasserleitung befüllt und die Teststreifen haben mir ein Spektrum von genießbar bis ungenießbar vorgespielt.«

»Wahrscheinlich hast du Stripes verwendet, die unterschiedliche Werte messen. Wir haben zwanzig verschiedene Stripes.«

»Darunter gekennzeichnete. Wie ein Trick-Kartenspieler einer

Pokerrunde, der seine Spielkarten zinkt.«

»Ich gebe dir originalverpackte Sensoren. Teste damit dein Wasser und du wirst die Wahrheit erfahren.«

»Ich vertraue euren Teststreifen nicht. Nein, ich verlange Schadenersatz: 20.000 Euro und ich lasse die Sache auf sich beruhen. Ansonsten sehe ich mich gezwungen, mit meiner Erkenntnis an die Öffentlichkeit zu gehen.«

»20.000 Euro?«

»Ich habe *Aqua Fit 1* bestellt und bezahlt und nie erhalten.«

»*Aqua Fit 1* kostet in Europa weniger als 10.000 Euro. Hast du dich da etwa verrechnet?«

»Nein, die Schadensersatzsumme inkludiert das Schweigen über mein Wissen. Ich bitte Sie, diese Summe ist für Sie eine Kleinigkeit und zahlen Sie wahrscheinlich aus der Portokasse. So viel nehmen Sie locker an einem einzigen Abend bei einer Show ein.«

»Ich gebe dir zwei Packungen Water-Check-Stripes. Hochwertig, kostenlos. Dann vergesse ich, dass du mich quer durch Österreich fahren lässt.«

»Tut mir leid, ich bestehe auf das Geld.«

Georg legt die Ledermappe zwischen ihm und Jeff auf den Sitzbezug. Nach einem kurzen Blickkontakt greift der Amerikaner zu der Mappe, öffnet sie, blättert darin. Und es dauert nicht lange, bis sich die Blicke treffen.

»Der Preis ist angemessen, finden Sie nicht auch?«

»Nimmst du US-Dollar-Noten?«

»Da bin ich nicht so wählerisch.«

»Ich brauche die Garantie, dass es von diesen Dokumenten keine Originale gibt«, brummt Jeff und schließt die Mappe wieder.

»Wo fahren wir hin?« Georg presst seine Nase gegen die verdunkelte Scheibe.

»Nach Tragöß.«

»Tragöß? Wieso fahren Sie nach Tragöß?«

»Wie du weißt, hatte ich vor wenigen Tagen einen schmerzhaften Verlust hinzunehmen. Ich nehme Abschied.«

36. Inspektor Pöls – Verwirrt

Für Pöls fühlt sich das seltsam an. Jetzt, wo er nicht mehr gebraucht wird, verspürt er dieses Verlangen, nachzubohren. Er hat weiche Knie, als er beim Gasthaus zum Pribitzblick aus Azras Fiat steigt. Ein paar Schritte weiter und er erblickt den Lieferwagen mit dem Haifisch. Diesmal aber nicht in Kombination mit Tommy. Karin ist eifrig am Räumen, hat die Versiegelung bei der Tür zum Tauchlokal aufgerissen und schleppt Kisten zum Auto. Als sie Pöls erblickt, setzt sie ein strahlendes Grinsen auf.

»Hey, Süßer, keine Panik, ich darf das. Ich habe mich bei der Polizei erkundigt.« Sie setzt eine Kiste voll mit Schnorcheln am Heck des Wagens ab.

»Warum hast du mir nicht gesagt, dass du Hans Mückmann kanntest?«

»Ich kannte den nicht.«

»Dein Mann hat mir gestern erzählt, dass du ihm von der Osmose-Wasserumstellung bei Gaukler Transporte berichtet hast.«

»Da wusste ich nicht, dass das derselbe Kerl macht, der die Wasseranalyse im Grünen See durchführt.«

»Woher wusstest du, dass Stefan Gaukler auf Osmose umstellt?«

»Weil er damit geprahlt hat«, sagt die Frau und taucht wieder ins Lokal ein. Pöls hört nur noch ihre Stimme.

»Sie haben mir auch einen Bären aufgebunden. Mir gegenüber haben Sie behauptet, Sie sind Inspektor Kothbauer.«

»Nein, das habe ich nie behauptet. Du hast mich als Kothbauer angesprochen und ich habe es im Raum stehen lassen.«

»Dabei sind Sie Inspektor Franz Pöls.« Sie kommt wieder hervor mit einer Schachtel voller Taucherbrillen und bleibt vor dem Inspektor stehen.

»Heinz! Mein Name ist Heinz Pöls, nicht Franz.«

»Ob Heinzi oder Franzi, ist das nicht dasselbe?«

»So wie es dasselbe ist, ob man ein Alibi hat oder nicht.«

Sie lächelt ihn an. »Sie sollten dringend etwas entspannen. Wissen Sie, was ich Ihnen empfehlen würde? Einen Tauchworkshop für Einsteiger. Das holt Sie runter, macht Sie zu einem anderen Menschen.«

»Ich fühle mich über dem Wasser wohler.«

»Das sagen alle, bevor sie es am eigenen Leib erlebt haben.«

»Danke für den Tipp. Ich werde es mir durch den Kopf gehen lassen.«

»Wer so anfängt, wird nie bereit sein. Sie müssen sofort loslegen. Ohne lange darüber nachzudenken. Wissen Sie was? Ich lade Sie zu einer Einführungsstunde ein.«

Sie rückt näher an ihn heran, bis eine Längsseite der Schachtel gegen seinen Bauch streift. »Sie dürfen sich gleich ein Lieblingsmodell aussuchen.«

»Nein, danke.«

»Sagen wir: Heute Abend?«

Pöls lacht laut auf.

»Ist das ein Ja?«, fragt sie.

»Das ist ein Nein, ein ganz klares Nein. Ich tauche nicht. Außerdem ist das Tauchen im Grünen See verboten, wie du schmerzhaft erfahren hast.«

»Ich rede von einem Schnupperkurs in unserer Zentrale.«

»Ich sagte nein.«

»Bringen Sie ein Badehöschen mit. Den Rest spendiere ich.«

37. Georg Reinthaler – Unter Eheleuten

Georg hat Mückmanns Lederkoffer im Schlafzimmer im Spalt zwischen Fenster und Schrank verschanzt, als Valerie bei der Zimmertür hereinstürmt und völlig atemlos keucht: »Die Alte ist tot!«

»Welche Alte?«

»Na, welche wohl – Elsa! Die Polizei ist dort.«

»Wieso weißt du das?«

»Hab beim Vorbeifahren so viele Einsatzwagen gesehen. Rettung, Polizei, Leichenwagen – da bin ich hinterher.«

»Elsas Haus liegt doch nicht auf deinem Arbeitsweg.«

»Ich wollte nur mal schauen.«

»Bist du verrückt? Wenn dich wer gesehen hat.«

»Da waren so viele Leute, da bin ich in der Masse untergegangen. Irgendwer hat die Alte umgebracht.«

»Wieso denn umgebracht? Kann doch eines natürlichen Todes gestorben sein.«

»Dann kommt nicht die Kriminalpolizei. Da ist so ein irrer Typ. Ein Kommissar. Der hat einen irren Blick, da kriegst du es mit der Angst zu tun, wenn dich der anstarrt. Der tauchte gestern bei meinem Chef auf.«

»Die haben garantiert herausgefunden, dass Mückmann dort wohnte«, sagt er nachdenklich.

»Vielleicht kriegen wir jetzt endlich unser Gerät, das wir bezahlt haben.«

Nachdem keine Reaktion von Georg kommt, stößt Valerie ihm sanft den Ellbogen in die Seite. »Freude sieht aber anders aus. Vor kurzem warst du ganz scharf auf den Wasserfilter.«

»Weil ich hoffte, dass er gegen meine Neurodermitis hilft.«

»Hast du den Glauben ans Zauberwasser verloren?«

Wenn sie wüsste!

»Ich bin da einer Sache auf der Spur.«

»Was für einer Sache?«

»Ich will dich da nicht mit reinziehen.«

»Spinnst du? Raus mit der Sprache – was für eine Sache?«

»Kann ich dir nicht sagen.«

»Wir hängen da beide drinnen.«

»Nein, je weniger du davon weißt, desto besser.«

So leicht lässt sich Valerie nicht abschütteln. Sie türmt sich breitbeinig und mit vor der Brust verschränkten Armen vor Georg auf. »Du kommst an mir nicht vorbei, ehe du es mir nicht sagst.«

Das kostet ihm ein Lächeln.

»Was willst du tun? Mich plattmachen?«

»Wenn es sein muss.«

Ein noch größeres Grinsen rutscht ihm aus dem Gesicht.

»Geh aus dem Weg, Valerie.«

Er macht einen Schritt auf sie zu. Sie bleibt stehen. Er packt sie an den Schultern und schiebt sie Richtung Bett. Anfangs ohne Druck, aber als er den Widerstand spürt, dreht er auf und stößt sie aufs Bett. Sie landet in der dicken Daunendecke. Er marschiert auf die Tür zu. Valerie springt einer Wildkatze gleich auf seinen Rücken, ihre Hände schnappen seine Ohren und sie steuert ihn in die Mitte des Schlafzimmers. Je mehr er versucht, sie abzuschütteln, desto stärker klammert sie sich an ihn. Wie ein Rodeopferd rotiert Georg um die eigene Achse. Sie landen beide im Bett. Valeries Hände wechselten mittlerweile zu seinen Haaren. Georg schreit laut auf.

»Bist du wahnsinnig?«

»Ich mache keinen Spaß, ich will wissen, was du vorhast. Du wirst nichts unternehmen, ohne mich einzuweihen.«

»Lass meine Haare los. Das tut weh.«

»Erzählst du mir alles?«

»Ja, verdammt. Lass los!«

Zornig setzt sich Georg auf. Er lehnt sich zurück, bis sein Rücken die Wand berührt.

»Gut möglich, dass Mückmann uns tatsächlich beschissen hat – ich habe in seinem Koffer getürkte Teststreifen gefunden. Der gesamte Konzern ist eine Betrugsmaschinerie. Ich werde Aqua Spirit stoppen.«

»Du? Wie willst du das anstellen?«

»Vertraue mir.«

»Nein.«

»Dann bete für mich.«

Er schwingt sich vom Bett und flüchtet aus dem Zimmer.

38. Inspektor Pöls – Monika

Pöls marschiert über den großen Besucherparkplatz vor dem Grünen See. Der Streifenpolizist ist nicht mehr am Parkplatz. Dafür haben sich Wanderer eingefunden. Mehr als die Hälfte der Abstellfläche vorm Schranken ist belegt. Nur zum Gasthaus zum Pribitzblick dürfen sie ohne Genehmigung nicht weiterfahren. Dieses Novum bleibt derzeit Pöls und den Anrainern vorbehalten.

Beim Werbeplakat hat sich seit gestern nichts verändert. Grüner See kann man noch immer nicht lesen. Frank und Waldi wollten doch den Schriftzug nachschärfen, aber am ersten sonnigen Tag nach langem haben sie wahrscheinlich Besseres zu tun.

Pöls marschiert weiter. Am Ende der Straße hält ein Taxi. Der Fahrer ist bemüht, dem Fahrgast aus dem Wagen zu helfen. Da wird gehumpelt - mit Gehgips und Krücken.

Das muss die Chefin aus dem Tourismusbüro sein. Pöls legt einen Gang zu.

»Monika?«, ruft er und die Frau stoppt an der Türschwelle des Eingangs zum Tragößer Tourismusverband. Eine Augenbraue zieht fragend nach oben.

»Nicht erschrecken, ich bin Inspektor Pöls, Heinz Pöls. Wie geht es deinem Bein?«

»Danke«, sagt sie mit skeptischem Ton.

»Hab schon gehört. Bärenschützklamm. Beim Klettern.«

»Ausgerutscht. Total ungeschickt. Auf einem nassen Brett. Wenn's wenigstens beim Klettern gewesen wäre, aber es war nur ein nasses Holzbrett und ich Tudel hab' nur flache Schuhe getragen. Da predige ich meinen Kunden und Mitarbeitern, wie wichtig richtige Ausrüstung ist und dann mache ich's selbst ganz falsch. Wollen Sie einen Kaffee?«

Die Dame winkt Pöls in die gute Stube.

»Knöchelbruch?«

»Sprunggelenk«, erwidert die Frau, die mit den Krücken und dem Gips beachtlich routiniert umgeht, als würde sie nie etwas anderes tun.

»Keine Mitarbeiter hier?«

»Momentan ist wenig zu tun. Das Wetter, wissen's. Aber auch sonst hat es leider wenig Sinn.« Sie stöhnt, als würde sie einen Alptraum durchleben. »Wir hätten eine Goldgrube aus Tragöß machen können. Seit 2014 kommen an Wochenenden so viele Leute, wie sie normalerweise nicht einmal in ein großes Fußballstadion passen würden. Ich habe ständig dafür geworben, dass mehr Tourismusbetriebe in den Ort kommen. Hotels, anständige Gasthäuser, Freizeitbetriebe – aber ich stieß auf taube Ohren. Hier will sich keiner verändern. Die Rechnung bekamen wir präsentiert. Besucheransturm, der uns Dreck hinterlässt, aber kein Geld. Die kommen busseweise hier her, knipsen ihre Fotos vom See, Meßnerin, Pribitz, und hauen dann wieder ab, um in Bruck an der Mur und Kapfenberg zu futtern und zu übernachten, weil sie bei uns nichts Adäquates finden. Ein Trauerspiel.« Als würde sie sich die Gedanken wegwischen wollen, fuchtelt sie mit den Krücken.

»Wie trinken Sie Ihren Kaffee?«

»Ich nehme ein Bier, wenn du eines hast.«

Ihr Blick geht für einen Moment zur großen Uhr zwischen den Fenstern. Sie verkneift sich die Bemerkung, dass es noch nicht einmal Mittag ist und schüttelt den Kopf.

»Nur Prosecco und Energydrinks. Meine Damen trinken kein Bier und die beiden jungen Burschen fahren nur auf picksüßes Zeug ab.«

»Frank und Waldemar, ja, die beiden durfte ich gestern kennenlernen. Tolle Jungs.«

»Sie sind sehr engagiert, da stimme ich Ihnen zu.« Die Frau bereitet sich selbst einen Espresso zu.

»Was trainieren die beiden so eifrig?«

»Ich dachte, Sie haben Frank und Waldemar kennengelernt – trotzdem wissen Sie das nicht? Die beiden sind ohne Slackline gar nicht anzutreffen.«

»Slackline?«

»Ja.«

Sie kramt in einer Lade und legt einen Flyer auf den Tresen. *»Walk the line«* steht da als Überschrift. Darunter ein Foto mit einem Jungen im Gegenlicht auf einer Slackline balancierend.

»Sie möchten über den Grünen See spazieren. Die beiden träumen davon, es als Volksfest zu vermarkten und Werbung für sich und die Region zu machen. Deshalb haben sich die beiden extra Tragöß als Sommerjoblocation ausgesucht. Die trainieren Tag und Nacht.«

»Da war der Betriebsausflug in die Bärenschützklamm für die zwei eine willkommene Abwechslung.«

»Nein, meine Praktikanten waren beim Betriebsausflug nicht dabei. Frank und Waldi wollten trainieren.«

»So, so, dabei haben mir die Jungs gesagt, sie waren nicht am Grünen See.«

»Das stimmt auch. Hier trainiert haben sie nicht. Ein anderer Ort stand auf dem Programm, aber ich muss Ihnen gestehen, dass ich nicht so aufmerksam war, als sie mir das berichteten. War's der Badesee Kraubath? Oder doch der Leopoldsteiner See? Ich bin mir nicht sicher. Einer von den beiden Plätzen war es auf jeden Fall, am besten fragen Sie die Burschen selbst.«

»Weißt du, wo ich sie finde?«

»Na klar. Ich gebe ihnen täglich neue Empfehlungen für eine andere Perle in unserer Region. Die Buben schätzen meine Ratschläge sehr.«

»Warum hast du Frank und Waldi empfohlen, dass sie für die Veranstaltung ausgerechnet Gaukler Transporte als Sponsor anfragen sollen?«

»Das habe ich nicht getan.«

»Etwa, um Stefan Gaukler in die Pfanne hauen zu können?«

Monika schlürft den Kaffee.

»Wo denken Sie hin? Frank und Waldemar haben sich ihre Sponsoren selbstständig gesucht. Ich habe mich da nicht eingemischt und ihnen nur den Tipp gegeben, sie könnten Gaukler fragen, aber, Herrgott noch einmal, da habe ich Tommy gemeint, den Tauchclub, und doch nicht Stefan Gaukler und sein verdammtes Transportunternehmen. Ich wusste bis dahin gar nicht, was der Kerl plant. Erst durch Frank und Waldi habe ich erfahren, dass der seine grässlichen Lastwagen zur Dauerinstitution in Tragöß machen möchte. Ein Wahnsinn! Die Total-Katastrophe! Der hat das erste Haus zur Zufahrt zum Grünen See. Das Erste, was die Touristen in Zukunft zu sehen bekommen, sind fürchterliche Lastwagen.«

»Und da bist du gleich los und hast eine Unterschriftenaktion gegen Gaukler Transporte gestartet.«

»Es ist doch im Interesse des Ortes, ob wir zum Friedhof für alte, ausrangierte Dieselverbrenner werden wollen oder ob Tragöß weltweit als Symbol für eine intakte Natur angesehen wird. Es ist meine gottverdammte Pflicht, etwas gegen dieses Vorhaben zu unternehmen.«

»Ein vergifteter See passt da schlecht ins Bild.«

»Unser See ist sauber, völlig sauber.«

»Sehen nicht alle so.«

Monika blickt nur kurz zu Pöls

auf, dann wendet sie sich ab und räumt die Espressotasse weg. Sie kommt zu ihrem Platz, lässt sich auf einen Stuhl nieder und richtet sich die Haare zurecht.

»Stefan Gaukler verbreitet das Gerücht, weil er sich für die Unterschriftenaktion gegen ihn revanchieren will. Ich traue ihm zu, dass er Joschi den Doktor auf den Hals gehetzt hat. Ich habe schon gehört, dass Joschi heute festgenommen wurde. Der war's aber niemals.«

»Wieso nicht?«

»Joschi hätte den Mann niemals ertränkt, sondern erschossen.«

»Wem traust du die Tat eher zu?«

Ihre Hände suchen hastig Beschäftigung. Schließlich spielen die Finger nervös am Saum des Röckchens herum.

»Ich will niemanden verdächtigen. Aber, …«

Eine kurze Pause, die Blicke treffen sich.

»… Stefan Gaukler hat zumindest schon einmal probiert, sich selbst umzubringen. Wieso also nicht zur Abwechslung einen anderen?«

»Wann wollte er sich umbringen?«

»Ist etliche Monate her.«

»Warum?«

»Wahrscheinlich, weil ihm niemand sein deppertes Haus abkaufen wollte. Wir haben auch ein Angebot gestellt, aber der Gierhals verlangte utopische Summen. Sein LKW-Parkplatz ist die reinste Provokation, um die Region in den Ruin zu stürzen. Nur weil er sein Leben nicht auf die Reihe bekommt. So ein Mensch ist dazu in der Lage, einen See zu vergiften, wenn niemand auf seine Erpressungsversuche eingeht.«

KAPITEL VI – TANZ DER MOLEKÜLE / RÜCKBLICK

Da lässt aber auch wirklich niemand ein gutes Wort an Stefan Gaukler. Und trotzdem hält es ein junges Dirndl wie Valerie Reinthaler bei dem Biaschtler[18] *so lange aus? Obwohl es nicht sein Bier ist, würde Inspektor Heinz Pöls zu gerne wissen, was da zwischen Stefan Gaukler und Valerie Reinthaler wirklich läuft – und nicht minder interessiert es ihn, ob Valeries Mann darüber im Bilde ist. Georg hat er bisher noch gar nicht kennengelernt – das soll sich bald ändern.*
Es wird Zeit, dass wir uns ansehen, wie denn das bei den Reinthalers so seinen Lauf nahm. Gehen wir dafür rund ein halbes Jahr zurück.

39. Valerie Reinthaler – Drei Promille

»Chef?« Valerie klopft zum dritten Mal an die Tür vom Boss. Das Klirren vor ein paar Momenten hat sie stutzig gemacht.

»Chef? Alles in Ordnung?«

Leise drückt sie die Türklinke nach unten, öffnet die Tür einen Spalt. Stefan Gaukler sitzt zusammengesackt in seinem Drehstuhl, Kinn auf der Brust, die Arme hängen schlapp zu Boden. Unter einer erschlafften Hand liegt eine zerbrochene Cognacflasche. Der erste Weg führt Valerie nicht zu ihrem Chef, sondern zum Fenster. Erst einmal kippen und etwas Frischluft in die verstunkene Bude lassen.

Auf dem Computerbildschirm ist das eingefrorene Bild einer weiteren Stammkundenkündigung.

»Das wird auf diese Art nicht besser«, murmelt Valerie und schiebt den Drehstuhl zur Seite, um besser an die Glasscherben zu gelangen. Schaufel und Wischmop hat sie seit Wochen gleich vorm Schrank gelassen, weil es nicht das erste Mal ist, dass ihr Vorgesetzter etwas zerbricht.

Diesmal hat er sich sichtlich zu viel in die Birne gekippt.

»Schluss für heute«, sagt sie und dreht den Monitor ab.

»Nicht!«, stammelt der Mann, kaum fähig, den Kopf aufzurichten.

»Ich muss denen ein Angebot machen, das sie nicht abschlagen können, damit sie wieder zurückkommen.«

»Das wird Ihnen in diesem Zustand nicht gelingen. Sie sorgen höchstens dafür, dass weitere Kunden abspringen.«

Stefan Gaukler packt mit beiden Händen ihren Arm.

»Diese Firma war jahrelang unser treuer Kunde. Jetzt haben wir sie an die Schiene verloren. Die lassen nur mehr per Bahn liefern. Das müssen wir ändern. Das musst DU ändern. Mach denen ein geiles Angebot.«

»Ich kann's versuchen, Chef, aber Sie müssen erst mal ins Bett.«

»Gehen wir eben nochmals um zehn Prozent runter. Scheiß-Verlustgeschäft, aber noch immer besser, als wenn ich die Fahrer rauswerfen muss.«

Gaukler zieht sich an ihr hoch, als wäre ihr Arm ein Rettungsseil. Sein Kopf kommt ihrem Gesicht näher. Sie inhaliert seine scharfe Fahne. Die Lippen der beiden berühren sich beinahe.

»Schlafen Sie sich erst einmal den Rausch aus. Morgen sieht alles wieder anders aus.«

»Morgen stecken wir tiefer in der Scheiße. Ich stehe doch jetzt schon knöcheltief drin!«

Valerie wird vom Gewicht des Chefs unangenehm gegen den Schreibtisch gedrückt. Wenn Georg jetzt durch die Türe kommen würde – ob er die Eier hätte und Stefan Gaukler von ihr löst? Oder würde er nur dastehen und zusehen und stottern?

Selbst ist die Frau! Irgendwie windet sie sich aus seinen Fängen.

Valerie umrundet den Schreibtisch. Ihr Chef fummelt am Monitor.

»Lassen Sie das«, sagt sie, weil sie sieht, wie seine Finger bei jeder zweiten Taste daneben fahren.

»Ich brauche seine Adresse.«

»Das hat Zeit, bis Sie halbwegs nüchtern sind.«

»Ich werde dem Kunden sämtliche Vorteile der Straße gegenüber der Schiene aufzählen. Da gibt's einige, nicht wahr, Valerie?«

»Was Sie da jetzt fabrizieren, würde keinen guten Eindruck machen.«

»Wir holen uns diesen Kunden zurück. Den hat mein Vater schon seinerzeit betreut, da war der in Italien noch eine ganz kleine Nummer.«

Valerie verdunkelt den Bildschirm erneut. Nun ist sie es, die den Chef schnappt und ihn beinahe in einem Würgegriff aus dem Büro schleppt. Er ist groß und hat schwere Knochen. Sie ist zart, aber beileibe nicht schwächlich.

Die Couch in seinem Büro ist mit schweren Schachteln beladen. Macht keinen Sinn, die erst wegzuräumen. Im Großraumbüro gibt es eine kleinere, weit unbequemere Bank. Das ist jetzt nebensächlich und eine gute Alternative.

Wenn sich Stefan Gaukler aus eigener Kraft kaum auf seinen Beinen halten kann, ist das ein echtes Alarmsignal. Der Mann verträgt eine Menge Alkohol – geradezu unmenschlich viel. Bei den Mengen, die er in letzter Zeit säuft, bildet sich in Valeries Hals beim bloßen Gedanken ein Kloß, der sie beinahe erbrechen lässt. Und trotzdem macht Stefan Gaukler auch mit über einem Promille auf viele Leute den Eindruck, als sei er maximal leicht beschwipst. Heute ist das anders. Diesmal dürfte er zwischen zwei und drei Promille haben. Locker! Und was tut er: Grinst! Das Lachen wird lauter und sein Blick kreist durchs menschenleere Büro.

»Wir sind nur noch zu zweit, Valerie. Ich habe sie alle gefeuert.«

Sie hofft, dass er jetzt nicht mit seiner Mitleidsnummer startet und seine Finger zutraulicher werden.

Von ihrem Schreibtischplatz aus im Mittelgang zwischen Chef- und Großraumbüro hat sie die Bank einigermaßen gut im Blick. Zumindest sieht sie die Beine von Gaukler, die sie fortlaufend im Augenwinkel behält, während sie durch die Stammkundenkartei scrollt. Hinter jedem dritten Eintrag leuchtet der Vermerk »storniert« auf. Kunden, die in letzter Zeit wegen Unzuverlässigkeit und besseren Konditionen bei der Konkurrenz ihre Zusammenarbeit mit Gaukler Transporte beendet haben. All denen muss Valerie jetzt die Eier kraulen. Sie macht jedem Einzelnen ein individuell abgestimmtes Angebot. Für die richtige Wortwahl nimmt sie sich viel Zeit. Sie darf nicht bettelnd klingen. Sie will auf keinen Fall schleimen. Es muss ehrlich und authentisch wirken. Ein bisschen Einfühlungsvermögen. Ein Schuss Empathie!

Drei Mal hat sie schon bei Georg angerufen, um ihm mitzuteilen, dass sie etwas länger im Büro sitzen wird. Aber ihr Mann reagiert auf keinen Anruf. Es schaltet sich sofort die Mailbox an. Beim ersten Anruf hat sie noch draufgesprochen. Bis jetzt kein Rückruf. Der Blick auf die Uhr verrät ihr, warum. Es ist weit nach Mitternacht. Die ersten Paket-Schnürungen für verlorengegangene Stammkunden haben sie psychisch so beansprucht, dass sie erst nach Stunden daran dachte, Georg zuhause Bescheid zu geben. Wahrscheinlich setzte sie den ersten Anruf knapp um Mitternacht. Da hütet der Frühaufsteher längst das Bett. Umgekehrt hätte sich aber auch Georg bei ihr melden können. Vermisst er sie nicht? Ihr hätte auf dem Nachhauseweg etwas zustoßen können. Ist dem Göttergatten das egal? Mit aufkeimendem Zorn checkt sie das Protokoll der Anrufe in Abwesenheit. Kein Anruf von Georg! Der kann was erleben.

40. Valerie Reinthaler – Verpennt

Valerie versucht sich unter den Erschöpfungsattacken hinweg zu ducken. Als es vor dem kleinen Bürofenster allmählich hell wird, verspürt sie eine Müdigkeitswelle, die sie regelrecht überrollt. Die Tastatur ihres Laptops ist ihr unter den Händen verrutscht. Als sie sich die Augen reibt, bemerkt sie, dass sie die Beine von Stefan Gaukler auf der Bank nicht mehr sieht.

Mit einem Schlag ist sie hellwach, steht auf, eilt ein paar Schritte ins Großraumbüro. Der Mann ist weg.

»Verflucht!«

Dann muss sie doch eingepennt sein. Anhand der von den Schreibtischen gestoßenen Papierhaufen kann sie Gauklers Route problemlos folgen – aber nur bis zum Treppenabgang, der zum Ausgang der Fabrikhalle führt. Auf der Mitte des Abgangs Erbrochenes, verspritzt über mehrere Stufen. Es bedarf einer Grätsche, um sich unbeschadet über die überdimensionale Pizza hinwegzusetzen.

»Wo ist dieser Idiot hin?«

Valerie steht vor der Fabrikhalle und lässt den Blick über den Parkplatz schweifen. Der Lieferwagen vom Chef steht noch da. Sie eilt ein paar Schritte nach vorne bis zum Ende des Parkplatzes, um auch die weiter hinten abgestellten Lastkraftwagen ins Visier zu nehmen. Fehlt einer? Sie ist sich nicht sicher. Dann fallen ihr die breiten Reifenspuren in der Wiese auf, die das Firmengelände von der Bundesstraße trennen.

»Der Idiot ist mit dem Containerwagen losgefahren.«

Ungläubig bleibt sie neben dem eiförmigen Stein mit dem Firmenemblem stehen und betrachtet die ausgehobenen Grasbüschel, die wie nach einer Explosion herumliegen.

41. Georg Reinthaler – Osmotisch

Lieblos blättert sich Georg durch eine billige Klatschzeitschrift. Noch nicht mal bis zum Schluss und er wirft sie auf den Tisch mit dem Stapel weiterer Magazine – eines reißerischer als das andere. Warum Arztpraxen ausgerechnet auf so einen Müll setzen, anstatt auf Fachzeitschriften, damit man in der Wartezeit wenigstens etwas Wissenswertes erfährt?

Er ist der einzige Patient im Warteraum. Der Praxis ist anzusehen, dass sie in die Jahre gekommen ist – am Mobiliar, den Vorhängen, dem knarrenden Holzfußboden, den undichten Fenstern. Im Lichtschein der Leselampe tanzen Staubpartikel. Georg lehnt sich zurück, verschränkt die Arme vor der Brust und schließt die Augen, konzentriert sich auf seinen Atem. Bis er das Klappern einer sich öffnenden Tür hört. Aber es ist nicht der Arzt, der ihn in die Ordination bittet, sondern ein hagerer Mann mit eingefallenen Wangen, der so dreinblickt, als hätte er sich in der Adresse geirrt. Er bleibt eine Weile beim Eingang stehen, mustert den Raum, als könnten sich weitere Patienten hinter Stühlen und Regalen verstecken. Als er von Georgs einziger Anwesenheit überzeugt scheint, wagt er sich tiefer ins Zimmer. Vorm Tisch mit den Zeitschriften macht er Halt, kniet sich davor und legt hastig einen A6-großen Flyer in jede einzelne Illustrierte.

Nach getaner Arbeit rappelt er sich auf und will zurück zum Ausgang gehen, bleibt aber auf Georgs Höhe stehen.

»Wird's schlimmer?«, fragt er und deutet auf Georgs freien Unterarm, der nur einen winzigen Teil seiner geröteten Hautstellen preisgibt.

»Was?«

»Ich erkenne eine ausgeprägte Psoriasis. Womit behandeln Sie Ihre Haut zurzeit?«

»Das wechselt. Kortisonsalbe im Moment.«

»Hilft's?«

»Dann wäre ich nicht hier. Nein.«

»Es gibt da etwas, das Ihnen helfen kann.«

»Diesen Satz habe ich aus vielen Mündern gehört.«

»Und warum verwenden Sie dann Kortison-Produkte? Warum fangen Sie nicht an der Basis an?« Der Hagere zupft einen dieser Flyer aus seiner Manteltasche und streckt ihn Georg entgegen.

»Osmotisches Wasser«, liest Georg. »Aqua Spirit verwandelt Ihr durch Viren, Bakterien und Pestizide verunreinigtes Wasser in absolut sauberes, gesundes Wasser.«

Der Hagere wartet, bis sich die Blicke treffen.

»Osmose-Wasser sorgt für ein perfektes Hautbild. Sie ersparen sich teure Reinigungsprodukte und Cremes, die Ihre Haut nur unnötig weiter belasten und Ihnen auf Dauer mehr schaden als nutzen.«

»Der nächste Quacksalber, der mir seine Produkte aufzwängen will.« Georg muss sich kratzen, wie immer, sobald eine Wut im Entferntesten im Anflug ist.

»Ich habe für mein Leiden schon Unmengen an Geld ausgegeben. Sie werden lachen, ich habe sogar Regentänze über mich ergehen lassen. Weder die Schulmedizin noch Hausmütterchenrezepte noch selbsternannte Heiler konnten mir helfen. Manchmal ist für ein, zwei Wochen Ruhe, aber die Juckreizattacken kehren so verlässlich wieder wie die Regelblutung bei meiner Frau.«

»Dann wird's Zeit, dass Sie endlich das Richtige dagegen unternehmen.«

»Deshalb bin ich beim Profi. Der Arzt wird mir helfen.«

Der Hagere lacht auf und hält sich sofort die Hand vor den Mund. Er blickt zur Ordinationstür, dann wieder zu Georg.

»Dieser Arzt wird Ihnen nicht helfen. Der verschreibt Ihnen nur ein weiteres, teures Medikament und kassiert die Provision. Ob Ihnen das hilft, juckt den wenig bis gar nicht.«

»Ich habe mich zu oft auf Heilprediger eingelassen und bin jedes Mal böse eingefahren. Sie werden mich nicht bekehren.«

»Ich bin kein Heilprediger. Ich bin selbst Arzt. Von meinen Ratschlägen profitiert keine Pharmafirma und das schmeckt der Ärztekammer nicht.« Der Hagere wendet den Flyer in Georgs Hand. Auf der Rückseite ist – ähnlich schrill wie die Schlagzeilen auf den Klatschzeitschriften – der Besuch des »Godfather of Osmosis« angekündigt: Jeff Eriksen, CEO von Aqua Spirit, kommt in einer knappen Woche in den Böhlerstern Kapfenberg, um über die heilende Wirkung von osmotischem Wasser zu referieren. Mit jedem Eintritt gibt es einen Gutschein für einen privaten Gratis-Trinkwasser-Analysetermin.

»Das Wasser aus unseren Wasserleitungen ist stark belastet.«

»Wozu gibt es ein Wasserwerk?«

»In den Wasserwerken werden die am stärksten gesundheitsgefährdenden Substanzen nicht einmal ermittelt. Ein Großteil der Gefahr bleibt unentdeckt. Mit jedem Schluck, den Sie aus der Leitung nehmen, verhindern Sie, dass sich Ihre Haut erholen kann. Sie wären erstaunt, wie sich Ihre Haut mit reinem Wasser zum Positiven verändert. Mit osmotischem Wasser könnten Sie Ihrer Schuppenflechte den Mittelfinger zeigen.«

»Sie sind Arzt? Was für ein Fach? Hautarzt?«

»Allgemeinmedizin. Ich hatte viele Patienten wie Sie bei mir in meiner Praxis. Und ich weiß, welchen Leidensdruck Sie tagtäglich erdulden müssen. Es ist eben nicht nur ein bisschen jucken. Die ständigen Juckreizattacken mindern die Schlafqualität. Tagsüber sind diese Patienten ausgelaugt und müde. Ein Teufelskreislauf! Auf Dauer führt das zu vermehrten Krankenstandstagen und in weiterer Folge wächst die Angst um den Job.«

»Wo ist Ihre Praxis?«

»Die gibt es nicht mehr. In unserem Krankheitssystem ist eine effektive Heilung von Krankheiten nicht erwünscht. In meiner Funktion als Arzt wurde es mir unterbunden, den Menschen

Linderung zu gewähren. Ich habe mich umorientiert, die Seite gewechselt. Ich vertreibe ausschließlich Produkte, von deren Wirkung ich zu 100 Prozent überzeugt bin. Wie eben bei *Aqua Fit*. Bei diesem Gerät kommen die Menschen, die auf ihr Bauchgefühl vertrauen, von selbst zu mir.«

Georg spürt dieses eigenartige Prickeln in seiner Brust. Sein gutgläubiges Herz ist im Begriff, sich an den nächsten Strohhalm zu klammern. Dem entgegengesetzt ruft die Stimme der Vernunft dazu auf, sich nicht wieder einlullen zu lassen. Nervös wendet Georg den Flyer in seiner Hand hin und her.

Jaulend öffnet sich die Tür zur Ordination. Das runde rosa Gesicht des kleingewachsenen Dermatologen blickt hervor.

»Herr Reinthaler? Bitte! Kommen's.« In der Stimme des Arztes liegt der Enthusiasmus eines Morgenmuffels.

42. Georg Reinthaler – Viereinhalb Minuten

Georg tritt träumerisch aus dem Altbau. Sein Blick auf der Verschreibung vom Arzt. In einer flotten Bewegung zupft ihm jemand den Zettel aus der Hand. Der Hagere! Er hat eine schwere Umhängetasche an der Schulter und mustert Georg und den Zettel, liest, schüttelt den Kopf.

»Darauf hätte ich wetten können – jetzt kommen die JAK-Inhibitoren an die Reihe. Für den Preis können Sie sich die Eintrittskarte zur Osmose-Show von Jeff leisten.«

Georg will sich den Zettel wieder aneignen, doch der Hagere zieht die Hand geschickt zurück, kurz bevor Georgs Finger zuschnappen können.

»Ich sage Ihnen etwas: Diese Medikamente werden nach einer Zeit ihre Wirkung verlieren und mit etwas Pech haben sie unangenehme Nebenwirkungen, die Ihr gesamtes Dasein verschlechtern.«

»Für mich ist jeder Tag ohne Juckreiz ein Erfolgserlebnis.«

»Ich mache Ihnen einen Vorschlag: Von mir aus kaufen Sie sich den Dreck. Leben Sie damit.« Er drückt Georg den Zettel in die Hand. »Sie sollten sich Jeffs Show trotzdem nicht entgehen lassen. Sie kriegen von mir einen Gratis-Zugang.«

»Wirklich?«

»Selbstverständlich. Was glauben Sie, wie mir das Herz blutet, wenn ich mitansehen muss, wie Geschöpfe wie Sie durch ein Labyrinth irren und ständig an den richtigen Abzweigungen vorbeilaufen.«

»Dann kann ich mir diese Veranstaltung ja angucken.«

»Als kleine Gegenleistung helfen Sie auch mir.«

»Was kann ich tun?«

Der Hagere lässt die schäbige Umhängetasche von seinem Schlüsselbein gleiten und legt den Riemen um Georgs Schulter.

Das Ding wiegt locker acht Kilogramm.

Georg ist geschockt.

»Was ist das?«

»Ich kriege die kleinen Biester nicht mehr los und es wäre schade, wenn wir dadurch auf potenzielle Kunden verzichten müssten.«

Georg öffnet die Tasche und blickt auf Unmengen an Flyer.

»Was soll ich damit?«

»Austeilen! In jeden Briefkasten, der Ihnen unterkommt.«

»Wie viele Zettel sind das?«

»Es ist wie Meditation. Durch das Verteilen werden Sie sich stärker mit Aqua Spirit verbinden, das kann ich Ihnen jetzt schon garantieren.«

»Da brauche ich eine ganze Woche, bis das ausgeteilt ist.«

»Es muss alles heute raus. Der Event ist in wenigen Tagen und die Anmeldungen laufen schleppend. Es müssen mehr Menschen von dieser Wunderwaffe erfahren. Damit wir nur gesundes Wasser zu uns nehmen.«

Georg versucht sich der Umhängetasche zu entledigen.

»Ich habe leider wenig Zeit in den kommenden Tagen.«

Aber der Hagere hindert Georg daran, sich den Riemen über den Kopf zu ziehen.

»Das Zeug muss unbedingt heute verteilt werden. Sie wären mir eine große Hilfe und dafür erhalten Sie den kostenlosen Eintritt zu einer Demonstration, die Ihnen die Augen öffnen wird. Nutzen Sie diese Chance. Sie sind es Ihrer Haut schuldig. Unsere Begegnung war kein Zufall, sondern Schicksal. Irgendjemand in diesem Universum möchte, dass wir aufeinandertreffen.«

Georg resigniert, lässt die Umhängetasche an seinem Körper. Auch der Hagere entspannt, fächert sich mit dem Arztzettel Luft zu und deutet zum Altbau: »Wie lange hat sich das Mondgesicht für Sie Zeit genommen?« Demonstrativ blickt der Hagere auf seine goldene Armbanduhr und gibt die Antwort auf seine Frage selbst: »Wenn's hoch herkommt, waren das viereinhalb Minuten? Wahrscheinlich, weil der Kugelschreiber nicht gleich sauber geschrieben hat, sonst wären Sie nach drei Minuten wieder auf der Straße gestanden. Jeff bietet Ihnen einen 120-minütigen Top-Vortrag und im Anschluss können Sie die anwesenden Experten rund eine Stunde mit Ihren Fragen und Wünschen konfrontieren. Das nenne ich Kundenservice und Respekt gegenüber den Menschen. Ich bin niemand, der jemandem ein Produkt aufdrängt. Wenn Sie nach der Show das Gefühl haben, das ist alles Humbug und dieses Gerät ist nichts für Sie, dann war es immerhin ein unterhaltsamer Abend. Es hat Sie nichts gekostet. Nur ein paar Wege durch die Gassen von Bruck an der Mur und Kapfenberg. Und eines sollten Sie bedenken: Bewegung an der frischen Luft ist für jeden gesund und wird Ihrem Hautbild garantiert keinen Schaden zufügen.«

43. Georg Reinthaler – Flyer

Es ist stockdunkel. Georg hatscht durch eine schlecht beleuchtete Seitengasse und steuert einen Postkasten nach dem anderen an. Die Umhängetasche hat kaum an Gewicht verloren. Weit mehr als die Hälfte ist noch auszutragen. Nach dem Abendessen hat er sofort mit seinem Auftrag begonnen. Inzwischen sind drei Stunden vergangen. Wenn er sich den Stundenlohn ausrechnen würde, könnte er sich die Eintrittskarte damit locker finanzieren und sogar Valerie mitnehmen. Der Hagere hatte recht: Je öfter man den Text liest, desto stärker fühlt man sich dem Inhalt verbunden. Auf dem Flyer ist Jeff Eriksen schemenhaft dargestellt. Von ihm geht eine mafiöse Ausstrahlung aus.

Bei Postkästen mit der Aufschrift »Keine Werbung« darf er nichts einwerfen, hat ihm der Hagere eingetrichtert – außer: Georg habe das Gefühl, dass es sich bei der jeweiligen Adresse um potenzielle Profiteure der Osmose handeln könnte. Georg kommt an ein Haus heran. Durch das beleuchtete Küchenfenster kann er die Familie sehen: Vater, Mutter, Sohn, Tochter. Gemeinsam beim Abendbrot. Idylle wie im Bilderbuch. Sein Finger wandert zum Postschlitz. Er ignoriert den schrill leuchtenden Werbeverbotsaufkleber.

»Viel Glück, kleiner Ankünder«, haucht er und lässt den Flyer in den Briefkasten gleiten.

Dann rasch weiter, bevor ihn jemand sieht. Georg hat beinahe das Gefühl, als würde er illegale Drogen verkaufen oder für eine satanistische Hexenbeschwörung werben. Immer wenn der Einwurf eines Flyers ein lautes Geräusch im Postkasten verursacht, nimmt er seine Füße in die Hand und sprintet davon.

Mittlerweile ist es Mitternacht und er spürt sein Handy in der Hosentasche vibrieren. Wie erwartet, ist es Valerie. Sie wird sich wundern, wo er so lange bleibt, dabei hat er ihr extra eine Nachricht am Küchentisch hinterlassen, dass sie nicht auf ihn warten müsse und sich ins Bett begeben könne. Georg wagt es nicht, das Gespräch anzunehmen. Flüstern würde Valerie verunsichern und er möchte in dieser Sackgasse nicht auffallen, wo er sich doch gerade einem riesigen Briefkasten nähert, der unter der Laterne des Gartentors schimmert. Aber in der Dunkelheit übersieht Georg die Kette, die der Besitzer vor seinem Parkplatz gespannt hat. Die Kettenglieder beißen wie ein Hundemaul knapp unter den Knien ins Schienbein und das Gewicht der schwingenden Umhängetasche tut das Ihrige, dass Georg das Gleichgewicht verliert und auf die Garagenzufahrt knallt. Hunderte Flyer hat die Tasche über die gesamte Ausfahrt gespieben[19]. Das Kettenband schwingt quietschend nach. Georg reibt sich seine Ellbogen, ausnahmsweise mal nicht aufgrund seiner Entzündungskrankheit. Beim Aufprall hat er sich Knie und Ellbogen aufgeschlagen. Seine Arme rudern so viele Flyer wie möglich in die Tasche. Blind tastet Georg nach der Kette. Vorsichtig steigt er darüber und humpelt zur Straße, als hinter ihm ein gleißender Scheinwerfer erstrahlt und Georg in den Mittelpunkt setzt.

»Sieht mein Grundstück aus wie ein Müllplatz?«

Georg kann den Mann der zu ihm spricht, im Gegenlicht nicht erkennen. Er sieht nur die Silhouette einer wild wuchernden Lockenfrisur.

»Warum entsorgst du deinen Müll nicht woanders?«

»Es tut mir leid«, plappert Georg ins Licht. »Ich bin über die Absperrung gestolpert und dabei sind mir ein paar Flyer aus der Tasche gefallen.«

»Ein paar ist etwas untertrieben – egal, wohin ich schaue, dort liegt dein Müll.«

Im Scheinwerferlicht muss Georg gestehen, dass es tatsächlich mindestens zweihundert Flyer sind, die quer über den Beton verteilt liegen. Jetzt stellt sich der Mann ins Licht und hebt einen der Flyer auf. »Was soll ich mit dem Dreck?«

»Es handelt sich um eine Präsentation von osmotischem Wasser.«

»Was ist denn das für ein Schas? In welchem Auftrag trägst du diesen Müll aus? Ich verlange eine Entschädigung.«

44. Valerie Reinthaler – Gas

Valerie hat sich in ihren Wagen gesetzt und ist losgefahren. Auf der Tragößer Straße macht sich der Frühverkehr bemerkbar. »Wo ist der Hornochse hingefahren?«, murmelt Valerie vor sich her. Es ist Valeries Instinkt, der sie nach Tragöß leitet. Vor dem Elternhaus von Stefan Gaukler steht ein Schild mit der unübersehbaren Aufschrift: *»Zu verkaufen«*.

»Wer möchte schon in dieser hässlichen Hütte wohnen?«, flucht sie, als sie den Wagen vor dem Einfahrtstor abstellt. Höchste Zeit, dass sich Stefan Gaukler für das Tor eine Funkverbindung einbauen lässt. Sonst muss man stets aussteigen und das Tor manuell betätigen. Aber heute klemmt der Griff. Valerie ist nicht in der Lage, das Metalltor zur Seite zu ziehen.

»Wie hat er das wieder angestellt?«

Über den Torbogen hinweg ist der Container zu erkennen.

»Der Idiot hat den Containerwagen so knapp an die Ausfahrt geparkt, dass das Heck die Laufschienen blockiert. Was macht dieser Mensch in seinem Leben richtig?«

Immerhin hat Valerie nun Gewissheit, dass sie mit ihrem Bauchgefühl richtig gelegen ist: Stefan Gaukler befindet sich im Elternhaus. Ohne Klettereinlage kommt sie nicht auf das Grundstück. Sie nutzt den Türgriff als Steighilfe, trotzdem muss sie sich weit strecken, um mit den Fingerspitzen an die obere Kante des Tors zu gelangen. Sie wusste gar nicht, dass sie so viel Talent fürs Kraxeln hat. Sie zieht ihren Körper hoch. Wie Spiderwoman wandern ihre Füße vertikal über die Mauer.

Sie schafft es auf die Kante. Viel Platz zum Sitzen hat sie nicht. Die Mauer ist nicht breiter als ihre Handfläche. Hinab tut sie sich leichter, weil sie den Container zu Hilfe nehmen kann. Jetzt steht sie auf Gauklers Grundstück. Ihr Chef hat den LKW ausgesprochen idiotisch geparkt – wie ein Querschläger, der zwischen Gartentor und Haus eingeklemmt ist. Gaukler kann nicht lange hier sein, denn der Motor des Lastwagens tuckert noch. Offenbar hat er nur einen Kurzbesuch vorgesehen, sonst würde er den Motor nicht laufen lassen. Merkwürdig ist die versperrte Haustür. Gaukler sperrt normalerweise nie ab. Nicht einmal, wenn er wegfährt. Also noch weniger, wenn er zuhause ist.

»Chef?«, ruft Valerie und mustert die Fenster im Erdgeschoss und im ersten Stock. Nichts tut sich hinter den dicken Gardinen.

Am LKW kommt sie nicht vorbei, um zu versuchen, ob sie über die Garage ins Haus eindringen kann. Also bleibt ihr nichts anderes übrig, als ums Haus zu gehen. Nicht die leichteste Übung bei dem verwilderten Garten. Hier wurde Jahre nichts mehr angerührt. Die Rückseite des Grundstückes gleicht einer Müllhalde. Hier liegt alles herum, was man nie mehr brauchen kann: versiffte Gartenmöbel aus dem letzten Jahrhundert, ausgewechselte Gartenzäune, die hier verrosten oder verrotten und teilweise mit der Natur verschmelzen. Die einst garantiert prunkvolle Terrasse mit Blick auf Meßnerin und Pribitz ist vollgestellt mit verrosteten Elektrogeräten. An Valerie zieht das alles emotionslos vorbei. Sie möchte nur so schnell wie möglich ums Haus marschieren. Ein Spießrutenlauf. Zwischen Hausmauer und dem alten Geräteschuppen muss sie sich durchzwängen. Trotz ihrer schlanken Statur ist ihr kein Zentimeter zu viel vergönnt. Aber dann steht sie neben dem Garagentor und mit einem Mal ist ihr klar, warum ihr Chef den Lastwagen so dicht an die Garage gepfercht hat: Das Garagentor ist bis auf einen kleinen Spalt herabgelassen, sodass nur der Schlauch einer Abzugshaube hindurch passt, durch den die Abgase des LKWs in die Garage gepumpt werden. Valerie wirft sich auf den Boden. Sie blickt durch den Spalt in die Garage. Von Stefan Gaukler sind nur die Schuhsohlen zu sehen. Er liegt bewusstlos am Boden. Unverzüglich besteigt Valerie die Beifahrerseite des Führerhauses. Es bedarf ihrer ganzen Kraft, um die klemmende Tür so weit zu öffnen, dass sie sich ins Innere zwängen kann. Ihr Arm streckt sich nach dem Zündschlüssel. Hektisch dreht sie, bis der Motor vibrierend verstummt. Dann springt sie aus dem Wagen, versucht das Garagentor anzuheben, aber dazu fehlt ihr die Kraft. Das Aluminiumtor rührt sich keinen Millimeter. Wieder wirft sich Valerie auf den Bauch und robbt unter dem Spalt in die Garage. Ausgerechnet ihr Po verhindert, dass sie in die Garage eindringen kann. Dabei nennt Georg ihn oft »Stockerlarsch«[20]. Sie beißt die Zähne zusammen und stemmt ihr Becken gegen die gummierte Leiste des Garagentors.

»Komm schon, du Hurenviech[21]«, brüllt sie und holt ein zweites Mal Luft, was angesichts der Giftgase, die um ihren Kopf kreisen, die nächste Mammutaufgabe ist. Ihr Hinterteil kriegt garantiert ein paar blaue Flecken ab. Stück für Stück kann sie sich in die Garage vorkämpfen. Auf allen vieren krabbelt sie bis zu Stefan Gaukler, der sein Gesicht bis zu seiner Bewusstlosigkeit gegen das Ende der Abzugshaube gepresst haben muss.

»Kommen Sie, husten Sie, na los.« Valerie schlägt ihm mit der flachen Hand gegen die Wangen. Tatsächlich dauert es nicht lange und Stefan Gaukler zuckt, als hätte sie seine Finger in eine Steckdose gehalten. Gelb unterlaufene Augen starren sie an. Er hustet – und kotzt. Noch nie hat sich Valerie so gefreut, jemandem beim Erbrechen zuzusehen. Sie bringt sich auf die Beine und sucht in der Dunkelheit nach den Schaltern für das Garagentor. Widerspenstig rollt sich das Aluminiumtor nach oben auf und Frischluft kann in den Raum. Wie die Fratze eines Monsters verstellt die Kühlerhaube des Lastwagens den Ausblick.

45. Georg Reinthaler – Katerstimmung

Georg schleicht in seine eigene Wohnung. So leise wie möglich. Die Umhängetasche gleitet im Vorzimmer über den Schuhen zu Boden. Nur noch eine Handvoll Flyer darin. Georg fühlt sich, als wäre er einen Ultramarathon gelaufen. Seine Fußsohlen schmerzen. Jeder Schritt tut weh. Wie ein Geist flüchtet er ins Badezimmer, schließt sich ein, zieht sich seine Hose über die Waden und betrachtet die tiefroten Abschürfungen an den Schienbeinen. Das erste Mal, dass seine Haut nicht wegen seiner Hautkrankheit so giftig leuchtet. Am liebsten würde er duschen, hat aber Angst, Valerie zu wecken.

Er muss versuchen, so leise wie möglich neben ihr unter die Bettdecke zu kriechen. Im Schlafzimmer dann die große Überraschung: Sie ist nicht da. Unberührte Bettlaken.

Auch die Nachricht auf dem Küchentisch liegt wie beim Verlassen an derselben Stelle mit der Schokopraline darauf.

Sein Hirn ist zu müde, um sich große Gedanken zu machen, was der Grund dafür ist. Er möchte nur ins Bett. Zuvor nur rasch die Nachricht an seinen Arbeitgeber, dass er sich kränklich fühle und zuhause bleibe.

Weich wie Honig fließt er auf die Matratze. Schläft sofort ein – bis Stunden später Sonnenstrahlen seine Nase kitzeln. Schafft es die Sonne durch die Lamellen der Jalousie im Schlafzimmerfenster aufs Kissen, ist es Mittag. Georg stützt sich an den Unterarmen ab. Valerie sitzt neben ihm im Schneidersitz.

»Keine Sorge, ich bin nicht krank«, ist er bemüht zu betonen. »Ich hatte nur eine harte Nacht.«

»Ich auch.«

Georg setzt sich weiter auf.

»Hast du schon einmal an Selbstmord gedacht?«, fragt sie.

»An Selbstmord?«

»Wegen dem ständigen Juckreiz. Gab es da nie Momente, wo

du dir gedacht hast: Scheiße, Fenster auf, rausspringen, fertig, aus, Schmerzen ade?«

»Diese Gedanken sind pausenlos im Kopf.«

»Aber du bist noch nie gesprungen.«

»Ich würde nicht aus dem Fenster springen.«

»Sondern?«

»Ich weiß nicht. Manchmal würde ich am liebsten in die Küche gehen und mir das juckende Körperteil abschneiden. Oder mir das Messer in den Leib jagen. Wenn's ganz arg juckt.«

»Vergasen? Wäre das eine Lösung?«

»Sicher nicht! Vielleicht muss ich mich bald nie mehr kratzen. Es gibt da was, Osmose, das probiere ich aus.«

46. Valerie Reinthaler – Unmoralisches Angebot

»Ich muss hier raus!«

Obwohl Stefan Gaukler in einem Einzelzimmer liegt, flüstert er. Valerie sitzt zwischen Bett und Fenster auf einem sterilen Stuhl, mit einer Mappe auf dem Schoß.

»Keine Sorge, kaum jemand weiß, dass Sie hier sind.«

»Pah! Die alte Krankenschwester hat Verwandtschaft in Tragöß. Alle wissen es. Alle!« Seine Hand mimt eine schnatternde Gans.

»Dann sind Sie eben wegen einer Kreislaufschwäche im Krankenhaus. Kann jedem mal passieren.«

»Kohlenmonoxidvergiftung – da läuten bei den Leuten die Alarmglocken!«

»Das kann vorkommen, wenn man alte Lastwägen repariert. Niemand wird Verdacht schöpfen, aber alle werden sich denken, wieso benutzt Gaukler Transporte so alte Dieselschleudern? Es ist an der Zeit, dass wir auf E-Transporter umsteigen. Mit denen können Sie nicht so einen Unfug machen.«

»Schätzchen, weißt du, was elektrische Transporter kosten? Da kann ich gleich zusperren. Wir haben es nicht so dicke!«

»Da würde es Abhilfe geben.« Valerie tätschelt die Mappe auf ihren Oberschenkeln.

»Was hast du da?«

»Ein unmoralisches Angebot.«

»Sag schon!«

»Es gibt eine Firma, die muss dringend, wirklich dringend, ein paar Problemstoffe loswerden. Dafür ist sie bereit, eine stolze Summe zu zahlen.«

»Wir machen keine Gift-Transporte.«

»Ist nur die Ausnahme.«

»Wir machen keine Gift-Transporte. Nicht mal ausnahmsweise.«

»Ich hätte ein Unternehmen in Tschechien ausfindig gemacht, das uns den Problemstoff unter der Hand abnehmen würde.«

»Dieser Transport kommt nicht in Frage.«

»Damit könnten wir aus den roten Zahlen rutschen.«

»Mein Vater hat die Firma nicht gegründet, damit ich die Grundphilosophie mit Füßen trete. Keine Gift-Transporte! Ich setze meine grüne Etikette nicht aufs Spiel.«

»Es wird niemand erfahren.«

»Valerie, was verstehst du nicht am Nein?«

»Gott, Sie wollten sich das Leben nehmen. Ich bemühe mich um Lösungen.«

»Das ist keine Lösung. Das ist dumm.«

»Sie haben sich das Angebot ja noch nicht durchgelesen.« Sie greift ein Blatt aus der Mappe und hält es ihrem Chef vors Gesicht.

»Ich bin nicht blind, Valerie«, schimpft er und führt ihren Arm weiter von sich weg, um besser lesen zu können.

»Fire-Starter heißen die?«

»Ja, produzieren Löschschaum. Die haben eine Marke im Programm, die in der EU seit Jahren nicht mehr eingesetzt werden darf – und dieser Löschschaum muss möglichst unauffällig beseitigt werden.«

»Glaubst du, das ist das erste Unternehmen, das mich mit lukrativen Drecks-Fuhren ködern möchte? Ich könnte mit hochriskantem Sondermüll das Hundertfache verdienen, aber wir zeichnen uns durch Umweltbewusstsein aus. Ich transportiere maximal Grünen Abfall zu Wiederverwertungsanlagen. Ich schaffe neues Leben, ich vernichte es nicht.«

»Neues Leben? Dass ich nicht lache. Wenn Ihr Suizidversuch erfolgreich gewesen wäre, würde ich jetzt auf der Straße sitzen. Sie können froh sein, dass Sie mich noch haben.«

»Mein Schutzengel, ich danke dir. Ohne dich könnte ich längst in Frieden ruhen. Und jetzt kommst du mit so einer Sache. Wir hätten nicht einmal die geeigneten Container dafür.«

»Doch, was ist mit dem alten Neuner?. Der fristet ein Garagendasein. Bei dem quietscht alles wie bei einem Orgelkonzert, weil er so verrostet ist.«

»Den Neuner schmiere ich eben, den muss man nicht gleich wegwerfen.«

»Ihr Vater wäre sicher für Veränderung gewesen, bevor das traditionelle Familienunternehmen Konkurs anmelden muss.«

»Was weißt du schon von meinem Vater.«

»Nichts, aber ich sehe täglich sein Porträtbild in Ihrem Büro und in seinem Blick glüht Stolz.«

»Stolz, ausschließlich biologisch unbedenkliche Stoffe von A nach B zu befördern.«

»Nein, das ist Stolz, eine Firma kontinuierlich weiterentwickeln zu können.«

»Dieses Angebot anzunehmen wäre keine Weiterentwicklung, Valerie, sondern ein Armutszeugnis. Lieber gehe ich mit wehenden, aber sauberen Fahnen unter, als meine Finger mit giftigem Löschschaum zu besudeln. Das Zeug enthält perfluorierte Tenside – das ist eine höchst gefährliche Industriechemikalie, meine Kleine.«

»Ich weiß, aber wir müssen es nicht trinken, nur wegschaffen.«

»So einen Dreck transportiere ich nicht. Ich lasse mir mein grünes Etikett nicht beschädigen. Die Diskussion ist beendet.« Er schnappt sich das Blatt und lässt es zu Boden flattern.

»Sonst noch was, Schätzchen?«

»Ja!« Sie geht in die Hocke, um das Blatt einzusammeln und wieder in die Mappe zu legen.

»Warum wollten Sie sich umbringen?«

Die beiden sehen sich lange in die Augen.

»Wir haben den Laden doch schon einmal auf Vordermann gebügelt. Warum sollte es uns nicht ein weiteres Mal gelingen?«

Nun kann er ihrem Blick nicht länger standhalten und stiert in den Raum. »Es geht mir nicht um die Firma.«

»Sondern?«

»Mein Bruder.«

»Der Auswanderer?«

»Es reicht ihm nicht, wieder nach Österreich zu kommen, nein, jetzt muss er sich auch mit seinem Tauchclub ausgerechnet am Grünen See niederlassen.«

»Das Tauchen am Grünen See ist doch verboten.«

»Josef hat dem Arschloch eine Sondergenehmigung gegeben.«

47. Valerie Reinthaler – Bruderliebe

Valerie wartet im Wagen hinter ihrem Steuer, bis der Lieferwagen mit dem Haifisch am Dach am Parkplatz vorbeigefahren ist. Sie parkt zwischen einigen Gästen, die ins Gasthaus zum Pribitzblick eingekehrt sind oder eine Runde um den Grünen See drehen. Sie schiebt die Sonnenbrille von der Stirn auf ihre Nase und steigt aus. Bald wechselt ihr Schritt in ein leichtes Traben. Der

Haifisch-Wagen parkt an der Breitseite des Gasthauses. Dort steht ein Typ mit langen Haaren und fixiert einen Zettel mit Klebestreifen an einer Metalltür. *»Gaukler Diving«* steht darauf.

»Verzeihen Sie, sind Sie Thomas Gaukler?«

Der Mann hat nicht die geringste Ähnlichkeit mit Valeries Chef. Auch das Styling weicht komplett von Stefan Gaukler ab. Tommy trägt ein Muscle-Shirt, was Valerie übertrieben findet – der Mann ist zwar gut gebaut, zum Bodybuilder fehlt ihm dennoch so viel wie ihr zum Supermodel.

»Willst du dich für den Tauchgang im Sommer anmelden? Sehr gut, der frühe Vogel fängt den Wurm. Es sind noch einige Plätze frei. Komm rein, Mädel.«

Er stemmt seine Schulter gegen die Tür, damit sie nach innen aufgeht. Valerie folgt ihm. Einladend sieht es drinnen nicht aus. Es stehen jede Menge Umzugskartons im Raum. Ein Biertisch, eine Bierbank, ein surrender Kühlschrank, durch dessen Glasvitrine der Blick auf knallbunte Energydrinks frei wird.

»Willst du eine Erfrischung?« Seine Hand greift sich zwei Dosen. Er hält ihr eine hin, sie schüttelt den Kopf.

»Nimm Platz, auch wenn es hier herinnen nicht wirklich kuschelig ist, aber in erster Linie sind wir ja zum Tauchen hier – und ich verspreche dir nicht zu viel, wenn ich sage, dass es die gemütlicheren Sitzgelegenheiten dann beim Tauchen im Grünen See gibt. Von der Unterwasser-Parkbank sind sie alle hin und weg.«

»Ich bin nicht wegen dem Tauchen hier.«

»Nicht? Weswegen dann?« Zischend öffnet er die Dose und nimmt einen satten Schluck.

»Ich komme von Stefan.«

»Stefan?«

»Stefan Gaukler, Ihrem Bruder.«

Jetzt kann er die Überraschung in seinem Gesicht nicht verbergen. Sein Sunnyboy-Lächeln schwächt etwas ab.

»Ich bin seine Assistentin bei Gaukler Transporte.«

»Ah«, sagt er erleichtert, als wäre der Groschen gefallen. Er tippt sich an die Schläfe.

»Du bist die Neue.«

»Naja, neu stimmt nicht ganz, ich bin über ein Jahr in dem Job.«

»Das zeichnet dich aus, dass du es bei Stefan so lange aushältst.«

»Er hat mir von Ihnen erzählt.«

»Wie ich ihn kenne, nur das Beste.« Jetzt lacht er laut auf, hält es auf der Bank nicht mehr aus und muss sich bewegen.

»Dass Sie ausgewandert sind. Kanarische Inseln.«

»Das ist leider Geschichte. Bin seit ein paar Monaten wieder zurück.«

»Ja, das habe ich mitbekommen. Sie führen die nagelneue Tauchschule in Kapfenberg. Nachdem die Mutter gestorben ist, um die sich Stefan kümmerte.«

»Kümmern ist maßlos übertrieben. Er ist nicht ausgewandert und in der Region geblieben, das ist der Unterschied. Betreut wurde Mutter zuletzt von einem Pflegedienst.«

»Wissen Sie, dass Stefan im Krankenhaus ist?«

»Nein, was hat er denn? Zu viel gesoffen?«

»Er hat versucht, sich das Leben zu nehmen.«

Tommy senkt den Kopf und schüttelt ihn.

»Der Alkohol ist die Pest. Als mich Mutter zuletzt auf Lanzarote besucht hat, war sie ganz stolz, dass Stefan trocken ist. Ich dachte mir damals schon, dass sie sich das nur einbildet.«

»Er war tatsächlich lange trocken.«

»Seit ich wieder in der Steiermark lebe, sehe ich ihn nur hackedicht. Nichts hat sich verändert. Er ist und bleibt ein Säufer und früher oder später wird er daran krepieren.«

»Er hat wieder zu trinken begonnen, seit Sie zurück sind.«

»Klar, immer bin ich an Stefans Drama schuld. Dabei hat er eine leichte Partie mit mir. Er hat unser Elternhaus alleine geerbt. Ich habe freiwillig darauf verzichtet. Ohne Mucks.«

»Er will das Haus verkaufen, weil er erfahren hat, dass Sie im Grünen See Ihre Tauchkurse anbieten.«

»Meine Güte, bin ich ihm zu nah an die Pelle gerückt? Ich dachte, dass er allmählich erwachsen geworden ist und wir wie normale Menschen nebeneinander leben können. Ich gehe ihm ohnehin so gut es geht aus dem Weg. Aber der Grüne See – das ist MEIN Paradies. Hier bin ich schon durch den See geschnorchelt, da war ich so klein.« Er hält seine Hände zueinander, dass dazwischen nicht einmal ein halber Meter passt. Mit dem nächsten Schluck ist die Dose leer. Er wirft sie zerknüllt in ein Eck und fasst dann Valerie auf die Schulter.

»Er taucht doch nicht. Warum stört es ihn, wenn ich dort meine Kurse abhalte, wie früher? Wenn er das Haus nicht mehr will, dann mache ich ihm eben ein Kaufangebot. Vielleicht zaubert ihm das endlich ein Lächeln ins Gesicht und er kann die Vergangenheit ruhen lassen.«

Kapitel VII – Halt mal die Luft an

Zurück in der Gegenwart – Azra hatte recht, Inspektor Heinz Pöls geht der aktuelle Fall nicht mehr aus dem Kopf. Schon gar nicht, wenn er mitansehen muss, wie leicht es sich seine Kollegen von der Kriminalpolizei machen. Da muss ein starker Spürsinn her. Das wird ein abhandengekommener Führerschein wegen eines läppischen Sehtests nicht verhindern. Jetzt ist der volle Einsatz des Inspektors gefragt. Pöls spürt es in jeder Zelle seines unförmigen Körpers, dass er es ist, der diesen Fall lösen muss.

48. Inspektor Pöls – Freizeitsee Zenz

Azras Fiat fühlt sich so vertraut an. Der Freizeitsee Zenz ist tatsächlich nur wenige Autominuten von Tragöß entfernt. Pöls kann die beiden Burschen schnell ausfindig machen. Frank und Waldi haben eine Slackline quer über den See gespannt. Der Dunkelhaarige – Waldi, oder besser gesagt Waldemar – balanciert gerade darauf und als Pöls zur Begrüßung einen Brüller von sich gibt, gerät der Junge ins Zappeln und kurz darauf köpfelt er ins Wasser.

»Da muss noch kräftig trainiert werden«, sagt Pöls im Herankommen ans Ufer. »Üben, üben, üben macht den Meister.«

Entgeistert sehen ihn die Burschen an.

»Eure Vorgesetzte hat mir verraten, wo ich euch finde«, versucht Pöls zu beruhigen, aber die Verwunderung weicht nicht aus den Gesichtern.

»Stehen Sie auf 80er-Jahre Sound, Inspektor?«, fragt Frank mit einem Blick, als käme Pöls frisch vom Mars.

»80er-Jahre Sound? Uff, mit Epochen bin ich schlecht. Ich stehe auf alles, egal, aus welchem Jahrzehnt, von den Oberkrainern bis zu Eddie Louiss.«

»Warum summen Sie dann *Atomic* von Blondie?«

»Hab ich das?«

»Ja! Unverkennbar.«

»Kann ich mir nicht vorstellen.«

»Ich erkenne diesen Song im Schlaf, glauben Sie mir das. Sie haben unverkennbar *Atomic* gesummt.«

»Ich habe das Plattencover von dieser Band gesehen. Das ist total 80er! Da seid ihr beiden Jungspunde doch noch in der Nudelsuppe geschwommen.«

»Bis vor kurzem war mir das Lied auch völlig unbekannt, aber in letzter Zeit habe ich *Atomic* so oft gehört, dass es mir in Fleisch und Blut übergegangen ist«, sagt Frank mit eng aneinandergeschobenen Augenbrauen.

»Wo hast du das Lied gehört?«

»Nahezu täglich beim Trainieren am Grünen See.«

»Mit deinem Walkman?«

»Wer hat denn heute noch einen Walkman? Nein, der Sound kam aus dem Wald.«

»Auch am Tag des Mordes?«

Frank und Waldemar fehlen die Worte. Pöls hebt seinen Zeigefinger.

»Ihr Schlingel habt mich angeschwindelt. Ihr ward nicht beim Betriebsausflug in der Bärenschützklamm.«

»Wir haben nie behauptet, dass wir in der Bärenschützklamm waren«, sagt Frank und hilft seinem Kumpel aus dem Wasser. »Sie haben sich nach der Mannschaft vom Tourismusverband erkundigt und die war geschlossen in Mixnitz.«

»Keine Angst, ich will euch gar nicht die Leviten lesen. Im Gegenteil: Es nährt meine Hoffnung, dass ihr womöglich wichtige Zeugen gewesen sein könntet.«

»Wegen der Wasserleiche?«

»Zum Beispiel.«

Kopfschütteln von beiden und panische Rechtfertigungen.

»Wir waren nicht am Tatort, als es geschah. Also können wir nichts gesehen haben.«

»Aber ihr habt die Tage rund um die Tat am Grünen See trainiert.«

»Klar«, sagt Frank. »Das war unser großes Ziel: Vor Publikum 200 Meter über die Slackline über den Grünen See zu balancieren. Zumindest Waldi ist der Teufelskerl. Ich bin zu schlecht.«

»Weil du nicht genug trainierst, Digga«, protzt der Dunkelhaarige und frottiert seine Haare.

»Ich bin eben mehr der Schönwetter-Typ«, lächelt Frank. »Und seit wir hier sind, herrscht das reinste Sauwetter. Waldi ist das egal. Der trainiert bei jedem Wetter.«

»Es ist einfach geil. Am liebsten ist es mir ganz in der Früh, wenn noch eine Nebelschicht am See liegt. Richtig mystisch. Da sieht man nicht, wohin man tritt. Man muss jeden Schritt noch gewissenhafter setzen.« Waldemar scheint richtig aufzutauen. Pöls muss den Redefluss des Jungen nutzen.

»Wie lange gehst du am Grünen See schon über die Wäscheleine?«

»Vom ersten Tag an, seit wir unser Praktikum begonnen haben.«

»Dann hast du auch gesehen, wie Hans Mückmann seine Proben aus dem See genommen hat.«

»Klar.«

»War Josef Schinagl dabei?«

»Mal ja, mal nein.«

»Mückmann hat mehrmals Proben entnommen?«

»Ständig! Mal hier, mal da. Aber begonnen hat der ganze Zirkus erst, nachdem ich etwas Merkwürdiges beobachtet habe.«

»Ich bin ganz Ohr.«

»Morgens, wenn ich lautlos über die Slackline wandere, tauche ich in den Nebel ein und bin wie unsichtbar. Ich liebe diesen magischen Moment. Die eisigen Tröpfchen des Nebels sind wie kleine Nadelstiche auf der Haut. Eines Morgens taucht diese Gestalt aus dem Wald, tritt ans Ufer und wirft ein paar Dinge ins Wasser. Zuerst wusste ich nicht, was das war, dann sah ich es: Fische! Die Gestalt hat Fische ins Wasser geworfen, allerdings tote.«

»Hast du erkannt, wer die Gestalt war?«

»Klar. Stefan Gaukler.«

»Der Logistiker?«

»Ohne Zweifel. Mit dem hatten wir zuvor schon Ärger. Weil wir ihn als Sponsor für unsere Veranstaltung angefragt haben. Er war sofort Feuer und Flamme dafür, aber unsere Büroleitung war alles andere als erfreut und so mussten wir ihm mitteilen, dass aus dem Deal leider nichts wird. Er hat nicht gerade freundlich reagiert.«

»Ich bin mir sicher, das war nicht der einzige Zwischenfall mit Stefan Gaukler.«

»Doch!«

Pöls entgeht weder das Zögern in der Antwort noch der Blickkontakt, den Frank und Waldemar austauschen.

»Jungs, wenn ihr etwas wisst, müsst ihr es mir sagen.«

Längeres Schweigen, weitere Blickkontakte. Mit gesenktem Kopf murmelt Frank: »Wir waren an dem Tag des Betriebsausfluges in Tragöß.«

»Dachte ich mir schon.«

»Waldi hat mich überredet, dass wir trotz unfreundlicher Temperaturen am Grünen See trainieren. Am Weg dorthin sahen wir Stefan Gaukler, wie er das Werbeplakat vom Tourismusverband beschmierte. Waldi ist hin und hat ihm die Leiter unter den Füßen weggeschlagen.«

»Hau mich ruhig in die Pfanne, du Vollidiot.«

»Wir sind gerannt wie die Feuerwehr.«

»Und Gaukler?«

»Der hat gebrüllt wie ein Wahnsinniger. Aber wir haben nicht angehalten, sondern sind weitergelaufen, bis wir sicher waren, dass er nicht mehr hinter uns her sein kann. Wir haben uns im Büro eingesperrt und sind erst Stunden später wieder raus, als die Polizei mit Blaulicht am Fenster vorbeigefahren ist. Dann sahen wir einen Leichenwagen. Im ersten Moment befürchteten wir, dass wir Stefan Gaukler gekillt haben. Jetzt im Nachhinein wären wir froh, wenn es bloß so gewesen wäre. Dann wären wir zwar dran wegen fahrlässiger Tötung, aber Gaukler hätte den Doktor nicht töten können.«

49. Inspektor Pöls – Auf ein Wort

Pöls steht an der Ausfahrt vom Freizeitsee Zenz und kann sich nicht entscheiden: Nach links Richtung Bruck an der Mur oder nach rechts nach Tragöß und zum Grünen See?

Er steht eine gefühlte Ewigkeit vor dem Stoppschild. In seinem Kopf so viele Fragen. Womit halten die beiden Jungs hinterm Berg? Pöls fühlt, dass sie ihm etwas verheimlichen. Etwa aus Angst vor Stefan Gaukler? Befürchten sie, dass der Mann sie als Zeugen beseitigen will? Oder fürchten sich die Kids auch vor dem Tauchlehrer? Alle schießen sich auf Stefan Gaukler ein, aber vielleicht ist sein Bruder Tommy auch nicht so unschuldig, wie er sich gibt. In jedem Fall möchte Pöls zunächst aus dem Mund von Stefan Gaukler persönlich hören, dass er das Werbeplakat bekritzelt hat.

Also blinkt er links und begibt sich auf die Bundesstraße Richtung Bruck an der Mur.

Dreißig Minuten später biegt der Inspektor aufs Firmengelände von Gaukler Transporte ein und stoppt vor der Fabrikhalle, deren großes Seitentor offen steht.

Als Pöls durch den Spalt in die Halle schielt, sieht er die Kühlerfront des alten Lastwagens, den Valerie gestern nach Tragöß bringen wollte – das Neuner-Modell!

Gestern, da hat Pöls die Abschürfungen an den fahrerseitigen Scheinwerfern und der Stoßstange noch leichtfertig als Resultat der engen Tor-Ausfahrt abgetan, doch heute streicht sein Finger nachdenklich über die Kratzer. Ob die Lackabsplitterungen auf eine »Feindberührung« mit Mückmanns Oldtimer zurückgehen? Der Wagen in der Garage von Elsa weist frische Spuren von einer Karambolage auf.

Langsam wandert Pöls am LKW entlang bis zum Heck.

»Nicht erschrecken«, flüstert Pöls, als er sich der offenen Ladefläche nähert, auf der ein Mann in einem Gummianzug und mit Gasmaske überm Kopf kniet und mit einer großen Bürste versessen schrubbt. Der Anblick des Inspektors lässt ihn trotz Vorwarnung zurücktaumeln. Durch die runden Brillengläser der Gasmaske erkennt Pöls die stechenden Augen von Stefan Gaukler. Der Mann zieht sich sofort die Maske über die Stirn hoch. Ein kreisrunder Abdruck ums knallrote Gesicht.

»Was fehlt dem Neuner denn?«

»Musste den alten Kübel einmal auswischen. War lange nicht mehr im Einsatz. Ein Wahnsinn, wie das alte Zeug darauf nach Jahren klebt. Höchste Zeit, das abzumachen.«

»Dachte, du transportierst nur Bio.« Skeptisch beäugt Pöls den Kübel, in dem eine dunkelbraune Brühe schwimmt.

»Die Reste, die zurückbleiben, mutieren nach einer Zeit trotzdem zu einer ungenießbaren Pampe.«

»Daher dieser Firlefanz.« Pöls deutet auf die Atemschutz-Ausrüstung. »Als würdest du durch Kloake waten.«

»Bio-Bakterien sind nicht unbedingt harmloser. Sicher ist sicher«, meint Stefan Gaukler und setzt sich an den Rand der Ladefläche, um aus dem Heck zu springen.

»Aber wegen meinem Laster sind Sie sicher nicht gekommen, Herr Inspektor.«

»Ich habe gerade die Praktikanten des Tourismusverbandes getroffen. Kannst du dir vorstellen, was sie mir gesagt haben?«

»Die lügen, wenn sie den Mund aufmachen.«

»Es würde zusammenpassen: Die rote Farbe an deinen Fingern, die nur halb fertiggestellte Drohbotschaft auf dem Plakat. Sie haben dich von der Leiter geworfen. War garantiert eine harte Landung. Sehe ich blaue Flecken, wenn du deinen Hintern freimachst?«

»Erwarten Sie sich keine Peepshow.«

»Ich wäre dir dankbar, wenn dieses Bild meiner Fantasie überlassen bliebe und du stattdessen mit der Sprache rausrückst. Hast du das Plakat beschmiert: Ja oder nein?«

»Damit Sie einen Frieden geben: Ja, Herrschaftszeiten, ja.« Gaukler zupft an seinen Latexfingern und schlüpft langsam aus den Handschuhen.

Das plötzliche Geständnis überrascht Pöls, obwohl er nie daran gezweifelt hat, dass Stefan Gaukler der Graffiti-Künstler ist.

»Der ganze Ort wollte mich loshaben. Jeder hätte die Gelegenheit gehabt, mir meine Bude abzukaufen, aber wenns ums Geld geht, dann sind auf einmal alle knausrig wie die Schwaben. Also klatsche ich denen einen LKW-Parkplatz vor die Traumkulisse.« Stefan Gaukler schleudert die Gummihandschuhe in ein Eck auf den nassen Boden. »Ein kleiner Drink, Herr Inspektor?« Offenbar weiß der Mann, wie er Pöls locken kann. Er löscht das Licht in der Garage und bittet zur Treppe und ins Büro.

Oben angekommen, wird ein gutes Tröpfchen serviert.

»Das ist Licor de Platano Cobana, 30 Prozent, aus Teneriffa. Habe ich von meinem Bruder bekommen.«

Schon wird ausgeschenkt. So süßes Zeug ist normalerweise nicht die Sache des Inspektors, aber der Geist hat es in sich. Pöls wird umgehend mutiger und kommt gleich zur Sache: »Warum hast du Schinagl erpresst?«

»Hab ich nicht.«

»Die Praktikanten haben auch gesehen, wie du die toten Fische ins Wasser geworfen hast.«

»Das musste ich machen, damit Joschi endlich in die Gänge kommt.«

»Aber es gibt angeblich keine Fische im Grünen See.«

»Umso gruseliger, wenn plötzlich tote Forellen darin schwimmen.«

»Joschi hat sich aber eher verarscht gefühlt.«

»Aber ich habe ihn damit nervös gemacht. Er wusste, dass es da jemanden geben muss, der offenbar den See vergiften will. Ich wusste ja, dass es bereits Gerüchte gab, dass das Wasser verunreinigt sei.«

»Wer hat das Gerücht gestreut? Mückmann?«

»Nein, der kam erst viel später ins Spiel. Valeries Mann ist aber so ein Schwurbler.«

»Wer?«

»Na, Georg Reinthaler, der Mann von meiner Assistentin.«

»Und was schwurbelt der?«

»Das ist ein paar Monate her, da kam ich ins Büro und da stand dieser Typ vor mir. Als er mich sah, verzog er sich gleich wieder. Ein richtiges Weichei. Hab nie verstanden, was Valerie an dem findet. Ich konnte ihm und Valerie ansehen, dass es zwischen den beiden einen Knatsch gab. Irgendwas war vorgefallen. Ich habe sie mehrmals gefragt, was los sei. Sie rückte nicht mit der Sprache raus, sagte nur, dass ihr Mann Hirngespinste habe. Mehr nicht. Er ging ja gleich wieder. Für mich war die Sache gegessen. Bis ich den Waschlappen in der Stadt mal zufällig traf. Ich sprach ihn darauf an, was ihn damals so gewurmt habe, daraufhin hat der nur wirres Zeug geredet – eben von angeblichen sauberen Gewässern, die in Wirklichkeit verseucht wären. Er hat mir diesen Flyer in die Hand gedrückt.«

Stefan Gaukler geht zum Schreibtisch, wühlt in einem Haufen Unterlagen. Sein Gesicht nimmt eine zornige Grimasse an, weil er nicht gleich findet, wonach er sucht – doch dann zappelt ein zerknitterter Zettel in seinen Fingern.

»Das hat er mir gegeben. Die Veranstaltung war lange vorbei, aber er meinte, der Typ könnte mir alles über die Wasserqualität in diesem Land erzählen, allerdings sei der Kerl schwer erreichbar.« Stefan Gaukler tippt auf die hingekritzelte Telefonnummer. »Da habe ich angerufen und Mückmann war dran. Ich habe sofort einen Termin bekommen. Seine Wasseranalyse war so überzeugend, dass ich mir eine Aqua Spirit-Anlage angeschafft habe. Ich wollte unbedingt wissen, ob mein geliebter Grüner See sauber ist. Deshalb habe ich auf Joschi Druck ausgeübt.«

»Mit einem Foto mit toter Forelle?«

»Ich konnte doch nicht ahnen, dass der ausgerechnet Mückmann mit der Wasseranalyse beauftragt.«

»Angeblich gibt es keine Fische im Grünen See.«

»Umso unheimlicher. Aber es zeigt auch, dass ich Mückmann gar nichts angetan haben kann, denn im Gegensatz zu den anderen Tragößern war ich von dem Ergebnis nicht überrascht – anders als mein Bruder. Für Tommy muss es eine Tragödie gewesen sein.«

»Dein Bruder hat für die Tatzeit ein Alibi.«

»Ich sage nicht, dass es Tommy war, der hat Arbeit gerne abgewälzt. Karin wird die Drecksarbeit für ihn erledigt haben.«

»Deine Schwägerin?«

»Ja, die fackelt nicht lange, egal bei was. Eine kaltblütige Venusfalle. Lassen Sie sich von der nicht einlullen.«

»Sie war aber auch nicht in Tragöß.«

»Oh doch, ich habe sie gesehen, an dem Tag, als ich das Plakat beschmierte.«

50. Inspektor Pöls – Polizeigeflüster

Eines muss man den jungen Balancekünstlern Frank und Waldemar lassen: Sie haben nicht gelogen. Sowohl der Schmierfink als auch der Forellenmann war Stefan Gaukler. Nach seiner kleinen Beichte hat es der Logistiker eilig, den Inspektor los zu werden. Er setzt sich wieder seine Maske auf und nimmt die Arbeit als Mittel, weiteren Fragen von Pöls auszuweichen.

Zappelt da wer am Haken?

Pöls ist am Grübeln. Stefan und Tommy sind so unterschiedlich wie Tag und Nacht, aber vielleicht besteht gerade in diesem Umstand die Gefahr, dass der Inspektor etwas übersieht. Er darf sich nicht aufs Glatteis führen lassen. Immerhin behauptet der Wildcampierer, dass Mückmann vor seinem Tod beide Gaukler beschuldigt habe, an seiner schlechten Laune schuld zu sein. Sind die Brüder womöglich enger, als sie es nach außen zugeben?

Oder sollte sich Pöls noch intensiver auf Stefan konzentrieren? In jedem Fall hat der Inspektor bei seinem Kurzbesuch am Gelände von Gaukler Transporte ein Likörglas voll mit der braunen Brühe aus dem Neuner-Lastwagen mitgehen lassen und bringt es in der Polizeistation Bruck an der Mur vorbei.

»Könnt ihr das Zeug raschestmöglich nach Graz zur kriminalpolizeilichen Untersuchung überstellen?«

Die zwei diensthabenden Polizisten im vorderen Trakt beäugen den Inspektor, der offiziell gar nicht im Dienst ist, skeptisch. Ein wenig beschleicht Pöls die Befürchtung, die beiden Uniformierten werden seiner Bitte nicht nachkommen. Aber dann erblickt Pöls einen jüngeren Polizisten, der neugierig aus dem Nebentrakt zum Inspektor gafft.

»Kannst du das für mich übernehmen?«, fragt Pöls, der dem Polizisten ihm gegenüber das Säckchen mit den gesicherten Spuren wieder aus der Hand pflückt.

Der junge Polizist kommt an Pöls heran.

»Wir kennen uns aus dem Haus von Elsa«, sagt Pöls.

»Ich weiß, Ihr Gesicht vergisst man nicht.«

»Was soll denn das heißen?«

»Nur, dass ich Sie wiedererkenne, Herr Inspektor Heinz Pöls. Ich habe viel über Sie gehört.«

»Also in Graz sind wir unter den Kollegen alle per du.«

»Gerne.« Der Junge nimmt Pöls das Mitbringsel ab und schüttelt Pöls die Hand. »Ich bin Flo Lammer.«

Augenblicklich erinnert sich der Inspektor an das Namensschildchen, das der junge Kollege in Elsas Haus an der Brusttasche getragen hat.

»Ich werde das gleich nach Graz weiterleiten. Ein paar Angaben brauche ich noch von dir, Pöls.« Der junge Polizist drängt den Inspektor geradezu in den Nebentrakt. Ein bisschen beschleicht Pöls das Gefühl, dass dem eifrigen Kollegen etwas auf der Zunge brennt, was nicht für die Ohren der beiden anderen Polizisten bestimmt ist.

»Hast du bei den Osmose-Geräten etwas Interessantes herausgefunden?«

Lammer nickt.

»Dürfte ich dir normalerweise gar nicht sagen, weil du offiziell beurlaubt bist.«

»Wenn ich im Urlaub wäre, hätte ich euch Eierschwammerl mitgebracht und keine Beweismittel vom Fall.«

»Auf dem Gerät sind die Fingerabdrücke von zwei Personen. Von unserem Opfer Doktor Hans Mückmann und von Georg Reinthaler.«

»Der Mann von Valerie Reinthaler?«

Lammer nickt.

»Das bedeutet, dass sich Georg Reinthaler schon einmal strafbar machte, wenn er in eurer Daktyloskopie-Datenbank registriert ist?«

Räuspernd vergewissert sich der junge Mann, dass es keine weiteren Ohrenzeugen aus dem anderen Trakt gibt.

»Ich habe meine private Kartei.«

»Wie bitte?«

»Nennen wir es ein Hobby.«

»Du sammelst Fingerabdrücke von deinen Freunden?«

»Ich bin mit Valerie in dieselbe Schule gegangen und ich war mal ziemlich spitz auf sie. Lange, bevor ich meine jetzige Freundin kennengelernt habe. Damals wollte ich unbedingt mit Valerie zusammenkommen, aber ständig hatte sie irgendeinen anderen Kerl am Busseln. Da habe ich mir von ihren Männerbekanntschaften die Fingerabdrücke gesichert.«

»Damit du die aus dem Verkehr ziehen kannst, sollte einer von denen mal die Sonntagszeitung fladern[22].«

»Wie gesagt, ist lange, lange her. Und heute hilft's Ihnen doch, nicht wahr? Hat also seinen Zweck erfüllt.«

»Ich hoffe, du hast dir inzwischen ein anderes Hobby zugelegt.«

»Keine Sorge, ich steh' nicht mehr auf Valerie. Sie hat sich nie für mich interessiert, aber vor knapp einer Woche hat sie sich bei mir gemeldet.«

»Was wollte sie?«

»Dass ich ihr den Besitzer eines Wagens ausfindig mache – den Oldtimer von Elsa Kraushammer.«

51. Inspektor Pöls – Schnupperkurs

Bruck an der Mur und Kapfenberg – das ist im Grunde genommen eine große Stadt. Die Grenzen gehen wie Mur und Mürz fließend ineinander über und machen aus den 15.700 Einwohnern in Bruck und den 22.000 Einwohnern in Kapfenberg die zweitgrößte urbane Region in der Steiermark. Pöls steuert den Fiat über die breite Wiener Straße, bis er an dem stylischen »Würfel« vorbeikommt, in dem die Tauchschule Gaukler Diving untergebracht ist. Die moderne Tauchschule wird von Boden-Spots bestrahlt. Am Parkplatz steht der flotte Sportwagen von Karin Gaukler. Die Dame des Hauses erwartet den Inspektor und winkt ihm durchs Fenster.

»Ich freue mich so, dass Sie mein Angebot annehmen.«

»Das ist aber schon der Tauch-Schnupperkurs und nichts anderes, oder?«

Sie antwortet mit einem wiehernden Lachen.

»Haben Sie Ihr Badehöschen mit?«

»Ich war mehr auf einen Wanderurlaub eingestellt und der Grüne See ist nicht zum Baden gedacht, daher habe ich …«

»Wir haben einen kleinen Shop, da können Sie sich ein hübsches Modell aussuchen.« Sie führt Pöls an Vitrinen mit luxuriösen Tauchausrüstungsgegenständen vorbei. »Ich würde Ihnen dieses Modell ans Herz legen.« Karin angelt eine knallrote Boxershort mit einem glitzernden Kugelfisch in der goldenen Mitte hervor.

»Gibt es noch eine andere Wahl?«

»Probieren Sie die an.«

Pöls fühlt sich beim Anblick seines Spiegelbildes bescheuert. Als er aus der Garderobe tritt, steht Karin in einem zitronengelben sexy Bikini vor ihm.

»Ich habe beim Gedanken an Tauchen Neoprenanzüge vor dem geistigen Auge.«

»Das ist ein Schnupperkurs. Unser Becken hat angenehme 28 Grad. Fast eine Wellnessoase.«

Herzstück der Tauchschule ist ein kleines, quadratisches Tauchbecken. Mehr als vier Personen haben darin gleichzeitig nicht Platz. Karin Gaukler packt Pöls an der Hand und führt ihn zum Beckenrand, wo Tauchmaske, Schnorchel sowie Flossen auf ihn warten.

»Das ist Ihre ABC-Tauchausrüstung. Ziehen Sie das bitte an.« Während er tut, wie ihm befohlen, schleppt sie eine Aluminiumflasche und eine Weste mit Bleigewichten herbei, die Pöls auch noch schultern muss.

»Ihr Elf-Liter-Tank mit 170 Bar und Ihre Tarierweste.« Sie hält ihm ein Plastikteil wie einen Hundeknochen vors Gesicht und beißt auf ihre Zähne. »Das noch rein in den Mund und fertig ist mein tüchtiger Junge. Das ist Ihr Atemregler. Und schon kann's losgehen. Ab ins kühle Nass.«

Ein zarter Schubs gegen seine Brust und er torkelt zurück. Seine Fersen verlieren den Halt. Platsch!

»Einfach locker rumplantschen«, ruft sie ihm zu und verkleidet sich allmählich selbst in eine Taucherin.

»Ganz locker planschen und durch den Atemregler atmen. Ruhig ein- und ausatmen.«

Milliarden Bläschen steigen neben Pöls' Wangen auf. Er muss sich erst unter Wasser zurechtfinden. Die Beckenwände sind mit einem einzigen Panoramafoto beklebt. Pöls schielt vor allem an die Wasseroberfläche. Karin ist nur schemenhaft zu erkennen.

Dann kommt sie ins Wasser gesprungen. Sie räkelt sich neben Pöls wie eine Meerjungfrau. Karins Taucherbrille kommt nah an seine eigene heran. Die Taucherin formt mit der Hand ein »Ok«.

Pöls spiegelt ihr Handzeichen: Alles ok, kurz darauf wackelt er mit seiner flachen Hand und deutet auf den Atemregler. Karin streckt den Daumen nach oben: Auftauchen!

»Was ist los, mein Junge?«, fragt sie, nachdem sie sich die Maske hochgezogen hat.

»Wollen wir nicht vorher etwas Theorie machen?«

»Hey Süßer, wir machen hier keinen Tiefseetauchgang zum Korallenriff, sondern stecken den Kopf bloß ein bisschen unter Wasser. Erste Regel: Beim Tauchen sind wir per du. Ich möchte, dass du ein Gefühl fürs Schweben kriegst. Im Grünen See muss man sich theoretisch nur aufrichten, schon schaut man mit dem Kopf aus dem Wasser raus. Es geht ums Floaten und das Gefühl des Schwebens.«

»Ist das der Grüne See?« Pöls deutet auf die fotobeklebten Kacheln. Sie nickt.

»Die Aufnahmen hat alle Tommy gemacht. Er liebt diesen See. Er würde ihn niemals aufgeben.«

»Umso härter muss es ihn getroffen haben, dass er dort nicht mehr tauchen darf. Ausgerechnet heuer: Rekordtiefe von 12 Metern. Was für eine Wut muss er wohl auf den Doktor haben?«

»Nein, eine Wut hat er auf die Idioten, die den Grünen See medienwirksam zum schönsten Platz Österreichs ernannt haben. Dadurch wurde der See überrannt.«

»Davon hat euer Tauchgeschäft sicher profitiert.«

»Tommy hatte sein Stammpublikum schon vorher. Jetzt bringt es ihm nur Arbeit, weil die Tragöß-Kurse nach zehn Sekunden restlos ausgebucht sind und wir hunderten Menschen Absagen schreiben müssen.«

»Was ist zwischen Tommy und Stefan vorgefallen, dass sie nicht miteinander können?«

»Sechs Jahre Altersunterschied. Da liegt eine ganze Weltanschauung dazwischen. Bei Stefan dreht sich alles ums Kalkulieren und Wirtschaften. Tommy liebt es, Dinge zu nehmen, wie sie sind, sie zu bestaunen und zu lassen, wie sie sind. Er möchte am Ende seines Lebens sagen können: Wow, das war geil, das hat sich richtig gelohnt. Und worauf wird Stefan zurückblicken? Wie viele Tonnen er von hier nach da gebracht hat? Um es dann mit dem CO2-Fußabdruck zu vergleichen und zu sehen, was schwerer wiegt: die Last, die man bewegt hat, oder der Schaden, den man der Umwelt zugefügt hat.«

»Er hat ein grünes Logistikunternehmen.«

»Wenn er wirklich grün wäre, würde er diesen ganzen Kram auf die Schiene setzen. Stattdessen fährt er mit seinen alten Stinkern durch das Land. Das ist nicht grün, das ist bescheuert.«

»Aber irgendwas muss doch vorgefallen sein, dass Stefan seinen Bruder nicht in der Nähe wissen möchte.«

»Sicher, sicher«, sagt sie und stopft Pöls den Atemregler in den Mund.

»Weißt du, was das Wunderbare am Tauchen ist? Dass man nicht ständig quatscht, sondern mit den Augen genießt. Die Pappalatur[23] hat Pause und dient nur zum Atmen. Einatmen, ausatmen.« Sie drückt Pöls' Kopf unter Wasser und kommt dann selbst nach unten. Der Blickkontakt bleibt aufrecht und die Frau deutet, dass er ihr zusehen solle. Nun atmet sie kräftig ein, nimmt den Atemregler aus dem Mund und atmet weiter aus, stopft sich das Ding wieder in den Mund und bläst den Atemregler mit einem kräftigen Atemzug aus, dass die Luftbläschen nur so um die Ohren tanzen. Jetzt verlangt sie, dass Pöls es ihr gleich tut, aber der Inspektor verschluckt sich und muss wieder an die Oberfläche. Da wird erst einmal eine Minute lang gehustet.

»Na, mein Held, geht's weiter?«

Im Delirium muss Pöls an den Satz von Stefan Gaukler denken: Lassen Sie sich von Karin nicht einlullen.

»Seit wann kennst du Stefan Gaukler?«, will Pöls von der Frau wissen.

»Ewigkeiten. Seit ich mit der Schule fertig bin. Ich habe die Lehre zur Bürokauffrau gemacht und mein erster Job war ein Praktikum bei Gaukler Transporte. Da bin ich dann gleich geblieben und rasant aufgestiegen.«

»Du hast Stefan noch vor Tommy gekannt?«

»Klar. Tommy war damals Mitte zwanzig und kaum im Lande.«

»Lustig, dass du trotzdem mit Tommy und nicht mit Stefan zusammengekommen bist.«

Sie lacht, spielt mit der Tauchermaske.

»Zuerst war ich mit Stefan zusammen.«

»Du und Stefan ein Liebespaar?«

»Nicht bloß ein Liebespaar, Tommy habe ich kennengelernt, da war ich mit Stefan längst verheiratet.«

»Du warst mit Stefan verheiratet und bist es jetzt mit Tommy?«

»Mit Tommy gibt es keine offizielle Heiratsurkunde, aber nachdem ich ohnehin schon Gaukler heiße, stört das niemanden.«

»Zuerst Stefan und jetzt Tommy – und das sagt mir keiner?«

»Du hast nicht danach gefragt.«

»Daran gedacht, dass das vielleicht wichtig sein könnte?«

»Wieso soll das wichtig sein? Die Sache mit Stefan ist unendlich viele Jahre her.«

»Offenbar nimmt es Stefan seinem Bruder noch übel, dass der ihm die Frau ausgespannt hat.«

»Wer sagt denn, dass das so war?« Sie stülpt sich die Maske wieder über.

»Wollen wir nicht lieber wieder tauchen?«

»Zuerst möchte ich wissen, wieso du mich belogen hast. Du warst am Tag des Mordes an Hans Mückmann in Tragöß. Man hat dich gesehen.«

Karin spricht gegen das Mundstück. Pöls kann kein Wort verstehen und zupft ihr den Atemregler aus dem Mund.

»Wer hat mich verraten?«

»Also gibst du zu, dass du da warst?«

»Mein Gottchen, ja! Mit dem Mord habe ich nichts zu tun.«

»Du hättest damit rechnen können, dass dein Alibi auffliegt. Es war helllichter Tag und weder euer Hai-Auto noch der gelbe Rennwagen sind unauffällig.«

»Ich hatte Angst wie in der finstersten Nacht.«

»Wovor?«

»Vor diesem Ungeheuer.«

»Ungeheuer?«

»Ein durchgeknallter Typ. Er ist in unserem Lokal gestanden. Eingebrochen kann ich nicht sagen, weil die blöde Tür offen stand, aber ich habe mich erschrocken, weil er dermaßen unheimlich ausgesehen hat. Ganz dürr und eins mit dem Moos. Wie ein surrealer Alptraum. Er spielte mit den Tauchgewichten.«

»Hast du ihm nicht gesagt, er soll verschwinden? Bist doch sonst nicht schüchtern und auf den Mund gefallen. Ich stand auch in eurem Lokal und du hast auf mich keinen besonders erschrockenen Eindruck gemacht.«

»Das war für mich tatsächlich ein heftiges Déjà-vu, Inspektor. Aber während du eine angenehme Energie ausstrahlst, hatte der Kerl etwas Böses. Deshalb bin ich bei ihm gleich geflüchtet. Ich wollte nur weg. Er hat lauter Unsinn von sich gegeben, hielt sich für einen Außerirdischen oder Auserwählten, was auch immer. Ich denke, dass er den Doktor auf dem Gewissen hat. Zusammen mit Stefan.«

52. Inspektor Pöls – Gewissensbisse

Pöls hätte erwartet, dass er nach der Tauch-Schnupperstunde gerädert ist und nur noch ins Bett möchte. Doch die News, dass Karin Gaukler nicht nur die Schwägerin, sondern auch die Ex-Frau von Stefan Gaukler ist, hält den Puls des Inspektors in einem Bereich, der keinen Schlaf erlaubt.

Er muss mit dem Logistiker sprechen – am besten jetzt sofort –, pfeif' auf die unbezahlten Überstunden. Dieser Fall ist für Pöls sowieso ein Ehrenamt – es geht also im wahrsten Sinne des Wortes um die Ehre.

Aus dem Bürofenster der Firmenhalle von Gaukler Transporte scheint noch Licht.

Bleibt zu hoffen, dass Stefan Gaukler überhaupt ansprechbar ist. Pöls muss an die Worte von Valerie denken: *Gluck, gluck, gluck!*

Ob die Kollegen des Inspektors das früher auch über ihn sagten, als er noch im Dienst war? Schließlich gehörte der täglich frisch aufgefüllte Flachmann zum treuen Begleiter bei den Ermittlungen. Pöls darf gar nicht zu stark daran denken – lieber so rasch wie möglich zur Firmenhalle. Arbeit lenkt ab und Pöls hat Glück: Der Geschäftsführer wirkt einigermaßen nüchtern und lümmelt in seinem Chefbüro auf der Couch, Beine übereinandergeschlagen, am Handy herumtippend – so hochkonzentriert, dass die Zungenspitze aus dem Mundwinkel hervorquillt und über die Bartstoppeln rasiert. Als er Pöls erblickt, verschwindet der schlabberige Lappen flott im Mund.

»Herr Inspektor, ist Ihnen mein kanarischer Likör so bekommen, dass Sie von mir nicht ablassen können?«

»Es geht in die Richtung, stimmt, ein leckeres Tröpfchen, aber du hast mir doch erzählt, dass du den Likör von deinem Bruder geschenkt bekommen hast. Wundert mich, dass du solche Geschenke von ihm annimmst, nachdem er mit deiner Frau durchgebrannt ist.«

Vorbei ist's mit dem Lümmeln – Stefan Gaukler erhebt sich von der Couch. Pöls versucht in seinem Gesicht zu lesen, aber der Mann blickt nur angestrengt auf sein Mobiltelefon und fuchtelt mit der Hand.

»Diese kleine Telefontastatur ist nichts für meine Wurstfinger. Ich vertippe mich in einer Tour, weil meine Fingerspitzen andere Tasten streifen.«

Jetzt treffen sich die Blicke und Stefan Gaukler schmunzelt.

»Ja, nennen Sie mich ruhig unsensibel. Das haben mir meine Weiber stets vorgeworfen.«

Lachend lässt er das Mobiltelefon in der Hosentasche verschwinden und füllt sich ein Schnapsglas voll.

»Entschuldigung, Inspektor, ich war unaufmerksam, was haben Sie gefragt?«

»Ich redete von Tommy, dem Likör und Karin.«

»Jetzt erinnere ich mich wieder. Dieses Getränk hat mir nicht Tommy, sondern meine Mutter mitgebracht. Mein Bruder käme nie auf die Idee, mir etwas zu schenken. Er ist mehr der, der nimmt. Das Parasitenhafte stammt nicht aus unserer Familie.

Keine Ahnung, wo und von wem er diese Art angenommen hat.«

»Warum hast du in keinem Wort erwähnt, dass Karin deine Ex-Frau ist?«

»Sie ist es nicht wert, dass ich über sie spreche.«

»Jetzt ist mir zumindest klar, warum du keine Frau an deiner Seite hast. So ein Ereignis ist einschneidend.«

Stefan Gaukler nippt am Schnaps, verschluckt sich beinahe, als Pöls die nächste Frage stellt.

»Du hast mir erzählt, du gehst manchmal ins Puff!«

»Hab ich das? Nein, das habe ich nie behauptet.«

»Naja, halt käufliche Liebe.«

»Ist das jetzt auch verboten?«

»Nein, nein, bitte, nur zu, aber gab es da eventuell einmal diesbezüglich Kontakt zu einer Bosnierin?«

»Was weiß ich, woher die Dorfmatratzen[24] kommen? Österreicherinnen waren's keine. Ob ausgerechnet Bosnien, das kann ich Ihnen beim besten Willen nicht sagen. Kommunikation ist bei solchen Treffen eher kurz gehalten und ich verlange keinen Staatsangehörigkeitsausweis von den Damen.«

»Bist du in ein Laufhaus gegangen oder waren das Privatbesuche?«

»Interessant, was Sie für Infos brauchen, um den Mörder für eine Wasserleiche zu finden.«

»Hans Mückmann hat mit einer Dame zusammengewohnt, wo man annimmt, dass sie solche Dienste angeboten hat.«

»So dubiose Geschichten habe ich nie gemacht. Darf's noch was aus meinem Sexualleben sein, Herr Inspektor?«

»Wie oft bist du Hans Mückmann begegnet?«

»Ein paar Mal, aber von einem Laufhaus oder dergleichen weiß ich nichts. Im Gegenteil: Er machte auf mich einen konservativen, asexuellen Eindruck. Das ist kein Peitscherlbua[25]. Nein, dem traue ich kein Laufhaus zu, eher den Zölibat.«

»Beim Grünen See gibt es gelegentlich Wildcampierer. Hast du da jemanden getroffen?«

»Nein.«

»Um mit ihm gemeinsam deine Ex-Frau zu erschrecken?«

»Ich sagte nein.«

»Oder, um Mückmann zu erschrecken?«

»Herr Inspektor, dass ich meinen Bruder vom Grünen See weghaben möchte, damit haben Sie ins Schwarze getroffen, aber Hans Mückmann wäre der letzte Mensch gewesen, den ich unter der Erde sehen möchte. Er war doch mein Verbündeter.«

Kapitel VIII – Schrecklich nette Familie/Rückblick

Wäre ja zu schön, wenn nicht wieder einmal eine Frau Pöls komplett den Kopf verdreht. Warum umschwärmt Karin Gaukler den Inspektor? Oder muss Pöls mehr an seinem Selbstbewusstsein feilen und endlich einsehen, dass er ein unwiderstehlicher Frauenschwarm ist? Diese Karin Gaukler ist im Kopf des Inspektors so präsent, dass er beinahe vergisst, von Azra zu träumen – seiner Physiotherapeutin. Er hat es noch nicht komplett verdaut, dass ihn sein Schwarm sitzen ließ. Ist das ein spezieller Trick der Frauen, um Männer eifersüchtiger zu machen? Sollte Pöls offensiver um Azras Herz buhlen? Mehr geht doch gar nimmer! Alles andere wäre »me too«! In jedem Fall machen die Frauen Pöls zu schaffen. Für ihn ist noch lange nicht gesichert, dass Mückmann vor seinem Tod gegenüber Max Neukaiser, dem Wildcampierer, mit seiner Aussage »die Gaukler« unbedingt nur die beiden Brüder Stefan und Tommy gemeint haben könnte, sondern er hält es für genauso gut möglich, dass das Opfer von Karin Gaukler sprach. Vielleicht ist es daher an der Zeit, dass wir uns ansehen, wie sich Karin Gaukler überhaupt in die Tragößer Traditionsfamilie einfügte. Dafür springen wir in der Geschichte einige Jahre zurück.

53. Karin Gaukler – Kleiner Bruder

Karin Gaukler sitzt in einem Salon aus poliertem Eichenholz. Mutter Gaukler serviert Tee in kostbarem Porzellan. Stefan Gaukler marschiert mit einem klobigen Schnurlostelefon am Ohr im Raum auf und ab. Er delegiert eine Transportfuhr nach der anderen. Nach Norddeutschland, Belgien, Frankreich, Ungarn und Rumänien. Die Mutter ist sichtlich gerührt.

»Macht er das nicht fantastisch? Vati wäre stolz auf ihn gewesen. Der Laden brummt.«

Sie schenkt für sich und Karin Tee aus.

»Jetzt kannst dich losreißen von der Schnatterkiste und uns Gesellschaft leisten«, brüllt sie, zwinkert Karin zu und fügt flüsternd hinzu: »Sonst hamma gar keinen Feierabend.«

Es dauert fünf Minuten, ehe Stefan Gaukler sein Telefonat beendet hat. Er setzt sich aufs breite Sofa und rückt sich das Gilet zurecht. »Die Route zum neuen Kunden muss beim ersten Mal reibungslos funktionieren. Wenn ich den erst einmal an der Angel habe, dann gibt's heuer dicke, fette Weihnachtsgeschenke, das verspreche ich euch.«

»Prima! Da kannst für Tommy dann auch gleich eines besorgen. Ich bin guter Hoffnung, dass er für die Festtage in seine alte Heimat zurückkehrt.« Die Mutter lächelt und ihr Blick gleitet auf Karin. Sie packt ihre Hand und streicht ihr über den Unterarm. »Mein Kind, warum scheppert denn da deine Tasse so? Geht's deinem Kreislauf nicht gut?«

Das Wort »Tommy« hatte genügt und Karin ist wie elektrisiert. Sie hat Stefans kleinen Bruder bisher erst drei Mal gesehen, aber diese wenigen Male hatten es in sich. Beim ersten Zusammentreffen wechselten sie kein einziges Wort und dennoch empfand es Karin als so vielsagend. Diese Augen! Tommy fesselte sie sofort. An die oberflächliche Konversation beim zweiten Aufeinandertreffen kann sie sich nicht mehr erinnern. Umso mehr an seine schillernden Ausführungen seiner Tauchabenteuer vor der Küste Yucatans, als Tommy die Familie zum Dia-Abend lud. Karin kann es kaum erwarten, von Stefans Bruder wieder ein Lebenszeichen zu sehen.

»Der kriegt höchstens eine Tracht Prügel«, sagt Stefan.

»Wieso?«, ist Karin ganz erschrocken.

»Weil es Zeit wird, dass der kleine Mann erwachsen wird und im Betrieb Hand anlegt. Er hat lange genug die Sonnenseiten des Lebens genossen. Auch er ist Teil von Gaukler und muss seinen Teil zum Familienbetrieb beitragen.«

»Das tut er doch«, sagt die Mutter, nachdem sie vom Tee geschlürft hat und die filigrane Tasse eine Spur zu heftig absetzt. »Mit seinen zwei linken Händen erweist er Vatis Firma die größte Ehre, indem er die Finger davon lässt – und an das hält er sich mit Bravour.«

»Er muss sich ohnehin nur ins gemachte Nest hocken. Aber du wirst ihn immer verteidigen, egal mit welcher verrückten Idee er als Nächstes kommt. Was steht als Nächstes an? Thailand? Malediven? Fidschi? Er hat sein Erbe längst verschleudert.«

»Kanarische Inseln. Er hat dort die Chance, eine Tauchschule zu übernehmen. Er finanziert sich seine Reisen längst selbst durch seine Tauchkurse.«

Stefan klatscht in seine Hände.

»Bravo! Ende zwanzig und der kleine Mann hängt Mutter nicht mehr an der Tasche. Ich habe keinen Cent von dir benötigt, weil ich vom ersten Tag an Vater zur Seite stand, sobald ich Kisten schleppen konnte oder in der Lage war, einen Gabelstapler, einen Kran oder einen Lastwagen zu bedienen.«

»Wunderbar! Dann schreibe ich Tommy, dass er herzlich willkommen ist und wir uns irrsinnig auf ihn freuen. Nicht wahr, mein Kind?« Stefans Mutter fasst Karin an den Oberschenkel. Da lässt Karin beinahe ihre Tasse fallen. Verzwickt lächelt sie die Schwiegermutter an.

»Sicher doch!«

54. Karin Gaukler – Geräteschuppen

»Leise!« Tommy presst Karin den Zeigefinger gegen die Lippen, zieht die Augenbrauen nach oben und lauscht. Kein Geräusch zu machen, fällt Karin in ihrer Position nicht leicht. Ihr freier Rücken lehnt unbequem an den Holzlatten des Geräteschuppens, ihre weit nach oben ausgestreckten Arme klammern sich gegen die langen Stiele irgendwelcher Gartenrechen und Laubbesen, die an rostigen Haken hängen und ihre Beine umklammern Tommys Hüfte. Er kniet mit heruntergelassener Hose auf einem Querbalken. Eine Hand noch auf ihrem Busen.

»Da ist wer«, flüstert er, seinen Finger an ihren Lippen.

»Kann nicht sein. Stefan ist im Büro. Deine Mutter wollte einkaufen.« Dann hört auch sie dieses Rascheln, als wenn jemand durch hohes Gras marschiert.

»Wenn das die Nachbarskatze ist, bring ich sie um«, meint Tommy und legt seine Hände an Karins Schenkel, um sich aus der Umklammerung zu befreien. Er stützt sich am Schuppen ab und steht auf, zieht sich die Hose hoch und stellt sich nah an die Wand, um durch ein kreisrundes Loch nach außen zu spähen.

»Und?«, flüstert sie. »Siehst du was?«

»Stefan!«

»Was?« Das Entsetzen rutscht ihr zu laut über die Lippen.

Tommy stemmt seine Schulter gegen die Tür uns geht ins Freie. Karin legt ihr Aug ans Guckloch.

»Stef! Nichts zu tun?«

»Tommy! Nicht im See?«

»Was suchst du denn?«

»Dachte, Mutter hätte noch einen Tequila hinter den Ziegelsteinen.«

»Das Ur-Versteck«, lacht Tommy.

»Ich hoffe, ich finde da noch was.«

»So schlimm?«

»Karin ist unterwegs.«

»Ist das gut oder schlecht?«

»Ich dachte, gut, aber bei dem Kunden, bei dem sie einen Termin hätte, ist sie nicht aufgetaucht.«

»Machst du dir Sorgen, dass ihr was zugestoßen ist?«

»Ich mache mir eher Sorgen, dass mich die Gute hintergeht.«

»Karin? Sowas würde sie niemals machen.«

»Das will ausgerechnet der kleine Mann wissen, der gefühlte 360 Tage im Jahr im Paradies von Blüte zu Blüte hüpft und glaubt, das Leben besteht aus Spaß, Delfinen und Hängematte. Willkommen im echten Leben – es ist schmutzig, hinterhältig und furzt dir ins Gesicht.«

»Dann werde ich demnächst auch die restlichen fünf Tage auf meiner Insel bleiben.«

»Schön hier geblieben! Eine knappe Woche im Jahr kannst du dich um deine Familie kümmern. Ich will, dass du die Tage, die du da bist, ein Auge auf Karin wirfst. Dann kann ich mich auf meinen Job konzentrieren und sie ist beschäftigt, ohne auf dumme Gedanken zu kommen.«

»Ich soll Babysitter spielen?«

»Nimm sie zum Tauchen mit. Da kannst du nichts falsch machen.«

55. Karin Gaukler – Internet

Karin sitzt im Büro und glotzt in den flimmernden Röhrenmonitor. Stefan legt im Vorbeigehen einen Stapel Akten ab.

»Das sind die Neuen! Die Aufträge müssen heute noch raus.«

Rums! Die Tür zum Chefbüro schlägt zu.

Karin blickt über die Schulter. Die Kollegen sind auf Mittagspause. Sie ist allein im Raum. Der Mauszeiger auf dem Monitor zieht quer über den Bildschirm und holt das darunterliegende Browserfenster in den Vordergrund. Ein Chat-Kästchen.

»Greetings aus der Sonne. Ich liege gerade unter Palmen.« Eine Reihe an lachenden, hüpfenden Emojis ergänzt den Eintrag von »Divemaster666«.

»Wann kommst du endlich wieder?«, tippt sie hastig. Sie starrt auf das blinkende Quadrat. Solange es weiß leuchtet, ist der Chatpartner inaktiv.

»Na, komm schon«, spricht sie durch fast geschlossene Lippen. Ihr Herz flippt aus, als das Quadrat grün wird. Divemaster tippt etwas. Jede Sekunde will so zäh wie eine Minute sein.

»Vielleicht schon nächsten Monat.«

»Ja, wirklich? Sehnsucht?«

»Na, klar.«

»Wollen wir es ihm dann endlich sagen?«

Das grüne Quadrat blinkt lange. Sie kann seine Antwort kaum erwarten. Dann wechselt die Farbe auf weiß. Divemaster verlässt den Chat, ohne sich abzumelden. Sie fasst es nicht, hofft, dass es an der Internetverbindung liegt. Tommy muss in ein Internetcafé gehen, um mit Karin verbunden zu sein. Wahrscheinlich ist sein Guthaben erschöpft. Er muss sich erst wieder neu einloggen. Divemaster bleibt auch die nächsten Minuten fern.

Die Kollegen trudeln allmählich wieder im Büro ein. Ständig jongliert Karin mit den Browserfenstern. Wischt hin und her zwischen Chat und Auftragsliste.

Divemaster kommt nicht mehr in den Chat.

»Das hat nichts zu bedeuten«, redet sie sich ein und versucht, sich mit Arbeit abzulenken.

56. Karin Gaukler – Grüner See

Karin floatet an der hölzernen Sitzbank vorbei, die komplett unter Wasser liegt. Ein anderer Taucher posiert darauf für ein Unterwasserfoto. Es wimmelt von Froschmännern im See. Tommy ist in seinem neonfarbenen Neoprenanzug trotzdem leicht auszumachen. Er schwebt knapp hinter ihr durchs Wasser. Als sie sich zu ihm umdreht deutet er mit dem Daumen nach oben.

»Viel zu viele Menschen«, klagt er am Ufer, nachdem er die Tauchmaske vom Gesicht genommen hat.

»Du musst unbedingt mit mir auf die Kanaren kommen. Da zeige ich dir Plätzchen, da glaubst du, du bist im einsamen Paradies, in dem du den ganzen Tag auf niemanden triffst, außer deinen Buddy.«

»Wird auch Zeit, dass du mich endlich zu dir einlädst«, sagt sie und dreht ihm den Rücken zu, damit er ihr die Sauerstoffflasche abnimmt.

»Was kann ich dafür, dass mein Bruder so ein Stubenhocker ist. Eure Transporter gurken einer nach dem anderen quer durch Europa, aber selbst habt ihr jahrelang kein Ausland betreten. Wo war euer am weitesten entfernter Urlaub? Kärnten? Burgenland?«

»Ich sage nicht, dass du ihn einladen musst, sondern du sollst mich aus der Hölle rausholen.«

»Das wäre zu auffällig, dann würde selbst ein Idiot wie Stefan Wind bekommen.«

»Wäre das so schlimm?«

»Das wäre eine Katastrophe.«

»Vielen Dank! Ich bin für dich also eine Katastrophe.«

Tommy blickt sich um, zieht Karin vom Ufer weg.

»Mein Bruder darf niemals erfahren, dass wir beide was miteinander haben.«

»Er ahnt es doch längst.«

»Tut er nicht. Dann hätten wir beide keine Köpfe mehr.«

»Ich halte das nicht mehr länger aus. Ich lebe in der Hölle und dein Bruder ist der Teufel.«

»Warum denn plötzlich? Ich komme von Jahr zu Jahr öfters nach Österreich, bald alle zwei Monate. Es fühlt sich wie Familie an.«

»Wovor hast du mehr Angst – dass dein Bruder vom Seitensprung erfährt, oder dass es etwas Ernsteres zwischen uns werden könnte?«

»Es ist etwas Ernstes zwischen uns.«

»Dann müssen wir es doch nicht mehr länger verheimlichen.«

»Das geht nicht. Stefan darf nichts erfahren.«

»Warum nicht?«

»Das können wir ihm und Mutter trotzdem nicht antun.«

»Hast du Angst, dass du dann dein unbeschwertes Leben auf Lanzarote aufgeben müsstest, wenn ich zu dir komme?«

»Du würdest mit mir mitkommen?«

»Sofort!«

»Das Inselleben würde dich langweilen.«

»Niemals! Ich würde dich in deinem Tauchzentrum unterstützen.«

»Du meinst das ernst.«

»Lass uns meine Sachen packen und ich gehe mit dir. Noch heute, wenn du willst.«

Sie küsst ihn auf den Mund. Seine Augen kreisen nach dem Umfeld und seine Arme versuchen sie wegzudrücken, aber sie lässt sich nicht von ihm trennen.

»Ich liebe dich.«

Sie blickt ihm tief in die Augen. »Du mich nicht?«

»Doch, natürlich, aber du bist mit Stefan verheiratet.«

»Ich lasse mich scheiden.«

»Das verzeiht er uns nie.«

»Was kümmert uns das? Mich hält hier nichts mehr.«

»Er darf es trotzdem nicht erfahren – niemals! Es bricht ihm das Herz.«

»Welches Herz? Dein Bruder ist ein Macho. Er hat mich mit seinen Chefallüren geködert und mich so lange umgarnt, bis er mich wie eine Trophäe besessen hat. Seither bin ich nur noch seine Vorzimmerdame, die er für den Kundenfang benötigt. Ohne mich geht sein Laden den Bach runter.«

Die Tankflaschen werden in Tommys Händen schwer. Er schleppt sie zum Lokal. Dort wartet bereits Stefan.

»Habt ihr das Zeitgefühl im See gelassen? Ich warte seit einer geschlagenen Stunde auf dich.« Stefan packt Karins Oberarm und fischt sie zu sich. »Willst du in dieser Aufmachung zu unserem Kunden? Der hockt seit zwanzig Minuten auf der Couch und möchte Fakten sehen.«

»Deine Mutter wird ihn gebührend abfüllen und mit legendären Firmengeschichten unterhalten.«

Sie rudert sich frei und tauscht mit Tommy einen Blick aus. »Bis ich mich umgezogen habe, könnt ihr zwei euch über die Zukunft unterhalten. Die hat so einiges zu bieten!«

Tommy hält Karin die Tür auf und grinst Stefan zu.

»Wie meint sie das?«

»Vielleicht wäre ein Lanzarote-Urlaub für euch eine willkommene Abwechslung zum Firmenalltag.«

»Deine verfluchte Insel wird mich nie sehen. Ich habe hier alles, was ich brauche. Tritt ihr in den Arsch, damit sie schneller in die Gänge kommt. Ich kann den Kunden nicht unnötig lange warten lassen.«

57. Karin Gaukler – Lanzarote

Braungebrannt entsteigt Tommy dem Wasser. Ein Seil über seine nackte Schulter geworfen. Zwei blonde Männer helfen ihm, das alte Ruderboot, beladen mit Tauchausrüstung, auf den Strand zu ziehen. Eine junge Dame wirft eine Tarierweste auf den ganzen Haufen im Kahn. Die drei Touristen nicken Tommy zum Abschied und marschieren vor, wo sie Karin erwartet und jedem jeweils eine Broschüre in die Hand drückt.

»Empfehlt uns weiter«, ruft sie den Blonden hinterher.

»Machen wir.«

Karin schickt sich nicht an, Tommy zu helfen. Stattdessen genießt sie den Anblick seines nackten Oberkörpers, der unter der Anstrengung ins Schwitzen gerät.

»Du bist ja noch da«, lächelt er sie an und drückt ihr einen Teil der Küchenutensilien in die Arme.

»Mutter müsste bereits gelandet sein und wird in der nächsten Stunde hier eintreffen.«

»Das ist doch erfreulich.«

»Bis dahin musst du weg sein.«

»Ich bleibe.«

»Ausgemacht war, dass du …«

»Tommy, glaubst du, dass es deine Mutter nicht längst weiß? Wenn wir ernsthaft ein Kind haben wollen, dann wird sie es früher oder später ohnehin erfahren – oder zögerst du deine Vaterschaft so lange raus, bis sie tot ist? Nur, damit sie nie erfährt, wer die Mutter ihrer Enkelkinder ist?«

»Wenn sie es weiß, dann weiß es auch Stefan.«

»Der hat sich mich längst aus dem Hirn gesoffen. Der weiß nicht einmal mehr, dass ich existiert habe.«

Karin lässt auf der Terrasse des kleinen Tauchshops die Tauchausrüstung fallen. Sie hopst die Holztreppen zum Eingang hoch und nimmt zwei Kleiderbügel vom Haken.

»Welches Kleidchen würde deiner Mutter besser gefallen: Das rote oder das weiße?«

Tommy bläht die Wangen. Sein Zeigefinger wechselt zwischen beiden Kleidern hin und her und stoppt beim weißen.

»Also das rote«, kichert sie und wirft ihm das weiße über den Kopf. Er lässt es wie einen Schleier vorm Gesicht hängen und spaziert damit ins Zimmer.

»Ich lasse uns Paella liefern und schiebe den Tisch auf die Veranda.«

Bis der hohe Besuch aus der Steiermark in der kleinen Tauchzentrale direkt am Strand eintrifft, färbt die untergehende Sonne die Felsen der weit geschwungenen Bucht genauso rot wie Karins Kleid, das ihre weiblichen Rundungen perfekt betont.

»Wo ist mein kleiner Träumer?«, ist das laute Organ der Mutter von weitem zu hören. Dieselgestank vom Taxi liegt in der Luft. Gelächter der Mitarbeiter, die mit Händen und Füßen die Dame begrüßen, die kein Wort Englisch oder Spanisch spricht, aber mit ausdrucksstarker Mimik zu unterhalten weiß.

»Tommy«, plärrt sie durch den Raum, streckt ihre Arme weit zur Seite und erwartet sich ihren Jüngsten an ihrer Brust. Die Mutter betritt die Veranda und fächert sich die würzige Luft aus Meer und Paella unter die Nase.

»Ist das herrlich«, sagt sie einem Stöhnen gleich. Im nächsten Moment trifft ihr Blick auf Karin, die mit übereinandergeschlagenen Beinen auf einem Barhocker sitzt und einen Cocktail schlürft.

Die Überraschung steht der Besucherin ins Gesicht geschrieben.

»Naja, bleibst du immerhin in der Familie«, sagt sie mit einem zarten Lächeln und kommt an Karin heran.

»Lange nicht mehr gesehen.«

»Ich brauch' einen Schnaps vor dem Essen«, schnippt die Mutter zum Sohn. »Sonst krieg' ich von dem Fraß Sodbrennen.«

Ihren Teller isst sie trotzdem artig leer. Es dauert nicht lange, bis die Sprache auf Stefan kommt.

»Er hat eine Neue.«

»Wirklich? Eine neue Freundin?«

»Nein, um Gottes willen, doch keine Freundin. Eine neue Assistentin. Eine Gute, noch jung und unerfahren, aber engagiert, lernfähig und mit dem nötigen Elan. Die ist fast so gut wie du«, sagt Tommys Mutter und zwinkert Karin zu. »Sie erinnert mich stark an dich.«

»Oje, macht Stefan sie ständig an?«

»Unsinn! Das Mädchen tut ihm gut. Die schmeißt den Laden. Sie hat geniale Ideen zur Belebung der Firma, das gefällt mir. Vor allem, weil Stefan neben ihr regelrecht aufblüht und zum Macher wird.«

»Und wie schaut's mit einer Frau an seiner Seite aus? Damit er nicht nur an die Arbeit denkt.«

»Hör mir doch auf. Das braucht er doch nicht. Jetzt hat er sich endlich zum zweiten Mal scheiden lassen.«

»Er war nochmals verheiratet?«

Tommy und Karin sind gleichermaßen erstaunt.

»Ja, mit dem Alkohol war er lange verbandelt. Jetzt ist er trocken, schon eine ganze Weile. Ich hab ihn nie mehr besoffen gesehen.«

»Weil er ständig säuft«, sagt Tommy. »Da merkt man ihm nicht an, dass er einen Pegel hat. Was bei uns ein Vollrausch ist, ist bei Alkoholikern die Grundbasis, um überhaupt aufstehen zu können.«

»Nein, du tust ihm unrecht, er ist wirklich trocken, vollkommen trocken. Es stehen keine Flaschen mehr herum. Weder im Büro noch bei uns zuhause. Alles leergefegt. Kein Tropfen.«

»Kaum zu glauben.«

»Und das ist ihr zu verdanken. Sie hat gute Einfälle. Ich bin zuversichtlich. Stefan ist mit Valerie auf einem guten Weg.«

Kapitel IX – Hüft's nix, schodt's nix/Rückblick

Es sind längst nicht nur Karin Gaukler und Azra die einzigen weiblichen Wesen, die Inspektor Heinz Pöls in diesem Fall zu schaffen machen. Da ist auch noch Monika, die Chefin vom Tourismusverband, die ihm nicht geheuer ist. Allen voran fühlt sich Pöls aber von Valerie Reinthaler an der Nase herumgeführt. Das Dirndl nimmt den Inspektor nicht ernst. Sowas wurmt das Grazer Urgestein, auch wenn er von sich gerne behauptet, uneitel zu sein. Er glaubt nicht mehr, dass Stefan Gaukler und Valerie eine Affäre haben, dennoch ist er sich sicher, dass die Assistentin eine größere Rolle einnimmt, als sie behauptet.
Springen wir daher in der Geschichte ein paar wenige Wochen vor die Tat und sehen uns an, was sich bei Valerie Reinthaler so tat, bevor es zu dem tragischen Zwischenfall am Grünen See kam.

58. Valerie Reinthaler – Umzugsgedanken

Valerie hat einen Stoß Broschüren auf ihrem Schreibtisch liegen: Verschiedene E-Lastwagen und E-Tankstellen.

Stefan Gaukler setzt sich an die Tischkante. Die Broschüren verrutschen, ein Teil purzelt auf den Boden. »Wir ziehen um!«

»Die Firma?«

»Die Laster! Wenn keiner dieses verdammte Haus in Tragöß möchte, dann reiße ich die Hütte eben ab, planiere alles zu und stelle meine Laster drauf.«

»Nach Tragöß.«

»Klar! Dann behalten wir uns hier ein kleines Büro. 20 Quadratmeter. Wir sparen uns monatlich eine Menge Geld.«

Valerie zieht mit beiden Händen an einer Broschüre, auf der ihr Chef sitzt. Sie schafft es, das Heft unter dem Hintern hervorzuheben und fächert mit dem Ding in der Hand. »Gute Idee. Dann stellen wir grüne Elektrotransporter dort auf und für jeden eine eigene E-Zapfsäule. Das grüne Transportunternehmen vor grünem Hintergrund. Natur pur!«

Er entreißt ihr die Broschüre und schleudert sie im hohen Bogen aus dem offenen Fenster. »Ich bezahle dich nicht für Hirngespinste. Rechne lieber aus, wie wir unseren Fuhrpark optimal auf die Grundfläche bekommen. Ich stelle mir eine große Garage vor, mit Garagentoren, die sich variabel und schnell öffnen lassen.«

»Das ist kein Hirngespinst, sondern ernst gemeint.« Valerie stellt sich ans Fenster. Ihre Augen suchen nach der Broschüre. Sie liegt zerfleddert auf einem Container. »Für die Elektrifizierung gibt's sicher eine dicke Landesförderung und in der Umgebung kommt ein E-Betrieb garantiert gut an.«

»Mir scheißegal, wie das in der Umgebung ankommt. Diese Idioten wollten mein Haus nicht, dann sollen sie jetzt spüren, was sie sich damit eingebrockt haben.« Verächtlich schiebt er die restlichen Broschüren vom Tisch. Einen Zettel, der als Letztes von der Tischplatte wie ein Papierflugzeug abhebt, fängt er im Flug. »Habe ich dir schon gesagt, dass ich vor ein paar Wochen deinen Mann getroffen habe?«

Sie schielt auf den zerknitterten Zettel, den Gaukler glattbügeln will. »Er hat mir diesen Flyer gegeben.«

»Der Event ist doch lange vorbei. Bei uns zuhause liegen auch noch viele dieser Dinger herum. Warum er sie nicht endlich wegschmeißt.«

»Er hat mir erzählt, dass er dem Typen wegen der Trinkwasseranalyse hinterher läuft. Kannst ihm ausrichten, dass es mich nur einen einzigen Anruf gekostet hat.«

Er lacht schäbig auf und jetzt wirft er den Flyer wieder zu den restlichen Papieren, wo er ihn doch gerade erst einigermaßen platt bekommen hat.

»Checke die Baufirmen der Umgebung. Die sollen uns Angebote für den Hausabriss machen.«

59. Valerie Reinthaler – Kiste

Tage später treffen per E-Mail sämtliche Angebote der Baufirmen aus der Umgebung ein. Valerie druckt sie alle aus, sammelt sie in einer Mappe und bringt sie ins Büro von Stefan Gaukler.

Ihr Chef delegiert zwei Paketträger, die einen riesigen Karton auf einer Palette im Büro platzieren.

»Es reichen die günstigsten Angebote«, schmettert Gaukler seiner Assistentin entgegen.

»Der Billigste hat allerdings erst frühestens in einem halben Jahr einen geeigneten Termin.«

»Liegt das in der Familie Reinthaler, dass ihr euch mit langen Wartezeiten abspeisen lässt? Dein Mann wartet wohl noch immer auf seinen Gratis-Osmose-Termin. Wir sind keine Bittsteller! Rufe bei den Baufirmen nochmals an und mache denen klar, dass es für die eine verdammte Ehre ist, für Gaukler Transporte tätig werden zu dürfen. Die sollen bei mir darum betteln, dass ich ihre Angebote annehme. Wenn ich da nicht bald einen Termin bei mir am Tisch liegen habe, übernehme ich den Abriss mit meinen Lastwagen selbst.«

Stefan Gaukler unterschreibt einen Übernahme-Brief und die beiden Paketträger treten wortlos ab.

»Was ist da drinnen?«, fragt Valerie.

»Osmose!« Stefan Gaukler grinst. »Wir stellen unser Trinkwasser auf Osmose um.«

»Seid ihr seit diesem Event alle brainwashed? Mein Mann redet auch von nix anderem mehr. Was ist das für eine Sekte?«

»Unser Wasser ist schmutzig. Das ist alles.«

Valerie kann nur mit dem Kopf schütteln.

»Ok, ich lass die Box in den Container befördern, dann bringen wir das Zeug gleich nach Tragöß, damit es uns hier nicht im Weg ist«, sagt sie im Abgang.

»Nein«, ruft ihr Stefan Gaukler hinterher. »Die Anlage bleibt hier.«

»Wieso?«

»Wir installieren sie in Bruck.«

»Wozu, wenn Sie das Büro nach Tragöß übersiedeln wollen?«

»In Tragöß brauchen wir keine Wasserfilteranlage. Es ist für diesen Standort geplant.«

»Aber wir sind maximal ein halbes Jahr hier.«

Keine Antwort von Stefan Gaukler, der sich aus seinem Schrank eine volle Flasche Tequila schnappt und mit ihr unter dem Arm aus dem Büro marschiert.

»Keine Sorge, ich bringe mich schon nicht um«, ruft er und geht auf die Treppen zu.

Vom Fenster aus beobachtet Valerie, wie der Chef seinen Lieferwagen besteigt und das Gelände verlässt – mit dem mexikanischen Agaven-Brand am Beifahrersitz. Sie versteht die Welt nicht mehr. Ihr Chef dreht vor jeder Neuinvestition dreimal jeden Cent einzeln um, aber nach einer Show eines amerikanischen Bauernfängers legt er sich sofort eine neue Wasseranlage zu, die nicht die höchste Priorität haben kann.

Die Schachtel ist verklebt. Zu gerne würde sich Valerie dieses Gerät ansehen, sie wagt es nicht, das Messer zum Einsatz zu bringen. Das Ding ist auf jeden Fall extrem schwer. Verächtlich tritt sie gegen die Seitenwand des Kartons, dann schwingt sie sich auf den Bürostuhl ihres Chefs und sucht nach der Bestellung im Computer.

Stattdessen poppt aber eine Zeichnung auf – es zeigt das Layout einer Fahne oder eines Plakats:

»Walk the line – präsentiert von Gaukler Transporte.

Wir bringen Ihre Produkte perfekt von A nach B.«

Darunter die grafische Darstellung einer Slackline. In der Mitte befindet sich auf dem Seil statt eines Männchens das Symbol eines LKWs.

»Was hat der Idiot vor? Wieso posaunt er in die Welt hinaus, dass Gaukler Transporte nach Tragöß wandert, bevor der Plan richtig ausgefeilt ist?«

Skeptisch blickt sie zu der riesigen Kiste.

»Diese Show hat alle verrückt gemacht.«

60. Valerie Reinthaler – Ominöser Anruf

»Valerie Reinthaler?«, schallt es durchs Büro.Immer wenn Stefan Gaukler sie bei vollem Namen ruft, hat das nichts Gutes zu bedeuten. Ihr Chef ist richtig stinkig. Seine Nasenwurzel bildet zwei unübersehbare Wellen, die sein Gesicht noch verrückter dreinblicken lassen. Stefan Gaukler hat einen sitzen. Zwei leere Wermut-Flaschen am Schreibtisch. Eine der beiden Flaschen fällt, weil Stefan Gaukler seine Arme nicht unter Kontrolle hat und er wild in der Gegend herumfuchtelt.

»Was hast du an meinem Computer zu suchen?«

»Nichts!«

»Wieso stöberst du dann da herum?« Er deutet auf den Monitor und die Grafik mit der Slackline.

»Ich habe gestern die Adresse eines Kunden gesucht und dabei ist mir das irgendwie untergekommen.«

»Wir haben doch vereinbart, dass die Rechnungen ab jetzt ich mache.«

»Chef, wir sind mit einigen Zahlungen in Verzug. Wenn ich mich nicht darum kümmere, kriegen wir Ärger.«

»Ich erledige das, Schluss, aus.«

»Wie Sie wünschen!« Sie hebt beschwichtigend die Arme in die Höhe. »Was ist das eigentlich für ein Transparent?«

Wütend drückt Stefan Gaukler auf einen Knopf und der Bildschirm wird schwarz. »Lass mich damit in Ruhe. Der Mist ist gestorben. Eine Verarsche!«

Er verschränkt seine Arme vor der Brust.

»Ich will, dass du dich wieder an die Arbeit machst. Und schließe die Tür, wenn du rausgehst.«

Valerie hasst es, wenn ihr Chef glaubt, sie abservieren zu müssen wie ein Schulmädchen. Ohne sie wäre er längst verloren. Der soll nicht so den großen Macker raushängen lassen, sonst kann sie auch ganz andere Saiten aufziehen.

Nach einer Viertelstunde kommt er regelrecht aus seinem Zimmer geschossen und fegt an seiner Assistentin vorbei, als wäre sie Luft. Eine Aktentasche unterm Arm. Eine, die Ewigkeiten im untersten Fach des großen Schrankes im Chefbüro verweilte.

Was hat er denn mit dem Ding vor?

»Chef?«

Aber Stefan Gaukler eilt die Treppen hinab, als gelte es keine Zeit zu verlieren.

Weg ist er.

Wird immer merkwürdiger, dieser Typ. Gerne würde sie ihm hinterhergehen, damit er nicht wieder einen Unfug macht, doch das Telefon lässt sie nicht – und scheppert am Schreibtisch.

Keine Nummer am Display.

»Ja?«, fragt Valerie in den Hörer?

»Valerie Reinthaler?«

»Ja.«

»Ich melde mich von der Firma Fire-Starter. Es gibt da ein kleines Problem mit dem Bankkonto, das Sie uns angegeben haben.«

Kapitel X – Mal ist man der Hund, mal der Baum

Inspektor Heinz Pöls möchte nicht denselben Fehler begehen wie seine Kollegen: Nicht stur jemanden vorverurteilen. Deshalb möchte Pöls Stefan Gaukler eine Chance geben. Vielleicht war der Logistiker wirklich der Verbündete von Hans Mückmann. Dann könnten mit »die Gaukler«, wie es Max Neukaiser aus des Doktors Mund gehört haben will, tatsächlich Tommy und Karin Gaukler oder sogar nur Karin Gaukler gemeint sein. Und so lauscht Pöls den Erzählungen von Stefan Gaukler, wie das Verhältnis zwischen ihm und dem Doktor angeblich gewesen sein soll:

61. Stefan Gaukler – Ein Stück Gerechtigkeit

Pünktlich, pünktlich! Doktor Hans Mückmann betätigt um exakt 17 Uhr den Klingelknopf. Das schreckliche Surren hallt durch den langen Gang. Soweit es Stefan Gaukler möglich war, hat er die leeren Schnapsflaschen in alte Schachteln gepackt und ans Ende des riesigen Wohnzimmers geschoben. Vor der holzvertäfelten Seitenflanke fallen sie am wenigsten auf. Am Tisch ein viel zu kleines Tischtuch. Es bedeckt zumindest die übelsten Farbflecken. Zwei bauchige Wasserkannen verhindern, dass es wegfliegen kann.

»Guten Abend, Herr Mückmann, freut mich, dass Sie gekommen sind.«

»Sie wohnen sehr pittoresk.« Die große Wasserfilteranlage rutscht dem hageren Mann beinahe aus dem Arm.

»Würden Sie mir das abnehmen?«

Stefan ist zur Stelle und verhindert ein Malheur. Er stellt den schweren Apparat auf der Kommode ab.

»Sind Sie mit dem Taxi gekommen oder mit dem Bus?«

»Weder noch.«

»Ich kann keinen Wagen sehen.«

»Parkt vor Ihrem Grundstück.«

»Warum denn das? Ich habe ausdrücklich gesagt, gleich rein durch die Pforte.«

Stefan eilt vors Haus. Auf der Straße steht ein weißer Mercedes-Oldtimer. Auffälliger geht's nicht mehr.

»Machen Sie, dass Sie Ihre Schüssel hinter den Zaun verfrachten.« Er zerrt den Hageren aus dem Haus und überwacht, dass der Mann in die Gänge kommt. Koryphäe hin oder her. Hinterm Oldtimer schließt Stefan Gaukler das Einfahrtstor.

»Diskretion, Herr Doktor, beginnt beim Auftritt!«

»Sie wohnen hier abgeschieden.«

»Jeder, der vom Grünen See Richtung Oberort unterwegs ist oder umgekehrt, kommt hier vorbei.«

»Und niemand soll wissen, dass Sie sich für Osmose interessieren?«

»Bald werden sich hier alle für Osmose interessieren, Herr Doktor.« Stefan Gaukler winkt den Besuch mit sich: »Hier entlang, bitte folgen Sie mir.«

Auf dem alten Stuhl mit geschnörkelter Kopflehne ist Stefans Mutter immer gesessen. Als sie ihren Kopf nicht mehr selbstständig aufrecht halten konnte. Durch ihren Hinterkopf ist der Lederüberzug an der Stütze ganz speckig.

»Nehmen Sie Platz, Herr Doktor, ich bringe die Gläser.«

Drei an der Zahl: eines mit Leitungswasser, eines mit gefiltertem Wasser, das der Gast mitgebracht hat, und ein leeres Glas.

Hans Mückmann holt drei Teststreifen aus seinem Arztkoffer. Eben einer für das Leitungswasser, einer für das Osmose-Wasser und einer für das Wasser, nachdem es durch die Filteranlage getrieben wurde.

»Schauen wir einmal«, sagt Mückmann und taucht die Streifen der Reihe nach ein.

»Lasset die Farbspiele beginnen«, fügt Stefan Gaukler hinzu. »Was immer dabei herauskommt, ich kaufe Ihnen eine Anlage ab.«

Mückmann blickt auf. Die Augenbrauen bedächtig in die Höhe gezogen. »Ohne sich vorher vom Können zu überzeugen?«

»Was das Ding kann, habe ich im Böhlerstern gesehen. Ich kaufe Ihnen ein Modell ab. Koste es, was es wolle. Und ich verspreche Ihnen, bald wird Ihnen jeder einzelne Haushalt in Tragöß und weit darüber hinaus so eine Anlage abkaufen. Sie müssen mir bei einer kleinen Sache zur Seite stehen.«

Stefan geht zu einem Schrank und holt zwei Einmachgläser hervor. Das Wasser darin ist leicht trüb. Das rührt wohl von der ein Zentimeter dicken Gesteinsschicht am Glasboden. Donnernd setzen die Gläser vor dem Gast am Tisch auf.

»Was ist das?«

»Ein Schluckerl Grüner See.«

»Grüner See?«

»Wie ich sagte: Grüner See.«

»Ich verstehe nicht recht …«

»Sie haben dem See doch vor einem Jahr eine lobende Kritik gespendet.«

»Richtig.«

»Der See füllt sich allmählich mit Schmelzwasser und das Leben kehrt in die Unterwasserwelt zurück. Sie werden demnächst von Josef eine Anfrage erhalten, die Qualität des Wassers nochmals zu testen.«

»Glauben Sie?«

»Glauben? Nein! Ich weiß es! Und Sie würden mir einen großen Gefallen tun, wenn eine Probe darunter wäre, die, nun, wie soll ich es Ihnen vermitteln …« Stefan rasiert mit seiner Handfläche einer Sichel gleich unter seinem Kinn hinweg. »… wenn eine Probe ein nicht so erfreuliches Ergebnis aufweisen würde, verstehen Sie, was ich meine?«

»Eine gefälschte Analyse?«

»Es muss nicht gleich einer Verseuchung gleichkommen, aber sagen wir: bedenklich zu hohe Werte an … wie wäre es zum Beispiel mit Arsen?«

»Ich fälsche keine Analysen.«

»Denken Sie an das lukrative Geschäft, das Ihnen dadurch erwächst.«

»Nochmals in aller Deutlichkeit: Ich fälsche keine Analysen.«

»Mir ist da etwas von manipulierten Impfnachweisen zu Ohren gekommen. Sie wissen also, wie's geht.«

Mückmanns Augen weiten sich. Seine Muskulatur verkrampft.

»Das war im Dienste des Guten.«

»Das wäre es hier auch! Sie können sich selbst aussuchen, welche Werte Sie verrückt spielen lassen. Da lasse ich Ihnen völlige Freiheit.«

»Ich wiederhole mich kein weiteres Mal, werter Herr, aber ich bin ein Ehrenmann und fälsche keine H2O-Analysen.«

Der Hagere wächst in die Höhe, hält es auf seinem Stuhl nicht mehr aus.

»Nehmen Sie bitte wieder Platz, Herr Doktor Mückmann. Es bedarf keines schriftlichen Ergebnisses. Mir würde genügen, wenn das Gerücht gestreut wird. Wichtig ist, dass Sie dem Joschi glaubhaft vermitteln, dass es dem See nicht gut bekommt, wenn darin getaucht wird.«

»Sie wollen nicht, dass im Grünen See getaucht wird?«

Endlich lässt sich der Hagere wieder zaghaft auf seine Sitzfläche nieder.

»Der See steht seit 2016 unter Naturschutz. Es herrscht ohnehin striktes Tauchverbot. Trotzdem hat ein Tauchclub noch die Berechtigung, darin zu tauchen. Sämtliche Proteste dagegen verhallen ungehört. Anzeigen haben auch nichts bewirkt. Wir müssen eine Stufe höher schalten.«

»Giftiges Gewässer, um ein Tauchverbot zu erwirken?«

»Dämmert Ihnen langsam, dass Ihre Mithilfe im Sinne der guten Sache ist?«

»Dazu muss ich kein Testergebnis manipulieren. Ich kann Herrn Schinagl ins Gewissen reden, ein absolutes Tauchverbot für alle zu erlassen.«

»Darauf wird sich Joschi nicht einlassen. Dieses Tauchverbot gibt es ja längst, aber diesem einen Club erlaubt er eine Ausnahme. Das hat mit Familienverbundenheit zu tun, verstehen Sie?«

»Nein.«

»Was ich damit sagen möchte: Mit bloßem Zureden haben Sie bei Joschi keinen Erfolg. Deshalb sorge ich dafür, dass Sie der alte Depp demnächst um eine Wasseranalyse bitten wird.«

»Die ich unmöglich fälschen kann«, fällt ihm Mückmann ins Wort. »Das ist gegen meine Ethik. Da bin ich der Falsche, leider.«

»Jetzt bleiben Sie doch einmal sitzen. Ständig aufstehen, hinsetzen, aufstehen, hinsetzen – das macht einen ja wahnsinnig.«

Stefan Gaukler wartet ungeduldig, bis der Doktor endlich wieder Platz genommen hat.

»Sie müssen nichts fälschen. Sie legen ihm einfach kein Ergebnis vor, lassen aber durch die Blume anklingen, dass manche Grenzwerte von hochriskanten Substanzen überschritten werden könnten. Das wird ausreichen, um Joschi in Angst und Schrecken zu versetzen und er wird einen Tauchstopp erlassen. Ist das erst einmal durchgezogen, können Sie dem alten Deppen von mir aus das echte Ergebnis präsentieren. Niemand wird an Ihrer Kompetenz zweifeln und alles, was Sie vor dem schriftlichen Resultat sagen, fällt unter reine Spekulation. Na, wie klingt das für Sie? Ist doch halb so schlimm. Ich will zu Pfingsten keine Taucher im See sehen! Das ist alles. Was sagen Sie? Schließlich geht es auch um Gerechtigkeit: Wenn niemand im See tauchen darf, dann sollte das verdammt noch einmal für alle gelten, sehen Sie das nicht so, Herr Doktor Mückmann?«

62. Inspektor Pöls – Blöd gelaufen

Der Abend ist weit fortgeschritten, als Stefan Gaukler dem Inspektor sein Verhältnis zu Hans Mückmann näher schildert.

Auf diese Geschichte hin braucht Pöls jetzt erst einmal einen Likör aus Teneriffa.

»Dein Alibi hat sich damit in Luft aufgelöst – diese angebliche Strategiebesprechung hat es nie gegeben«, sagt Pöls und wischt sich mit dem Handrücken über den Mund.

»Doch, aber sie dauerte nur fünf Minuten.« Stefan Gaukler lässt sich wieder aufs Sofa gleiten.

»Habe ich eben kein Alibi, aber das bedeutet auch, dass Valerie keines mehr hat – und darüber würde ich mir an Ihrer Stelle größere Gedanken machen, denn ich muss Ihnen gestehen: Ich habe keine Ahnung, wo sie sich an dem Tag herumgetrieben hat, aber mir ist gut in Erinnerung, dass sie sich unmittelbar vor Mückmanns Tod auffällig oft über den Herrn Doktor erkundigt hat. Wo er wohnt, wo sein Firmensitz ist, ob ich ihm Geld für die Osmose-Anlage überwiesen habe. Ich gebe Ihnen gerne Valeries Wohnadresse, damit Sie sie das selbst fragen können.«

63. Inspektor Pöls – Nachricht aus Graz

Pöls sitzt in Azras Fiat und steuert den Wagen über die nächtliche Bundesstraße Richtung Tragöß. Nur keinen Sekundenschlaf riskieren. Nur gelegentlich poppen die Scheinwerfer vom Gegenverkehr auf. Immer wenn die Schlieren über die verschwommene Windschutzscheibe gleiten, hat Pöls ein seltsames Bild vor Augen: Er sieht dieses seltsame Überschwappen von Wasser. Mal links über den Rand, mal rechts. Wo sah er das schnell noch einmal? Es will ihm in dieser Sekunde nicht einfallen.

Um ein Einschlafen am Lenkrad zu verhindern, entscheidet sich Pöls für ein Telefonat. Lieber Handy am Steuer und wach bleiben, als sich ans Gesetz zu halten und in den nächsten Graben zu fahren. Pöls möchte Bobo von den neuen Erkenntnissen berichten – von den Spuren von Georg Reinthaler auf dem Osmose-Gerät in Elsas Haus, von den wirren Familienverhältnissen der Gauklers und den Beobachtungen der jungen Slackliner.

Aber, als Bobo ans Telefon geht, hält sich dessen Neugier nach Informationen in Grenzen. »Wir haben die Pflegerin von Elsa Kraushammer ausfindig gemacht. Genau genommen haben das die Kollegen in Bosnien erledigt. Svetlana Brikic wird nach Österreich überstellt. Morgen soll sie in Graz verhört werden. Dann wird's für Josef Schinagl eng.«

»Da würde ich gern dabei sein.« Pöls glaubt selbst nicht, was er da gesagt hat – es ist ihm einfach über die Lippen gerutscht. Bobos nasales Lachen trifft ihn.

»Du sollst doch deinen Urlaub genießen, Pöls.«

»Scherzkeks! Ohne Frau? Du hast selbst gesagt, dass das nicht möglich ist. Lass mich beim Gespräch dabei sein.«

»Ich habe kein Problem damit, Pöls. Aber Kollege Kothbauer leitet das Gespräch. Der wird es nicht gerne sehen, wenn du ihm drein quatschst.«

»Ich bleibe im Hintergrund. Mich interessiert bloß, was die Pflegerin zu sagen hat.«

»Ich glaube eher, dass du langsam einen Höhenkoller kriegst.«

»Gut möglich, dass mir die Stadt abgeht.«

»Ok, Pöls, ich hole dich morgen ab.«

64. Inspektor Pöls – Nächtlicher Fund

Pöls hasst diesen Fensterbalken in seiner Waldhütte. Noch eine weitere Nacht wird dieses Holzgerippe dem Inspektor nicht den Schlaf rauben. Pöls lehnt sich von innen an die Wand und zieht den Balken an sich heran. Er montiert das eine Ende des Hosenträgers an der untersten Sprosse und fixiert das andere Ende an der Kante des Fensterbretts. So weit, bis der Hosenträger sich spannt. Dann ist der Zug wohl zu streng – so schnell kann Pöls gar nicht reagieren, pfeift ihm die unterste Sprosse des Holzbalkens entgegen, prallt gegen den Bauch und fällt zu Boden. Klar hat das weh getan, aber als die Holzsprosse neben seinen knubbeligen Zehen landet, sieht er den riesigen Nagel, der aus einem Ende der Sprosse ragt. Wenn ihn das Ding am Bauch erwischt hätte, würde er keine Magendarmspiegelung mehr benötigen, sondern könnte sich selbst ins Innere schauen. Und das um diese Zeit, wo die Reaktionsfähigkeit ohnehin schon schlafen gegangen ist und bei Pöls alles ein bisschen länger dauert.

»Geh schlafen, Pöls«, sagt er zu sich selbst, hebt die Sprosse auf, klopft sie notdürftig wieder in den Fensterbalken zurück und wirft dafür seinen Hosenträger auf den Stuhl, der neben der Wand steht. Der Verschluss des Hosenträgers schnalzt dabei wie eine Peitsche etwas Blechernes vom Sitz.

Was war das? Pöls geht auf die Knie, robbt zum Stuhlbein und hebt das Ding auf – eine Plakette: *Auszeichnung des Grünen Sees als Gesundheitsoase.*

Sieht nicht gerade wie der Oskar aus.

Pöls dreht und wendet das Blechding und ist sich sicher, dass das die Plakette ist, die am Gasthaus zum Pribitzblick montiert war und die jetzt fehlt.

Warum liegt sie im Haus des Inspektors? Genau genommen in der Hütte von Josef Schinagl. Hat der Grundstücksbesitzer die Plakette abmontiert?

Aber warum liegt sie auf diesem Stuhl? So viele Fragen!

Der müde Inspektor nimmt am Bettrand Platz, betrachtet den Stuhl aus der Distanz. Azras Wanderhose noch über die Lehne geschlagen. Ob die Plakette aus ihrer Hosentasche rausgefallen ist?

Bei dem verdammten Funkloch ist ein Telefonat nahezu unmöglich. Aber was tut man nicht alles für seinen unbezahlten Job. Obwohl sich Pöls mit seinem Wohlstandsbäuchlein schwer tut, lehnt er sich so weit wie möglich akrobatisch aus dem Fenster, um etwas mehr Frequenz zu erhaschen.

»Heinz? Kannst nicht schlafen?«

»Azra, als du bei unserer Wanderung mit am Grünen See warst – hast du da die Plakette vom Gasthaus gekratzt?«

»Die Verbindung ist furchtbar schlecht. Ich habe *Plakette* verstanden.«

»Ganz recht: Plakette«, grunzt Pöls, der fast wie ein Surfer am Fensterbrett hängt. »Die Auszeichnung, die Doktor Mückmann dem Gasthaus zum Pribitzblick verliehen hat. Warum rutscht die aus deiner Hose?«

Pöls kann die Surferpose nicht länger halten. Schlapp hängt er wie ein Fetzen über den Fensterbalken.

»Ich weiß nicht, wovon du sprichst.«

»Was ist vorgefallen, in diesen Minuten, in denen du alleine um den Grünen See gejoggt bist?«

»Ich habe dir alles gesagt.«

»Das glaube ich nicht. Du verheimlichst mir etwas.«

»Was soll ich dir verheimlichen?«

»Warum geht dir Mückmanns Gesicht nicht aus dem Kopf? Warum quält er dich Nacht für Nacht? Was verschweigst du mir? Deine überstürzte Abreise. All das passt nicht zu dir.«

»Was willst du? Dass ich zu dir in die Obersteiermark komme?«

»Du hast selbst gesagt, ich brauche dich, um den Fall zu lösen.«

»Wann habe ich das gesagt?«

»In meinem Alptraum.«

»Ok, Heinz, dann hoffe ich, dass du nach unserem Telefonat besser schlafen kannst und ich dir bessere Träume ins Ohr flüstere, damit du die Finger vom Schnaps lässt.«

»Ich bin völlig klar im Kopf. So klar, wie selten zuvor. Ich spüre, wenn man mir etwas verheimlicht.«

»Muss ich mir einen Anwalt nehmen, Heinz? Was sollen diese Verdächtigungen? Darf ich dich an deine ursprünglichen Aussagen erinnern? Deiner Meinung nach ist der Typ auf der Bank eingeschlafen und von der Flut überrascht worden. Ich habe dich erst auf die Idee gebracht, dass der Mann ermordet wurde. Würde ich das tun, wenn ich selbst etwas damit zu tun hätte?«

»Du glaubst gar nicht, mit was für Psychopathen ich in meinem Job zu tun habe.«

»Vielen Dank, dass du mich mit deinen Psychopathen auf eine Stufe stellst.«

»Tu ich nicht«, sagt Pöls und hört dieses Knacken in der Leitung. Kurz darauf nur sein eigenes Echo.

»Azra? Bist du da?«

Nein, ist sie nicht.

Pöls schiebt die Blech-Plakette unter sein Kopfkissen, bettet sich so bequem wie möglich und wirft sein Kopfkino an. Andere zählen Schafe, Pöls ruft sich die Gesichter der Verdächtigen ins Gedächtnis. Auf der einen Seite die Männer: Stefan und Tommy Gaukler, der Wildcampierer Max Neukaiser, Joschi Schinagl, die beiden Slackliner Frank und Waldemar, Walter, der Wirt, und nicht zu vergessen Georg Reinthaler. Im Kontrast dazu der weibliche Aufputz: Karin Gaukler und Valerie Reinthaler, Monika vom Tourismusbüro, Azra und morgen kommt ein neues Gesicht hinzu, das für Pöls heute noch ein dunkler Schatten ist: Elsas Pflegerin.

65. Inspektor Pöls – Graz

Zu gerne hätte Pöls gleich in der Früh bei Azra auf ein Frühstück vorbeigesehen, aber Bobo ist spät dran und so wird es nichts mit einem spontanen Kurzbesuch bei der Physiotherapeutin. Es geht gleich in das ihm sehr vertraute, optisch unauffällige Gebäude, in dem sich die Abteilung »Leib & Leben« der Kriminalpolizei befindet. Als wäre er keinen einzigen Tag außer Dienst gewesen.

In dem sterilen Vernehmungszimmer sitzen Inspektor Kothbauer, Bobo, Heinz Pöls und die Dame von der Senioren-Betreuungsagentur. Ein Polizist führt die Pflegerin herein. Sie hat langes schwarzes Haar, dunkel geschminkte Lippen, dick Lidschatten um die Augen und trägt eine intensive Parfümwolke mit sich.

»Svetlana Brikic, 27 Jahre alt, geboren in Sarajevo. Korrekt?«

Die Dame nickt, legt ihr kleines Handtäschchen auf den Tisch und holt sich eine Zigarette aus einer silbernen Aufbewahrungsschatulle. Bevor sie zum Feuerzeug greifen kann, schüttelt Kothbauer den Kopf.

»Das ist hier nicht gestattet. Ich fahre fort: Über die Agentur *Vivat Senior* waren Sie für die Betreuung von Frau Elsa Kraushammer zuständig?«

Svetlana nickt, schiebt die Schatulle zurück in die Tasche und platziert ihre Hände mit den langen, künstlichen Fingernägeln darauf.

»Wie lange waren Sie schon bei Frau Kraushammer im Einsatz?«

»Acht Monate.«

»Wie lange wohnte Hans Mückmann in diesem Haus?«

»Vor sechs Monaten ist er eingezogen«, sagt sie mit ihrer rauchigen Stimme, in der unüberhörbar slawischer Akzent mitschwingt.

»Wie kam es dazu?«

»Elsa wollte das so. Hans war ihr Arzt. Er wurde verfolgt. Sie gewährte ihm Unterschlupf.«

»Zahlte er Untermiete?«

»Er installierte Wasserfilteranlage als Gegenleistung. Elsa war genügsam.«

»Wie war Ihr Verhältnis zu Mückmann?«

»Wir liefen uns kaum über Weg. Er kam nur zu schlafen, war tagsüber weg.«

»Hat er mit Ihnen oft gesprochen?«

»Nie. Wir haben nicht miteinander geredet.«

»Hat er sich Ihnen jemals körperlich genähert?«

»Er war eigenartiger Mensch, hatte aber gute Energie, falls Sie wissen, was ich meine.« Sie fuchtelt mit den Händen, dass ihre Armreifen nur so rasseln.

»Hatte Mückmann Besuch?«

»Nie.«

»Auch nicht von dieser Person?«

Kothbauer legt ein Bild von Josef Schinagl auf den Tisch. Die Frau betrachtet das Bild nur kurz, schüttelt den Kopf.

»Hatte nie Besuch. Nur ein einziges Mal. Einen Tag vor seinem Tod waren ein Mann und eine Frau bei Elsa, die nach Hans suchten.«

»Wie sahen die aus?«

Sie zuckt mit den Schultern.

»Weiß nicht.«

»Was wollten die?«

»Mit Hans sprechen.«

»Haben sie?«

»Nein, ich habe sie rausgeworfen.«

»Haben Sie Mückmann davon erzählt?«

»Nein, habe Hans nicht mehr gesehen.«

»Warum sind Sie geflüchtet, anstatt die Polizei zu informieren?«

»Weil ich Angst bekam, weil Nachbar mich beobachtete.«
»Welcher Nachbar?«
»Mir ist Name entfallen.«
»Sepp Trinker?«, kann sich Pöls die Frage nicht verkneifen und obwohl er den Namen nur geflüstert hat, können alle ihn hören und die Verhörte nickt.
»Ja, das war er. Name passt so gut zu seinem Gesicht. Alkohol trinken, verstehen Sie?«, sagt sie.
»Schon gut«, meint Kothbauer und droht Pöls mit dem Finger, die Klappe zu halten.
»Was wollte dieser Kerl?«
»Er stand plötzlich im Haus, warf mir Schlüssel von Garage und Auto vor Füße und lachte. Ich wartete auf Hans, aber er kam nicht. Am nächsten Tag habe ich für Elsa Zeitung aus Briefkasten geholt und sehe Bild von Hans – tot! Nachbar stand auf der Straße. Grinste. Da bin ich gelaufen. Einfach nur gelaufen.«
»Ich glaube, wir sollten uns mal diesen Nachbarn vorknöpfen«, flüstert Bobo zu Kothbauer, der daraufhin das Verhör unterbricht.
»Schickt gleich mal einen Kollegen los – aber nicht Kommissar blindes Hendl.«

66. Inspektor Pöls – Flurgespräch

Zwei Stunden in den muffigen Räumen in Graz und Pöls verspürt wieder dieses Kratzen im Hals. Eine Woche Frischluftkur für die Katz.
»Kaffee, Pöls?«, fragt ihn Bobo am Gang des Kommissariats. »Wir haben einen neuen Automaten, der brüht den besten Kaffee der Steiermark, ich schwöre es dir.«
»Mit Kaffee holst mich ohnehin nicht aus dem Loch«, schnarrt Pöls, da ist der Kollege auch schon dahin.

»Schau dir an, der beurlaubte Herr Inspektor lässt sich in seiner alten Heimat blicken?« Hinter Pöls taucht ein Kollege von der Spurensicherung auf. »Bist du da, um dir die Ergebnisse selbst abzuholen? Ich hätte es dir telefonisch auch gesagt.«

Der Mann grinst und erwartet sich von Pöls eine bestimmte Reaktion.

»Na, wegen der Suppe, die du uns gestern eingebrockt hast. Bei der Flüssigkeit kann ich dir gleich sagen: Sie ist identisch mit dem Zeug, dass wir in den bauchigen Gläsern im Keller von Elsa Kraushammer und auf dem Leinentransparent gefunden haben. Ein Wasser-Schaummittel-Gemisch, wie man es früher für Löschschaum verwendete. Hochgiftig! Heute ist diese Zusammensetzung streng verboten, weil zudem äußerst umweltschädlich. Auf dem Transparent konnten wir außerdem ein Daktylogramm nachweisen, das einer Person einwandfrei zugeordnet werden konnte.«

»Sagst mir den Namen auch?«

»Max Neukaiser.« Der Kollege drückt Pöls eine Schallplattenhülle in die Hand: Blondie, »Atomic«.

»Sag mal, wäre es möglich, dass man den See über ein in Gift getränktes Leinentuch vergiftet?«

»Dazu müsste es ein bisserl mehr Gift sein. Die wenigen Spuren, die auf dem Transparent gefunden wurden, reichen nicht einmal aus, um einen Fisch zu töten. Ich vermute eher, der Fleck ist durch ein Versehen aufs Transparent gekommen.«

»Ein Versehen, so, so«, sagt Pöls. »Vielleicht fehlte Max Neukaiser die Zeit, um sein Werk zu vollenden.«

67. Inspektor Pöls – Beim Nachbarn

»Wird das jetzt zur Dauereinrichtung? Was macht Kommissar blindes Hendl da hinten?« Kothbauer weigert sich, am Beifahrersitz von Bobo Platz zu nehmen, weil er Pöls erblickt, der es sich auf der Rückbank gemütlich gemacht hat.

»Tu so, als wäre ich nicht hier.«

»Geht bei der Schnapsfahne nicht und im Gegensatz zu dir funktionieren meine Augerln ja.«

»Kollege Pöls nutzt die Gelegenheit, um kostengünstig in die Obersteiermark zu kommen. In Bruck an der Mur werfen wir ihn raus.« Bobo nimmt über den Rückspiegel Blickkontakt mit Pöls auf und zwinkert. Der hält sich bewusst zurück, weil Kothbauer das Argument schluckt und mit der flachen Hand einmal über den Sitzpolster bürstet, ehe er sich als Beifahrer niedersetzt.

»Was frisst du da die ganze Zeit, dass es in dem neuen Dienstwagen so aussieht, als wäre der zwanzig Jahre im Einsatz?«

Die Fahrt kann losgehen.

»Aber keine unaufgeforderte Zwischenfrage, ist das klar?« Der gehobene Zeigefinger gilt dem Fahrgast auf der Rückbank.

»Er wird schweigen wie ein Grab«, übernimmt Bobo die Antwort, nachdem sich Pöls dazu nicht durchringen kann. »Was haltet ihr von der Pflegerin?«, schwenkt er auf ein anderes Thema um.

»Ich nehme ihr nicht ab, dass sie nichts mit Schinagl zu tun haben will«, brummt Kothbauer.

»Weil sonst deine Täter-Theorie in Gefahr ist?«

»Pöls, deine Privatmeinung interessiert niemanden.«

»Er ist verstimmt, weil Svetlana sich weigert, mit uns in das Haus von Elsa zu gehen«, versucht Bobo Kothbauers Grant zu begründen.

»Die wehrt sich mit Händen und Füßen. Sie hat vor dem Nachbarn solche Angst, dass sie ihm nicht gegenübertreten will.«

»Vielleicht heitert es dich auf, wenn ich dir meine Vermutung verrate, um wen es sich bei dem merkwürdigen Pärchen handelt, das Elsa Kraushammer kurz vor Mückmanns Tod besucht hat?«

»Das kann sie erfunden haben«, wirft Kothbauer ein. »Um von sich selbst als Täterin abzulenken.«

»Möglich, trotzdem würde ich euch empfehlen, Georg und Valerie Reinthaler in Bruck an der Mur aufzusuchen. Wenn ihr vor Ort seid, ist das nur ein Katzensprung. Ich habe die Adresse.«

»Warum sollte dieses Paar mit meinem Fall etwas zu tun haben?«

»Sie hatten Kontakt zu Mückmann. Fingerabdrücke auf einem der Osmose-Geräte, die wir im Keller von Elsa Kraushammer gefunden haben, gehören Valerie oder Georg Reinthaler. Wie sollen die sonst an das Gerät gekommen sein?«

»Das kannst du selbst erfragen, wenn du dir deinen Urlaub damit vertreiben willst«, sagt Kothbauer mit abweisender Geste und schwenkt seinen Blick wieder nach vorne. Dann dreht er an Bobos Autostereoanlage. Ein riskantes Unterfangen, denn Bobos Musikgeschmack ist äußerst gewöhnungsbedürftig – das weiß Pöls aus eigener Erfahrung.

Er schließt die Augen und sieht gedanklich die Gesichter von Valerie und Georg Reinthaler, Josef Schinagl, Tommy und Karin Gaukler vor sich. Auch Frank und Waldemar wollen ihm nicht aus dem Sinn gehen. Nach außen hin geben sich die Kids cool, aber vor irgendetwas fürchten sie sich, da ist sich Pöls ganz sicher. Bloß, vor wem? Karin Gaukler? Walter, dem Wirt? Oder Max Neukaiser? Das Gespür sagt Pöls, dass sich die Kids und der Wildcampierer begegnet sind.

»Pöls, nicht einschlafen!« Bobo winkt über den Rückspiegel. »Wir queren die Grenze von Bruck an der Mur. Willkommen im wichtigsten Verkehrsknotenpunkt der Obersteiermark.«

Damit hat Bobo wahrscheinlich recht, vergisst in seiner Geografie-Nachhilfe aber zu erwähnen, dass 80 Prozent der Menschen, die an diesem Städtchen vorbeikommen, nur umsteigen oder ohne Halt durchfahren.

Da erblickt Pöls die Siedlungsstraße und Elsas Haus zur Linken.

»Und vergiss nicht: Ich spreche!« Kothbauer löst den Gurt und steigt aus. Das Haus des Nachbarn ist deutlich kleiner. Ein Bungalow, mindestens zehn Jahre jünger als Elsas Haus und durch eine Generalsanierung nochmals um einiges moderner, klimafit ausgestattet mit Solaranlagen und Windrad am Dach. Im Garten tummeln sich hauseigene Hühner und ein Schaf. Die Selbstversorgerambitionen bestätigen sich im Haus. Tonnenweise eingelagertes Klopapier, Regale voll mit Konserven, abgefülltes Wasser in riesigen Kanistern und Stromaggregate, mit denen Sepp Trinker für einen Tag garantiert die ganze Siedlung am Leuchten halten könnte. Nur der Vorrat an Hochprozentigem scheint sich dem Ende zuneigen. Verzweifelt lässt der Mann den letzten Rest in ein Schnapsglas tröpfeln. Pöls hat gehofft, das wäre der Begrüßungs-Drink, aber Sepp Trinker wirft sich das feurige Wasser selbst in die Kehle.

»Wird Zeit, dass ihr auftaucht. Warum braucht ihr so lange?«, sagt er und bittet die Polizei ins Wohnzimmer.

»Klar war ich bei Elsa im Haus. Ich habe diese Gestalten doch gesehen. Sie sind bei Svetlana ein- und ausgegangen.«

»Wie gut kennen Sie Svetlana?«

»Ich habe aufgepasst, dass es Elsa gut geht. Sie mochte Svetlana. Deshalb haben wir ihr das Mädchen auch nicht ausgeredet, obwohl mir rasch klar war, dass sie hinter Elsas Rücken jede Menge Herrenbesuch hatte.«

»Ist das eine Vermutung oder haben Sie das mit eigenen Augen gesehen?«

»Direkt gesehen habe ich die Männer nicht. Sie kamen nachts. Ich sah die Schatten hinter den Vorhängen.«

»Mehrere Männer?«

»Anfangs dachte ich, es wäre nur einer – eben der, den ihr tot im Grünen See gefunden habt. Aber keine zwei Wochen vor

Mückmanns Tod wurde ich Ohrenzeuge eines Streits aus Elsas Haus. Da brüllte ein Mann, der war definitiv aggressiver als Mückmann. Das Schreien war bis auf die Straße zu hören.«

»Mitbekommen, um was es bei dem Streit ging?«

»Da war kein Wort zu verstehen, Klang wie Kauderwelsch.«

»Kann es sich bei dem Fremden um diese Person gehandelt haben?« Kothbauer legt ein Bild von Josef Schinagl auf den Tisch.

»Joschi? Nein!«, kommt's wie aus der Pistole geschossen.

»Sie kennen ihn?«

»Jeder kennt den Joschi. Aber der war nie hier.«

»Ganz sicher?«

»Das hätte ich mir gemerkt.«

»Können Sie uns den Fremden beschreiben?«

»Wie gesagt, ich sah nur einen Schatten. Die Stimme würde ich erkennen.«

»Klang er besoffen?« Jetzt hat sich Pöls tatsächlich wieder zu Wort gemeldet, aber bevor Kothbauer ihn zurückpfeifen kann, schießt Pöls nach: »Vielleicht war's der Stefan Gaukler.«

»Nein, den Stef kenn ich«, sagt der Nachbar. »Ganz eine andere Stimme. Außerdem klang der Besuch beim Mückmann nicht betrunken. Besoffen waren dafür die letzten Gäste, die ich bei Elsa sah«, sagt der Nachbar und geht zum Bauernschrank, aus dem er aus der hüfthohen Lade einen Notizblock hervorholt.

»In der Nacht, bevor Mückmann aus dem Grünen See gefischt wurde, hätte mich beinahe ein Honda Civic auf der Landstraße unweit von hier entfernt umgenietet, der von Elsa kam. Meiner Geistesgegenwart ist es zu verdanken, dass ich noch unter den Lebenden weile. Zwei Personen im Auto: ein Mann am Steuer, eine Frau daneben. Bevor ich sie zur Rede stellen konnte, hauten sie ab. Aber ich habe mir die Autonummer notiert.«

Der Mann zupft den obersten Zettel vom Notizblock und legt ihn auf das Foto von Josef Schinagl.

»Wieso wussten Sie, dass der Wagen von Elsa kam?«

»Weil die einen Schlüssel aus dem Auto warfen. An dem war ein Anhänger mit der Aufschrift *Garage* dran. Ich kenne Elsas Handschrift. Tausend Mal habe ich mit ihr gemeinsam Rezeptanfragen für die Apotheke ausgefüllt.«

»Und dann sind Sie in der Nacht zu Elsa ins Haus gegangen und haben den Schlüssel zurückgegeben?«

»Ja, ich bin zu Elsa ins Haus. Ich wollte sie fragen, ob alles in Ordnung ist. Elsa schlief wie ein Stein. Von Svetlana fehlte aber jede Spur. Dann bin ich in die Garage und habe gesehen, dass Elsas Oldtimer weg war. Am nächsten Tag las ich von dem Toten, der bei Svetlana hauste. Also bin ich nochmals los und habe mich in die Garage geschlichen. Der Oldtimer stand wieder da. Es baumelte sogar der Autoschlüssel im Zündschloss. Ich bin sofort hoch zu Svetlana.«

»Sie war da?«

»Ja, und an ihrem Blick wusste ich sofort, dass ich sie ertappt hatte.«

»Was haben Sie zu ihr gesagt?«

»Dass ich weiß, was sie getan hat. Wie von der Tarantel gestochen ist sie abgehauen.«

68. Inspektor Pöls – Hauptsache kein Urlaub

Kothbauer verlässt Elsas Haus mit nachdenklicher Miene. Allmählich muss wohl selbst er sich eingestehen, dass es neben Josef Schinagl noch zahlreiche Verdächtige gibt, die mindestens genauso gut als Täter in Frage kommen würden.

»Übernimmst du diese Honda Civic-Fahrer? Wenn dir die ohnehin so sehr am Herzen liegen.«

In den Ohren von Pöls klingt das wie ein offizieller Auftrag zum Ermitteln. Muss ihm Kothbauer ansehen, denn im nächsten Atemzug bremst er: »Übertreib's nicht, Urlauber! Ich knöpfe mir nochmals die Pflegerin vor. Von ihrem nächtlichen Trip mit dem Mercedes hat sie nichts erwähnt. Und dann fühle ich unserer Gerichtsmedizin nochmals stärker auf den Zahn, ob die Dilettanten sich beim Todeszeitpunkt geirrt haben. Mückmann muss schon länger tot gewesen sein.«

Es widerstrebt Pöls, den Kollegen, jetzt, wo der so gnädig zu ihm geworden ist, zu kritisieren, aber eines kann er nicht so stehen lassen: »Mit Verlaub, dann hätte ich die Leiche bei unserer Ankunft sehen müssen. Wäre ich offizieller Ermittler, würde ich eine Fahndung nach dem Wildcamper Max Neukaiser rausgeben. Ich hätte ein paar dringende Fragen an ihn. Er treibt sich in der Nähe vom Grünen See herum. Vielleicht kriegt's ihr ihn damit.« Pöls zieht die »Atomic«-Schallplatte hervor.

»Du stehst auf Blondie? Hätte ich dir jetzt nicht zugetraut.«

»Ich nicht, aber Max Neukaiser – und der vermutet eine geheime Botschaft hinter diesem Song. Vielleicht ist an deiner Schinagl-Theorie tatsächlich was dran, Kollege Kothbauer, nur mit dem Unterschied, dass nicht die Pflegerin die gesuchte Auftragskillerin ist, sondern der Wildcampierer.«

69. Inspektor Pöls – Anrufer unbekannt

Während es Bobo und Kothbauer Richtung Graz treibt, fährt Pöls per Taxi zurück nach Tragöß. Aufmerksam, in der Hoffnung, irgendwo am Waldrand Max Neukaiser zu erblicken. Bis zur Endstation vorm Gasthaus beim Grünen See tut sich nichts.

Nachdenklich marschiert Pöls eine Runde um den See.

»Inspektor, da ist jemand für Sie am Telefon.« Das Gesicht von Walter, dem Wirt, blickt aus einem Fenster im Gasthaus hervor. Tatsächlich noch mit einem Festnetztelefon mit Spiralkabel am Hörer.

»Für mich?«

»Für den, ich zitiere: *Bullen mit dem schiefen Blick*. Das können nur Sie sein.«

Gerade als Pöls auf das Haus zusteuert, ruft ihm Walter entgegen.

»Jetzt hat er aufgelegt!«

»Wer war's?«

Achselzucken.

»Der hat so schnell wie ein Wasserfall gesprochen. Der Walter hat die Hälfte nicht verstanden.«

»Und die andere Hälfte?«

»Der Anrufer wollte Ihnen mitteilen, dass er irgendwen erkannt hat, aber was, das habe ich nicht verstanden. Meine Mikrowelle ist an und die macht so einen Krawall[26].«

»Hat er eine Nummer hinterlassen?«

»Der Walter hat schon was mitgeschrieben, aber käme mir vor, als ob das ein bisserl ein Topfen ist – die Mikrowelle, wissen's eh.«

70. Inspektor Pöls – In der Zwickmühle

Der Zwischenruf von Walter hat Pöls verwirrt. Warum sollte sich irgendjemand über den Wirt an den Inspektor wenden? Pöls glaubt nicht so recht an einen fremden Anrufer, aber was bezweckt der Wirt damit? Wahrscheinlich ist das Festnetztelefon nicht einmal in Betrieb.

Pöls verbittet sich, sich vom Wirt aufs Glatteis führen zu lassen.

»Bleib bei deiner Strategie, folge dem Bauchgefühl«, spricht sich der Inspektor selbst Mut zu und setzt sich in Azras Fiat, um nach Bruck an der Mur zu fahren und sich die Reinthalers vorzuknöpfen.

Das Ehepaar wohnt in einem modernen Wohnblock am Stadtrand. Jede Wohnung verfügt über einen Balkon, die Erdgeschossparteien über einen Kleingarten. Ein Traum für Jungfamilien.

»Wohin wollen Sie?« Ein Mann mit Unterhemd und zerzauster Frisur fängt den Inspektor wie ein Türsteher vor dem Eingang ab.

»Familie Reinthaler wohnt in welchem Stock?«

»Zweiter. Sie ist nicht zuhause. Sie finden sie bei Gaukler Transporte. Er ist daheim, obwohl er um die Zeit normalerweise auch Dienst hätte. Dabei läuft noch seine Probezeit. Wird nix mit einer Festanstellung, wenn er so weitermacht. Der ist das Blaumachen vom Studium gewohnt. Hat ewig studiert.«

Der Nachbar begleitet den Inspektor zum Lift.

»Sie sind Detektiv, habe ich recht?«

»Sehe ich so aus?«

»Oh ja, dieser Blick! Mir macht keiner was vor. Die Leiche, die man da kürzlich aus dem Grünen See gefischt hat, die war vor ein paar Wochen bei Reinthalers zu Besuch. Die wollte denen so ein fürchterliches Krawallkastl andrehen. Mein Zureden hat geholfen. Sie haben Abstand davon genommen. Kein Lärm, keine Probleme.«

Der Lift erreicht die zweite Etage.

»Haben Sie Reinthalers an dem Tag gesehen, an dem die Leiche in Tragöß geborgen wurde?«

Der Nachbar nickt, dass die Haarsträhnen nur so herumwirbeln.

»Kamen beide spät in der Nacht nach Hause. Was ungewöhnlich ist, denn die beiden gehen normalerweise früh ins Bett. Ich kriege das alles mit, weil ich beim geringsten Krach wach bin. Wenn die Haustür der Reinthalers auf- und zugeht, steh' ich förmlich im Bett. Ich höre alles, was sich dort oben tut.«

Noch bevor Pöls die Türklingel betätigen kann, drischt der

Nachbar die Faust gegen die Wohnungstür und plärrt: »Ein Detektiv will Sie sprechen, Reinthaler.«

»Danke, du darfst jetzt gehen.«

Widerwillig entfernt sich der Nachbar aus dem Flur.

Georg Reinthaler öffnet mit verkatertem Blick.

»Wann hast du bei Hans Mückmann ein Osmose-Wasserfiltergerät gekauft?«, kommt Pöls umgehend zur Sache.

»Vor drei Wochen.«

»Wann hast du es erhalten?«

»Wir haben es nie bekommen.«

»Merkwürdig. Wir haben deine Fingerabdrücke auf einem defekten Filtergerät der Firma Aqua Sprit gefunden, das Hans Mückmann im Keller seiner Wohnadresse aufbewahrt hat und auf dem auch dein Name steht. Modell *Aqua Fit 1*.«

»Das ist unmöglich. Ich sage Ihnen, wir haben das Produkt nie erhalten.«

»Hast du es Herrn Mückmann zurückgegeben, nachdem es defekt war?«

»Da wir kein Gerät erhalten haben, können wir auch keines retournieren.«

»Aber wie kommen dann die Fingerabdrücke auf das Gerät?«

»Ist mir ein Rätsel.«

»Ist's möglich, dass du Hans Mückmann einen Besuch abgestattet hast?«

»Weiß doch gar nicht, wo der wohnte.«

»Umso seltsamer, dass man dich in seiner Siedlung gesehen hat. Gemeinsam mit deiner Frau. Es gibt Zeugen.«

»Müssen sich getäuscht haben!«

»Ihr hättet beinahe einen Mann überfahren. Er hat sich euer Autokennzeichen gemerkt und gesehen, dass ihr den Garagenschlüssel von Elsa Kraushammer aus dem Wagen geworfen habt.«

»Wir haben mit dem Mord nichts zu tun, Inspektor.«

»Damit ich dir das glaube, wird's Zeit, dass du mir die Wahrheit erzählst.«

»Die Wahrheit klingt so unrealistisch«, sagt Georg und braucht dringend einen Schluck Wasser.

»Ist das osmotisiert?«

Georg schüttelt den Kopf und kratzt sich verzweifelt am Ellbogen.

»Valerie hat herausgefunden, wo Doktor Mückmann wohnt. Wir wollten ihn lediglich an unsere Bestellung erinnern, die wir bezahlt hatten. Doktor Mückmann war aber nicht anwesend. Nur eine alte Frau und ihre Pflegerin. In der Garage sahen wir das Auto, mit dem uns Mückmann besuchte. Es war ein Fehler – Valerie konnte es nicht unterlassen, ihm eine dumme Nachricht zu hinterlassen.«

»Ihr ward das mit der Nachricht an der Windschutzscheibe?«

»Das war kindisch. Als wir dann erfuhren, dass Doktor Mückmann tot ist, wollten wir den Streich rückgängig machen, aber die Nachricht klemmte nicht mehr an der Windschutzscheibe.«

»Mit einem guten Alibi seid ihr aus dem Schneider.«

»Wir waren beide zuhause.«

»Laut Nachbar seid ihr erst spät in der Nacht heimgekehrt.«

»Der verwirrte Depp sieht Gespenster.«

»Zudem sagte Valerie aus, dass sie die ganze Zeit im Büro gewesen sein will. Mit ihrem Chef.«

»Sie war im Büro, ich war zuhause.«

»Valeries Chef hat Valeries Alibi allerdings schon widerlegt. Schluss jetzt mit den Märchen.«

Georg trinkt lange und stiert ins Wasserglas, um dem Inspektor nicht in die Augen blicken zu müssen.

»Ich hatte Bedenken, dass Valerie nochmals zu dem Haus von Mückmann fährt und sich womöglich Zutritt verschafft. Also bin ich in die Nähe des Hauses gefahren und habe von einer abschüssigen Wiese mit dem Feldstecher das Haus beobachtet.

Ich konnte Valerie nirgendwo entdecken, also wollte ich wieder fahren, aber auf einmal fuhr der Oldtimer an mir vorbei. Er kam von auswärts und bog in die Siedlung ein.«

»Hast du gesehen, wer am Steuer saß?«

»Ich vermutete, dass es Doktor Mückmann war. Ich eilte dem Oldtimer hinterher. Vor dem Haus traf ich aber nicht wie erwartet den Doktor, sondern einen fremden Mann, der in dem Haus verschwand. Ich bin sofort abgehauen.«

»Du hast nicht noch einen klitzekleinen Blick ins Haus geworfen?«

»Nein.«

»Wie kamen dann bloß die Fingerabdrücke in den Keller?«

»Keine Ahnung.«

»Wie sah der Mann aus, der ins Haus gegangen ist?«

»Wie soll ich das beschreiben? Am ehesten: Versoffen?«

»Trifft in der Gegend leider auf etliche Personen zu.«

»Voluminöses Haar. Hilft das weiter?«

Inspektor Pöls hat sofort das Gesicht von Sepp Trinker vor sich. »Wann kommt Valerie heim?«

»Sie müsste längst hier sein.«

»Habt ihr zwei Autos?«

»Ja, wir leisten uns den Luxus, weil ich das alte Auto meiner Mutter übernehmen konnte.«

»Kann ich deinen Wagen sehen?«

71. Inspektor Pöls – Swimmingpools

Kein Blechschaden am Fahrzeug von Georg Reinthaler. Die Ankunft von Valerie wartet der Inspektor nicht mehr ab. Er hat ihren Wagen bei Gaukler Transporte gesehen. Da wäre ihm kein Kratzer aufgefallen. Allerdings hat er das Fahrzeug damals nicht unter die Lupe genommen und aus der Distanz hat er mit seiner

Sehkraft klar das Nachsehen. Trotzdem zieht es Pöls jetzt eher wieder nach Tragöß.

Er ist überrascht, wie viele Bahnübergänge mit Bahnschranken es in der Obersteiermark noch gibt. In seiner Grazer Heimat wurden die meisten im Laufe der Jahre aufgelassen. Der erzwungene Stopp mit dem kleinen Fiat vor dem nächsten Schranken verschafft ihm eine kleine Verschnaufpause und die Möglichkeit, an seinem Flachmann zu nippen. Alte Gewohnheit, aber Pöls schwört sich, es gibt kein besseres Mittel, um für ein paar Momente scharf zu sehen wie ein Luchs.

Weit und breit kein Zug zu sehen. Warum diese Bahnschranken schon die Durchfahrt versperren, wenn weit und breit noch kein Zug im Anrollen ist? Aber so hat Pöls Zeit, bei Azra anzurufen. Sie hebt nicht ab. Das bestätigt sein schlechtes Gewissen, dass sie beleidigt ist. Erst als er mit unterdrückter Rufnummer wählt, geht sie ran.

»Was willst du?« Die frostige Stimmung ist ihrer Stimme anzuhören. So hat er Azra noch nie erlebt. Lauter neue Seiten, die er an dieser Frau kennenlernt.

»Ich brauche deine Hilfe.« Er wartet ab, wie sie reagiert, aber von ihrer Seite kommt nichts, daher setzt er fort: »Du bist ein Kind der 80er-Jahre und hast garantiert zu Blondie getanzt.«

»Ist das eine erotische Fantasie von dir?«

»Ich möchte, dass du dir das Lied *Atomic* anhörst und mir sagst, was ein Verschwörungstheoretiker daraus ableiten könnte.«

»Wie soll ich das wissen? Ich ticke nicht wie so ein Irrer.«

»Aber du hast doch Kontakte.«

»Hab ich das?«

»Lade diesen Mann ein, den du vor deinem Urlaubsantritt aus deinem Studio geworfen hast.«

Den kleinen Fiat versetzt es beinahe um ein paar Zentimeter, als der Güterzug förmlich vorbeifliegt. Beladen mit Swimmingpools. Schon wieder? Spielen die Augen des Inspektors verrückt? Ist Pöls ein spezieller Trend entgangen, oder warum ist gefühlt jeder zweite Güterzug, der ihm begegnet, beladen mit Luxus-Pools fürs Eigenheim? Pöls drückt Azras Anruf weg. Die Geschwindigkeit, mit denen die Waggons vor der Windschutzscheibe vorbeifliegen, machen Pöls schwindelig.

Er muss an den Auftragsschein denken, den er im Handschuhfach des Neuners gefunden hat. Die Nummer, die Valerie als Tresor-Code ausgegeben hat – es ist dieselbe Zahl, die hier in einer Tour an der Nase des Inspektors vorbeifliegt. Bei jedem Waggon aufs Neue. Hastig tastet Pöls nach dem nächstbesten Schreiber, den er in der Mittelkonsole finden kann – aber da ist kein Stift, nur ein Lippenstift von Azra. Mit den Zähnen löst Pöls die Kappe des Lippenstifts und kritzelt die Zahlenkombination aufs Armaturenbrett. Dann versucht er sein Glück und tippt dieselbe Nummer in sein Mobiltelefon ein.

Es meldet sich eine Frauenstimme, die in melodischem Italienisch ins Telefon trällert: »Ciao, stai parlando con Adria-Pools. Cosa posso fare per lei?«

»Non parlo italiano«, erwidert Pöls und im Handumdrehen wechselt die angenehme Stimme auf Deutsch mit entzückendem Akzent.

»Kein Problem, womit kann ich dienen?«

Hinter dem Fiat hupt hysterisch ein Auto. Der Bahnschranken ist längst offen.

»Kennen Sie Gaukler Transporte?«

»Natürlich.«

Dem Hintermann platzt der Geduldsfaden. Reifenquietschend überholt der Wagen.

»Was ist mit dir? G'impfta!«, brüllt eine wütende Stimme. Pöls ist zu angetan von der Italienerin, als dass er irgendeine Reaktion aufbringen könnte.

»Vor drei Tagen übernahm Gaukler Transporte für euch einen Auftrag, richtig?«

»Nein, Signor, wir arbeiten eine ganze Weile nicht mehr mit Gaukler Transporte zusammen.«

»Sicher? Ich habe eine Auftragsbestätigung gesehen, aus der hervorgeht, dass Gaukler für euch einen Transport übernommen hat.«

»Das bezweifle ich, aber ich kann Ihre Anfrage an unseren Geschäftsführer weiterleiten, er wird sich dann bei Ihnen melden.«

»Eine gute Idee.«

Pöls wendet sich danach gleich an Bobo. In alter Manier beauftragt er ihn mit der Firmenrecherche. Ganz einfach, weil sich das in der Vergangenheit gut bewährt hat und Bobo ein Talent hat, rasch an hilfreiche Informationen zu gelangen.

Inzwischen wird Pöls von mehr Fahrzeugen überholt. Er kommt mit dem Zählen der Stinkefinger kaum hinterher. Als er starten möchte, blinkt es wieder Rot über dem Andreaskreuz. Also heißt es für den Inspektor, noch einen weiteren Zug abzuwarten. Diesmal keine Swimmingpools, sondern ein Railjet auf dem Weg nach Wien.

72. Inspektor Pöls – Der emsige Kollege aus Leibnitz

Pöls ist gerade in Tragöß angekommen, da meldet sich Bobo mit neuen Erkenntnissen.

»Horch zu, Pöls, bei der Firma Adria-Pools handelt es sich um einen Hersteller von Swimmingpools aus Padua. Gaukler Transporte war für das Unternehmen für Jahrzehnte der Lieferant für Kunden in Zentral- und Osteuropa. Bis vor einem halben Jahr, da wechselte Adria-Pools seine Logistik und hat auf den Schienentransport umgesattelt. Stefan Gaukler habe zwar mehrmals versucht, das Unternehmen als Kunden zurückzugewinnen, darauf ging Adria-Pools nicht mehr ein. Man habe sogar die Service-Nummer geändert, um den ständigen Anrufen von Stefan

Gaukler zu entgehen. Die Leiterin der Service-Stelle hat mich zurückgerufen, um mir von einem seltsamen Vorfall zu berichten: Einen Tag nach Mückmanns Tod ging ein anonymer Anruf im Service-Center ein, den man aufgrund des Akzents nach Österreich verortete. Jemand habe aufs Band gelallt: A volte sei il cane, a volte l'albero.«

»Und was heißt das?«

»Mal ist man der Hund, mal der Baum.«

73. Inspektor Pöls – Flasche leer

Als Pöls vor der Firmenhalle von Gaukler Transporte vorfährt, sind die Kollegen der Polizeiinspektion Bruck an der Mur schon vor Ort und beschlagnahmen die Firmencomputer.

»Herr Inspektor, wozu die grobe Vorgehensweise? Ich hätte Ihnen jederzeit Einblick gewährt. Meine Türen stehen Ihnen jederzeit offen. Sie hätten mich nur nett darum bitten müssen«, empfängt Stefan Gaukler Pöls vorm Eingang.

»Selbst wenn du alles gelöscht hast, unsere IT-Spezialisten finden heraus, welche Deals du abgeschlossen hast.«

»Unsere Firma hat seit 30 Jahren eine saubere Weste. Sie können jeden Winkel durchleuchten. Sie werden nichts Illegales finden.«

»Sprichst du eigentlich Italienisch?«

»Italiano? Naturalmente! Wir zählen auch italienische Firmen zu unseren Kunden. Bruchstückhafte Sprachkenntnisse sind ausreichend.«

»Einige Beziehungen davon sind Geschichte, nicht wahr?«

»Das ist in unserer Branche üblich. Die Konkurrenz schläft nicht.«

Pöls stapft die steilen Treppen nach oben und fühlt sich wie nach der Meßnerin-Besteigung.

»Ist noch was vom Likör da?«

»Ein letzter Rest, Herr Inspektor, aber den haben Sie sich verdient.«

»Mit etwas Glück wird es kein weiteres Mal benötigen, um den Täter zu verhaften.«

»Es schmerzt mich in der Brust, dass Sie jeden Fehltritt von mir umgehend mit dem Mord in Verbindung setzen.«

»Also gestehst du Fehltritte?«

»Ein Unternehmen, das keine Fehler macht, bleibt in seiner Entwicklung stecken. Eine Ideologie, die ich Valerie stets klarzumachen versuche. Aber Sie wissen sicher, wie das bei den jungen Leuten ist. Die gehen mit einer anderen Einstellung an Aufgaben heran als unsere Generation. Valerie ist eine tüchtige junge Frau, manchmal etwas überambitioniert. So auch bei dem Angebot der Firma Fire-Starter.«

»Jetzt wird's interessant«, schnauft Pöls, oben angekommen. Auf dem Schreibtisch im Chefbüro sticht ihm der Likör von den kanarischen Inseln sofort ins Auge. Die Flasche bietet tatsächlich minimalen Inhalt. Mehr als zwei kleine Gläser gehen sich nicht mehr aus.

Wohlwollend registriert Stefan Gaukler den sehnsüchtigen Blick des Inspektors und schreitet gleich zur Tat.

»Ein Schlückchen für Sie, ein Schlückchen für mich. Brüderlich geteilt, wie es sich für anständige Leut' gehört.«

Schmunzelnd serviert der Mann den Alkohol.

»Was summen Sie da eigentlich für eine schwülstige Melodie, Inspektor?«

»Ich habe gesummt?«

»Unüberhörbar.«

Nun beginnt Gaukler ein Lied brummend vorzutragen. Es klingt fürchterlich.

»Diese Melodie habe ich noch nie in meinem Leben gehört. Das kann ich nicht gesummt haben.«

Peinlich berührt wendet sich Pöls dem Fenster zu, sieht, wie vor dem Firmengelände die Streifenwagen abziehen.

»Schade, dass Ihre Kollegen den Computer mitgenommen haben, sonst könnte ich es Ihnen gleich selbst demonstrieren. Vor ein paar Monaten verzeichnete mein Betrieb eine stark abfallende Bilanz. Valerie machte sich Sorgen um ihren Job. Sie kam mit einer Reihe von unseriösen Angeboten für Transporte, die ich niemals im Leben annehmen würde. Ja, viele davon wären mir nicht einmal eine Überlegung wert. Aber das Dirndl ist jung und unerfahren und sie meinte es sicher nicht böse, aber sie hat hinter meinem Rücken einen Deal mit Fire-Starter eingefädelt. Die wollten, dass wir ihren giftigen Dreck ins Ausland zu einer Entsorgungsstelle schmuggeln. Glauben Sie mir, ich bin aus allen Wolken gefallen, als Valerie mir das erzählt hat. Ich habe den Auftrag sofort wieder storniert.«

»Wie kommt es, dass wir Spuren des Giftes in deinem alten Lastwagen gefunden haben? Im Neuner!«

»Die Firma hat uns ein erstes Giftfass zukommen lassen, damit wir es analysieren können, ob wir uns den Transport zumuten. Ich habe umgehend abgelehnt und das Fass retourniert. Das können Sie mir glauben.«

»Wieso finden wir haargenau das gleiche Produkt auch bei Mückmann im Keller?«

»Das ist leicht erklärt, Herr Inspektor. Ich habe dem Herrn Doktor die Proben gegeben und um eine Analyse gebeten. Wenn man einen echten Profi zur Hand hat, muss man das ausnutzen!«

»Was hat Mückmann analysiert?«

»Leider kam es aus den bekannten Gründen nicht mehr zum Ergebnis.«

»Hatte die Aktion für Valerie Konsequenzen?«

»Ich war fuchsteufelswild auf sie, das können Sie mir glauben. Zur Strafe ließ ich sie auch den Neuner nach Tragößbringen, damit ich ihn dort generalreinigen kann – aber dann haben Sie dazwischen gefunkt, lieber Inspektor. Statt den Neuner zu reinigen, hat sie ihn retour gebracht, das damische Madl[27].«

»Warum ist Valerie nicht im Büro?«

»Sie ist bei ein paar abgesprungenen Kunden Klinkenputzen.«

»Sag ihr, dass ich mich dringend mit ihr unterhalten muss.«

»Sie verdächtigen doch nicht meine tüchtige Assistentin, Mückmann um die Ecke gebracht zu haben?«

Erkennt Pöls da etwa ein Funkeln in den Augen des Mannes?

Kapitel XI – Gusch!

So sehr Pöls es an seinem Job liebt, wie sich nach und nach die Knoten entwirren und sich ein klareres Bild eines Falles ergibt, umso mehr hasst er die Momente, wenn sich weitere Knoten in die Schlinge ziehen. Ließ Valerie den Inspektor absichtlich diesen Auftragsbrief vom Frachtenbahnhof Bruck an der Mur im Neuner finden, weil sie wusste, dass er es irgendwann herausfinden würde und der Verdacht dann schwer auf den Schultern ihres Chefs lastet? Nach wie vor sind Stefan Gaukler und Valerie Reinthaler für ihn nicht greifbar. Was ist gespielt, was ist echt? Pöls muss auf der Hut sein.

74. Valerie Reinthaler – Belauscht

Als Inspektor Pöls aus dem Firmengebäude kommt, tritt Valerie einen Schritt hinter dem Lastwagenführerhaus zurück. Der Inspektor schwingt sich in den kleinen Fiat auf den Fahrersitz. Er nuckelt an einem Flachmann, ehe er den Motor startet. Umständlich wendet das Auto und verlässt Gaukler Transporte.

Valerie eilt die Treppen hoch.

»Wow, mit dir habe ich heute nicht gerechnet«, lächelt ihr Chef. »Dachte mir, du bist getürmt.«

Valerie imitiert das Lied, das ihr Chef wenige Augenblicke zuvor anstimmte.

»Er hat *El Condor* gesummt.«

»Hä?«

»Muss er im Neuner aufgeschnappt haben. Da läuft Ihre Panflötenmusik in Dauerschleife. Ich kann das Ding nicht ausschalten. Es geht an, sobald man den alten Kübel startet.«

»Jetzt weiß ich wenigstens, dass du uns belauscht hast. Er hätte dich so gerne gesprochen, der Herr Inspektor.«

»Ich würde mich eher fragen, warum der Bulle in Ihrer Gegenwart *El Condor* summt. Er zeigt unterbewusst, dass er Ihnen auf den Fersen ist. Daher finde ich, Sie sollten mir dankbarer sein. Immerhin bin ich Ihr Alibi.«

»Ein Alibi, das ich von dir nie verlangt habe. Keine Ahnung, wie du auf diese irre Idee gekommen bist. Strategiebesprechung.« Stefan Gaukler muss abfällig lachen. »Als hätte ich es nötig, mit dir über meine Strategie zu diskutieren.«

»Ich habe das zu Ihrem eigenen Schutz getan.«

»Zu meinem Schutz?«

»Ohne meine Hilfe hätten Sie kein Alibi. Wer soll das Plakat denn sonst beschmiert haben, außer Ihnen?«

»Valerie, daraus habe ich nie einen Hehl gemacht. Ich habe der Polizei längst gestanden, dass ich der Schmierfink war.«

»Damit weiß der Bulle, dass Sie zur Tatzeit in Tragöß waren.«

»Ich konnte dem Herrn Inspektor glaubhaft vermitteln, dass ich zur Tatzeit in meinem Elternhaus meinen Rausch ausgeschlafen habe. Wo warst du zur Tatzeit, Valerie? Ich vermute, dass er die Panflötenmelodie deinetwegen ausgepackt hat – die Fahrt mit dir im Neuner muss ihn beeindruckt haben.«

»Ich kann Sie in Schwierigkeiten bringen, wenn ich alles ausplaudere, was ich über Sie weiß.«

»Was weißt du denn schon?«

»Dass Hans Mückmann Sie erpresst hat.«

»Herr Doktor Mückmann? Mich?«

»Vor jeder Investition drehen Sie jeden Cent dreimal um. Sie wehren sich gegen jede Erneuerung und Veränderung. Aber dann kommt ein selbsternannter Heilprediger ins Land und Sie kaufen ihm sofort diese überteuerte Anlage ab, um ein Wassersystem zu verändern, das uns in wenigen Monaten egal sein könnte, weil wir ohnehin ausziehen. Das ist nicht Ihr Stil. Das macht doch keinen Sinn.«

»Ich habe dem Herrn Doktor nur einen Gefallen getan. Eine

Hand wäscht die andere.«

»Die Polizei wird wissen wollen, warum es Ihnen so ein Bedürfnis war, dem alten Deppen einen Gefallen zu tun. Ich weiß es. Und dazu passt auch, dass Sie einen Tag nach Mückmanns Tod das Osmose-Projekt wieder gekübelt haben.«

»Was willst du? Eine Gehaltserhöhung?«

»So leicht kommen Sie nicht davon.«

»Eine Firmenbeteiligung?«

»Solange dieser Laden sich gegen echte Innovationen wehrt, lohnt sich eine Beteiligung nicht.«

»Sag, du Schlange, was willst du?«

»Eine faire Abfindung. Dann bin ich raus aus dem Geschäft.«

»Du kennst unsere finanzielle Situation. Woher soll ich eine große Abfindung nehmen?«

»Ich weiß, dass Ihr Tresor gefüllt ist mit schmutzigem Geld.«

»Deshalb bist du ganz scharf auf den Tresor. Und du glaubst, dass sich dort Unsummen an Bargeld befinden? Du kannst dich gerne persönlich davon überzeugen. Ich wollte ohnehin den Neuner nach Tragöß bringen, nachdem du dazu nicht fähig warst. Mal sehen, ob es *El Condor* spielt.«

75. Inspektor Pöls – Verlass

Von wegen: Valerie wird zuhause sein. Bei Reinthaler öffnet niemand. Nur der neugierige Nachbar, der bemerkt, dass Pöls zum dritten Mal klingelt.

»Da können Sie noch so oft läuten, die zwei sind ausgeflogen.« Heute präsentiert sich der Mann mit der wirren Frisur zur Abwechslung in schwarzem Feinripp.

»Irgendeine Ahnung, wo die beiden sein könnten?«

»Die Geile habe ich in letzter Zeit ohnehin nur selten gesehen. Der Dauerstudent wurde von einer Limousine abgeholt, sowas haben Sie noch nicht gesehen. So lang wie zwei Parkplätze. Eine Spritschleuder. Da muss es einen Geldsegen gegeben haben, bei meinen lieben Nachbarn.«

»Kannst du diese Limousine näher beschreiben?«

»Die ist unübersehbar. Weiß, verdunkelte Scheiben. Leider ist der Winkel von meinem Balkon so ungünstig, dass ich das Kennzeichen nicht gesehen habe. Aber in der Gegend gibt es so ein Gefährt kein zweites Mal.«

76. Valerie Reinthaler – Letzter Rundgang

Der Lastwagen passt millimetergenau durch die Einfahrt beim Elternhaus von Stefan Gaukler.

»Präge es dir gut ein. Ein letztes Mal.« Er blickt über den breiten Seitenspiegel auf sein eigenes Haus.

»Ein letztes Mal?«, fragt sie und beugt den Kopf zu ihrem Seitenfenster.

»Ich habe mich für ein Angebot einer Baufirma entschieden. Die Abbrucharbeiten beginnen demnächst.«

»Sie lassen es wirklich abreißen?«

»Hast du daran gezweifelt?«

»Jetzt, wo Ihr Bruder nicht mehr im Grünen See tauchen darf, ist der LKW-Parkplatz doch hinfällig.«

»Das Haus muss weg. So oder so.«

»So schlechte Erinnerungen an diese Mauern?«

»Im Gegenteil, es sind zum größten Teil schöne Erinnerungen – aber wenn ein Mensch stirbt, dann lebt die Seele weiter. Bei einem Gebäude ist es nicht anders. Die Hülle ist verwelkt. Kein neuer Anstrich kann diesem Haus das alte Leben einhauchen.« Stefan Gaukler stemmt die Schulter gegen die Fahrertür.

»Der Schrei des Steinadlers«, sagt er und muss lachen.

Valerie betritt hinter ihrem Chef das Haus.

Der gekachelte Flur, die Küche und das Wohnzimmer, die in den 1980er-Jahren steckengeblieben scheinen – all das löst in Valerie leichten Ekel aus. In den schweren Holzmöbeln, den gelblichen Gardinen und den stoffbezogenen Lehnsesseln steckt der kalte Rauch. Passend dazu, als könnte er ihre Gedanken lesen, spielt Stefan Gaukler mit dem Schleuderascher eines massiven Standaschenbechers.

»Vater habe ich selten ohne Zigarette oder Zigarre im Mund gesehen. Wahrscheinlich hat sein Herz deshalb so früh aufgegeben.«

»Wir sind wegen etwas anderem hier, Chef.«

»Du kannst es nicht mehr erwarten, in den Keller zu kommen, dabei würde ich dir so gerne das obere Stockwerk zeigen.«

»Wozu?«

»Weil man das gesehen haben muss, bevor es abgerissen wird.«

»Die Schlafgemächer? Ihr Ernst?«

»Mein Zimmer, Tommys, Mutters, Vaters Zimmer – meine Eltern bevorzugten getrennte Schlafzimmer.«

»Ein schnarchender Ehemann. Wenn Georg zu laut sägt, verpasse ich ihm einen Spitz mit dem Ellbogen und es ist Ruhe, dazu braucht es nicht gleich einen eigenen Raum.«

»Bei uns war es eher die Mutter, die schnarchte, aber Vater benötigte verdammt wenig Schlaf und war die halbe Nacht über am Lesen. Im Nachhinein muss man gestehen, dass dieser Lebensstil auch nicht nachahmenswert ist.« Stefan Gaukler legt seine Hand an das Geländer und steigt die Treppen hoch. Auf eine Hausführung könnte Valerie getrost verzichten.

77. Inspektor Pöls – Polizeiinspektion Bruck an der Mur

Pöls erhielt von Bobo die Bitte, sich in der Polizeiinspektion in Bruck an der Mur zu melden. Dort erwartet ihn Lammer, der

Polizist, der einst auf Valerie abgefahren ist. Ein Laptop steht funktionsbereit auf einem Tisch.

»Das ist das Arbeitsgerät von Valerie Reinthaler«, erklärt Lammer möglichst professionell. »Sie hat die Mails der letzten Monate zwar fleißig gelöscht, aber wir konnten eine Kopie der gelöschten Nachrichten wiederherstellen. Im Spam-Ordner wurden wir fündig. Ein Mail-Verkehr zwischen Valerie und der Firma Fire-Starter. Die erste Anfrage kommt von Fire-Starter. Dann lange Funkstille. Die Reaktion auf die Anfrage erfolgte Monate später. Valerie erkundigte sich, ob das Angebot noch Gültigkeit habe. Das angesprochene Unternehmen zeigte sich erfreut über das Lebenszeichen von Gaukler Transporte. Demnach hat Gaukler Transporte 14.000 Liter von dem Speziallöschschaum erhalten.«

»Klingt viel«, sagt Pöls und drängt sich näher an die Schulter des Kollegen, um am Bildschirm etwas lesen zu können. Lammer rückt zur Seite und Pöls kommt bis auf wenige Zentimeter an den Monitor heran.

»Ich kann die Schrift vergrößern, wenn es Ihnen hilft.«

»Geht schon, ich bin ja nicht blind. Kannst du mir einen Ausdruck von dem Briefverkehr machen?«

Kurz darauf rattert ein alter Laserdrucker. »Nicht auszudenken, wenn der Dreck in den Grünen See geflossen wäre«, sagt Lammer und spielt mit den Handschellen. »Wenn wir diesen Gaukler dingfest machen sollen, müssen Sie es uns sagen.«

78. Valerie Reinthaler – Erinnerungen

Eine Hausführung von ihrem Chef. So ziemlich das Letzte, worauf Valerie Lust hat. Als sie auf der geschwungenen Treppe um die Kurve marschiert, stockt ihr der Atem. Die Wände im Obergeschoss gleichen einem Fantasie-Aquarium. Kinderzeichnungen einer Unterwasserwelt von einer Ecke bis zur anderen. An den Türen jeweils ein riesiger Meeresbewohner – ein Karpfen, ein Krebs, ein Tintenfisch und eine Koralle, aus der gelbe Augen aus der Finsternis hervorblicken. Dazwischen jede Menge Seegras, Luftblasen, kleine Fischschwärme und abstrakte Pflanzen.

»Hat das alles Ihr Bruder fabriziert?«

»Das habe ich gemeinsam mit Tommy vollbracht. Er muss um die neun Jahre alt gewesen sein, ich war Teenager.«

»Warum haben Sie das nie ausgemalt? Das muss Sie doch ständig an Ihren Bruder erinnern.«

»Bin nie im Obergeschoss.«

»Diese Zeichnungen sind 30 oder 40 Jahre alt.«

»Mir genügt das Erdgeschoss. Ich war das letzte Mal am 16. Oktober 2009 hier oben.«

»Das wissen Sie noch so genau?«

»Das war der Tag meiner Scheidung. Dieses Datum hat sich in mein Gehirn eingebrannt: 16. Oktober 2009!«

Stefan Gaukler betritt das Zimmer hinter dem Karpfen. Valerie zögert. Sie weiß nicht, ob sie diesen Trip fortsetzen möchte.

»Tommys Reich.«

»Sagen Sie bloß, das ist unverändert, seit er ausgezogen ist.«

Sein suffisantes Grinsen erspart eine Antwort.

»Tommy ist kurz nach dem Tod meines Vaters ausgezogen. Mit 19. Solange der Alte lebte, hatte er es nie gewagt.«

Valerie quert die Türleiste. Sie hat befürchtet, das Aquarium-Feeling würde sich hier fortsetzen, aber es gibt keine Kinderzeichnungen in Tommys Jugendzimmer. Sein Faible fürs Tauchen ist trotzdem unverkennbar. Poster von Tauchlegenden, von Hans Haas über Leni Riefenstahl bis Jaques Cousteau, ein überdimensionales Filmplakat von »Im Rausch der Tiefe« und eine Weltkarte auf einer Korkwand, auf der bunte Pins an klassischen Tauchdestinationen stecken.

»Ihr Bruder wusste jedenfalls immer, was er wollte.«

»Weil ich ihm den Rücken freigehalten habe. Mein Vater pflegte eine patriarchalische Erziehung, eine strenge Hand. Ich habe Tommy immer beschützt und die Schläge von Vater kassiert, die meinem Bruder gegolten haben. Deshalb ist er auch heute noch so ein Träumer, weil er nie das raue, brutale Leben kennengelernt hat. Mutter hat ihn abgöttisch geliebt. Tommy flogen die Pralinen in den offenen Mund.«

»Kann verstehen, dass Sie ihn gerne auflaufen lassen wollten.«

»Nein, ich liebte Tommy.«

»Bis er Ihnen die Frau ausspannte.«

»Ich hätte mir nach dem Tod meines Vaters gewünscht, dass er mich mit dem Familienerbe nicht alleine lässt. Es wäre so viel einfacher gewesen, wenn wir uns die Aufgaben geteilt hätten.«

»Ob das gut gegangen wäre? Ich kenne Ihren Bruder nicht gut, aber Sie und er – das ist doch wie …«

»… und jetzt ist sie von ihm schwanger und was es werden mag, Bengel oder Göre, ist erster Anwärter für die Nachfolge.«

Valerie spürt die Spannung im Raum und taucht hinaus in den Aquarium-Flur.

»Wer hat es dir gesagt? Das mit Karin. Der Inspektor?«

»Ich bin eine Frau, ich kann zwischen den Zeilen lesen. Ihre Mutter hat mir ständig gesagt, wie ähnlich ich Karin bin. Eines Tages hatte sie sich versprochen und mir geraten, auch privat in Karins Fußstapfen zu treten.«

Ohne eine Miene zu verziehen, geht Stefan Gaukler an ihr vorbei und öffnet die Tür mit dem Tintenfisch. Sie hat genug gesehen. Sie will endlich wieder runter.

»Warum zeigen Sie mir das alles hier?«

»Um Abschied zu nehmen.«

»Ich habe mit dem hier nie etwas zu tun gehabt. Ich muss davon nicht Abschied nehmen. Wenn Sie das möchten, dann machen Sie das alleine. Ich warte unten auf Sie.«

Valerie läuft über die Treppen hinab.

Im gekachelten Flur der nächste Schock – der Bulle grinst beim Hauseingang herein.

79. Inspektor Pöls – Das doppelte »E«

»Wie gut, dass ich euch beide hier antreffe.« Pöls grinst.

»Ich war davon ausgegangen, dass ich abgesperrt habe«, sagt Stefan Gaukler, der seine Assistentin zur Seite drängt, um auf den Inspektor zuzukommen.

»Ich musste mich sportlich betätigen, aber dank des großzügigen Hecks des Neuners war die Kletterpartie selbst für jemanden mit meiner miesen Kondition zu bewerkstelligen.«

»Was wollen Sie, Herr Inspektor? Reicht es nicht, dass Sie meine Computer beschlagnahmt haben und ich dadurch mit schweren finanziellen Verlusten durch entgangene Aufträge zu rechnen habe?«

»Mir will dieser Auftrag mit Fire-Starter nicht aus dem Sinn gehen.«

»Ich habe Ihnen alles gesagt, was es zu diesem unglücklichen Deal zu sagen gibt.«

»Da bin ich etwas anderer Meinung. Du hast dir zwar Mühe gegeben, diesen Mailverkehr deiner Assistentin in die Schuhe zu schieben, aber für mich ist klar, dass DU der Verfasser bist. Nicht Valerie hat den Deal eingefädelt, sondern du.«

»Ich liebe Ihre blühende Fantasie. Sie sind eine Bereicherung für das Entertainment – aber momentan habe ich genug Unterhaltung.«

»Du hast mir selbst gesagt, wie unpraktisch kleine Tastaturen für deine Wurstfinger sind.« Pöls holt den Ausdruck des Mails hervor. »Die Tastatur am Laptop deiner Assistentin ist extrem sensibel eingestellt. Valerie ist feinfühlig genug, um darauf fehlerfrei schreiben zu können, bei dir jedoch spuckt die Tastatur gelegentlich ein doppeltes E oder A aus, an Stellen, wo sie nicht hingehören.«

»Hätte mich gewundert, wenn Sie nicht wieder eine beinharte Profiler-Methode auspacken, Herr Inspektor. Köstlich, einfach köstlich, was Sie sich aus den Fingern saugen. Lernt man sowas auf der Polizeischule?«

»Valerie ist damit entlastet. Aber deine Geschichte von der unglücklichen Stornierung des Giftmüll-Deals bröckelt. Ihr habt nicht nur eine kleine Kostprobe erhalten, sondern die gesamte Ladung.«

»Sie können meine Firma in Bruck an der Mur auf den Kopf stellen. Von mir aus auch mein Elternhaus. Von oben bis unten. Sie werden keine Giftfässer finden.«

»Du warst schlau genug, sie rechtzeitig loszuwerden.«

»Alles Spekulation. Sie bluffen!«

»Nein, das ist meiner langjährigen Erfahrung geschuldet.«

»Sie sollten Ihre hellseherischen Fähigkeiten fürs Lotto einsetzen.«

»Du wirst lachen, meine Augen spielen mir gelegentlich Szenen vor, von denen ich hinterher nicht sagen kann, ob das eine Illusion oder Wirklichkeit war. Ich habe dich gesehen, wie du am Bahnübergang zwischen Bruck an der Mur und Kapfenberg gestanden bist. Am Tag nach Mückmanns Tod. Du wolltest sichergehen, dass der Güterzug auch tatsächlich aus Bruck an der Mur ausgelaufen ist. Damit wusstest du, dass du das Gift auch wirklich los bist.«

»Was soll ich sagen, Herr Inspektor, Ihre Fantasie begeistert mich von einem zum anderen Moment mehr. Sie sollten Märchenonkel werden. Aber bei der Polizei sind Sie falsch. Hier sind Fakten gefragt, keine Kaffeesudleserei. Wer soll Ihnen denn solche Hirngespinste abkaufen? Sie glauben nicht ernsthaft, dass ich den Löschschaum in die Swimmingpools gefüllt habe.«

»Es muss für dich eine besondere Befriedigung gewesen sein, es deinem ehemaligen Stammkunden heimzuzahlen und ihm ans Bein zu pinkeln. Mal bist du der Hund, mal der Baum. Es ist bereits ein Team informiert und wird sich in Brünn die Swimmingpools vorknöpfen. Ich bin mir sicher, wir finden in einem der Modelle Rückstände des Giftes.«

80. Stefan Gaukler – Frachtenbahnhof

Im Kopf von Stefan Gaukler spielt sich tatsächlich immer wieder eine Szene ab, die er überstehen musste, kurz nachdem Doktor Mückmann seine letzten Atemzüge getätigt hat. Wie in einem 3D-Kino sieht er Folgendes:

In Kegeln strahlen die Lampen des Frachtenbahnhofs auf die Waggons. Bruck an der Mur liegt noch im Tiefschlaf. Aber beim Verschub glühen die Scheinwerfer taghell. Schweigend stapfen Männer in gelben, reflektierenden Uniformen und Schutzhelmen über die Gleise und erledigen ihre Arbeit. Auf den äußersten Schienen rollt ein langer Zug mit gedeckten Güterwaggons im Schritttempo dahin. Ein monotones Quietschen zerkratzt die Luft in einer Hochfrequenz, die einem die Nackenhaare aufstellt. Stefan Gaukler beneidet die Arbeiter um die dicken Ohrenschützer. Das Geräusch wird unerträglicher, je länger es anhält. Bald platzt Stefan Gaukler der Kopf und er gibt sein Versteck auf: Das Ende einer Lärmschutzwand, von der aus er ausreichend Überblick über den Frachtenbahnhof hat. Die Arbeiter sind am anderen Ende des Zuges beschäftigt. Gaukler nutzt die Chance und hastet auf den schmalen Kiesstreifen zwischen dem rollenden Zug und der Lärmschutzwand. Mit Graffiti besprühte Waggons ziehen an ihm vorbei. Er muss einige Meter bis zu dem Durchgang laufen. Dahinter parkt sein LKW.

Gaukler setzt sich ins Führerhaus und verschränkt die Unterarme über dem Lenkrad. Alles, was er wissen muss, hat er herausgefunden. Der Güterzug, auf den er es abgesehen hat, steht derzeit noch zu nahe beim Gebäude, in dem die Arbeiter ihre Pause abhalten. Nur nicht die Nerven verlieren. Stefan Gaukler hat genügend Zeit, bis »sein« Güterzug auf die Reise geht. Trotzdem muss er die Sache vor der Dämmerung erledigen. Selbst in der Fahrerkabine bei geschlossenen Fenstern stört ihn dieses Quietschen. Als der Lärm endlich nachlässt, wagt Gaukler sich aus dem Lastwagen. Er tritt durch den Durchgang auf die Gleise und traut seinen Augen nicht. Wie auf dem Präsentierteller steht »sein« Zug vor ihm. Eine Reihe an vierachsigen Flachwagen. Jeder gut und gerne fünfzehn Meter lang. Auf jedem ist ein abgedeckter Swimmingpool montiert und mit dicken Leinen festgegurtet. *»Adria-Pools«* steht in geschnörkelter Schrift auf den Seitenwänden und darüber unübersehbar eine Service-Telefonnummer.

Stefan Gaukler zupft einen Abfertigungsschein aus einer Metallvorrichtung am Waggonende und kritzelt die Telefonnummer auf die Rückseite.

»Lachen werde ich über euch, lachen!«

Er duckt sich und blickt unter einem Waggon zu den gegenüberliegenden Gleisen. Von den Arbeitern ist nichts zu sehen. Es gilt, die Gunst der Stunde zu nutzen. Eiligen Schrittes hetzt Gaukler zu seinem Lastwagen, startet und reversiert so oft, bis er hinter der Lärmschutzwand parallel zum Güterzug steht. Die Höhe ist perfekt. Die obere Kante der Lärmschutzwand liegt beinahe auf selber Höhe mit dem Container auf der Ladefläche des Brummis. Stefan Gaukler muss es nur gelingen, zuerst die Abdeckungen zur Seite zu schieben und den dicken Schlauch von der Oberseite des Containers in den Swimmingpool auf dem Waggon zu hängen. Zwischen LKW und Zug liegen vielleicht zweieinhalb Meter. Es muss schnell gehen. Stefan knetet den Schlauch, bis er in der optimalen Position ist und die Flüssigkeit vom Container ins Becken laufen kann. Gurgelnd plätschert der Löschschaum in den Luxuspool. Am Horizont bildet sich ein erster zaghafter morgendlicher Streifen.

81. Valerie Reinthaler – Im Keller

Während Heinz Pöls und Stefan Gaukler ins Gespräch vertieft sind, scheinen die beiden auf Valerie zu vergessen. Sie ist wie unsichtbar. Weder dem Inspektor noch ihrem Chef fällt auf, dass sich die Frau Schritt für Schritt zurückzieht.

Sie schafft es ungesehen in den Keller. In ihrem Kopf die Vorahnung für den Code. Vor dem Tresor geht sie in die Knie. Aufgeregt!

Eine achtstellige Zahlenkombination wird verlangt. Valerie spürt das Adrenalin in ihren Venen und versucht ihr Glück: 16102009 – Der 16. Oktober 2009, der Tag von Gauklers Scheidung.

Klack! Das Schloss gibt nach.

Valerie kann die kleine Stahltür öffnen.

Auf einem zusammengefalteten Tuch liegt eine Pistole. Marke Glock, Modell 21 Gen 4. Oft hörte Valerie diesen Markennamen aus dem Munde ihres Chefs, wenn er zornig mit seinem Bruder telefonierte.

Ehrfürchtig legt Valerie ihre Hand auf die Waffe. Beim Anheben bleibt das Tuch hängen und mehrere Patronen rutschen der Frau entgegen.

»Valerie?«

Der Ruf ihres Vorgesetzten lässt sie erschrocken herumwirbeln. Sie hört seine Schritte über die Treppe watscheln. Rasch klappt sie den Tresor zu und geht ihrem Chef entgegen.

»Einen Gruß vom Herrn Inspektor soll ich dir ausrichten.«

»Ist er weg?«

Gaukler nickt.

»Ja, die Neugiersnase ist weg und wir können die Tour endlich fortsetzen. Wie ich sehe, möchtest du im Keller weitermachen?«

»Nein«, zischt sie und zwängt sich an ihm vorbei. »Ich brauche Frischluft.«

Aber sie kommt nicht weit, seine Hand packt ihren Oberarm.

»Warum so eilig? Du hast hier unten garantiert nicht alles gesehen.«

»Danke für die Tour, aber ich glaube, die Erinnerungen Ihrer Vergangenheit müssen Sie alleine bewältigen.«

Sie will sich losreißen, bloß, es funktioniert nicht. Grob fischt er sie näher zu sich her.

»Dort hinten«, sagt er und deutet mit der Hand in die entgegengesetzte Richtung. »Da habe ich mich als Kind versteckt, wenn Vater wieder einmal grob wurde.«

»Tut mir leid für Ihre verkorkste Kindheit, aber ich will hier raus.«

»Dann wird's Zeit für den Geheimgang!«

Jetzt fasst er sie mit beiden Händen und zerrt sie mit sich. Nun wird selbst der letzte Lichtstrahl von der Dunkelheit verschluckt.

»Ich habe die Glühbirnen aus den Fassungen geschraubt und sie verklebt, damit man keine neuen einsetzen konnte.« In seiner Stimme liegt Wahnsinn.

Valerie stolpert über ein kniehohes Hindernis. Sein eiserner Griff verhindert, dass sie stürzt. Aber das hilft nicht dagegen, dass ihr Puls trotzdem in die Höhe schnellt. Sie fühlt sich wie eine Erstickende. Hastig schnappt sie nach Luft.

»Lassen Sie mich los.«

»Alleine bist du in diesem Loch verloren.«

Tatsächlich löst sich sein Griff. Die Druckstellen seiner Finger hämmern wie Phantomschmerzen nach. Hektisch stochern ihre Hände durch die Finsternis und ertasten eine kalte, feuchte Mauer.

Ihr Chef hantiert unweit von ihr mit Metall herum. Wie aus dem Nichts fällt auf einmal ein greller Lichtschein auf sie. Ein Spalt, der größer wird und eine schmale Steintreppe offenbart, die nach oben führt. Ein regelrechter Schlurf[28]. Ihr Chef muss den Kopf einziehen und sich so dünn wie möglich machen, um mit den Schultern nicht an der schroffen Mauer zu schleifen.

So gern sie die Nähe des Mannes meiden möchte, bleibt sie jetzt absichtlich dicht hinter ihm, um nicht in der Dunkelheit gefangen zu werden.

Erst vor dem Ausstieg verharrt sie auf der vorletzten Stufe. Die Treppe führt in die Garage. Das große Rolltor ist offen und die Kühlerfront des Lastwagens blickt monsterhaft herein.

»So konnte ich meinem Vater immer entkommen.«

Gaukler hilft Valerie aus dem Loch, schließt den Treppenaufgang mit einem Eisentor und schiebt einen quietschenden Rollwagen darüber, auf dem unzählige Werkstatt-Utensilien liegen – Hammer, Eisenzangen, Schrauben, Feilen.

»Mein Vater wusste von dem Gang, hatte ihn sich aber schlichtweg aus dem Gedächtnis gesoffen.«

»Danke für die Führung, können wir jetzt wieder …«

Valerie fühlt das eiskalte Ding um ihr Handgelenk. Im nächsten Moment erblickt sie die Kette, die ihr Chef fixiert. Die Kettenglieder reichen bis zu einem Eisenring in der Garagenwand.

Sie ist zu perplex, um zu reagieren oder irgendetwas zu sagen.

»Ich habe dir doch gesagt, dass es meine Abschiedstour ist. Nimm Platz.«

Er rückt einen verrosteten Blechstuhl heran und drückt ihr seine Handfläche gegen die Brust – schon sitzt sie.

»Mein Unternehmen ist dem Untergang geweiht. Was willst du denn ohne mich machen?«

»Bitte machen Sie mich los.«

Aber stattdessen marschiert Stefan Gaukler auf den Lastwagen zu, drückt an der Wand auf einen Knopf und das Rolltor fährt ein sattes Stück herab.

»Ich habe das Ganze seit dem letzten Mal etwas funktioneller gemacht.«

In der unteren Ecke des Tores klafft ein fußballgroßes Loch. Stefan Gaukler kriecht unterm Tor raus, klettert ins Fahrzeug und startet den Motor. Parallel dazu ertönt melancholische Panflötenmusik im Hintergrund. Gaukler springt gleich wieder aus dem Führerhaus und zieht ein Aluflexrohr an das Tor heran und stopft den Luftschlauch durch das Loch.

Valerie brüllt los, so laut sie kann.

»Hilfe! Hilfe!«

»Das bringt doch nichts.« Gaukler fährt das Garagentor bis an den Anschlag nach unten. Ohne Eile kommt er auf sie zu, schnappt sich einen Ölfetzen von einem Seitenregal.

Valeries freie Hand streckt sich nach dem Rolltisch. Der Stuhl kippt um. Sie fegt Schrauben und Feilen zu Boden, bis sie den Hammer zu fassen bekommt. Sie brüllt und schwingt das Werkzeug, um Gaukler von sich fernzuhalten.

»Wenn du mich damit schlägst, kommst du erst recht nicht frei.«

Die Auspuffgase breiten sich hässlich im Raum aus. Wie ein Tänzer spiegelt der Chef Valeries Bewegungen und weicht den Hammerschwüngen aus. Er packt die Kette und zieht so kräftig daran, dass Valerie den Halt verliert und auf den Hintern fällt. Der Hammer schlittert über den Steinboden. Im nächsten Moment schmeckt sie den ekelhaften Stoff in ihrem Mund und ihr Schreien verstummt. Was muss sie für einen erbärmlichen Anblick abgeben, mit dem Ölfetzen zwischen den Zähnen. Gaukler löst den Gürtel von seiner Hose und bindet der Frau damit den freien Arm gegen ihren Oberkörper.

»Ich hätte mich noch gerne mit dir unterhalten, bis wir das

Bewusstsein verlieren, aber wenn du nicht willst, dann bist du eben auf meinen Monolog angewiesen.«

Mit der Schuhsohle schiebt er den Hammer weiter zur Seite. Valerie lässt er am Boden sitzen. Er rückt weiter in die Mitte der Garage und fächert seiner Gefangenen Kohlenmonoxid zu.

Die Hand des gefesselten Arms ist auf Höhe von Valeries Hosentasche. Sie zieht die Waffe. Stefan Gaukler hat es noch nicht gesehen. Er steht mit dem Rücken zu ihr.

82. Inspektor Pöls – Sauber

Von Stefan Gauklers Elternhaus ist es nicht weit ins Zentrum von Tragöß und das Büro des Tourismusverbandes. Durch die Glasscheibe kann Pöls trotz seiner Sehschwäche das knallfarbige Kostüm der Büroleiterin erkennen. Beim Eintreten in den Laden klingelt ein Glöckchen.

»Weißt du, dass ich mich erkundigt habe? Es gibt keine Zeugen, dass du dir den Haxn in der Bärenschützklamm verletzt hast.«

»Wie bitte?« Monika blickt über den Rand ihrer Lesebrille.

»Die Rettung hat dich zwar in Mixnitz abgeholt, aber du warst allein. Dein Team ist ohne dich die Bärenschützklamm hochgegangen. Du hättest gesagt, du kommst nach.«

»Ja, bin ich ja – und weil ich so gehudelt habe, bin ich ausgerutscht. Saudeppert!«

»Theoretisch könntest du auch am Grünen See ausgerutscht sein, hast dich dann in dein Auto gesetzt, fährst nach Mixnitz und lässt dich dort von der Rettung abholen. Dafür spräche die Schwellung. Im Krankenhaus wurde mir bestätigt, dass deine Schwellung darauf schließen lässt, dass du die verletzte Stelle noch eine ganze Weile übermäßig belastet hast.«

»Übermäßig belastet habe ich sie ganz bestimmt, denn ich

musste die unzähligen Leitern über den Wasserfall alleine herunter krabbeln.«

»Warum hast du dir die Hilfe nicht an die Unfallstelle geholt?«

»Witzbold, weil es wahrscheinlich doppelt so lange gedauert hätte, bis mich die Sanitäter von dort runtergeholt hätten und außerdem hatte ich im Wasserfall keine Handyverbindung. Totales Funkloch.«

»So ein Pech! Und warum bist du erst so spät zum Betriebsausflug? Ist es nicht der Sinn der Sache, dass das gesamte Team daran teilnimmt?«

»Ich hatte einen Termin.«

»Nämlich?«

»Sie sind aber auch eine Nervensäge.«

»Etwa mit Hans Mückmann?«

»Woher wissen Sie das?«

»Nennen wir es Bauchgefühl. War es ein Streitgespräch?«

»Im Gegenteil, es war ein äußerst freundliches Gespräch. Er hat mich über unser Trinkwasser aufgeklärt und mir ein Osmose-Wasserfiltersystem vorgestellt.«

»Das hat dich nicht zur Weißglut gebracht?«

»Wieso denn?«

»Das naturbelassene Tragöß muss auf Wasserfilter zurückgreifen?«

»Da hätten Sie den Herrn Doktor hören sollen. Der hat in den höchsten Tönen von der Wasserqualität vom Grünen See geschwärmt. So etwas Reines hätte er noch gar nie gesehen. Im Gegenzug dazu seien die Wasserleitungen stark veraltet und würden der Wasserqualität zusetzen. Das, was aus der Leitung rauskommt, sei nicht das, was am anderen Ende reingegangen ist. Er konnte mir das sehr plausibel erklären. Einen so klugen Menschen habe ich selten gesehen. Ich war interessiert an dem Wasserfilter. Wir hatten vereinbart, dass er mich in rund einer Woche nochmals besuchen will – aber wie Sie wissen, kam es dazu nicht mehr. Nach unserem Gespräch bin ich los und nach Mixnitz gedüst. Ich hatte es ja eilig, weil ich nicht den gesamten Betriebsausflug versäumen wollte.«

»Gibt's dafür irgendwelche Zeugen?«

»Frank und Waldemar.«

»Deine Praktikanten waren auch da?«

»Ja, die wollten den Tag nutzen und trainieren. Wir sind dann gemeinsam los.«

»Wo sind die Burschen jetzt?«

»Die sind so emsig – haben schon wieder das nächste Projekt am Laufen und wollen ein unvergessliches Slackline-Abenteuer vollbringen.« Monika streckt sich nach ihren Krücken.

»Geben's mir die Dinger.« Sie kann es nicht mehr erwarten, dass Pöls ihr endlich hilft, damit sie ans Fenster humpeln kann. Sie presst eine Gesichtshälfte gegen die Scheibe.

»Von hier könnte man es sehen – das Meßnerin-Loch. Ganz oben auf dem Berg. Dort wollen die Burschen von einem Ende zum anderen balancieren.«

Pöls tritt vor die Tür. Denn erst von hier sieht man hoch zu dem imposanten Bergrelief. Er muss seine Augen zusammenkneifen, um ansatzweise das besagte Loch zu erahnen.

»Die sind da hinauf gekraxelt?«

»Klar, das ist für Frank und Waldi ein Spaziergang.«

Der Knall lässt Monika herumwirbeln.

»War das ein Schuss?«

»Klang ganz danach.«

Pöls und die Büroleiterin blicken zu den Bäumen, hinter denen es zum Elternhaus von Stefan Gaukler geht.

»Hast du das gehört?«

»Das schreckliche Quietschen?«

»So würde ich es nicht bezeichnen. Das war der majestätische Schrei des Steinadlers.«

»Was? Das? Für mich war das ein Quietschen.«

Pöls ignoriert die Bemerkung von Monika und marschiert auf den Wald zu. Über den Baumwipfeln steigen blaue Abgaswolken in die Höhe. Kurz darauf poltert der alte Lastwagen von Gaukler Transporte aus dem Wald hervor. Aufgewirbelter Staub begleitet das Fahrzeug, das viel zu schnell auf Pöls zukommt. Der Inspektor ist gezwungen, sich an die Hausmauer zu schmiegen, will er nicht als neue Kühlerfigur enden. Mit Karacho fegt der Neuner an Pöls vorbei. Der Inspektor kann nicht erkennen, wer da hinterm Steuer sitzt.

»*Der einsame Hirte*«, sagt Monika, nachdem das Getöse vorbei ist.

»Wie bitte?«

»Die Panflötenmusik. Das ist *Der einsame Hirte*. Das habe ich bei der Beerdigung meines Vaters spielen lassen.«

83. Valerie Reinthaler – Glock

Die Kette spannt am Handgelenk. Valerie muss ihren Oberkörper in die Waagrechte bringen, damit sie mit der Pistole auf Stefan Gaukler zielen kann. Der dreht sich zu ihr um und gafft in die Mündung der Glock. Trotzdem lacht er.

»Was willst du damit?«

Sein fieses Grinsen wird breiter.

»Die Waffe ist nicht geladen.«

Ihr verdutzter Blick muss ihm noch mehr gefallen und er hebt seine Augenbrauen, ganz nach dem Motto: Na, schieß, Kleine!

Er kommt an sie heran und pflückt ihr die Pistole aus den Fingern. Dann erlaubt er sich, in ihre Hosentasche zu fassen. Seine Hand kommt mit mehreren Patronen aus der Jeans hervor. Er hustet, fängt sich aber wieder und lächelt die Frau an.

»Siehst du, so geht das.« Er drückt den winzigen Hebel und das Magazin fällt ihm in die freie Hand. Der Reihe nach schiebt er die Patronen ins Magazingehäuse. Sieben Stück. Immer wieder muss er dazwischen husten und den Ladevorgang unterbrechen. Dann führt er das halbvolle Magazin in den Griff ein.

84. Inspektor Pöls – Vollgas aus dem Lamingtal

Der Lastwagen hat großen Vorsprung. Aus Azras Fiat ist nicht viel rauszuholen. Es ist ein ungleiches Duell: 75 gegen 600 PS. Da nutzt es wenig, dass Pöls mit vollem Gewicht auf dem Gaspedal steht. Er gibt sich damit zufrieden, den LKW nicht aus den Augen zu verlieren. Pöls kann von Glück sagen, dass der Neuner raucht wie eine alte Dampflok. So kann er der Fährte folgen.

»Nur nicht die Kontrolle über Azras Baby verlieren«, spricht Pöls laut vor sich hin und schließt die Augen, wenn es mal zu scharf in eine Kurve geht. Die dünnen Reifen sind für solche Manöver nicht ausgerichtet. Alles wackelt und vibriert. Der Gegenverkehr reagiert mit zornigen Lichthupen und weicht so gut es geht bis an die Leitplanken aus.

So rasch war er noch nie aus dem Tal heraußen. Der Nachteil: Mit der Nähe zur Stadt werden die Kurven rarer und auf der Geraden spielt der LKW seine Stärken aus. Pöls in seinem Fiat hat das Nachsehen. Immer kleiner werden die roten Hecklichter und dann ist Gauklers Transporter ganz weg.

Beinahe wäre der Inspektor vorbeigefahren, im letzten Moment sieht er die verbeulte Tafel, die die Auffahrt zum Landeskrankenhaus Bruck an der Mur anzeigen soll und von einem wilden Verkehrsteilnehmer rüde zur Seite verdreht wurde. Das kann nur der Neuner gewesen sein. Pöls lenkt ein, Blinker raus und ab geht's auf den Hügel, auf dem sich das Krankenhausgelände erstreckt. Es dauert nicht lange, bis Pöls den ramponierten LKW sichtet. Direkt vor der Notaufnahme versperrt das tonnenschwere Monster die Zufahrt. Ein, zwei Meter weiter und der Neuner hätte für einen neuen Eingang in der Seitenwand des Gebäudes gesorgt. Wer zum Henker hat diese Teufelsmaschine geritten?

85. Valerie Reinthaler – Schockstarre

Stefan Gaukler richtet die Waffe auf seine Assistentin.

»Ready to go, baby!«, sagt er, aber ihr entgeht nicht, dass seine Coolness aus der Stimmlage verschwunden ist.

Er torkelt.

Die Hände werden unruhig und die Waffenmündung schwenkt beunruhigend in Valeries Richtung. Wenn der Finger jetzt an den Abzug gerät, kann das ein glatter Kopfschuss werden. Valerie kreischt gegen das Tuch, das ihr bis in den Rachen steckt.

Dann sackt Stefan Gaukler zusammen. Zuerst auf die Knie, kurz darauf klatscht der Oberkörper auf den Beton. Die Waffe schlittert davon. Noch verzweifelter brüllt Valerie in den Knebel. Sie legt sich so flach wie möglich auf den Boden, soweit das die Kette zulässt. Mit wilder Gesichtsakrobatik schiebt sie das Ende des Fetzens, der ihr aus dem Mund hängt, Millimeter für Millimeter zu ihrer Nase. Erstmals ist sie über ihre unweibliche Nasenkrümmung froh, denn dadurch bleibt der Fetzen darauf hängen und sie kann das Einatmen der tödlichen Gase abmildern. Jetzt macht sie sich so lang wie möglich, um mit dem Fuß nach der Waffe zu fischen. Die Zehenspitze berührt den Pistolenlauf, aber das ist zu wenig, um die Glock an sich heranzuziehen. Mehrmals wiederholt sie die Bewegung. Bis die Sohle am Schlitten aufsetzt und sie die Pistole Zentimeter für Zentimeter in ihre Richtung rückt. Jede Sekunde erscheint ihr wie eine Ewigkeit. Bis sie die Waffe so weit zu sich geschoben hat, dass sie sie mit der an den Körper gegurteten Hand greifen kann. Sie streckt den gefesselten Arm, spannt die Kette und zielt mit der Waffe darauf. Der Finger krümmt sich. Ein unbarmherzig lauter Schuss hallt durch die Garage, dass sie glaubt, ihr Ohrenfell platzt. Zum Glück hat sie die Kette getroffen. Mit dem ersten Schuss! Nicht nur klettern, auch schießen - unter anderen Umständen wäre Valerie über ihre Vielfalt an verborgenen Talenten begeistert. So aber interessiert sie nur eines: Raus aus der Hölle. Sofort zupft sie sich den ekelhaften Fetzen aus dem Mund und löst den Gurt. Sie reibt sich die Handgelenke und hastet zum Garagentor. Ihre Faust hämmert geradezu auf den Knopf, damit das Garagentor aufgeht. Frischluft gesellt sich in die stickige Garage. Valerie ergreift die Handgelenke ihres Chefs und zerrt den Mann über den Betonboden bis zur Zugmaschine. Wie soll sie den Kerl dort in die Fahrerkabine bekommen? Mit der Kraft einer Löwin hebt sie Gaukler unter den Achseln hoch, presst ihn gegen ihren eigenen Oberkörper und erklimmt mit der schweren Last die senkrechte Leiter, bis sie den Bewusstlosen endlich auf den Fahrersitz hieven kann. Ihren Boss auf den Beifahrersitz zu befördern ist dagegen ein Kinderspiel. Sie schließt die Tür, legt den Retourgang ein und rammt das Eingangstor. Vor ihr tanzt der losgerissene Aluminiumschlauch wie eine wildgewordene Anaconda. In ihrem Ohr surrt es nervtötend von dem Schuss aus der Glock.

86. Inspektor Pöls – Das Ende einer Verfolgung

Pöls würgt den Motor von Azras Fiat unmittelbar hinter dem ramponierten LKW ab. Nie hat der Inspektor ein Fahrzeug schneller verlassen. Das hätten seine Haberer einmal sehen sollen. Oder Azra – stolz wäre sie auf ihn.

»Hallo, hallo, geht's noch?«, brüllt eine Krankenschwester, die hinter der Schiebetür von Pöls um ein Haar umgerannt wird.

Für lange Erklärungen bleibt keine Zeit, denn der Inspektor erblickt am Ende des Ganges Valerie Reinthaler. Er läuft auf sie zu. Erschöpft sitzt sie auf einem Stuhl.

»Was ist passiert?«, fragt Pöls sie und rüttelt ihre Schultern.

87. Inspektor Pöls – Krankenhausgeständnis

Das Fenster im Krankenzimmer ist gekippt und der Vorhang bewegt sich im Wind. Pöls und Valerie stehen jeweils links und rechts von Stefan Gaukler, der sich in seinem Bett erstmals etwas aufsetzen kann.

»Jetzt hat sie mir schon das zweite Mal das Leben gerettet. Was sagt man dazu, Herr Inspektor? Unglaublich!«

»Glaube bloß nicht, alle guten Dinge wären drei – da mache ich nicht mit.«

»Deine Assistentin hat dich gerettet, obwohl du sie mit dir in den Tod nehmen wolltest. Dem gebührt besonderer Respekt. Sie hätte dich in deiner Garage liegenlassen können.«

»Glauben Sie, Inspektor: Wenn ich gewusst hätte, dass die Glock wieder im Tresor liegt, hätte ich mir den Tanz mit dem Vergasen erspart.«

»Wo hätte Ihre Waffe sonst sein sollen?«

»Tommy hatte sie. Dutzend Male habe ich ihn aufgefordert, mir die Glock zurückzugeben. Ich konnte nicht ahnen, dass er sie tatsächlich wieder in den Tresor gebracht hat. Das muss erst kürzlich geschehen sein, denn vor einer Woche war der Tresor leer und wir bekamen uns gestern deshalb in die Haare.«

»Allmählich begreife ich, warum Tommys Handydisplay einen Sprung hat. War wohl kein freundliches Telefonat.«

»Er hat aufgelegt, dabei ist er sonst die Coolness in Person.«

»Was hätte das gebracht«, faucht Valerie. »Sie hätten wahrscheinlich auch mit der Waffe nicht Ihren Kopf getroffen.«

Pöls holt zur allgemeinen Verteidigung aus, doch Stefan Gaukler kommt ihm zuvor: »Sie hat recht. Alles, was ich anfasse, geht schief. Schon mein Vater faltete die Hände regelmäßig zum Gebet und beklagte sich, dass ich eine falsche Entscheidung nach der anderen treffe. Privat wie beruflich. Bei der Frauenwahl griff ich daneben. Die einzige gute Entscheidung war, Valerie einzustellen und nicht mehr gehen zu lassen. Sie hat einen einzigen Fehler gemacht, der mir das Genick gebrochen hat. Dieses Angebot von Fire-Starter. Mädel, warum hast du dieses Mail nicht für ewig gelöscht?«

»Hab ich doch.«

»Nein, du hast es in den Spam-Ordner verschoben. Das ist so wirksam, wie meine Mutter regelmäßig die Schnaps- und Tequilaflaschen vor mir und meinem Vater versteckt hat.«

»Hattest du wirklich vor, den Grünen See zu vergiften?«

Die Blicke von Pöls und Gaukler treffen sich.

Kapitel XII – Überredungskünste/Rückblick

Inspektor Heinz Pöls nimmt es Stefan Gaukler zwar mittlerweile ab, dass der Logistiker dem Doktor gut gesinnt war, doch er spürt, dass er Stefan Gaukler noch nicht vom Haken lassen kann.
Wieso hatte Hans Mückmann so eine Stinkwut auf »die Gaukler«? Krankenhaus hin oder her, Pöls gewährt dem geschwächten Mann erst seine verdiente Ruhe, wenn er mit allem rausrückt. Wie war das am Unglückstag? Raus mit der Sprache!
Und Stefan Gaukler erinnert sich zurück …

88. Stefan Gaukler – Scharlatane

Stefan Gaukler stellt den Rucksack auf den Holztisch, der beim großen Parkplatz in der Wiese steht. Er greift nach der Spraydose, lässt aber die Hand im Rucksack, als er den Motor eines herannahenden Fahrzeuges hinter sich vernimmt. Er dreht den Kopf über die Schulter.

Ein alter Fiat bleibt auf Höhe des Parkautomaten stehen. Was für eine hässliche Schüssel, aber eine kesse Fahrerin mit Sonnenbrille sitzt am Steuer. Der Kerl neben ihr könnte vom Alter ihr Vater sein. Wenn dem so ist, kann sie von Glück reden, dass sie offenbar mehr nach der Mutter geriet. Der Wagen bleibt eine gefühlte Ewigkeit stehen. Mit laufendem Motor.

»Hallo?«, ruft die Lady, die ihren Kopf seitlich aus dem Wagen streckt. »Kennen Sie sich hier aus? Brauche ich ein Ticket, wenn ich ganz zum See fahren möchte?«

»Besucher müssen hier parken«, bellt Stefan Gaukler, ohne sich dem Auto ganz zuzudrehen. Die sollen endlich den Kübel abstellen, aussteigen und abdampfen.

»Wir haben eine Ferienhütte beim See gemietet und dürfen bis zum Gasthaus zum Pribitzblick.«

Dann hat sie sich doch selbst die Antwort gegeben. Stefan Gaukler schielt auf das Nummernschild: Grazer! Diese Städter stellen sich in der Natur an wie die ersten Menschen.

Stotternd nimmt der Fiat wieder Fahrt auf und knattert an ihm vorbei. Er kommt nicht umhin, dem Wagen nachzusehen. Dieser Typ am Beifahrersitz hat trotz seines schläfrigen Blicks etwas Unheimliches an sich, empfindet Gaukler und holt endlich die Spraydose heraus.

Die kleine Klappleiter lehnt am dicken Pfosten des Willkommens-Plakates. Er stellt die Leiter auf und klettert hoch. Kurz mustert er die volle Größe der Werbetafel, dann sprüht er den ersten Buchstaben. Drei Mal muss er das »G« nachzeichnen, bis man es lesen kann.

»Warum greife ich ausgerechnet zum miesesten Spray?«, ärgert er sich und schüttelt die Dose wie einen Partycocktail.

Hochkonzentriert malt er die nächsten Buchstaben, als ihm wie aus dem Nichts der Boden unter den Füßen wegrutscht. Im letzten Moment kann er sich an dem Querbalken festklammern. Die Leiter knallt auf die Straße und die Spraydose tanzt zischend wie eine Giftschlange über den Asphalt.

»Wir werden Sie anzeigen«, brüllt ein Stimmbruch. Stefan Gaukler hängt wie ein Barren-Turner am Balken des Plakatständers und sieht Frank und Waldemar, die beiden Praktikanten.

»Ich klopfe euch windelweich!«

Er lässt los und landet hart auf dem Beton. Da laufen die Feiglinge schon Richtung Ort. Wütend schnappt er sich die rotierende Spraydose, die ihm eine ordentliche Portion Farbe an der Hand verpasst.

89. Stefan Gaukler – Eigensinnig

Die Farbe will sich nicht abwaschen lassen. An den Fingern ist das Rot wie eintätowiert, da hilft nicht einmal Nagellackentferner.

»Lassen Sie dieses Gift«, hört Stefan Gaukler hinter sich. Über den Badezimmerspiegel sieht er Hans Mückmann im Vorzimmer mit ernster Miene. »Sowohl das Spray als auch dieses Aceton sind extrem schädlich für Ihre Haut.«

»Wie sieht's mit Terpentin aus?«

»Da können Sie sich die Hand gleich abhacken!«

»Schon gut, Doktor, aber ich kann nicht wie der Leibhaftige durch die Gegend laufen«, sagt Stefan Gaukler, wischt sich die Hände schlampig in ein Handtuch, das er dann in die Ecke schleudert, und geht aus dem Bad.

Er führt Mückmann in den Salon. Bietet ihm den besten Tequila an, den man in der Gegend bekommen kann, aber der Mann lehnt ab, trinkt nur eine Schale Tee, mit eigens aus seiner Filteranlage aufbereitetem Wasser.

»Wie laufen die Testversuche?«

»Der Grüne See hat das beste Wasser, das ich je gemessen habe.«

»Klar, aber ich meine, wie läuft es in unserem Zusammenhang? Sie wollten mir doch ein Ergebnis präsentieren, dass das Tauchen im Grünen See absolut untersagt.«

»Dies habe ich in keinster Sekunde ansatzweise behauptet, Herr Gaukler. Ich habe mich dazu herabgelassen und Herrn Schinagl die Prognose eines eventuell schlechteren Endergebnisses als im Vorjahr in Aussicht gestellt, wofür ich mich schlecht fühle.«

»Wieso denn? Ist doch fair, wenn Sie vorweg die hohen Erwartungen etwas zurückschrauben. Außerdem habe ich Ihnen Ihre bescheuerte Anlage abgekauft.«

Mückmann schließt die Augen, als müsse er diese Beleidigung seiner Geräte meditativ wegatmen.

»Die ausgezeichnete Wasserqualität betrifft tatsächlich nur den See. Das Wasser aus Ihrer Leitung würde ich höchstens für die Klospülung und zum Waschen empfehlen.«

»Diesen letzten Satz würde ich mir von Ihnen gerne für die See-Analyse wünschen. Einen klitzekleinen Satz.«

»Vergessen Sie es.«

»Sie müssten nicht einmal lügen. Ich habe da etwas für Sie, Herr Doktor. Bewegen Sie sich nicht von der Stelle.«

Stefan Gaukler eilt in die Garage. Er öffnet einen Schrank und holt daraus zwei bauchige Gläser.

Als er in den Salon zurückkehrt, steht Mückmann beim großen Fenster und betrachtet den Garten mit skeptischer Miene.

»Doktor, hier habe ich etwas, was mir mein Wunschresultat beschert, ohne Ihre Seriosität zu bekleckern.«

»Was ist das?«

»Ein wunderbarer Giftcocktail. Sie sagen, Ihnen ist irrtümlicherweise eine falsche Probe unter die See-Proben geraten und daher Ihre erste falsche Einschätzung.«

»Ich mache keine Fehleinschätzungen.«

»Natürlich nicht.«

»Und ich bringe auch nicht irrtümlich Proben durcheinander.«

»Doktor, Doktor, beruhigen Sie sich. Sie können die Schuld auf mich abwälzen. Sagen Sie, ich hätte Sie mitten in Ihrer Arbeit gestört und um die Analyse der Giftcocktails gebeten. Und dann sei es eben zu dieser Verwirrung gekommen. Sowas kann doch dem Besten passieren.«

»Mir nicht. Die Wasserproben vom Grünen See sind versiegelt und nummeriert.«

Mückmann legt den Löffel auf das Teeservice und streckt Stefan Gaukler die offene Hand entgegen.

»Auf so etwas lasse ich mich auf keinen Fall ein. Hiermit endet unser Treffen, Herr Gaukler. Ich möchte Ihre kostbare Zeit keine Sekunde länger beanspruchen.«

Stefan Gaukler begleitet den Gast vor die Haustür. Im Garten parkt der Mercedes dicht neben dem großen Lastwagen, wie ein ungleiches, verliebtes Ehepaar.

»Wissen Sie«, sagt Mückmann, »aus dem Grünen See könnten Sie beruhigter trinken als das Wasser aus Ihrer Küche. Das werde ich Josef Schinagl genau so mitteilen, der seit Wochen kein Auge zumachen kann, weil er um die Wasserqualität seines Sees fürchtet.«

»Dann will ich verdammt noch mal mein Geld für das Drecksgerät zurück, das ich Ihnen bezahlt habe.«

Mückmann blickt auf die Uhr.

»Ich habe gleich einen Termin mit dem Tourismusverband. Dort ist man an einer Anlage interessiert. Es sollte also kein Problem sein, dass Ihr Gerät an einem anderen Ort Verwendung findet.«

Stefan Gaukler hat noch die beiden bauchigen Gläser in den Händen.

»Was machen Sie damit?«, fragt Mückmann mit besorgter Miene.

»Keine Angst, ich schütte es schon nicht in den See.«

Mückmann öffnet den Kofferraum seines Mercedes.

»Geben Sie es da rein. Sonst kriege ich demnächst kein Auge mehr zu.« Er platziert die Gläser vorsichtig in einem Eck und schützt sie mit einem prall gefüllten Kleidersack. Der Kofferraumdeckel knallt zu und Mückmann kommt nochmals an Stefan Gaukler heran. Mit einem Mal mit einem träumerischen Gesichtsausdruck.

»Wissen Sie«, sagt er und nimmt die Hände von Gaukler in seine. »Hans Mückmann wird diese Welt demnächst verlassen und er soll dies mit einer sauberen Weste tun.«

87. Stefan Gaukler – Baumbehang

Kaum ist der Doktor weg, betritt Stefan Gaukler die Garage und öffnet den Schrank. Er blickt auf weitere Gläser, schnappt sich eines und betrachtet es in seiner Hand. Gedankenverloren spaziert er damit zum Führerhaus seines Lastwagens und stolpert, weil er den zusammengerollten Leinenberg am Boden übersieht. Das Glas knallt am Übergang zwischen Garage und Garten auf den Boden. Tausend Scherben fliegen in alle Richtungen und die Flüssigkeit breitet sich sowohl in der Garage als auch auf der Wiese aus.

»So ein Dreck«, schreit Stefan Gaukler und packt zornig den Leinenstoff, den er über die nassen Stellen ausbreitet. Sein Plakat, auf dem er so gerne seinen Firmennamen als Sponsor für die Slackline-Veranstaltung gesehen hätte. Jetzt ist es leer – leer wie Stefan Gauklers Zukunftsvision. Wenn Hans Mückmann grünes Licht gibt, werden Tommy und Karin weiterhin seine Nachbarn bleiben und ihm ihr leichtes, paradiesisches Leben unter die Nase reiben.

Voller Hass breitet er den Leinenstoff weiter aus. Bis ein paar Meter in der Garage und ein paar Meter auf der Wiese liegen. Er geht zum Schrank und schnappt sich eine neue rote Spraydose.

»Vorsicht: Giftiges Gewässer!«, sprüht er auf das Plakat. Ein Grinsen ziert sein Gesicht. Er rollt den Stoff zusammen und sucht im Keller nach seinem alten Trampingrucksack. Genau die richtige Größe, um das zusammengerollte Transparent und die Schnüre darin zu verstauen.

Jacke an – und raus in den Wald, in wenigen Gehminuten zum Grünen See. Er hält nach Wanderern Ausschau. Am Wochenende herrscht hier Hochbetrieb. Der Wochentag und das schlechte Wetter spielen Stefan Gaukler in die Hände. Er kann sich eine beliebige Stelle rund um den See aussuchen, um seine Botschaft zu präsentieren. Am besten so, dass es Tauchbesucher gleich sehen, wenn sie vom Tauchlokal zum See spazieren – das hat den höchsten Schockeffekt.

Aber so ruhig und entspannt, wie es den Anschein hat, wird es dann doch nicht, denn auf einmal erblickt er eine Lady nur wenige Meter von ihm entfernt. Sie ist so ins Stretching vertieft, dass sie ihn nicht wahrnimmt. Ein Fuß auf Höhe der Stirn, am Baumstamm abgestützt. Ihr Oberkörper am hochgestreckten Oberschenkel angelegt und die Arme verknotet hinter dem Rücken. Das ist dieselbe Frau, die Stefan vor wenigen Stunden in dem alten Fiat am Parkplatz sah. Sie hat Stefan noch immer nicht bemerkt, aber er versteckt sich so gut es geht hinter einer Eiche und lauscht. Da ist ein Geräusch. Unmerklich, aber doch. Neben ihm taucht eine Hundeschnauze auf. Der Köter blickt ihn an. Verzögert kommt das Knurren.

Frauchen ruft, aber der Hund macht keine Anstalten, von Stefan Gaukler abzulassen. Schritte wandern über den Waldboden. Die Frau kommt näher. Er kann ihren Atem hören. Ihr zartes Parfüm erreicht seine Nase.

»Habt ihr euch verlaufen?«, ruft von weiter hinten eine männliche Stimme.

»Wir kommen schon, Heinz, Polly muss nur ihr neues Revier erkunden.«

»So kommen wir nie auf den Gipfel.«

»Geh mal vor, wir holen dich leicht ein.«

Durch das Rufen des Mannes hat der Hund das Interesse an Stefan Gaukler verloren und galoppiert in die entgegengesetzte Richtung davon. In Zeitlupe neigt Stefan den Kopf zur Seite und erblickt die Frau, die ebenfalls wieder in die andere Richtung weg marschiert.

Was für ein traumhaftes Fahrgestell, denkt sich Stefan Gaukler und muss sich beherrschen, ihr nicht hinterher zu pfeifen. Er wartet, bis die Menschen außer Blickweite sind, schultert den Trampingrucksack und geht ein paar Schritte, bis er die optimale Stelle gefunden hat. Geschickt fädelt er die Schnüre durch die Ösen des Leinenplakats und befestigt ein Ende an einer Fichte, das andere Ende um eine Föhre.

»Passt perfekt«, urteilt er und spannt das Plakat etwas strammer.

90. Inspektor Pöls – Vorm Krankenhaus

Stefan Gaukler ist zu geschwächt, um wesentlich mehr zu erzählen, aber Pöls hat jetzt einen guten Eindruck vom Unglückstag und glaubt nicht mehr so recht daran, dass Stefan Gaukler etwas mit der Tat zu tun hat. Endlich gönnt der Inspektor dem armen Kerl ein bisserl Ruhe und verlässt das Krankenhaus.

Bobo plaudert ihm per Mobiltelefon ins Ohr.

»Pöls, die Fahndung nach Max Neukaiser war erfolgreich.«

»Sehr gut, dann komme ich morgen zur Vernehmung nach Graz.«

»Musst nicht, Pöls. Ich bin gerade mit der Pflegerin unterwegs zum Haus von Elsa Kraushammer. Da kann ich unseren verdächtigen Mann von den Kollegen der Brucker Polizei, die den Kerl aufgegriffen haben, gleich mitnehmen.«

»Gute Idee, treff' ma uns bei Elsa.«

Pöls ist irritiert. Azras Fiat und der demolierte LKW stehen nicht mehr vorm Eingang.

»Wo ist der Neuner?«, ruft auf einmal Valerie, die wie ein Geist neben Pöls erscheint. Er hat nicht mitbekommen, dass sie ihm gefolgt ist.

»Valerie? Du sollst dich doch durchchecken lassen.«

»Hab ich schon.«

»Nie im Leben.«

»Mir geht's gut«, tut sie es mit einer läppischen Handbewegung ab. »Ich muss den Lastwagen in die Firma bringen.«

»Das wirst du sein lassen. Außerdem ist dein Neuner spurlos verschwunden, genau wie mein Auto.«

»Dort drüben.« Sie zeigt über eine Lawine an Autodächern hinweg. Wie gut, dass die jungen Augen so kräftig sind. Kurz denkt Pöls an Kontaktlinsen – sollte er sich die Dinger doch besorgen? Rasch wischt er den Gedanken aber wieder beiseite.

»Ich informiere einen Kollegen, die den schrottreifen Lastwagen abholen. Du kommst mit zu Elsa Kraushammer. Da kannst du deinen Mann gleich dazu bestellen, damit er mir erklären kann, wie seine Fingerabdrücke auf Mückmanns Osmose-Gerät gekommen sein sollen.«

»Fingerabdrücke von Georg?«

»Erkläre ich dir im Auto.«

Valerie wirft nochmals einen Blick zum Krankenhaus zurück.

»Sollten Sie meinen Chef nicht festgurten lassen?«

»Dein Chef ist zu schwach, um zu türmen.«

»Er ist vor allem ein guter Schauspieler. Mich würde nicht wundern, wenn er sich gerade in diesem Augenblick mit dem Leintuch aus dem Fenster abseilt.«

»Die Ärzte passen auf ihn auf.«

»Auf Stefan Gaukler kann man nicht genug aufpassen. Er ist unberechenbar.«

91. Inspektor Pöls – Ein altbekanntes Haus

Bobos BMW steht protzig vor der Garage. Durch die Scheiben sind Köpfe auf der Rückbank zu sehen. Nicht Bobo, denn der steht vor Elsas Haustür. Gemeinsam mit der Pflegerin, der er Gesellschaft beim Rauchen leistet. Hastig zieht sie an der Zigarette, blickt sich nervös um.

Pöls steigt aus dem Fiat. Im Vorbeigehen am BMW erkennt er Kothbauer auf der Rückbank. Neben ihm Max Neukaiser in

Handschellen. Beim Gedanken daran, welche Dialoge der Leobener Kollege mit dem Geheimsprachen-Genie führt, muss Pöls innerlich lachen.

»Die Damen brauchen sich wohl nicht gegenseitig vorstellen«, begrüßt Pöls die beiden Raucher vor Elsas Haustür und deutet auf seinen Anhang. Valerie bleibt wie ein Schatten dicht hinter dem Inspektor und flüstert ihm ins Ohr:»Wer soll das sein?«

»Na, ihr habt euch doch bei Elsa getroffen.«

»Nein«, sagt Valerie und sieht die Raucherin mit großen Augen an.

»Svetlana hat uns erzählt, dass du gemeinsam mit deinem Mann Elsa aufgesucht hast, um sie nach Mückmann auszufragen.«

»Ich bestreite nicht, dass ich bei Elsa war. Aber diese Frau habe ich noch nie gesehen«, sagt Valerie und betrachtet die Pflegerin, die schweigend ein weiteres Mal an ihrer Zigarette saugt, den Stummel auf die Steinplatten fallen lässt und ihn mit dem Stöckel der Stiefelette ausdämpft.

»Das ist Elsas Pflegerin, Svetlana Brikic.«

»Wenn Sie das sagen, aber das ist nicht die Frau, die sich uns als Elsas Pflegerin ausgegeben hat.«

»Du stehst wohl noch unter Schock«, sagt Pöls. »Ich hätte dich nach diesem schrecklichen Vorfall bei Gaukler nicht aus dem Krankenhaus mitnehmen dürfen.«

»Ich weiß, was ich sehe – und das ist nicht die Frau, die uns aus Elsas Haus verbannt hat.«

»Vielleicht hat dein Mann eine bessere Erinnerung als du. Wo bleibt dein Göttergatte?«

»Ich erreiche ihn nicht. Sein Handy ist abgedreht.«

Kapitel XIII – Ist der Berg auch noch so steil

Zweifelsfrei spielen die Frauen bei Inspektor Heinz Pöls immer die Hauptrolle – dass er dabei eine männliche Figur aufgrund ihrer Unscheinbarkeit so rasch aus dem Fokus verliert, passiert dem erfahrenen Kriminalisten aber nicht allzu oft. Georg Reinthaler verblasst neben seiner feschen Frau natürlich leicht, aber der Kerl könnte ein wichtiges Bindeglied zur Lösung des Falles sein. Das ist dem Inspektor eine Lehre!

92. Georg Reinthaler – Austauschtermin

Die Limousine holt Georg pünktlich ab.

»Steig ein.«

Georg hätte Jeff Eriksen zwar nicht im Anzug erwartet, immerhin ist ihm der schrille Jogginganzug gut in Erinnerung, mit einer rustikalen Kletterausrüstung hätte er aber nie im Leben gerechnet.

»Ich dachte, Sie hätten heute Ihre große Show«, begrüßt Georg den Herrn und nimmt zögerlich Platz.

»Das ist mein heutiges Show-Outfit.«

Breites Grinsen!

»Dir verpasse ich auch noch so ein Kostüm.«

»Ich will nur die kleine Entschädigung.«

»Vereinbart war, dass du die Show konsumierst. Danach kriegst du dein Geld.«

Die Reise dauert nicht lang und als Georg durch die dunklen Seitenscheiben blickt, wird ihm mulmig zumute, weil er die Siedlungsstraße zu gut kennt. Hier wohnt beziehungsweise wohnte Elsa. Findet die Show in Mückmanns Zimmer statt?

Aber die Limousine hält nicht vor Elsas Haus, sondern rollt zwei Häuser weiter, stoppt vor einem mächtigen Bungalow.

»Nur ein kleiner Zwischenstopp«, sagt der Amerikaner. »Wir wechseln die Fahrzeuge.«

Eine Garage öffnet sich und ein geländegängiger Range Rover rollt auf die Straße. Limousine und Range Rover tauschen Plätze. Weil die Limousine für die Garage zu lang ist, steht die gesamte Rückfront auf dem Vorplatz.

Jeff fordert Georg auf, mit ihm den Range Rover zu besteigen. Hinterm Steuer sitzt ein hagerer Mann mit zerzauster Frisur. Georg weiß augenblicklich: Das ist der Typ, den er beinahe umgefahren hat, als er mit Valerie in der unsäglichen Nacht- und Nebelaktion bei Elsa war. Am liebsten würde er sich unter dem Shirt verkriechen, um den Blicken des Mannes zu entgehen, aber da stellt Jeff die Männer untereinander vor: »Sepp, das ist Georg. Georg, das ist Sepp. Ihr beide seid meine special guests.«

Georg versucht so unverfänglich wie möglich zu wirken und wählt bewusst den Platz hinter dem Fahrer. So läuft er einem Augenkontakt am wenigsten Gefahr. Doch es ist zu spät – der Fisch hat bereits angebissen.

»Ihr Gesicht kenne ich von irgendwoher«, brummt der Mann und kratzt sich am Kopf. Georg ist kurz vor einem Herzinfarkt. Dennoch versucht er die Beherrschung zu wahren und zuckt so lässig wie nur möglich mit den Achseln. Um nicht zu lange unter Beobachtung zu stehen, kauert er sich auf den Rücksitz. Jeff kriegt von all dem nichts mit.

»Sepp hat auch nicht die richtige Kleidung parat. Bei uns in Amerika wird den Leuten erzählt, Steirer verlassen ihr Haus stets in Lederhose und Bergstiefeln.«

Sepp lenkt den Range Rover aus der Siedlung. Es geht Richtung Tragöß. Zuerst durch den Ort, dann über die Forststraße näher an den steilen Bergrücken. Dort, wo Georg niemals Autos vermuten würde, parkt ein halbes Dutzend Geländefahrzeuge und mehrere Männer in Kletterausrüstung erwarten die Ankömmlinge.

Jeff wirkt enttäuscht. »Wo ist mein Team?«, fragt er in die Runde, nachdem er sich vom Beifahrersitz geschwungen hat.

»Schon vorgegangen«, erklärt einer der Männer und deutet mit dem Zeigefinger nach oben. Dann werden Georg und Sepp ins Visier genommen.

»Sind sie das?«

Jeff nickt. »Ja! Habt ihr taugliche Outfits für meine Freunde?«

Georg fühlt sich in seiner Aufmachung tatsächlich fehl am Platz, als würde er mit Turnschuhen zum Opernball gehen. Eine starke Hand legt sich ihm an die Schulter und einer der Männer sagt: »Hast du alpine Erfahrung?«

»Eher weniger.«

»Mitkommen!« Der Mann ordert Georg zu einem Pick-up. Sepp bekommt seinerseits einen Assistenten zur Seite gestellt und steht in kurzer Distanz vor demselben Pick-up.

»Wir bringen euch sicher nach oben. Der Weg ist nicht sonderlich beschwerlich, aber ein bisschen Trittsicherheit schadet nicht. Sollte es dir schwindlig werden, haben wir ein Seil mit.«

»Mir wurde nicht gesagt, dass es in die Berge geht. Ich bin darauf nicht vorbereitet. Es hieß, ich werde zu einer Show eingeladen.«

»Klar! Die Show ist dort oben. Jeff lässt sich immer etwas Besonderes einfallen. Was für eine Schuhgröße hast du? Mit diesen Latschen brichst du dir auf der Meßnerin das Genick.«

»43«, stöhnt Georg. Er war noch nie ein leidenschaftlicher Berggeher.

»Warum ist denn die Show dort oben?«

Jeff kommt an den Kofferraum des Pick-ups heran.

»Mit deinen ständigen Zweifeln wirst du es nie zu etwas Großem schaffen. Sieh mich an. Ich komme aus einem Bundesstaat, in dem die höchste Erhebung ein Scheißhaufen ist. Trotzdem erklimme ich Berge. Dort oben zeige ich dir, dass ich der Allergrößte bin.«

»43er habe ich keine mehr«, unterbricht der Assistent. »Das letzte Paar hat dein Kumpel bekommen.«

Also Sepp, dessen Füße tatsächlich soeben in 43er-Bergschuhe gleiten.

»Hier habe ich 42er, aber groß geschnitten. Da müsstest du auch reinpassen. Lieber eine Spur zu klein als zu groß«, sagt der Kletterer und knallt Georg ein gebrauchtes Paar Goiserer gegen die Brust.

»Wenn es keine passende Ausrüstung gibt, verzichte ich auch gerne auf die Show.«

»Und auf das Geld?«, flüstert Jeff.

»Für den Betrag setze ich mein Leben nicht aufs Spiel.«

»Das ist ein lockerer Walk. Selbst meine Frau ist da hochgegangen wie ein Capricorn.«

»Capri…, was?«

»Steinbock«, übersetzt einer der Kletterkollegen, der Georg einen Helm und ein Kletterseilset in die Hände drückt.

»Berg heil!«

93. Inspektor Pöls – Auf der Rückbank

Valeries Ohren müssen mittlerweile glühen, so lange, wie sie sich das Handy ans Ohr presst.

»Geht einfach nicht ran«, sagt sie und bläst sich eine Strähne aus dem Gesicht. »Benötigen Sie mich noch, Inspektor? Vielleicht ist Georg längst zuhause.«

Was hat er für Rechte, dass er ihr diesen Wunsch abschlagen könnte? Die Frau hat wahrscheinlich noch einen Tinnitus vom Knall der Glock.

»Kothbauer bringt dich nach Haus.« Pöls klopft fest gegen die Seitenscheibe von Bobos Dienstwagen und öffnet die Tür zur Rückbank.

»Schichtwechsel«, ruft er ins Auto, aus dem ihm eine miefige Luft entgegen strömt.

»Vielleicht wirst du aus dem Kasperl schlauer. Der hat einen Klescher.« Kothbauer wirkt nicht unglücklich über den Platztausch.

Pöls taucht in die Miefwolke ein.

»Ich habe den Pfeifen erklärt, dass ich nur mit dem Ober-Möbelpacker spreche«, sind die Begrüßungsworte von Max Neukaiser, dessen Stirn vom Schweiß glänzt.

»Bin das ich?«

»Safe!«

»Sehr gut, dann kannst du mir ein paar Antworten geben. Hast du herausgefunden, warum *Aquaman*, wie du den Herrn Doktor nennst, fürchtete, dass er aus dem Paradies vertrieben werden sollte?«

»Wegen Projekt *Space*. Habe ich doch alles gebeichtet.«

»Was versteckt sich hinter diesem kryptischen Begriff?«

»Die Unterhaltung mit *Aquaman* war so angenehm, weil es keiner langen Erklärungen bedurfte. Den Möbelpackern muss immer alles langwierig begründet werden, bis es sich im Kopf nicht mehr wie Logik, sondern nur noch wie ein Brei anfühlt. Das ist nicht der Sinn der Geheimsprache.«

»Tut mir leid, aber als Ober-Möbelpacker bin ich besonders begriffsstutzig und dein Projekt erschließt sich mir momentan noch nicht. Hilf einem fantasielosen Deppen wie mir auf die Sprünge: Was ist Projekt *Space*?«

»Die bestmögliche Verbreitung der Message.«

»Welche Message?«

»Als ich nach meinem Power-Sleep aus meinem Zelt kroch, sah ich am Ufer die Message: Vergiftetes Wasser!«

»Verstehe – das Transparent, das Stefan Gaukler geschrieben hat!«

»Stefan Gaukler soll das geschrieben haben?« Der Junge wirkt enttäuscht, sammelt sich kurz und fährt fort: »Jedenfalls war es schlecht positioniert und wurde von Ästen verdeckt. Man konnte es nur lesen, wenn man genau auf der gegenüberliegenden Seite des Sees am Wanderweg stand. Ich hatte die Eingebung, dass man es an die perfekte Stelle bringen musste.«

Krampfhaft versucht sich Pöls in den verwirrten Schwurbler hineinzuversetzen und sich vorzustellen, wo diese perfekte Stelle sein könnte. Sekundenbruchteile später wagt er eine kühne Vermutung: »Im Weltall?«

Pöls erntet jedoch einen grimmigen Blick.

»Der Möbelpacker darf mich nicht verarschen, sonst ist unsere Unterhaltung augenblicklich beendet.«

Als ob das jemand in Handschellen bestimmen könnte!

»Das war keine Verarschung. Ich versuche mich in deine Gedankenwelt zu versetzen und leider fällt mir zu *Space* nichts anderes ein, außer die Leertaste auf der Tastatur.«

»Sie haben es noch immer nicht verstanden – die Begriffe dürfen nicht 1:1 übersetzt werden, sondern sollen ausschließlich Bilder auslösen.«

»Und ich sehe beim Begriff Space Sterne, Planeten, die Milchstraße. Willst du mir meine Assoziationen verbieten?«

Es war nicht die Intention des Inspektors, laut zu werden, aber der Kerl kann einen wirklich auf die Palme bringen.

Endlich lässt sich der Wildcampierer dazu nieder, seine Bilder zu übersetzen: »Damit die Message nach oben strahlen kann, muss sie natürlich im See platziert werden. Glasklares Wasser, auf dem man bis zum Boden sieht, das gleichzeitig vergiftet ist – Schönheit und Tod liegen so nah beisammen. Das koppelt die Aussage des Transparents mit dem betroffenen Objekt. Zudem vergrößert das Wasser die Schrift. Die Botschaft wird wie mit einem Brennglas in die Welt getragen.«

Pöls bläst seinen Atem lautstark aus. Allmählich wäre er doch lieber in der Haut des Kollegen Kothbauer, der Valerie chauffieren darf. Mit der kann man sich wenigstens normal unterhalten.

»Ich bin sofort los und habe nach Steinen gesucht, um das Transparent zu beschweren. Aber dann stieß ich auf diesen Raum, in dem es jede Menge Bleigewichte gab und ich hatte eine viel bessere Idee. Es war eine Fügung des Schicksals.«

»Du wolltest das Transparent mit den Bleigewichten beschweren?«

Der Mann nickt.

»Dabei hat dich Karin Gaukler ertappt?«

»Eine Frau wie ein Vulkan.«

»Ist sie der Todesengel?«

»Niemals! Eher das Gegenteil. Sie ist ein bisschen wie Sie – einfallslos, ideenlos, ohne Fantasie. Ich habe versucht, es ihr zu erklären, aber sie hat mir nicht zugehört und wirres Zeug geredet.«

»Sie hat dich mit den Gewichten davonziehen lassen?«

»Sie war auf einmal weg.«

»Und du bist mit den Bleigewichten zum See marschiert?«

»Natürlich! Es war meine Pflicht. Meine Idee war brillant. Ich war so gespannt auf die Reaktion von *Aquaman*.«

»Du hast geglaubt, Hans Mückmann hätte die Botschaft verfasst?«

»Ich hatte keinen Zweifel daran.«

»Hast du ihn getroffen? *Aquaman*?«

Der Mann blickt auf seine Handschellen.

»Ich wollte, dass er mir hilft, das Transparent mit den Bleigewichten zu beschweren, aber er war wie ausgewechselt und redete genauso verwirrtes Zeug wie zuvor der Vulkan. Alles, was uns vorher verbunden hatte, war so fremd – plötzlich verstand er meine Codes nicht mehr und umgekehrt. Als kämen wir von unterschiedlichen Planeten.«

»Welche Codes benutzte er?«

»Habe ich mir nicht gemerkt, weil sie keine Bilder in meinem

Kopf erzeugten. Alle weg – bis auf das eine, da wusste ich, wen er meint – nämlich Gaukler, die ihn aus dem Paradies vertreiben wollen. Einzig dieses Bild ist geblieben. Die Gaukler haben ihn auf dem Gewissen.«

»Das hat er gesagt?«

»In seiner Code-Sprache, ja.«

»Also hat er nicht Gaukler gesagt?«

»Naja, er hat Gaukler gemeint.«

»Aber nicht gesagt? Junge, du machst mich ganz nervös!«

»Es ist nicht wichtig, wie er es gesagt hat – entscheidend ist das resultierende Bild. Verstehen Sie denn das nicht? Das ist doch das Geniale an der Code-Sprache. Wir kommunizieren in Bildern.«

»Darf ich raten, was Hans Mückmann wirklich gesagt hat?«

»Was er wirklich gesagt hat?«

»Ich vermute, dass er das Wort *Scharlatane* benutzt hat.«

»Das ist doch dasselbe.«

»Nein!«

»Es erzeugt dasselbe Bild.«

»Nicht ganz: Das eine ist der Name einer traditionsreichen Familie aus Tragöß, das andere sind Lausbuben vom Tourismusverband.«

»Sie verwirren mich.«

»Selbst schuld. Das mit der Code-Sprache ist auf deinem Mist gewachsen«, sagt Pöls und hievt sich aus dem Wagen.

Frischluft! Herrlich!

Pöls atmet mehrere Male tief ein und aus – und dann sieht er das Heck eines amerikanischen Straßenkreuzers ein paar Häuser weiter aus einer Garage bis auf die Siedlungsstraße hervorstehen. Der Nachbar der Reinthalers hat erzählt, dass Georg von einer noblen Limousine abgeholt wurde. Irgendetwas sagt Pöls, dass er soeben diesen Wagen entdeckt hat.

94. Georg Reinthaler – In luftigen Höhen

Die erste Etappe ist überraschend einfach bewältigt. Man hat die schroffen Felswände zwar im Auge, marschiert aber auf ausreichend breiten Wanderwegen. Jeff hat Georg und Sepp mit sportlichem Schritt rasch abgehängt. Hinter Georg und Sepp marschieren die professionellen Assistenten, die Jeffs spezielle Freunde nicht aus den Augen lassen.

»Wieso muss die Show dort oben stattfinden?« Georg versucht, sich mit Konversation von den Strapazen abzulenken, aber Sepp Trinker schweigt eine Weile – bis er plötzlich sagt: »Jetzt weiß ich, woher ich dich kenne.«

Georg bleibt das Herz stehen.

»Du hast diese Flyer ausgeteilt.«

Georg dachte eher an die nächtliche Fahrt, bei der er Sepp Trinker beinahe überfahren hat. »Flyer?«

»Für diese Show von Jeff im Böhlerstern. Du hast vor meiner Garage die Hälfte dieser Flyer entsorgt.«

Mit einem Mal erinnert sich Georg an die wilde Frisur im Gegenlicht.

»Daher kenne ich deine Fresse«, sagt Sepp Trinker und muss lachen. »Dann verdanke ich diesen Trip indirekt dir. Du hast mir wegen der Entschädigung die Nummer von deinem Auftraggeber gegeben. Ich habe herausgefunden, dass der Typ gleich bei mir ums Eck wohnt. Bei Elsa. Als U-Boot! Da habe ich gespürt, dass ich daraus Kapital schlagen kann.«

»Doktor Mückmann?«

»Ja, ich habe ihn angesprochen und ihm gesagt, dass ich für mein Schweigen eine finanzielle Abfindung erwarte.«

»Was hat der Doktor gesagt?«

»Er war ausgesprochen höflich und hat gemeint, er müsse dazu Rücksprache halten. Ich hatte keine Ahnung, mit wem, aber wenige Tage darauf beobachtete ich diesen Streit in Elsas

Haus. Ich wusste nicht, wer da mit wem geschrien hat, aber es ging richtig zur Sache.«

»Hat dir Hans Mückmann Schweigegeld gezahlt?«

»Er hat sich bei mir nie mehr gemeldet. Ich habe ihn nicht mehr angetroffen, obwohl ich Elsas Haus nicht mehr aus den Augen ließ. Also habe ich mich direkt an die Firma gewandt. Die wollten mich abwimmeln. Ich blieb aber lästig. Monatelang passierte nichts. Ich habe nicht mehr damit gerechnet, auf einmal stand Jeff heute bei mir auf der Matte, um mit mir über die Unannehmlichkeit zu reden. Er musste nur ein Wort sagen und ich wusste, mir steht der Typ gegenüber, der in Elsas Haus so rumgebrüllt hat. Im ersten Moment war ich so schockiert, dass ich die Polizei informieren wollte und habe in Tragöß beim Gasthaus zum Pribitzblick angerufen, weil ich wusste, dass gegenüber vom Walter dieser schrullige Inspektor wohnt – das hat Joschi voller Stolz bei einer Jägerrunde verkündet. Aber dann hatte ich die viel bessere Idee: Ich legte auf meine Geldforderung ein kleines Sümmchen drauf.«

»Du willst von Jeff Geld?«

»Klar!«

»Wie viel?«

»Ein mittleres fünfstelliges Sümmchen.«

Georg muss erneut stoppen. »Nicht schlapp machen, jetzt kommt doch erst der schwierige Part.«

»Ich glaube nicht, dass wir weitergehen sollten.«

Aber ein Umkehren erscheint problematisch – die beiden Leibwächter schließen auf Georg und Sepp auf.

95. Inspektor Pöls – Niemand zu Hause

»Ausgeflogen, das Vogerl.« Pöls presst seine Nase gegen die Fensterscheibe. In der Küche kam Sepp Trinker, der Bewohner dieses Hauses, nicht mehr zum Zusammenräumen. Die Abwasch ist mit einer schwarzen Brühe gefüllt. Diese Schweinerei passt so gar nicht zum Luxusauto.

Inzwischen ist der eifrige Kollege Lammer von der Brucker Polizei vorgefahren und winkt dem Inspektor durch das heruntergelassene Seitenfenster zu.

»Der 1959 Buick Electra 225 ist zugelassen auf einen Wiener Geschäftsmann, der seinen Wagen zuletzt an das Unternehmen Aqua Spirit vermietet hat. Gezeichnet wurde der Vertrag von Jeff Eriksen, Chef des Unternehmens. Interessantes Detail am Rande: Die Miete fürs Auto wurde mehrmals in letzter Sekunde verlängert. Passend dazu verschob Jeff Eriksen mehrmals seine Abreise. Er hätte schon vor zwei Wochen abfliegen sollen, buchte aber nochmals um. So auch gestern. Dürfte ihm teuer gekommen sein.«

96. Georg Reinthaler – In den Felsen

Es wird deutlich steiler und der Schotter unter den Füßen nimmt zu. Die engen Schuhe erlauben seinen Zehen keinen Millimeter Spielraum.

Jetzt ist Georg auch Sepp mit seinem Buddy davongehirscht. Georg sieht die beiden vor sich auf den Felsen klettern. Gelenkig wie eine Gämse.

»Bald hast du es geschafft«, erklärt Georgs Bodyguard. »Als Belohnung gibts fantastische Slackline-Kunst vom Feinsten.«

»Ich dachte, es ginge um Wasseranalyse.«

»Nein, Aqua Spirit ist heute nur Sponsor von den beiden Jungs, die durchs Meßnerin-Loch balancieren.«

»Durchs Meßnerin-Loch?«

»Ja, Jeff war von der romantischen Sage begeistert. Damit haben Frank und Waldi ihn geködert.«

»Tut mir leid«, keucht Georg. »Aber ich kenne die Sage nicht.«

»Nein? Von dem Teufel, der es eilig hatte, zum Tanzfest auf der Sonnschienalm zu kommen, um mit einer heißen Jungfrau aus Tragöß zu tanzen. Er flog jedoch zu tief und übersah die Westwand der Meßnerin. Wumm! Schlug der Teufel persönlich ein Loch in die Wand.«

»Na hoffentlich kam er dann noch rechtzeitig zu seinem Tanz«, pustet Georg mit letzter Kraft und rutscht im nächsten Moment aus. Erstmals ist er froh, den Bodyguard im Rücken zu haben, der ihn reaktionsschnell auffängt.

Das letzte Mal so verausgabt hat sich Georg beim Verteilen der Flyer für Aqua Spirit. Immerhin sind die Zacken des Bergreliefs greifbar nah. Georg erkennt immer mehr Menschen in den Felswänden. Und mit einem Mal wird das große Fenster im Berg sichtbar. Tatsächlich ein Loch mitten im Felsen, vielleicht doppelt so groß wie der Mittelkreis eines Fußballfelds. Der blaue Himmel zeigt sich durch das Loch. Es ist fantastisch. Georg ist beeindruckt.

Wie ein waagerechter Querschnitt zieht sich durch das Loch ein langes Band.

Je näher Georg an das »Auge« herankommt, desto mehr Details werden für ihn greifbar. Da ist ein Kamerateam in voller Klettermontur. Weitere Kletterer sind damit beschäftigt, ein riesiges Plakat am oberen Ende des Loches zu befestigen. *»Powered by Aqua Spirit«* steht in großen Lettern auf dem Plakat.

»Du suchst dir hier einen Platz, setzt dich dort hin und bewegst dich nicht von der Stelle, ist das klar?«, erklärt Georgs Kletterbodyguard und deutet auf eine Fläche von Steinbrocken, die tatsächlich wie kleine Hocker aussehen und zum Ausruhen einladen. Auf einem davon sitzt Sepp, der, wie es scheint, dieselben Anweisungen erhalten hat.

Disco-Sound liegt in der Luft. Irgendwo müssen hier gewaltige Lautsprecherboxen versteckt sein.

Georg beugt sich zu Sepp und muss schreien: »Ich habe von Jeff auch Geld gefordert. Verstehst du? Wir sind in den Augen von Jeff Erpresser. Er wird uns keine Kohle geben. Er wird uns hier oben abmurksen.«

»Du Spinner! Am helllichten Tag? Vor Publikum? Entspanne dich, wenn mich der Typ umbringen wollen würde, hätte er dazu jede Menge Gelegenheiten, das unauffälliger zu tun.«

»Du weißt, dass er bei Elsa im Haus war. Vielleicht hat er die alte Frau am Gewissen und auch Mückmann abgemurkst.«

»Dir fehlt Sauerstoff im Hirn. Setz dich hin und halt' endlich die Klappe.«

Das würde Georg gerne: abschalten und entspannen. Aber dazu ist er momentan nicht in der Lage. Vorsichtig blickt er sich um. Die Aussicht ist fantastisch. Auf der einen Seite das Loch im Gestein, die Slackline, die Felsen und auf der anderen Seite der Blick ins Lamingtal.

»Du Vollidiot«, schimpft Sepp Trinker.

»Was ist los?«

»Jetzt hast du mich verunsichert. Ich will die Kohle. Sofort! Ich frag ihn jetzt«, sagt Sepp und erhebt sich.

»Was? Wen willst du fragen?«

»Na, Jeff!«

»Bist du irre? Bleib hier.«

Sepp tänzelt über die Steine davon, bis er hinter einer Ansammlung von Felsen verschwindet.

97. Georg Reinthaler – 1.450 Höhenmeter

Eine ganze Weile später wird der Felsen mit bunten Scheinwerfern bestrahlt. In der Höhe kreisen Helikopter und filmen mit, wie sich Waldemar als Erster bei dem atemberaubenden Panorama im Felsenfenster auf die Slackline begibt.

Die Länge ist nicht das Problem, denn das Loch ist für einen Slackline-Walk eher kurz, aber der Wind macht dem Jungen sichtlich zu schaffen. Immer wieder fuchtelt er mit seinen Armen wie ein Pantomime, um Gleichgewichtsstörungen zu korrigieren. Epische Musik aus den Boxen untermalt die Dramatik.

Georgs Zehen rebellieren in den engen Schuhen und die starke Prise pfeift ihm erbarmungslos gegen die Stirn. Zudem macht es ihn nervös, dass Sepp nicht mehr auftaucht.

Was hat der Idiot Jeff erzählt? Hat er womöglich das Geld bekommen und ist längst gemütlich unterwegs ins Tal?

Eine mittlere fünfstellige Summe – zusammen mit Georgs niedriger fünfstelliger Summe rückt die Erpressungssumme womöglich in einen Bereich, der selbst für den Aqua Spirit-Geschäftsführer schmerzhaft sein könnte.

Georg wäre bereit, auf 10.000 Dollar zurückzurudern – besser als nichts und für Jeff Eriksen wäre diese Summe bestimmt verdaubar. Der kann das wahrscheinlich als Spende abschreiben. Wie eine Achterbahn rauschen die Gedanken durch den Kopf.

Georg rutscht vom Steinhocker und schleicht näher an die schroffen Felsen. Hier hat er besseren Schutz vorm Wind und fühlt sich nicht mehr von allen Richtungen beobachtet. Er zwängt sich an die steilen Felsen, die Richtung Gipfel wie ein Hahnenkamm aufsteigen. Als Georg über die Steinkante auf die andere Seite blickt, traut er seinen Augen nicht. Da steht Jeff. In seinen Armen eine junge Dame, deren Gesicht Georg allzu bekannt ist: Svetlana, die Pflegerin von Elsa Kraushammer.

»Die zwei sind ein Liebespaar?«

In seiner Verwunderung vergisst Georg, rechtzeitig in Deckung zu gehen. Die Blicke von Svetlana treffen ihn wie Dartpfeile. Er duckt sich hinter den Felsen, aber zu spät. Sie hat ihn gesehen – und mit ziemlicher Sicherheit auch erkannt. Zaghaft wagt er nochmals einen Blick über die Steinkante. Svetlana flüstert Jeff etwas ins Ohr.

Im nächsten Moment blicken beide zu Georg – und diese Mienen verheißen nichts Gutes.

»Mist, ich muss hier weg!«

98. Inspektor Pöls – Pflegerinnen-Verhör

Bobo, Kothbauer und Pöls sitzen im Wohnzimmer von Elsa. Gegenüber die Pflegerin, die sich als Svetlana ausgibt. Sie kann den drei Herren nicht mehr in die Augen sehen. Ihre eigenen wiederum sind geschwollen rot vom Weinen.

»Wir wissen, dass du nicht Svetlana Brikic bist. Willst du schweigen, bis wir deine DNA genommen haben?«

Es klopft und ein Polizeikollege führt die Dame von der Betreuungsagentur an den Tisch heran. Die Frau legt ein Dokument samt Porträtbild neben den Inspektor, aus dem hervorgeht, dass das junge Mädchen, das der Polizei gegenübersitzt, zwar durchaus eine Ähnlichkeit mit der echten Svetlana Brikic besitzt, aber nicht dieselbe Person ist. Der Dame von der Agentur ist das sichtlich peinlich. Unaufgefordert fühlt sie sich zu einer

Rechtfertigung verpflichtet: »Wir kriegen momentan so viele Pflegefachkräfte aus Ex-Jugoslawien angeboten, dass wir kaum mit der Registrierung nachkommen. Eine sieht der anderen zum Verwechseln ähnlich. Wir sind auch nur Menschen und machen Fehler.«

»Niemand gibt Ihnen eine Schuld«, sagt Bobo.

»Trotzdem wäre es nett, wenn das Dirndl die Pappn aufmacht«, fügt Kothbauer hinzu und was soll man sagen, die Aufforderung scheint zu wirken.

»Ich kenne Svetlana aus unserem Ort«, sagt die junge Frau in ihrem typischen Akzent. »Wir sind gemeinsam zur Schule gegangen. Sie hat mir Geld geboten, wenn ich sie ersetze.«

»Wie viel hat sie dir gegeben?«

»Weiß nicht mehr.«

»Klar! Aber warum hat sie das von dir verlangt?«

»Sie hat gesagt, ich kann ihren Job übernehmen, wenn ich diese Dinge so erzähle, wie sie es mir aufgetragen hat.«

»Aber wieso hat uns Svetlana diese Geschichte nicht selbst erzählt?«

»Ich weiß es nicht.«

»Hatte sie Angst?«

Die Frau blickt Pöls in die Augen und meint: »Svetlana wirkte glücklich.«

99. Georg Reinthaler – Hektischer Abstieg

Wie ein Betrunkener steigt Georg die Felsen zurück zum Teufelsfenster.

»Nicht da durch«, faucht ein Techniker, der bei einem Mischpult inmitten von Gestein sitzt. »Da störst du das Bild.«

Aber auf störungsfreie Fernsehbilder kann Georg jetzt keine Rücksicht nehmen und watschelt ins Scheinwerferlicht. Ein paar Zuschauer schreien genervt auf. Georg lässt sich davon nicht irritieren, kraxelt durch das Meßnerin-Loch und landet bei jedem dritten Schritt am Hintern. Über ihm turnt Waldemar, der nicht weiß, wie er die Zuschauerreaktionen einzuordnen hat und ins Trudeln gerät.

Aus der Lautsprecherbox kommen Anfeuerungsrufe und der DJ kündigt einen Motivationssong an. In der nächsten Sekunde klopfen die ersten Takte von »Atomic« aus dem Äther.

Als sich Georg umdreht, sieht er seine Verfolgerin, die ebenfalls durchs Meßnerin-Loch gekraxelt kommt. Jetzt heißt es einen Zahn zulegen. Georg taucht in eine rampenartige Rinne ein. Es geht steil bergab. Durch die hohen Seitenwände bleibt Georg zunächst der Blick ins Tal erspart. So fühlt sich der Laufschritt nicht so selbstmörderisch an. Aber am Ende der Rampe gibt es keine Seitenwände mehr und der Blick in die Unendlichkeit ist frei. In einer ersten Reaktion bleibt er stehen, doch dann schreit seine Verfolgerin giftig: »Bleib stehen!«, und Georg beschleunigt wieder. Es fühlt sich so falsch an, wenn der Menschenverstand zur Handbremse rät, aber das Adrenalin ein Stehenbleiben untersagt. Ein paar Meter geht das gut, aber auf einer abschüssigen Felsrippe rutscht er aus und kommt zu Fall. Ein emporstehender Stein verhindert den Absturz. Svetlana stürzt an derselben Stelle und Georg bekommt ihr hartes Schuhprofil in seinem Rücken zu spüren. Wie zwei zu Boden gegangene Boxer liegen Georg und Svetlana vor dem Stein.

100. Georg Reinthaler – Helikopter

Georg liegt mit dem Rücken auf einer schmalen Plattform und hört die Rotoren eines Helikopters. Als er die Augen öffnet, sieht er einen Hubschrauber über den Zinnen der Meßnerin kreisen. Unter den Kufen ist ein *»Powered by Aqua Spirit«*-Transparent gespannt.

Nur wenige Meter neben ihm liegt Svetlana auf einer Bahre – ihr Hals wird von einer stützenden Manschette fixiert.

»Suchst dir ausgerechnet die Gamssteige zum Wandern aus. Bist wohl lebensmüde?« Beim Anblick von Jeff hat Georg das Gefühl, die Kontrolle über seine Körperöffnungen zu verlieren. Der Amerikaner legt seine Hand auf Georgs Brust.

»Ihr habt für spektakuläre Bilder gesorgt. Großartig! Jetzt drehen wir noch eine Ehrenrunde um Tragöß, damit das Kamerateam den Flug gut einfangen kann.«

Während der Helikopter landet, rückt Jeffs Mund näher an Georgs Ohr heran.

»Dein Einsatz soll nicht umsonst gewesen sein. Ich halte mein Versprechen. Du bist mit mir auf den Berg gekommen, hast dir die Show angesehen und dafür erkläre ich mich bereit, dir eine entsprechende Abfindung zu zahlen.«

In seiner Hand ein Zettelwerk. Georg spürt, wie ihm ein Kugelschreiber zwischen die Finger gedrückt wird.

»Damit alles legal ist. Man hat mir gesagt, dass es in diesem Land nicht gerne gesehen wird, wenn man mit Geldkoffern durch die Gegend spaziert. Du kriegst dein Honorar auf ein Konto deiner Wahl überwiesen. Allerdings brauche ich dafür deine Unterschrift.«

»Was unterschreibe ich da?« Georg nimmt die Blätter zittrig an sich. Die vielen kleinen Buchstaben verschwimmen vor seinem Blick.

»Einen Sklavenvertrag, mit dem du dich für den Rest deines Lebens an mich verkaufst.« Jeff lacht über seinen eigenen Scherz, zupft Georg das Dokument aus der Hand und geht grob die einzelnen Unterpunkte durch.

»Hier steht dein Name, hier meiner, hier ist deine Dienstleistung vermerkt: Assistenz beim Tragößer Slackline-Event, powered by Aqua Spirit. Und im letzten Punkt deine Abfindungssumme für den Aufwand. Ich mache keine krummen Dinger.«

Im Wind der Rotoren winken die Blätter Georg zu.»Bevor ich etwas unterschreibe, bei dem ich Aqua Spirit dann womöglich noch 20.000 Dollar schulde, verzichte ich lieber darauf.«

»Ich lass dich nicht in den Helikopter, bevor du nicht unterschrieben hast. Lies es dir in Ruhe durch. Von mir aus hundert Mal, tausend Mal, so oft du willst, wenn du dich danach wohler fühlst – aber ohne Unterschrift wirst du alleine ins Tal kommen müssen.«

Jeff nimmt den Stift aus Georgs Hand und steckt ihn ein.

»Dein Kollege hat sich wesentlich kooperativer gezeigt.«

»Wo ist Sepp?«

»Der war klüger als du und hat die besseren Konditionen gestellt. Dafür hat er sich allerdings verpflichtet, auch den zweiten Teil der Show zu konsumieren.«

»Den zweiten Teil?«

»Glaubst du, Aqua Spirit gibt sich mit einem Motiv zufrieden? Ich brauche Berg und See, Spitze und Tal. Schließlich lege ich dafür jede Menge Cash auf den Tisch. Also beeile dich mit deiner Entscheidung, denn ich hasse nichts mehr, als zu meiner eigenen Show zu spät zu kommen. Frank und Waldemar sind schon zum Grünen See unterwegs.«

101. Inspektor Pöls – Große Wiese

Der Hubschrauber senkt sich über dem großen Willkommens-Schild beim Parkplatz der Besucher vom Grünen See. Pöls registriert, dass von der Sprayattacke nur noch wenig zu sehen ist.

Die Sonne steht so tief, dass Pöls beim Blick in den Himmel Sternchen sieht. In seinen Gedanken besetzt er sofort jedes einzelne Sternchen mit dem Kopf eines Verdächtigen und er stellt mit Entsetzen fest, dass sich sein Planetensystem an möglichen Tätern um zwei entscheidende Köpfe erweitert hat: Elsas Nachbar Sepp Trinker und der amerikanische Superstar Jeff Eriksen. Beide hatten unmittelbaren Kontakt zu Hans Mückmann.

Auf der großen Wiese südlich des Parkplatzes setzt der Helikopter auf. Ein Rettungswagen wartet am Straßenrand. Echte Eile sieht anders aus. Die Sanitäter hocken entspannt neben dem Fahrzeug und sonnen sich gemütlich, während die Rotoren langsam die Umdrehungen reduzieren.

Pöls wartet ab, bis die Sanitäter die beiden Personen auf den Rolltragen Richtung Krankenwagen befördern. Als er darauf zugeht, stellt sich ihm ein Koloss in den Weg.

»Keine Reporter!«

»Du bist ja ein Spaßvogel. Ich bin Inspektor Heinz Pöls.«

»Und ich bin Jeff Eriksen und alles, was dort oben im Berg geschehen ist, gehört zu meiner Show, für die ich sehr viel Geld bezahlt habe.«

Der Zeigefinger deutet auf das Gebirge. Pöls muss die Augen zusammenkneifen, weil die Sonne so tief steht.

»Was dort oben geschehen ist, interessiert mich nicht. Ich bin hier, um den Mordfall an Hans Mückmann aufzuklären – und ich wurde informiert, dass sich in diesem Hubschrauber Svetlana Brikic und Georg Reinthaler befinden. Beides wichtige Zeugen in dem Mordfall.«

»Schön und gut, aber die beiden sind verletzt und müssen dringend ins Krankenhaus gebracht werden.«

»So dringend kann es nicht sein, sonst wäre der Hubschrauber direkt ins LKH Bruck an der Mur geflogen.«

»Das sind keine verdammten Rescue Helicopter, sondern TV-Helis, die pro Minute Dollars von mir kassieren.«

»Polizeiarbeit hat Vorrang.« Pöls legt an der Bahre Hand an, auf der Svetlana liegt, und ignoriert das Fluchen des Amerikaners, der sich geschäftig ans Telefon setzt.

»Guten Tag, Svetlana«, sagt Pöls zu der Frau, die ihn mit großen Augen anstarrt. »Willst du wirklich, dass ich dich und deine Freundin Milena als Betrügerinnen anklage?«

Kapitel XIV – Bosnische Schmankerl/Rückblick

Pöls kann es kaum fassen, dass er so lange der falschen Fährte hinterher lief. Es tut ihm fast leid, dass er sich so sehr auf Stefan Gaukler eingeschossen hat und die Zeit nicht besser genutzt hat, um mit dem erfahrenen Schnaps-Experten über Spirituosen zu philosophieren. Dann hätte der Urlaub wenigstens ein wenig Sinn ergeben. Nun muss er sich aber die Historie von einer bosnischen Pflegerin anhören.

102. Svetlana – Elsas Auftrag

»Kann ich mich in diesem Haus keine fünf Minuten ausruhen?«

Svetlana hat es sich eben erst in ihrem Bett gemütlich gemacht. Polster im Nacken, Füße hochgelagert – aber dieses schreckliche Quietschen geht ihr auf den Geist. Es kommt aus den Wasserleitungen. Als würde jeden Moment die Sintflut über sie hereinbrechen.

Genervt steht sie auf und geht hinunter in das Erdgeschoss. Elsa sitzt nicht in ihrem Ohrensessel, obwohl Svetlana ihr eingebläut hat, dort sitzen zu bleiben, nachdem die Alte die halbe Nacht beim Fenster gestanden ist und die vorbeifahrenden Autos auf der gegenüberliegenden Straßenseite gezählt hat.

Fündig wird Svetlana in der Küche. Elsa hantiert mit einer großen Kneifzange am Wasserrohr herum.

»Elsa, wolltest du dich nicht ausruhen?«

»Kann ich nicht bei dem Lärm.«

»Aber du verursachst doch den Lärm mit der Zange.«

»Nein, es tropft, in einer Tour. Das macht mich narrisch. Dieses Gift. Es rinnt aus meinen Rohren.«

»Mir schmeckt dein Wasser.«

»Du hast auch keinen Geschmack. Gestern hast du vergessen, Kaffee in den Filter zu füllen und hast die dünne Plörre gesoffen und nichts gesagt.«

Endlich legt Elsa die Zange weg. Dafür zupft sie jetzt einen bunten Flyer aus einem Zeitungsstoß.

»Das war in unserem Postkasterl. Ich möchte, dass du dort hingehst, Svetlana. Der Böhlerstern ist nicht weit. Kannst meinen alten Gorn nehmen. Schau dir an, ob das was Gscheites ist und wenn ja, dann besorgen wir uns so ein Ding, koste es, was es wolle.«

103. Svetlana – Böhlerstern

Um 19 Uhr startet die Veranstaltung. Die große Jeff-Show. 19 Uhr war es, als Svetlana noch an der großen Kreuzung stand. Das ist mindestens zehn Minuten her, plus der mühsame Weg vom Parkplatz zu den festlichen Räumlichkeiten. Wie befürchtet, hat der Vortrag begonnen. Die Flügeltüren zum Festsaal sind geschlossen. Im Raum davor sind an den Seiten Tische aufgestellt – darauf Tischkärtchen mit Regionalhinweisen. Hinter dem Tisch mit dem Kärtchen *»Bezirk Bruck/Mur – Mürzzuschlag«* steht ein hagerer Mann mit strengem Blick.

Svetlana fliegt an den Tischen regelrecht vorbei. Ihre hochhackigen Schuhe nageln in den Parkettboden.

»Leise!«, fordert der Hagere. Svetlana hat es nicht für möglich gehalten, aber der Typ ist zu einer noch finsteren Miene fähig.

»Jeff Eriksen steht längst auf der Bühne. Bitte betreten Sie den Saal so leise wie möglich. Der große Jeff hasst nichts mehr als Unpünktlichkeit.«

»Alles klar«, lächelt sie ihm entgegen und denkt sich: *Fick dich!* Elsa hat für die Karte eine unglaubliche Summe bezahlt, da wird es der Kerl verschmerzen, dass es Menschen gibt, die ihre täglichen Aufgaben nicht so auf die Minute timen können – und Elsa stellte sich heute etwas schwerfällig an und konnte nicht rechtzeitig alleine gelassen werden. Von der Agentur darf niemand erfahren, dass sie Elsa nach 19 Uhr für zwei, drei Stunden alleine lässt. Das komme einer sofortigen Auflösung des Dienstverhältnisses gleich.

Behutsam ergreift sie den Türgriff. Svetlana schwingt die Tür auf und schleicht in den Festsaal. Der Raum ist zum Bersten voll. Vorwiegend Grauköpfe, soweit Svetlana das auf den ersten Blick beurteilen kann. Vorne auf der Bühne eine imposante Gestalt. Selbst durch den Businessanzug ist dem Mann das disziplinierte Krafttraining anzusehen. Er steht im strahlenden Scheinwerferlicht. Hinter ihm der riesengroße Schriftzug von Aqua Spirit über den Bühnenvorhang.

Rums! Die Tür knallt mit Karacho ins Schloss. Svetlana ist es von Elsas Zuhause so gewohnt, die Türen nach dem Aufschwingen getrost auszulassen, weil sie sich von selbst und gedämpft schließen. Nicht so im Böhlerstern. Für einen Moment ist Totenstille. Die Grauköpfe drehen sich um und jetzt hat Svetlana Gewissheit: Vorwiegend Rentner im Publikum.

»Ich glaube, wir haben unsere Freiwillige gefunden«, sagt Jeff und nimmt sie mit seinem stählernen Blick gefangen.

»Wenn ich die junge Dame gleich auf die Bühne bitten darf.«

»Was, mich?«

»Ich habe keinen Silberblick – ja, ich meine natürlich dich, meine Wasserfee.«

Ein Scheinwerferkegel rotiert ihr entgegen und packt Svetlana in dessen Mitte. Trommelwirbel.

»Auf die Bühne mit dir.«

Wie in Trance schreitet Svetlana über den roten Teppich bis zu dem kleinen Treppchen, das auf die Bühne führt. Ihren Mantel noch im Arm. Der wird ihr auf dem Weg über die Treppchen von einem heraneilenden Schatten mit Headset am Kopf abgenommen. Jeff schreitet Svetlana entgegen und bietet seine Hand als Hilfe für den letzten Schritt an. Gepflegte Finger packen sie. Der Diamant am Ringfinger ist so groß wie eine Kirsche.

»Begrüßen Sie unsere Wasserfee mit einem kräftigen Applaus.«

Er lotst Svetlana an einen dekorativen Tisch. Darauf stehen drei identische Wassergläser.

»Unsere Wasserfee wird nun die Reihenfolge dieser Gläser bestimmen. Ich schaue weg, damit ich nicht weiß, in welchem Glas sich das ungefilterte Trinkwasser, das osmotische Wasser und das Kläranlagenwasser befindet. Liebe Wasserfee, bevor du loslegst, möchte ich, dass du mir mit diesem Tuch die Augen verbindest.« Er überreicht ihr ein elegantes Seidentuch.

Beim Binden der Masche hinter seinem Kopf bemerkt sie, wie sehr ihre Hände zittern. Theatralisch tasten Jeffs Finger durch die Luft, um seine Blindheit zu demonstrieren.

»Nun verrücke die Gläser.«

Svetlana platziert ihre zarten Finger an den Glasrändern und beginnt die Positionen der Gefäße zu wechseln. Sie fasst zwei Gläser gleichzeitig und schiebt sie herum. Mal einzeln, mal zu zweit. Bis sie selbst nicht mehr weiß, welches Glas zuvor an welcher Position stand.

»Noch fünf Sekunden«, sagt Jeff.

Ein letztes Mal entscheidet sich Svetlana, die Außenpositionen zu tauschen. »Fertig!«, piepst sie.

»Du darfst mir die Augenbinde abnehmen.«

Jeff faltet das gelöste Seidentuch wieder zusammen und lässt es in seiner Innentasche verschwinden.

»Begleiten Sie unsere fantastische Wasserfee mit einem kräftigen Applaus an ihren Platz.« Seine glühenden Augen verfolgen sie zu ihrem Platz. Selbst als sie ihm längst den Rücken zugekehrt hat, spürt sie den fesselnden Blick, den sie nie wieder vergessen wird.

104. Svetlana – Bezirk Bruck – Mürzzuschlag

Svetlana zieht es nach der Veranstaltung zum Tisch mit dem Kärtchen *»Bezirk Bruck/Mur – Mürzzuschlag«*. Der Hagere unterhält sich mit einem Mann, der unzählige Fragen an den Berater zu haben scheint. Geduldig lauscht der Hagere den Anliegen des Kunden und nickt wohlwollend.

»Natürlich hat jeder mit Eintrittsticket ein Recht auf eine Gratis-Wasseranalyse, aber derzeit ist mein Terminkalender so dicht, dass ich Ihnen frühestens in ein paar Monaten einen Termin anbieten kann. Außerdem haben Sie keine Standard-Eintrittskarte erworben, sondern von mir einen Gratis-Zutritt erhalten und deshalb steht Ihnen theoretisch keine kostenlose Analyse zu.«

»Ich habe für diesen Eintritt stundenlang Flyer verteilt.«

»Sie sollten froh sein, was ich für Sie getan habe.«

»Ich will diesen Analyse-Termin.« Der Mann kratzt sich demonstrativ wie ein Affe und blickt dabei dem Hageren tief in die Augen.

»Ich werde sehen, was ich tun kann. Gehen Sie jetzt. Sie sehen ja, dass noch andere Besucher auf Beratungen warten.« Nun nimmt der Hagere Svetlana ins Visier.

»Ich kann warten«, versucht sie den Mann zu beruhigen, aber das macht ihn noch griesgrämiger.

»Dann machen Sie Platz für andere Gäste, die meinen Rat benötigen.«

Svetlana sieht sich um. Hinter ihr ist niemand. Weit und breit keiner, der beim Hageren ansteht. Die Besucher verteilen sich auf die anderen Tische und im Festsaal wimmelt es von Rentnern, die sich angeregt unterhalten. Hoher Lärmpegel. Jeff steht auch an einem der Tische und schüttelt eine Hand nach der anderen. Mit Zahnpastawerbelächeln. Svetlana entgeht nicht, dass er sich süchtig nach ihr umdreht – egal, wo er gerade ist. Immer wieder dieser kurze Kontrollblick, diese glühenden Augen.

»Wollen Sie jetzt was wissen oder nicht?«

Den Hageren im Rücken hat sie fast vergessen. Sie dreht sich ihm zu. »Ja, ich komme in Vertretung für eine alte Dame, die nicht mehr so mobil ist. Sie würde sich so eine Anlage gerne einmal näher ansehen.«

»Dann sollten wir dringend einen Schnuppertermin vereinbaren.« Das sagt allerdings nicht der Hagere, sondern Jeff, der neben Svetlana auftaucht und sofort ihre Körpernähe sucht.

»Handelt es sich um deine Mutter? Wie fürsorglich, dass du dich um sie kümmerst.«

»Nein, ich bin Altenbetreuerin. Das ist mein Job.«

»Hans, machst du gleich einen Termin mit der netten Dame aus?«

»Selbstverständlich«, sagt der Hagere emotionslos. Das entgeht Jeff nicht. Svetlana hört, wie er zum Hageren flüstert.

»Was ist denn heute los mit dir? Das ist der große Tag, auf den du dich so gefreut hast. Dank dir ist die Hütte voll. Bis auf den letzten Platz. Da müsste dir, wie sagt man, das Herz aufgehen.«

»Sie wissen genau, dass ich erst wieder lache, wenn Sie mir geholfen haben.«

»Ich helfe dir doch.«

»Ich möchte endlich mein neues Leben starten können.«

»Etwas Geduld.«

»Das sagen Sie seit Monaten.«

»Ich arbeite daran. Aber nicht heute. Heute ist unser großer Tag, an dem wir Aqua Spirit bestmöglich präsentieren sollen – also mach gefälligst eine freundliche Miene.«

105. Svetlana – Elsas Wasseranalyse

Hans Mückmann kommt pünktlich zum vereinbarten Wasseranalysetermin. Svetlana möchte die Haustür hinter ihm schließen, aber dann sieht sie Jeff an der Garagenecke stehen. Er winkt zu ihr und presst den Zeigefinger an seine Lippen. Nachdem sie weiterhin an der offenen Tür verharrt, deutet er ihr, dass sie Hans Mückmann hinterher gehen soll.

Kurz darauf stellt sie Hans Mückmann Elsa vor. Beide sind die Höflichkeit in Person. Ein paar Begrüßungsfloskeln, dann kommt Elsa rasch zum Punkt und spricht von vergiftetem Wasser, das aus ihrer Leitung tropft und Mückmann steigt sofort auf das Thema ein und hält ihr einen Vortrag über den Weg des sauberen Trinkwassers von der Quelle über die Behandlung im Wasserwerk und die Verseuchung des Wassers auf dem Weg über veraltete Rohre bis in die Haushalte der Siedlung. Der Test mit den Analysestreifen soll Klarheit in die Sache bringen.

»Ich tu mich halt so schwer mit solchen Streiferln, weil ich so schlecht sehe«, meint die Alte.

»Selbst für Blinde habe ich spezielle Teststreifen mit Brailleschrift.« Er zieht ein Mustermodell aus seiner Tasche und lässt Elsas Finger über den Streifen gleiten.

»Fühlen Sie es?«

Elsa nickt begeistert.

»Aber ich kann so eine Brailleschrift nicht lesen.«

»Stimmt, denn dann könnten Sie nach der Probe auf der anderen Seite das Ergebnis erfühlen. Aber Sie sind ja nicht völlig blind und mit einer Lupe sehen Sie das Ergebnis ebenfalls.«

Svetlana lässt das traute Pärchen alleine und wandert zur Haustüre. Jeff steht bereits auf der Fußmatte.

»Wohnt die alte Madame in dieser Burg ganz alleine?«

»Mit mir.«

»Darf ich mich umsehen?«

»Natürlich.« Wie sollte sie diesen glühenden Augen widerstehen können?Svetlana führt den Mann in den ersten Stock.

»Hier oben ist Elsa jahrelang nicht mehr gewesen. Wegen ihrer Beine. Sie hat Angst, über die Treppen zu fallen und die

Vorstellung, in einem Rollstuhl zu landen, ist ihr ein Gräuel.«

»Ein Wheelchair! Jesus! Ich kann die Madame verstehen. Aber so viel Platz für eine einzige Person. Das ist gelinde gesagt die pure Platzverschwendung.« Er blickt kurz in jeden Raum im ersten Stock.

»Was sind das für Räume?«

»Ehemalige Arbeitsräume. Ein Zimmer zum Umkleiden. Ein Gästezimmer. Ich bin ausschließlich in meinem Zimmer, die restlichen Räume interessieren mich nicht.«

Jeff erlaubt sich einen Blick in Svetlanas Kammer. »So ein schmales Bett. Verbringst du deine Nächte ganz alleine?«

»Natürlich. Ich darf keine Männerbesuche in die Wohnungen meiner Klientinnen bringen.«

»Offiziell, selbstverständlich, aber ein hübsches Girl wie du, da stehen die Boys garantiert Schlange.«

»Nein.«

»Keinen Freund?«

»Nein.«

»Woher stammst du?«

»Bosnien.«

»Ist das weit von hier?«

»500 Kilometer.«

»Wartet dort jemand auf dich?«

»Meine Schwester lebt noch in meinem Heimatort.«

»Ich meinte eher jemanden fürs Herz, einen Freund, eine Partnerin.«

»Ich bin solo.«

Seine große, warme Handfläche berührt ihren Unterarm.

»Wie hat dir mein Vortrag gefallen?«

»Ich habe es genossen.«

Eine Antwort, die ihm sichtlich behagt.

»Manche finden, ich würde zu dick auftragen.«

»Nein, es war gut.«

»Mein Outfit – hat das zur Show gepasst?«

»Der Anzug war sehr ansprechend.«

»Ich musste meinen Bauch einziehen.«

»Sie sind nicht dick, falls Sie das meinen. Der Anzug saß perfekt.«

Sein Strahlen wird breiter.

»Du wärst die perfekte Frau an meiner Seite.«

»Ich bin nur eine einfache Altenbetreuerin.«

»Ich kann dich zu einem Star machen.«

Das ist ihr jetzt eine Spur zu viel des Lobes, sie dreht sich errötet weg, aber Jeff Eriksen hat es noch dicker auf Lager.

»Willst du meine Frau werden?«

Ihr fehlen die Worte.

»Als du den Raum betreten hast – meine Wasserfee –, du bist nicht gekommen, du bist erschienen. Selten hat mich die Aura einer Frau so gepackt wie deine.«

Jetzt lässt sich ein verlegenes Lächeln nicht unterdrücken.

»Von Ihrer Wasserfee zum Star?«

»Ich bitte dich, lass diese schreckliche Höflichkeitsform. Ich bin ab jetzt Jeff für dich.«

»Wahrscheinlich könntest du mein Vater sein.«

»Stört dich der Altersunterschied?«

»Darüber habe ich noch nicht nachgedacht.«

»Solltest du aber. Mit mir hast du für dein Leben ausgesorgt. Du müsstest keine Arbeiten mehr ausüben, die dir nicht behagen.«

»Ich arbeite gerne.«

»Alten Leuten den Hintern auswischen? Immer die Untergebene, Sklavin sein?«

»Bei Elsa geht es mir gut.«

»Es gibt ein Leben nach Elsa – und das wird wahrscheinlich gar nicht mehr so lange auf sich warten lassen und dann ist die große Frage: Ist die nächste Person auch so nett wie Elsa?«

»Das stimmt, das kann die Hölle sein, deshalb ist mein Beruf wie ein Glücksspiel.«

»Mit mir fällt das Risiko einer Niete weg.«

»Du handelst dir dafür eine Niete ein. Ich kriege niemals ein Arbeitsvisum in den USA. Selbst für Österreich läuft meine Aufenthaltserlaubnis bald aus.«

»Ich könnte dich umgehend in die Vereinigten Staaten mitnehmen. Du bräuchtest kein Visum, keine Green Card, keine Tests, nichts.« Er setzt sich auf ihr Bett und klopft mit der Hand auf die Matratze, damit sie neben ihm Platz nimmt.

Er zieht aus seiner Innentasche eine Ausweistasche hervor.

»Du hast eine verblüffende Ähnlichkeit zu meiner Ex-Frau in jungen Jahren.«

Sein Finger tippt auf ein Foto einer jungen Dame auf einem Personalausweis.

»Sie hat sich von mir scheiden lassen und wieder ihren Mädchennamen angenommen. Die Behörden haben aber ihren alten Namen nicht aus den Registern gelöscht. Somit gibt es Melissa zwei Mal: Einmal Melissa Snyder und einmal Melissa Eriksen. Wäre nachlässig, diesen bürokratischen Irrtum ungenutzt zu lassen.«

Svetlana ist von dem Porträtbild gefesselt. Selbst sie muss die entfernte Ähnlichkeit zu ihrer eigenen Person zugeben.

»Melissa Eriksen«, murmelt sie.

»Das wärst dann du und hättest ein dickes Bankkonto.«

Svetlana klappt den Ausweis zu und schiebt ihn Jeff zurück. Deshalb sehen sie also seine Augen so glühend an, weil er seine Ex-Frau in ihr sieht.

»Ich glaube nicht, dass ich das kann.«

»Ich weiß, dass du es kannst, aber ich verstehe natürlich, dass du Zeit benötigst, es zu verdauen. Das ist gut so. Ich muss ohnehin prüfen und auf Nummer sicher gehen, dass die Behörden den Irrtum in allen Belangen nicht bemerkt haben und es zu keiner bösen Überraschung kommen kann. Eine kleine Bitte hätte ich allerdings an dich.«

»Eine Bitte?«

»Hans Mückmann. Er braucht ein neues Zuhause. Dieses Haus wäre für ihn der optimale Ort, um ihn sicher unterzubringen.«

»Hier? Bei Elsa?«

»Elsa wird davon nichts erfahren. Hans ist ein vertrauenswürdiger Mann. Der kommt dir auch nicht zu nahe, dafür bürge ich. Er ist der Wissenschaft verfallen und lebt einzig für seine Visionen. Die kann er unter seinem Namen kaum verwirklichen, weil er ein Berufsverbot als Arzt hat und von sämtlichen Leuten gejagt wird. Ich verstecke ihn seit Monaten in Hotels. Das ist in einer Großstadt kein Problem, aber am Land bei der geringen Auswahl an Hotels und Pensionen eine Herausforderung. Bei Elsa würde ihn niemand vermuten. Da wäre er in Sicherheit. Zumindest so lange, bis ich das mit den Behörden geklärt habe und ich dich in die USA mitnehmen kann.«

»Er wird gejagt?«

»Bildet er sich ein.«

»Dann kommen diese bösen Menschen zu uns.«

»Niemand wird ihn hier finden.«

106. Svetlana – Wohngemeinschaft

Svetlana weiß selbst nicht, was sie davon halten soll, dass sie auf den Deal von Jeff eingegangen ist. Die Aussicht auf ein Leben in Prunk und Reichtum macht sie ganz kribbelig. Jeff ist zudem nicht der schlechteste Fang. Er sieht attraktiv aus, hat Ausstrahlung und vor allem gefüllte Brieftaschen und scheint nicht zu geizen. Mit jeder Show macht er ein weiteres Vermögen. Mit seinen Osmose-Geräten sowieso.

Der neue Untermieter muss sein Geheimquartier allerdings selbst bezahlen. Hans Mückmann erweist sich tatsächlich als unsichtbarer Gast. Tagsüber ist er vorwiegend im Keller und bastelt an Osmose-Wasserfiltern. Erst zu fortgeschrittener Nachtstunde kommt er in sein Zimmer geschlichen. Er lässt Svetlana in Ruhe. Wenn sie das Bedürfnis auf ein Gespräch hat, ist er allerdings jederzeit zur Stelle, hört ihr aufmerksam zu und gibt ihr seine ehrliche Meinung.

Gelegentlich fährt er zu Kunden. Dazu bestellt er sich ein Taxi, das ihn einen halben Kilometer weiter abholt oder dort absetzt.

»Warum nimmst du nicht den hier?« Svetlana wirft ihm den Autoschlüssel auf sein Bettkissen. Sprachlos starrt er darauf.

»Das ist der Zündschlüssel des alten Mercedes in der Garage«, erklärt sie, nachdem er nicht reagiert.

»Ich möchte nicht auffallen.«

»Und darum bestellst du dir das Taxi regelmäßig vors Laufhaus?«

»Laufhaus?«

»Die Adresse, die du der Taxizentrale nennst – dort befindet sich ein Laufhaus.«

»Das wusste ich nicht. Ich habe es gewählt, weil es etwas abgelegen von der Hauptstraße leicht zu erreichen und dennoch nicht für jeden einsehbar ist.«

»Garantiert führt dich das Taxiunternehmen als Bordell-Stammkunden. Wenn in dem Laufhaus irgendein krummes Ding passiert, hast du die Polizei und dann auch diese Leute am Hals, die dir angeblich auf den Fersen sind.«

»In der Garage steht ein Oldtimer«, sagt Mückmann und begräbt den Zündschlüssel in seiner Faust. »Das ist ein sehr auffälliges Fahrzeug.«

»Eben – die Leute werden nur Augen für das Fahrzeug haben, aber wer den Wagen fährt, wird keiner registrieren. Wahrscheinlich würden viele nicht einmal wissen, ob der Wagen von einem Mann oder einer Frau gelenkt wurde, wenn man sie kurz danach befragen würde. Aber sie wüssten mit Sicherheit, ob der Wagen Schweinsledersitze hatte. Du musst die Dinge um dich interessanter machen als dich selbst, dann bleibst du unsichtbar.«

»Du klingst beinahe wie Jeff«, sagt er und betrachtet den Zündschlüssel in seiner Hand. Der Doktor hat recht, allmählich wirken Jeffs Motivationssprüche auch abseits der Bühne.

107. Svetlana – Stress im Paradies

Jeff ist der Mann der weisen Worte. Wie müssen seine Vorträge erst in seiner Muttersprache klingen. Die deutsche Übersetzung stiehlt den Sätzen garantiert einiges an Kraft und Wirkung.

Der Amerikaner kann ganz anders: Derb, beleidigend, vulgär.

Svetlana hat Elsa gerade das Hörgerät abgedreht und die alte Dame zu Bett gebracht. Zufrieden, nach einem Dreifachsieg im Mensch-ärgere-Dich-nicht, schläft Elsa mit einem Lächeln auf den Lippen ein. Svetlana schmunzelt zwar zurück, ist gedanklich jedoch bei dem Lärm, der durch die dicken Mauern dringt. Der Bass von Jeffs Stimme hämmert wie ein Presslufthammer dagegen.

Hoffentlich wacht Elsa deswegen nicht auf. Die Frau mag schlecht sehen, aber ihr Gehör ist ganz passabel.

Leise drückt Svetlana die Tür zu Elsas Schlafzimmer zu und schleicht zum Treppenhaus. Der Lärm kommt aus dem Keller.

»Ich brauche nagelneue Geräte«, peitscht Mückmanns Stimme giftig über die Stufen.

»Das sind neue Geräte.«

»Originalverpackt möchte ich sie.«

»Die werden beim Zoll geöffnet.«

»Aber diese Geräte haben richtige Gebrauchsspuren.«

»Ist dir Recycling ein Begriff, Hans? Wiederverwertbarkeit der Materialien? Aus Liebe zur Umwelt!«

»Wenn's denn so wäre – aber diese Geräte sind Schrott.«

»Beleidige meine Babys nicht.«

»Ich habe das Gefühl, dass Sie mir bewusst defekte Geräte unterjubeln.«

»Und warum sollte ich das tun?«

»Weil ich alles verkaufe, was Sie mir bisher geliefert haben. Da dachten Sie sich, kann's zwischendurch auch ein defekter Kübel sein. In letzter Zeit kriege ich nur noch unbrauchbare Geräte. Ich weigere mich, das unters Volk zu bringen.«

»Ist vielleicht beim Transport passiert. Ein Versehen.«

»Bei allen Geräten? Dieser Kübel filtert nicht sauber. Sowas verkaufe ich nicht.«

»Droh' mir niemals, sonst kann ich andere Geschütze auffahren.«

»Letztlich leidet Ihr Unternehmen darunter, wenn ich so einen Schrott an meine Kunden gebe.«

»Wenn du das Image von Aqua Spirit zerstörst, kannst du unseren Deal vergessen.«

Stufe für Stufe wagt sich Svetlana in den Keller vor. Noch nie hat sie Jeff mit so einem hochroten Kopf gesehen. Beim Hageren ist sie das griesgrämige Gesicht hingegen gewöhnt.

»Daher weht der Wind«, sagt Mückmann. »Sie geben mir absichtlich kaputte Geräte, damit Sie Ihr Versprechen nicht einlösen müssen.«

»Ich bin ein Ehrenmann, der zu seinem Wort steht. Don't you forget it!«

»Bisher habe ich keine Anzeichen, dass Sie sich darum kümmern. Ich möchte endlich in mein neues Leben starten.«

»Ich bin dran. Bleib cool. Agiere nicht wie ein Fool.«Svetlana dringt in den Raum ein und streckt sich, um das gekippte Kellerfenster zu schließen.

»Muss ja nicht jeder auf der Straße mitkriegen, dass Elsa Herrenbesuch hat«, sagt sie und klappt das Fenster zu. Vor Mückmann steht ein großer Wasserfilter, aus dem mehrere Kabeln aus einem Spalt im Gehäuse hervorstehen.

»Meine Kunden haben Unannehmlichkeiten. Für die Umstände möchte ich, dass ich meinen Kunden einen Rabatt geben kann.«

»Ich verschenke meine Geräte nicht. Elsa war eine Ausnahme.«

Mückmann kritzelt den Namen »Reinthaler« auf einen großen Zettel, klebt ihn gegen die Metallwand der Osmose-Anlage und erklärt: »Für dieses Gerät hat sich ein Kunde bei Ihrem Vortrag im Böhlerstern vor einem halben Jahr intensiv interessiert und wäre bereit, es für eine Vergünstigung zu erwerben.«

»Meine Geräte haben ihren Preis.«

»Aber es ist kaputt. Der Kunde hätte das Gerät am liebsten gleich behalten, ich musste ihn hinhalten.«

»Good Lord! Dann geben Sie ihm den verdammten Rabatt, wenn Sie dann zufrieden sind.«

Jeff packt Svetlana an der Hand und lässt Mückmann im Keller zurück.

Oben, in ihrem Zimmer, streicht er ihr durchs Haar.

»Ich habe gute Nachrichten. Du könntest problemlos als Melissa Eriksen mit in die Staaten kommen. Hast du es dir überlegt?«

»Ich würde es gerne machen, aber ich kann Elsa nicht im Stich lassen.«

»Wie lange gibst du der alten Madame noch?«

»Elsa ist fit.«

»Um die Betreuung der Frau kann sich doch jemand anders kümmern. Du bist ab nun keine Sklavin mehr, du bist eine Königin.«

»Noch ist Elsa meine Königin.«

»Altenbetreuung ist doch eine Notlösung für dich. Du hast Sprachen studiert.«

»Du hast dich über mich erkundigt?«

»Wer kauft gerne die Katze im Sack?«

»Weder bin ich käuflich noch eine Katze.«

»Wir sollten uns nicht zu lange Zeit lassen. Je aktiver Melissa Eriksen ist, umso geringer ist das Risiko, dass die Behörden misstrauisch werden.«

»Und Hans?«

»Bei dem habe ich ein kleines Problem.«

»Was hast du ihm versprochen?«

»Eine neue Identität.«

»So wie mir?«

»Erst durch ihn bin ich auf diese Idee mit dir gekommen. Hans hat ein verkorkstes Leben. Mit seiner aktuellen Identität sind ihm die Hände gebunden, um seine Visionen ausleben zu können. Als ich ihn kennenlernte und seine Genialität erkannte und er sich gleichzeitig bei mir ausheulte, dachte ich mir, es wäre einfacher, ihm eine neue Identität zu beschaffen. Aber meine Kontakte zu den wichtigen Drahtziehern der Szene sind nicht mehr so, wie sie waren. Außerdem wird die Unterwelt im Zeitalter der Digitalisierung immer vorsichtiger. Es sieht schlecht aus für Hans.«

»Wann sagst du ihm das?«

»Spätestens, wenn du dich dazu entschieden hast, mit mir mitzukommen. In der Zwischenzeit ist wichtig, dass du ihm nicht verrätst, wie es um ihn steht. Sonst dreht er durch. Genau jetzt, wo das Geschäft in Europa so gut läuft und drauf und dran ist, den amerikanischen Markt zu verdrängen. Hans ist ein Genie. Er bringt jeden dazu, sich den Dreck zu kaufen. Da muss ich dranbleiben. Diese Quelle darf nicht versiegen.« Sein Finger setzt sich auf Svetlanas Unterlippe. »Und deshalb hush, baby, hush!«

108. Svetlana – Aufgeregt

Elsa lächelt.

»Mit diesem gefilterten Wasser schmeckt der Kaffee besser.«

Das sagt sie jeden Tag. Mittlerweile seit rund einem halben Jahr. Und wie immer nickt Svetlana und will sich mit einer leeren Tasse zu ihrer alten Dame gesellen, um sich auch ein Tässchen, wie jeden Tag nach dem Mittagessen, einzuschenken – aber da ist dieser Lärm im Treppenhaus.

»Was ist?«, fragt sie Elsa, die sich aber offenbar von dem Poltern nicht gestört fühlt und deshalb von Svetlanas erschrockenem Gesichtsausdruck so überrascht ist.

»Hast du deine Tabletten genommen, Elsa?«

»Die nehme ich doch vorm Essen. Jetzt wär's zu spät, Kinderl!«

»Ich muss kontrollieren, ob wir genug Vorrat haben, oder ob ich aus der Apotheke welche bestellen muss.«

»Das kannst du doch später machen.«

Svetlana eilt durch den Raum zum Treppenhaus. Mückmann hängt ganz schief auf dem Hocker neben den Schuhen. Beim ersten Anblick denkt Svetlana an einen Schlaganfall.

»Was ist los?«

»Alles ist aus, alles!«

Der Hocker kippt zur Seite. Auf allen vieren kriecht Mückmann die Treppen hoch, wie ein dicker Käfer.

»Mein Leben – vorbei!«

Oben hilft Svetlana ihm auf die Beine.

»Wieso bist du hier? Mitten am Tag. Du kommst doch immer über den Garten, damit dich auf der Straße kein Nachbar sehen kann.«

»Es ist sowieso alles vorbei und damit egal, ob sie mich sehen.«

»Beruhige dich erst einmal.«

Sie schafft es, ihn auf sein Bett zu setzen. Jetzt zappelt er wenigstens nicht mehr so stark. Svetlana streichelt seine Hände, wie sie es normalerweise bei ihren epileptischen Klienten macht.

»Ich sollte wieder zu Elsa. Aber in deinem Zustand kann ich dich nicht alleine lassen. Brauchst du einen Arzt?«

»Ich bin Arzt.«

»Ich meine einen, der noch praktiziert.«

Wie von der Tarantel gestochen springt er auf und nagelt Svetlanas Arme gegen die offene Zimmertür.

»Jeff hat mir ein neues Leben versprochen. Aber wegen dieser Rotzlöffel will er es mir nicht mehr geben.«

»Ich verstehe nicht, wovon du sprichst.«

»Ich arbeite für Jeff, damit er mir eine neue Identität besorgt. Einen neuen Namen, neue Ausweise, eine wunderbare Vita, alles, was dazugehört, damit ich in Deutschland, der Schweiz oder wo auch immer neu anfangen kann. Wenn es sein muss, in den Staaten, in Südamerika, Israel oder Australien.«

Er lässt Svetlana wieder aus. Sie reibt sich die Arme. So hat sie den Doktor noch nie erlebt. Nie wurde er in irgendeiner Weise ansatzweise handgreiflich.

»Warte hier«, sagt sie, geht in ihr Zimmer und kehrt mit einem Ausweis retour.

»Siehst du das?« Sie streckt ihm das Bild entgegen.

»Melissa Eriksen?«

»Jeff hat mir eine neue Identität besorgt. Er ist kein Hochstapler, sondern hält, was er verspricht. Er wird es auch bei dir schaffen.«

Ungläubig nimmt Hans Mückmann ihr den Ausweis ab und starrt ihn an, als würde er das erste Mal aus der Bibel lesen.

»Das hat er dir besorgt?«

Sie nickt. »Und du wirst auch einen neuen Namen kriegen. Du brauchst Geduld. Jeff hält, was er verspricht.«

»Nein!«, brüllt Mückmann und schleudert den Ausweis von sich. »Weil diese Rotzlöffel mich diffamiert haben.«

»Welche Rotzlöffel?«

»Da sind zwei Halbstarke, die auf so Seilen über den Grünen See tanzen. Die glauben, ich hätte den See vergiftet oder würde die Wasseranalyse verfälschen. Sie haben mir gedroht, dass sie sich bei Jeff beschweren werden. Jetzt haben sie es tatsächlich getan. Diese Scharlatane. Sie haben mein neues Leben verhindert.«

»Kannst du nicht mit den beiden reden und ihnen erklären, dass du den See nicht vergiftet hast?«

»Mit denen kann man nicht reden.«

»Jeff wird dir glauben.«

»Nein, Jeff hat mir gesagt, es ist sinnlos, ich kriege keine neue Identität. Ich soll mir das abschminken.«

»Soll ich mit ihm reden?«

»Das bringt nichts. Es ist alles vorbei.«

Wie besoffen wackelt er aus dem Zimmer, steigt die Treppen hinab, geht auf die Türe zu, die zu Elsas Reich führt.

»Bist du verrückt?«, ruft Svetlana ihm hinterher. »Der Bereich ist für dich tabu!«

»Es ist alles vorbei.«

Schon taucht der Doktor in Elsas Wohnzimmer ein. In diesem Zustand alles andere als eine gute Idee. Svetlana holt Mückmann ein und zieht ihn am Mantel.

»Was soll das? Zerstöre nicht auch mein Leben, weil du keinen Ausweg für dich siehst.«

Nur mit aller Kraft kann sie den Mann zurück ins Treppenhaus zerren.

»Horch zu, wir fahren jetzt los und suchen diese Jungs und dann redest du mit ihnen.«

»Die sind nicht mal ums Eck, sondern in Tragöß.«

»Dann eben auf nach Tragöß!« Sie schiebt ihn vor die Eingangstür und sagt streng: »Rühre dich keinen Millimeter von der Stelle, ich muss Elsa nur klarmachen, dass ich aus der Apotheke dringend etwas benötige.«

109. Svetlana – Grüne Wand

»Beruhige dich endlich, wir schaffen das.«

Der Oldtimer ist kurz vor Tragöß. Mückmann kauert wie ein Häufchen Elend am Beifahrersitz.

»Wenn du mit diesen Kids vernünftig reden willst, dann brauchst du ein bisschen mehr Haltung.«

Mit jedem Meter, den der Wagen dem Grünen See näher kommt, richtet sich Hans Mückmann auf seinem Sitz weiter auf. Am Parkplatz rollt der Oldtimer aus.

»Ich weiß, wo ich sie finde«, sagt der Doktor und öffnet die Seitentür, da rollt der Wagen noch.

»Toi, toi, toi«, ruft sie ihm hinterher und sieht, wie der Hagere eins mit dem Wald wird. Sofort greift sie zum Handy und wählt Jeffs Nummer. Es benötigt drei Anläufe, bis der Sender ausreichend Netzleistung findet, um eine Verbindung herzustellen.

»Was hast du mit Hans gemacht? Der ist völlig aufgelöst.«

»Du wolltest doch, dass ich ihm so rasch wie möglich reinen Wein einschenke.«

»Warum denn gerade jetzt?«

»Weil er mich heute angerufen und Schwachsinn geredet hat. Ich glaube, sein Geduldsfaden ist am Ende. Ich kann es Hans nicht länger zumuten, ihm Märchen zu erzählen. Er hat die Wahrheit verdient.«

»Wie kommen diese Kids auf die Idee, dass er den See vergiftet haben soll?«

»I beg you pardon?«

»Hans sagte mir, ihn hätten irgendwelche Kids verpfiffen.«

»Verpfiffen?«

»Zwei junge Männer, die auf Seilen über den See gehen.«

»Frank und Waldemar!« Jeff lacht. »Zwei crazy Boys. Ja, die haben mich heute kontaktiert, um mir ein verrücktes Angebot zu unterbreiten.«

»Wieder Kunden, denen du eine neue Identität versprichst?«

»No way! Im Gegenteil: Sie suchen krampfhaft nach Sponsoren für ihre Slackline-Show. Sie wollen den Grünen See mit der Slackline überqueren, schneller als jeder andere zuvor. Ich werde die Boys dabei unterstützen. Sie brennen vor Ideen. Sie wollen auch oberhalb des Grünen Sees mit der Slackline durch ein Teufelsloch steigen. Ich habe tausend Vorstellungen, wie wir das für eine Aqua Spirit-Image-Kampagne nutzen können.«

»Warum hast du das Hans nicht erzählt?«

»Habe ich, aber er hat mir nicht zugehört oder mich nicht verstanden. Die Telefon-Connection war sehr schlecht. Ich habe ihm alles erklärt, aber dann ist die Verbindung abgebrochen.«

»Hans glaubt, die beiden Jungs wären schuld an seiner Misere.«

»Gib ihn mir ans Telefon.«

»Er sucht die Jungs.«

»Melissa«, sagt Jeff und Svetlana zuckt innerlich zusammen. »Du musst ihn aufhalten. Ich möchte nicht, dass er mir die Jungs vergrämt – diese Show bringt unserer Company Millionen neue Follower!«

Svetlana starrt auf die grüne Wand, in der Mückmann verschwunden ist. Sie ist für einen Survival-Trip nicht gekleidet. Mit der linken Hand betätigt sie den Türöffner. Ungern steigt sie aus dem Oldtimer.

Es knallt wie ein Schuss. Ziemlich laut, ziemlich nah. Svetlana blickt auf die grüne Wand und muss schlucken.

»Hans!«

Sie weiß nicht, wohin. Kaum ist sie im Wald, knackt es an allen Ecken und Enden. Noch ein Schritt und noch ein Schritt. Ihr ist, als wäre ein großer Schatten neben ihr. Sie schwenkt den Kopf und eine schmutzige Hand fasst ihr über das Gesicht. Ihr Schrei verstummt in der Handfläche des Fremden. Ein warmes Krächzen an ihrem Ohr.

»Dein Haar ist wunderbar!«

Svetlana schlägt wild um sich. Ihr Ellbogen trifft irgendeinen Körperteil des Fremden, der sie daraufhin loslässt. Sofort ergreift sie die Flucht.

»Bleib hier. Es wird großartig.«

Sie hört seine Schritte, die sie verfolgen. Sein Atem dicht hinter ihr. Ziellos schrammt Svetlana an den Bäumen vorbei. Vor ihr geht es einen Hang hinab. Ein Bach plätschert unschuldig vor sich hin. Laut knackt ein Ast. Kurz darauf trifft irgendetwas Svetlanas Schulter. Zuerst denkt sie, es wäre der abgebrochene Ast, aber dann wird ihr klar, dass es der Schädel des Irren war, der zu Sturz gekommen ist, sie rammte und mit dem Kopf voran ins Bachbett stürzte. Svetlana läuft weiter, springt über den Bach. Erst auf der anderen Seite wagt sie es, zu stoppen. Die Bestie liegt regungslos im Rinnsal.

Keine Sekunde vergeudet Svetlana mit dem Gedanken, sich um den Mann zu kümmern. Sie will einfach nur weg. Minutenlang irrt sie durch den Wald, bis sie endlich eine Forststraße erreicht, dieser folgt und beim Parkplatz landet, auf dem der Oldtimer mit offener Fahrertür wartet.

Sie fühlt sich wie in Watte gepackt. Nichts wie weg.

Der Oldtimer ist kein Rennauto. Es dauert, bis der alte Mercedes beschleunigt. Blöd nur, dass auch die Bremsen mangelhaft funktionieren. Und so kann Svetlana nicht rechtzeitig vor dem LKW anhalten, der wie aus dem Nichts von der Seitenstraße auftaucht und vor dem Oldtimer auf Svetlanas Straße einschert. Sie verreißt das Lenkrad, gerät mit einer Seite von der Fahrbahn und touchiert den Lastwagen am Heck.

Der Mercedes kommt seitlich zum LKW zum Stehen. Die Gurte in dem Oldtimer sind nicht mehr die besten und Svetlana hat sich den Kopf am Lenkrad gestoßen. Quietschend öffnet sich die Tür des Lastwagens und ein großgewachsener Mann entsteigt der Fahrerkabine. Svetlanas Finger tasten blind zum Zündschlüssel. Starten!

Gas! Soll sie wirklich abhauen? Ohne Mückmann? Ihr Blick wandert in den Rückspiegel – darin die Grüne Wand.

110. Svetlana – Oldtimer

In Elsas Garage dreht Svetlana eine Runde um den Mercedes. An der vorderen Seitenwand, unterm Blinker, hat die Karosserie beim Kuss des Lastwagens einen sichtbaren Schaden davongetragen. Zwei kurze Streicheleinheiten für die Motorhaube. Elsa wird es ihr verzeihen. Seit Svetlana ihren Dienst bei Elsa Kraushammer angetreten hat, war die alte Dame kein einziges Mal in der Garage, außer sie ist wieder einmal verwirrt und hat die Orientierung verloren, dann kann es passieren, dass sie die Garage mit der Toilette verwechselt.

»Ich habe heute richtig Lust auf einen Spieleabend«, empfängt Elsa ihre Betreuerin. Schön, die rüstige Dame so gut gelaunt anzutreffen, aber Svetlana ist nicht nach spielen und lachen zumute. Doch wie könnte sie Elsa einen Wunsch verwehren? Kurz kreisen Ausreden durch ihren Kopf: Kopfweh, Müdigkeit, Zahnschmerzen – dann besinnt sie sich, dass es vielleicht nicht mehr oft sein wird, dass sie in Elsas Gegenwart ist, und sie vertröstet die Frau bloß um zwei Stunden.

»Ich muss mich kurz ausruhen – dann bin ich für dich da, Elsa.«

Eine Stunde kann sie sich auf ihr Zimmer zurückziehen. An Schlaf ist nicht zu denken. Jeff hebt nicht ab. In ihren Gedanken kreisen Mückmann, die Bestie aus dem Wald und immer wieder der Name: Melissa Eriksen. Nach 60 Minuten gibt sie auf, kehrt zu Elsa zurück und die Dame macht beinahe einen Luftsprung, als Svetlana das Spielbrett aufstellt.

»Aber lass mich nicht absichtlich gewinnen«, fleht sie die Pflegerin an.

»Garantiert nicht.«

Heute hätte jeder gegen Svetlana leichtes Spiel gehabt. Sie kann sich nicht auf die Sache konzentrieren. Ihre Gedanken schweifen ständig ab.

»Kinderl, du bist heute wirklich müde. Gemma heute früher schlafen.«

Svetlana nickt, versucht sich mit einem Schluck Wasser aufzupeppen, aber Klarheit erlangt sie nach einem ganzen Glas eiskaltem Osmose-Wasser auch nicht. Sie bringt Elsa ins Badezimmer. In routinierten Bewegungen spult sie das Hygieneprogramm ab.

»Kinderl, Kinderl«, stöhnt Elsa kopfschüttelnd.

Dann bringt sie Elsa in ihr Schlafzimmer, deckt sie zu, dreht das Licht ab und geht hoch in den ersten Stock.

Nochmals ein Versuch, Jeff zu erreichen. Erfolglos.

Das Scheppern kommt von draußen. Svetlana stellt sich ans Fenster. In der Garage brennt Licht. Ist sie am Lichtschalter angekommen, als sie den Oldtimer abstellte? Aber dann ist ihr, als wäre da für einen kurzen Augenblick ein Schatten gewesen. Das lässt ihr keine Ruhe. Ist das Mückmann?

Ausgerüstet mit einer Taschenlampe schleicht sie vor die Haustür, geht auf die Garage zu. Hinter der Scheibe brennt kein Licht mehr. Hat sie sich das alles eingebildet? Heute ist sie nicht zurechnungsfähig.

Ihre Hand legt sich an den Türgriff, der sich aber nicht einen Millimeter nach unten drücken lässt, so eingerostet muss das alte Ding sein.

Svetlana schleicht zurück ins Haus und sieht nach, ob sie den Garagenschlüssel findet – am Haken hängt nur der Zündschlüssel, den sie vor wenigen Stunden erst hier deponiert hat. Mit dem Autoschlüssel in der Hand geht sie nochmals auf die Garage zu. Vielleicht gelingt es ihr, den Türgriff mit der Taschenlampe nach unten zu hämmern.

Plötzlich ist so ein grober Krafteinsatz aber nicht mehr nötig. Wieder zurück an der Garage, lässt sich der Griff nun problemlos nach unten bewegen und die Tür ist auch nicht abgeschlossen.

Licht an!

Sofort trifft sie der Anblick der Windschutzscheibe wie ein Elektroschlag.

»Wir wissen, dass du ein Betrüger bist! Du kriegst drei Tage Zeit, deine Schulden zu begleichen!«, steht in schwarzen Großbuchstaben auf einem Kartondeckel. Wie apathisch nimmt sie die Botschaft von der Scheibe und wirft den Karton auf die Rückbank. Sie setzt sich in den Wagen und rauscht davon.

Sie muss Hans Mückmann finden.

Allerdings kommen ihr auf der Strecke Richtung Tragöß ungewöhnlich viele Polizeieinsatzfahrzeuge entgegen. Keiner in Eile, alle ohne Sirene, ohne Signallicht, dennoch kontinuierlich. Bis St. Kathrein an der Laming zählt Svetlana fünf Polizeiwagen. Die nächste Abzweigung nach links nutzt sie, um eine rasante Kehrtwende auf den Asphalt zu legen. Sie kann nicht nach Tragöß fahren. Sämtliche Muskeln sträuben sich dagegen.

111. Svetlana – Auftrag

Erst oben in ihrem Zimmer kommen ihr die Gedanken, dass sie den Zündschlüssel im Oldtimer vergessen haben könnte. Sie zerreißt den Karton mit der Drohbotschaft in mehrere Teile und stopft sie in den Papierkorb.

Endlich meldet sich Jeff.

»Ich habe es tausend Mal versucht. Wo warst du?«, beklagt sie sich. »Der Doktor ist tot.«

»Was?«

»Erschossen.«

»Bist du dir sicher?«

»Natürlich! Ich war dabei!«

Kurzes Schweigen in der Leitung.

»Jeff?«

»Du solltest seine Sachen beseitigen. Damit die Cops nicht auf unsere Spur kommen.«

»Wo bist du? Kannst du mich abholen?«

»Geht nicht. Ich muss Dinge erledigen.«

»Ich habe so fürchterliche Angst.«

»Dir kann nichts passieren! Sieh zu, dass du die Sachen von Hans aus dem Haus verschwinden lässt.«

»Was ist mit dem Zeug im Keller? Ich kann das unmöglich alles schleppen.«

»Der Keller ist Nebensache. Da kann ich im Notfall erzählen, dass Elsa meine treueste Stammkundin ist, die sämtliche Anlagen testete. Aber die persönlichen Gegenstände von Hans – das muss alles raus.«

112. Svetlana – Raus aus dem Lamingtal

Svetlana hat drei riesige Säcke mit einem Großteil von Mückmanns Hab und Gut gefüllt. Ein Sack mit Kleider, ein Sack mit seinen Broschüren und Dokumenten, ein Sack mit Toilettenartikeln und undefinierbaren Gegenständen. In Mückmanns Kleiderschrank befindet sich noch ein integriertes Regal, das abgeschlossen ist. Den Schlüssel dazu kann Svetlana nirgendwo finden. Irgendein Werkzeug muss her, mit dem das Problem erledigt ist. Mit einer Feile oder Ähnlichem müsste sich der Deckel öffnen lassen.

Svetlana schleicht ins Erdgeschoss. In der Garage erwartet sie der Nachbar mit einem schelmischen Grinsen im Gesicht und einer Tageszeitung in der Hand.

»Schon gelesen? Dein Lover ist tot. Oder ist er einer von vielen Männern? Was ist mit der tiefen Stimme?« Sepp Trinker imitiert eine Tonlage, die Svetlana sofort an Jeff erinnert.

»Ich weiß alles!«, sagt der Mann und kommt auf Svetlana zu. »Weiß Elsa von den Schweinereien, die du in ihrem Haus veranstaltest? Was kriege ich für mein Schweigen?«

Seine Augen gleiten auf ihren Busen, aber dann zieht der Blick doch wieder hoch auf ihre Stirn und er berührt den blauen Fleck, den sie sich durch den Knall am Lenkrad zugezogen hat.

»Stehst du eher auf die raue Gangart?«

Svetlana marschiert rückwärts zum Ausgang. Jederzeit bereit, so laut wie möglich um Hilfe zu schreien, sollte ihr der Kerl zu nahe kommen.

»Wie du willst, dann werde ich Elsa in deine Geheimnisse einweihen.«

113. Svetlana – Versteck

Bei einer Autowaschanlage versteckt sich Svetlana hinter einem Mauervorsprung, das Handy am Ohr: »Jeff, du musst mich abholen. Sofort. Wo immer du gerade bist.«

»Calm down, Melissa.«

»Sie werden herausfinden, dass ich mit Mückmann zusammen bei Elsa lebte. Der Nachbar weiß alles. Er will Elsa alles erzählen.«

»Soll er doch der alten Madame erzählen, was er will.«

»Unser Plan stirbt.«

»Nein, wir finden eine Lösung. Wir müssen einen kühlen Kopf bewahren. Was würde Svetlana machen, wenn sie in Gefahr ist?«

»Ich weiß es nicht.«

»Streng dich an, Sweetheart! Was würde sie tun? Zur Agentur gehen?«

»Nein, niemals, in der Agentur habe ich keine Vertrauensperson. Man hat mich dort zwei Mal gesehen.«

»Melissa, lege das Ich für Svetlana ab. Svetlana ist jetzt maximal eine gute Freundin von dir.«

»Sie würde nach Bosnien zurückgehen.«

»Das ist doch ein guter Ansatz. Dann wird dich die Polizei zuerst in Bosnien suchen.«

»Du meinst, ich soll nach Bosnien gehen?«

»Nein, Melissa kommt zu Jeff. Aber wir brauchen jemanden, der für die Polizei Svetlana ist.«

»Wie soll das gehen?«

»Wir brauchen jemanden, der dich vertritt.«

»Was?«

»Kennst du jemanden in deiner Heimat, der dir ähnlich sieht und Deutsch spricht?«

»Nein.«

»Denk nach.«

»In der Schulzeit hatte ich eine Freundin – wir haben uns jahrelang wie Zwillinge gekleidet.«

»Sieht sie dir optisch ähnlich?«

»Das weiß ich nicht. Sie hat eine andere Haarfarbe.«

»Weißt du, wo diese Lady zu erreichen ist?«

»Sie hat mit mir zu studieren begonnen, aber bald das Handtuch geworfen. Sie ist nie aus dem Heimatdorf weggezogen.«

»Sehr gut.«

»Gut? Sie ist frustriert, weil aus ihr nichts geworden ist.«

»Wir bieten ihr einen Deal an, den sie nicht ausschlagen wird.«

Kapitel XV – Nur nicht hudeln

Pöls hat keine Zweifel: Mückmanns Mörder ist bereits am Grünen See. Jetzt gilt es, die richtigen Strippen zu ziehen, um das Böse nicht ungestraft davonkommen zu lassen.

114. Inspektor Pöls – Show(down)

Ungeduldig ruft Jeff zu Pöls in den Krankenwagen: »Du hast die arme Frau lange genug gequält. Lass den Krankenwagen endlich abfahren.«

Pöls will sich neben der Bahre erheben, spürt aber Svetlanas Hand auf seinem Unterarm.

»Was wird nun mit Jeff? Wird er eingesperrt?«

»Eingesperrt?«

»Wegen Dokumentenfälschung?«

»Er hat dir keine gefälschten Dokumente gegeben, sondern die von seiner Ex-Frau. Aber ich würde dir stark raten, deinen alten Namen zu behalten. Denn, wenn Svetlana Brikic abgängig ist, wird die Kriminalpolizei auf den Plan gerufen und dann hast du ein Problem.«

Mild tätschelt Pöls den Arm von Svetlana.

»Im Krankenhaus in Bruck an der Mur wird euch ein freundlicher Kollege von mir empfangen.« Pöls beugt sich zu Georg: »Valerie wird ebenfalls vor Ort sein.«

Der Angesprochene erblasst: »Muss ich ins Gefängnis?«

»Wofür?«

»Erpressung?« Georg zieht einen zerknitterten Papierhaufen hervor und übergibt Pöls den Berg. Der Inspektor blättert sich etwas unbeholfen durch die Seiten.

»Du hast niemanden erpresst, du hast einen Arbeitsvertrag

mit Aqua Spirit unterschrieben. Dafür wirst du entsprechend Steuern zu begleichen haben.«

Pöls lässt Georg mit dem Papierstoß zurück und steigt aus dem Krankenwagen. Jeff blickt ihn grimmig an.

»Du darfst gar nicht ermitteln, Kommissar Pöls. Du hast mich belogen, du …« Ob da tatsächlich ein Schimpfwort folgte, geht im anschwellenden Motorenlärm unter. Im Hintergrund taucht ein Konvoi an Geländefahrzeugen auf der Bundesstraße auf – alle Richtung Parkplatz. Im Schritttempo ziehen die Autos vorbei. Im vordersten erkennt Pöls die beiden Praktikanten auf der Rückbank.

»Das trifft sich gut. Die beiden Burschen müssen auch noch vor mein Mikrofon.«

»Nichts da, die Boys habe ich gemietet. Die gehören bis Mitternacht mir.«

»Stopp die Kolonne! Sie soll anhalten.«

»Bist du verrückt? Die Boys müssen im Lichte des Sonnenuntergangs einen Rekord brechen. Deine Befragung muss warten.«

»Dann werde ich den Tross eben stoppen«, brüllt Pöls und setzt zum Sprint an. Sein Pulver ist am Ende der Wiese verschossen. Wie ein keuchender Köter hechelt Pöls neben den Fahrzeugen her und glaubt, er hat Halluzinationen, denn durch eine der Autoscheiben erblickt er Azra! Er joggt neben dem Wagen her und allmählich wird ihm bewusst, dass sie im Wagen von Joschi Schinagl sitzt.

»Heinz, nicht, dass du dich überforderst!«, ruft sie aus dem herabgekurbelten Seitenfenster.

»Was machst du hier?«

»Du wolltest, dass ich mich mit dem Irren treffe und ihm *Atomic* vorspiele.«

»Was sagt er?«

»Blamiert habe ich mich vor ihm, weil er geglaubt hat, ich mache mich über ihn lustig. Vielen Dank, Heinz!«

»Um mir das zu sagen, fährst du den ganzen Weg von Graz nach Tragöß?«

»Nein, ich habe doch gesagt, dass ich wiederkehre, wenn der Fall geklärt ist.«

»Ist er aber noch nicht.«

»Mir hat man da was anderes erzählt.«

»Wer? Bobo?«

»Ich!«, meldet sich der Fahrer zu Wort. Josef Schinagl grinst selbstgefällig aus seinem Wagen.

»Ist es nicht verrückt? Max Neukaiser ist der Lump! Wenn der gleich gesagt hätte, wer er ist, dann hätte ich für den ein Wort eingelegt. Das war doch so ein viffer Bua! Vorzugsschüler, studiert, Patzenjob[29] – und dann so abgesandelt. Mein Lebtag nie hätte ich gedacht, dass das der Max Neukaiser ist. Ich kenne die Leute aus der Umgebung doch alle. Außerdem weiß jeder im Lamingtal, dass es im Grünen See keine Forellen gibt. So ein Trottel! Zusätzlich zur Haftstrafe gehören dem ein paar Fotzen[30] verabreicht, damit er es sich hinter die Löffel schreibt.«

Die Scheibe fährt wieder hoch und das Tempo wird Pöls zu schnell. Seine Puste macht nicht mehr mit. Zudem übersieht er einen Randstein, der den Inspektor aus dem Gleichgewicht bringt.

»Wir sehen uns bei der Show, Heinz!«

Nur noch Azras winkende Hand ist zu sehen. Pöls klopft sich den Dreck von den Knien. Der Konvoi ist uneinholbar davongezogen. Auf den letzten Wagen ist Jeff aufgesprungen. Dessen grinsendes Gesicht verleiht Pöls einen Extra-Energieschub und er nimmt die Verfolgung auf.

»Du gibst wohl nie auf, was?« Jeff schüttelt frustriert den Kopf, als Pöls aufholt. Fast versöhnlich streckt der Amerikaner seinen Arm aus, damit der Inspektor zu ihm auf die Ladefläche klettern kann.

»Die Jungs dürften zu den letzten Personen gezählt haben, die

Hans Mückmann lebend gesehen haben. Ihre Aussagen könnten von enormer Relevanz sein.«

»Mag ja sein, Detective, aber deine Mörderjagd kannst du genauso gut morgen fortsetzen. Ich habe Champagner für 20.000 US-Dollar aus Frankreich einfliegen lassen. Heute ist Feiern angesagt. Ich sehe es deinem Gesicht an – es ist alkoholerprobt. Lass es knallen!«

»Du hast ja so recht, aber mit Kater bin ich grässlich schlecht gelaunt. Glaub mir, das willst du nicht erleben. Mir ist wohler, wenn ich Angelegenheiten, die mir unter den Nägeln brennen, gleich erledigen kann.«

Zum Grünen See sind es nur mehr ein paar Meter. Die Sonne ist bereits untergegangen und der Himmel über Pribitz und Meßnerin nimmt eine zartrosa Note an. Vorm Gasthaus zum Pribitzblick ist kein einziger Parkplatz mehr frei. Dicht gedrängt steht ein Fahrzeug neben dem nächsten. Der Lieferwagen mit dem Plastikhaifisch auf dem Dach sticht Pöls sofort ins Auge. Daneben steht Karin im Neoprenanzug. Als sie den Inspektor erblickt, strahlt sie und kommt auf ihn zu.

»Hast du schon gehört«, ruft sie ihm entgegen. »Der See ist nicht vergiftet, aber höllisch kalt und damit unsere Helden nicht erfrieren, wenn sie von der Slackline fallen, sind ich und Tommy ihr Sicherheitsnetz unter Wasser.«

»Wie wäre es, wenn euch der Inspektor begleitet?«, hört Pöls den Amerikaner hinter sich.

»Gerne, ich habe garantiert noch ein passendes Modell zur Verfügung.«

»Ich glaube, auf diesen Anblick müssen die Zuschauer verzichten«, sagt Pöls und dreht sich böse dem Veranstalter zu. »Anstatt blöde Ideen vorzuschlagen, solltest du mir lieber die Jungs vorbeibringen, damit wir das schnell über die Bühne bringen.«

»Detective, ich fühle eine Pattsituation. Du willst dein Verhör, ich meine Show. Warum benehmen wir uns nicht wie erwachsene Businessmänner und kombinieren die beiden Wünsche miteinander?«

»Weil mein Job keine Show ist.«

»Da täuscht du dich. Ich beweise dir, dass deine Aufgaben das Zeug zum Showact haben. Ich erlaube dir sofort einen Talk mit Frank und Waldi, allerdings unter einer Bedingung: Du balancierst währenddessen über die Slackline.«

»Vergiss es.«

»Zu spät, das kann ich nicht mehr. Habe ich erst einmal eine Vision im Kopf, muss ich sie umsetzen. Da sind wir uns ähnlich, Detective, nicht wahr? Du willst deine Befragung, oder?«

»Aber ohne diesen Firlefanz.«

»Weißt du, dass es wissenschaftlich erwiesen ist, dass Gehirne besser arbeiten, wenn man in Aktion ist und nicht ruht? Eure Vernehmungszimmer sollten mit Ergometern ausgestattet sein. Dann wären die Befragten gesprächiger und die Detectives entspannter.«

»Mag sein, aber mich kriegst du auf kein Seil.«

»Frank und Waldi begleiten dich auf dem Boot, damit dir nichts passieren kann.«

Vom Seeufer aus wird die große Slackline sichtbar. Wie ein dünnes Stromkabel quert es den See. Alleine der Anblick genügt, dass Pöls über den Vorschlag von Jeff nur lachen kann.

»Ich habe einen passenden Neoprenanzug gefunden«, trällert Karin und hält dem Inspektor das Modell fürs Augenmaß vor die Brust. Daumen mal Pi: Passt perfekt.

»Ich mache mich doch nicht zum Clown. Schluss jetzt mit dem Kasperltheater.« Pöls platzt der Kragen. So wenig Respekt gegenüber der Polizei hat er in seinen gesamten Dienstjahren nicht erlebt.

»Du bringst mir umgehend die zwei Buben, oder ich lasse alle Verdächtigen umgehend aufs Polizeirevier bringen. Ich warte fünf Minuten im Gasthaus.«

Auf dem Weg zum Gasthaus plagt sich Pöls, eine Telefonverbindung mit seinem Handy zustande zu bringen.

»Bobo? Ich höre dich nicht.«

Pöls hält sich das freie Ohr zu, um eventuell so besser zu verstehen – sinnlos. Der Wirt lehnt beim Eingang an der Balustrade und raucht. Er nickt Pöls zu, aber der ist zu beschäftigt mit seinem Smartphone. Jetzt probiert er es beim Leobener Kollegen.

»Kothbauer, beweg deinen Arsch zum Grünen See. Hier gilt es eine Handvoll Verdächtiger zu interviewen. Ich will, dass ihr die alle einsammelt und verhört.«

»Das blinde Hendl ist noch im Dienst. Wir sitzen schon beim Feierabendbier, Pöls.«

»Feierabend? Bevor ein Fall gelöst ist? Sowas hat es unter meiner Führung nicht gegeben.«

»Der Mörder ist gefasst.«

»Was?«

»Er hat gestanden.«

»Gibt's nicht.«

»Max Neukaiser. Am Brucker Bahnhof haben wir sein Schließfach ausgehoben. Der hat den Mückmann nach Strich und Faden ausgenommen und ihm Goldplagiate angedreht. Der hat die Verschwörungstheorien von dem verrückten Doktor ausgenutzt und ihm das erzählt, was der hören wollte, um an sein Geld zu kommen.«

»Er hat gestanden?«

»Er hat kein Alibi.«

»Ob er gestanden hat?«

»Auf kryptische Art und Weise. Wichtiger ist aber, dass es einen Zeugen gibt, der den Täter identifiziert hat.«

»Einen Zeugen?«

»Der Wirt vom Gasthaus zum Pribitzblick.«

Pöls blickt den ahnungslosen Mann an, der zum Inspektor herunter äschert.

»Also, lehn dich in deiner Hütte zurück und genieße auch ein Feierabendbier, Kollege Pöls. Du bist jetzt offiziell in Urlaub. Danke für deine freiwillige Mitarbeit. Und wer weiß, vielleicht bestehst du irgendwann die Augenkontrolle, dann bist du womöglich eines Tages in meinem Team.«

Für Pöls ist ein Fall aber erst abgeschlossen, wenn der wahre Täter überführt ist – und der Inspektor weiß, dass er ganz knapp vor der Auflösung steht. Er steckt das Handy ein und fixiert mit ernster Miene den Gastwirt, der zu verstehen scheint.

»Darf's ein Gratis-Bier vom Walter sein, Inspektor?«

Pöls folgt dem Mann in den Gastraum, wo der Wirt ein frisches Bier mit extra schöner Schaumkrone zapft, das er dem Inspektor unter die Nase schiebt. »Ich habe Ihnen etwas verschwiegen, Inspektor. Ich war nicht fort, am Tag, als es passierte.«

»Warum so plötzlich die Einsicht?«, fragt Pöls.

»Leider ist auf meine sogenannten Hawara so viel Verlass wie auf einen Bären, der auf einen Topf Honig aufpassen muss. Um einen einzigen Gefallen habe ich sie gebeten: Dass sie gegenüber den Bullen bestätigen, dass ich beim Großmarkt war.«

»Aber du warst nicht beim Großmarkt? Warum hast geschmettert[31]?«

»Weil sich der Walter nicht gern selbst belastet. Ich war zwar nicht allein an besagtem Nachmittag, aber mein Alibi ist ein besoffener Depp.«

115. Walter – Unerwarteter Besuch

Und so müssen wir zurückblicken an den Tag, an dem Walter den »Depp«, wie er ihn nennt, zu Besuch hatte.

Josef Schinagl hat schon zu Mittag das eine oder andere Schnapserl zu viel in der Birne. Wie ein Boxer in den Ringseilen hängt er auf einem der Stühle vom Gasthaus zum Pribitzblick und blickt in der finsteren Stube ins Leere. Licht aufdrehen ist tabu. Die da draußen sollen glauben, dass das Gasthaus geschlossen ist, am besten, dass Walter ausgeflogen ist. Sein Plan mit dem Grundstückbesitzer ist in die Hose gegangen. Er war davon ausgegangen, dass der alte Jäger mehr verträgt. Handlungsunfähig wollte er ihn nicht machen. Im Gegenteil: Schinagl liegt die Drohbotschaft vom vergifteten See schwer im Magen. In einem ersten Rundumschlag hat er alles und jeden gekündigt, der mit dem See in Verbindung steht – inklusive Walter. Der wollte Josefs Redseligkeit nutzen, um ihm die Kündigung des Pachtvertrages auszureden, aber der Jäger lallt vor sich hin: »Hast du keine Ahnung, wer mir das Foto geschickt haben könnte?«

»Das war sicher nur ein Bubenscherz. Der See ist pumperlgsund. Wennst willst, sauf ich vor deinen Augen draus, damit du es mir glaubst.«

»Dein Saumagen muss jeden zweiten Tag rausgebackene Innereien verdauen – du würdest wahrscheinlich einen Giftcocktail unbeschadet überstehen.«

»Willst noch einen Schluck, Joschi?«

Schinagl streckt sein leeres Glas in die Höhe – Durchhaltevermögen hat er, das muss man ihm lassen.

Als Walter um die Theke geht, vernimmt er ein komisches Geräusch. Als würden Nagetiere an der Wand kiefeln. Oben im Schlafzimmer klingt es manchmal so, wenn sich ein Siebenschläfer im Dachstuhl einnistet, aber hier unten hat er das Geräusch noch nie vernommen. Walter visiert die Eingangstür an. Durch das matte Milchglas registriert er einen Schatten, der sich hin und her bewegt und dann wieder verschwindet. Definitiv zu groß für einen Siebenschläfer.

Walters Hand fährt zur Lade, in der für gewöhnlich sein alter Revolver versteckt ist. Er fasst ins Leere. Wo hat er die Waffe bloß abgelegt?

Also geht er ohne Bewaffnung zur Tür. Bislang hat er jede Wirtshausschlägerei mit seinen bloßen Händen beendet.

Als Walter vors Gasthaus tritt, ist die Gestalt auf den Parkplatz geflüchtet, auf dem nur der Geländewagen des Jägers steht. Die Gestalt entschwindet Richtung Forstweg.

Das ist doch dieser Wasser-Depp, geht es Walter durch den Kopf. Er benötigt nicht lange, um festzustellen, dass seitlich des Eingangs die Plakette für die Genussregion fehlt.

»Wo bist du denn angrennt? Kriegst gleich eine Fotzen. Bring das sofort wieder zurück«, schreit Walter über den Parkplatz.

»Ich habe Ihnen die Urkunde selbst verliehen, also kann ich sie Ihnen auch jederzeit selbst wieder entziehen.«

»Und wenn ich dir so eine depperte Wasseranlage abkaufe, kriege ich's wieder, oder wie oder was? Willst ein Packerl Haustetschn[32]?«

»Walta!«, hört der Wirt aus dem Haus rufen. Die schwache Stimme von Schinagl. Der Jäger hat versucht, sich aufzusetzen, sein Stuhl wackelt bedenklich.

»Brüll nicht so in der Gegend herum, Walta! Wir wollen nicht, dass die Leute wissen, dass wir da sind.«

»Das war dein verrückter Professor. Der hat soeben seine Plakette von der Hauswand gerupft.«

Schinagl faltet die Hände zum Gebet.

»Kaufst ihm halt so ein Wasser-Kastl ab.«

»Ist das die Bedingung, dass der Walter den Pachtvertrag wieder bekommt? Steckst du mit dem Deppen unter einer Hauben?«

»Nicht so laut. Da kannst das Licht gleich volle Wäsche[33] aufdrehen.«

Walter kommt gerade so richtig in Fahrt. Er füllt einen Eimer voll Wasser und schleppt ihn bis zu seinem Gast. Eine elendslange Wasserspur hinter sich her.

»Damit du wieder nüchtern wirst, Joschi.« Walter kippt die volle Ladung über Schinagl. Gnadenlos! Der ist so schockiert, dass ihm nicht einmal ein Schrei entkommt.

»Der Walter hat sich die Mafia ins Haus geholt. Langsam kapiere ich eure Vorgehensweise. Ihr versetzt's die Umgebung in Panik, kündigt's jeden und alles und dann zwängt's ihr uns sündhaft teuren Schrott auf und saniert's eure Konten damit. Wie viel Prozente kriegst du für jedes Gerät, dass der Wasser-Depp verkauft? Aber nicht mit Walter. Den Kerl schnapp ich mir und dann gnade ihm Gott.«

Schinagl hat sich mittlerweile erhoben und steht wie ein begossener Pudel im Raum. Früher, so ist sich Walter sicher, wäre der Jäger mit den Fäusten auf ihn losgegangen – irgendwas hat diesen Mann verändert. Statt den Wirten anzugreifen, wackelt er zur langen Sitzbank beim Fenster, fegt die Unmenge an bestickten Zierkissen zu Boden und legt sich auf die Holzbank. Waschelnass schläft er dort ein.

»Joschi, wach auf, Joschi!« Walter tätschelt ihm die Wangen, doch statt zu erwachen startet er ein Schnarchkonzert.

Genervt wischt der Gastwirt den Boden auf, schleudert den leeren Kübel verächtlich ins Eck. Aber dann fällt sein Blick auf den Autoschlüssel, der neben einem Dutzend Stamperl am Tisch liegt. Er zögert nicht lange, schnappt sich das Ding und schreitet damit vors Haus.

Zielstrebig auf Schinagls Geländewagen zu – Heckklappe auf. Im Hundezwinger wühlt sich Walters Hand zwischen ausgefransten Polstern hindurch, bis er den Kolben des Jagdgewehrs ertastet. Eine stolze Flinte. Jederzeit einsatzbereit. Zufrieden wirft der Gastwirt die Heckklappe zu und wandert mit dem Gewehr in beiden Händen zum See. Vom Wasser-Deppen ist nichts mehr zu sehen, aber da kniet ein dürrer Typ auf der anderen Seite des Ufers und wirft kontinuierlich etwas ins Wasser. Anfangs denkt Walter, es seien Steine, mittelgroße Steine. Der

Typ hat eine ganze Menge davon neben sich liegen. Er scheint mit den Steinen gezielt etwas treffen zu wollen. Walter hat den Kerl schon einmal gesehen. Das ist mehrere Tage her, vielleicht Wochen, da schlich der Typ ums Gasthaus und probierte bei jeder Tür, ob sie ihm Zutritt zum Haus gewährt. Schon damals war Walter nahe dran, die Polizei zu informieren, aber Mann der Taten, wie er nun einmal ist, hat er das selbst in die Hand genommen, sich einen Spaten geschnappt und den Mann damit vertrieben.

Walter schießt in die Luft. Sofort hat er Blickkontakt mit dem Typen, der sich erhebt und grinst, bevor er in den Wald flüchtet.

116. Inspektor Pöls – Seefest

»Noch ein Bier, Inspektor?« Die Faust des Wirts ist um den Griff beim Fassbier. »Geht natürlich aufs Haus.«

»Darfst du weitermachen mit deinem Gasthaus zum Pribitzblick?«

»Wenn's nach dem Joschi geht, ja, aber ich weiß nicht, ob ich's mir antu, nachdem ich jetzt gesehen habe, wie meine Hawara ticken. Am liebsten tät ich denen meine Lieferaufträge jetzt erst recht stornieren. Gfrasta[34]!«

Pöls stellt dem Wirt das leere Bierglas auf den Tresen.

Wo bleiben Frank und Waldemar?

Zurück über den vollgestopften Parkplatz. Manche Autos so eng, Stoßstange an Stoßstange, dass der Inspektor wie durch ein Labyrinth läuft.

Ein strahlender Jeff Eriksen kommt Pöls entgegen. Und er hat weibliche Verstärkung mitgebracht: Azra!

»Das Boot steht bereit! Die Boys warten.« Jeff greift sich zackig einem Matrosen gleich an die imaginäre Mütze.

»Du wurdest als tanzender Polizist angekündigt, Heinz.«

»Azra, keiner weiß über meine körperlichen Defizite besser Bescheid als du. Sag dem Verrückten, dass ich zu so einem Zirkuskunststück nie und nimmer in der Lage bin.«

»Ich finde, Slacklinen ist eine hervorragende Methode, um dir deiner Muskeln und deren Funktionen bewusst zu werden.«

»Ich halte mich keine fünf Sekunden auf so einem Bandl.«

»Selbst das ist doch ein Erfolg – der erste Schritt ist der schwerste.«

»Und ich wusste nicht, dass man dich hier als Motivationstrainerin engagiert hat.«

»Hurry up, guys. Mein Publikum wartet.«

Jeff deutet auf die gegenüberliegende Uferseite, wo die aufgestellten Campingstühle zahlreich besucht sind. Auf einem davon muss Josef Schinagl sitzen. Keine Chance für »Kommissar blindes Hendl«, den Jäger auszumachen.

»Wenn ihr nicht augenblicklich macht, was ich sage, lasse ich euch abführen.« Es ist Pöls letzter Ausweg, zu bluffen, aber sein Versuch geht ins Leere.

»Du hast meine Freundin trotz ihres schlechten Gesundheitszustands zu einer Aussage gezwungen, die sie nicht machen hätte müssen. In den USA könnten wir dich verklagen. Ich finde, als Ehrenmann bist du uns eine Wiedergutmachung schuldig.«

»Es dauert wahrscheinlich zwanzig Minuten, bis wir den Herrn Inspektor in den Neoprenanzug gezwängt haben«, hört Pöls Karin Gaukler dem Amerikaner ins Ohr flüstern.

»Ich pfeif' auf den Neopren.« Wütend stapft Pöls bis zu dem Baum, an dem die Slackline befestigt ist. Jetzt wird ihm auch klar, woher die »Schürfwunden« in der Rinde stammen. Ein Holzruderboot parkt direkt beim Ufer im Wasser. Frank steht darin wie ein venezianischer Gondoliere. Waldemar hockt auf der Slackline und lächelt dem Inspektor entgegen.

»Sie sind unser Vorprogramm bis die Scheinwerfer alle richtig installiert sind. Wir möchten uns für die Überbrückung bedanken. Sie retten uns, Inspektor. Zwei Locations an einem Tag – das haben wir logistisch etwas unterschätzt.«

»Bringen wir's hinter uns«, sagt Pöls und will das Schinakel besteigen, da pfeifen ihn beide Buben scharf zurück.

»Sie müssen auf die Slackline.«

»Ich kann das nicht.«

»Wir helfen Ihnen.«

»Da können mir 100 Leute helfen und ich werde das nicht zusammenbringen.«

»Sie müssen nur tun, was wir Ihnen sagen, dann gehen Sie nicht baden.«

»Papperlapapp, wir rudern ein Ründchen. Das wird den Leuten als Überbrückung genügen.«

»Auf keinen Fall. Ich habe dich als Luftikus angekündigt«, sagt Jeff.

»Dein Problem! Machst du daraus den Rowing Bull und alles ist gut.«

»Tust du dir leichter, wenn ich mitkomme?«

Azra stellt einen Fuß auf den Bug und strahlt Pöls mit ihrem unwiderstehlichen Lächeln an.

»Wieso willst du mitkommen?«

»Mich interessiert, was diese feschen Buben zu sagen haben.«

Schon steht sie im wippenden Boot und balanciert mit den Armen das Gleichgewicht aus.

Frank wirkt, ob der unerwarteten Mitfahrerin, etwas verunsichert. Sofort versucht Azra ihn zu bezirzen: »Ich bin die Vertrauensperson vom Inspektor. Ihm kann auch wirklich nichts passieren, Jungs?«

Da kann doch niemand Nein sagen.

»Normalerweise geht man komplett ohne Hilfsmittel über die Slackline. Das ist ja der Reiz daran. Aber der Inspektor muss sich einfach auf die Leine stellen und hält sich am Ruder fest. Das ist wie mit einem Rollator gehen – deppensicher.«

Das wirkt als Booster für den ersten Schritt. Pöls stützt sich am Baumstamm ab und versucht auf die Slackline zu klettern.

»Ich komme da nicht einmal rauf. Wie soll ich da erst recht über den See marschieren?«

»Geben's mir Ihre Hand, Inspektor.«

Waldi steht auf dem Band, als wäre nichts leichter als das. An seinem nackten Oberkörper kann man das Muskelspiel verfolgen, wenn das Band rauf und runter federt. Kein Gramm Fett. Im Gegenteil zu Pöls, der sich jetzt aus seiner Jacke schält und mit seinem T-Shirt präsentiert, das an den falschen Stellen spannt. Er wirft seine Schuhe auf den Nadelboden. Aus seinen Ringelsocken schaut die große Zehe hervor. Er will Waldis helfende Hand fassen, da hat Frank eine Anmerkung: »Die Hose sollten's auch ausziehen. Die schränkt Ihre Bewegungsfreiheit ein.«

Pöls wundert, dass Azra bei diesem Satz nicht losbrüllt vor Lachen. Bewegungsfreiheit und Pöls, das sind zwei Wörter, die nicht nebeneinander stehen dürften. Schlampig landet die alte Hose neben den Schuhen.

»Gemmas an«, murmelt Pöls und streckt sich nach Waldi. Der Bursche hat Kraft, zieht den schweren Inspektor hoch. Alleine der Aufstieg bringt die Pumpe des Inspektors in den Höchstbereich. »Es ist aussichtslos«, stöhnt er und ist verwirrt, wie wohlwollend tausend Kehlen auf ihn einreden, damit er sich für alle zum Clown macht.

»Der Aufstieg ist für Anfänger auch das Schwierigste«, sagt Frank und übergibt das Wort an seinen Kumpel.

»Sie machen das gut, Inspektor. Noch dazu ist diese Slackline höher und fester gespannt als übliche Einsteiger-Slacklines. Sie erlaubt weniger Fehler, ist gnadenloser. Sie haben also eine erste große Hürde gemeistert«, sagt Waldi und klopft dem Inspektor auf die Schulter. Von gemeistert kann nicht die Rede sein. Pöls steht noch nicht einmal auf der richtigen Slackline, sondern eher auf den dicken Gamaschen der Bandsicherung. Beidhändig klammert sich Pöls um den Oberkörper des Jünglings. Was muss das für ein jämmerliches Bild abgeben. Hoffentlich sind keine Paparazzi unter den Zusehern.

»Wenn du ein einziges dieser Fotos für deine Firmenkampagne verwendest, verklage ich dich«, brüllt Pöls und scannt das Ufer nach Jeff ab, kann den Mann in der zunehmenden Dunkelheit des Hintergrundes aber nicht mehr erkennen.

Immer mehr Spots der Scheinwerfer verwandeln den See in taghelle Stimmung, gleichzeitig verkommt alles rundherum zum schwarzen Vorhang.

»Ich lasse Sie jetzt alleine auf dem Seil, Inspektor.« Waldi löst sich aus der Umarmung des Inspektors.

»Ich habe geglaubt, du hilfst mir.«

»Ja, aber vom Boot aus. Gehen müssen Sie schon selbst.«

»Das schaffe ich nicht, wie oft muss ich euch das noch sagen.«

»Trotzdem kann ich nicht bei Ihnen oben stehen bleiben. Das Band schwingt sonst nicht in Ihrem Rhythmus und jede Bewegung von mir könnte Sie abwerfen.«

Als würde Waldemar ein Kabel umstecken, packt er die Arme des Inspektors und führt sie nacheinander an einen dicken Ast.

»Vorsicht, gut festhalten.« Dann springt Waldi auf den Waldboden. Pöls kann sehen, wie die lange Slackline auf- und abfedert. Am Ende, da wo er gerade steht, ist die Amplitude zum Glück am geringsten und damit die Schwingung erträglicher.

Waldi klettert ins Boot, nimmt sich ein eigenes Ruder und stellt sich gegenüber von Frank auf. Beide halten die Ruder wie Lanzen. Waldi instruiert Pöls:

»Jetzt halten Sie sich mit der linken Hand an Franks Ruder und mit der rechten Hand an meinem Ruder fest. Das ist Ihre Absicherung.«

Pöls erstarrt zur Salzsäule.

»Sie müssen den Ast schon loslassen, Inspektor.«

Pöls atmet ganz fest durch.

»Du machst das prima, Heinz.«

Erst von hier oben wird Pöls bewusst, wie lang diese verdammte Slackline ist. Das andere Ende kann er nicht sehen, es verschwimmt mit der Dunkelheit.

»Gehen Sie los, Inspektor.«

»Trau dich, Heinz.«

Mehrmals versucht Pöls den Fuß nach vorne zu stellen. Jede kleinste Bewegung hat eine Kettenreaktion an Ausgleichsbewegungen zur Folge und so ist es für ihn schon eine Herausforderung, einfach den Fuß normal auf dem Band abzustellen.

»Bravo!« Azra feuert ihren Inspektor bei jedem Schritt an. Pöls fühlt sich innerhalb kürzester Zeit überfordert.

»A little bit faster, Detective, sonst schlafen uns die Zuseher ein«, ruft Jeff, der irgendwo am Ufer sein muss, aber Pöls wagt es nicht, sich umzudrehen, auch wenn es ihm ein Bedürfnis wäre, dem Amerikaner den Stinkefinger zu zeigen.

Die Anfeuerungsrufe von den Campingstühlen nimmt er nur als Hintergrundrauschen wahr. Sein Blick ist fokussiert auf das bunte Band, das nicht stillhalten will. Seine Finger klammern sich an die Holzruderblätter.

»Besinne dich, besinne dich«, spricht Pöls zu sich und schließt die Augen. Bei völliger Blindheit fühlen sich die Schwingbewegungen, die von der Slackline auf seinen Körper übertragen werden, noch intensiver an. Er muss die Augen sofort wieder öffnen.

Wie schön türkis der Hintergrund unter ihm leuchtet, Pöls kann die romantische Stimmung nicht so recht genießen.

»Für jeden Meter, den ich bewältige, möchte ich von euch erfahren, was an dem Tag passiert ist, an dem Hans Mückmann ums Leben kam.«

»Wo sollen wir anfangen?«, fragt Waldi, um sich gleich selbst die Antwort zu geben: »Vielleicht, als wir das Transparent entdeckten. Ich habe das Ende der Slackline-Halterung um einen Baumstamm gewickelt, damit Frank von der anderen Seite loslegen konnte. Fast an der Stelle, an der sie jetzt stehen.«

»Wie lange ist das Seil?«, fragt Pöls, der das Ende der Slackline noch immer nicht ausmachen kann.

»Exakt 200 Meter.«

Und eineinhalb Meter davon hat Pöls zurückgelegt. Seine Knie werden bei dem Gedanken, wie viel noch vor ihm liegt, augenblicklich weich.

»Dann habe ich dieses riesige Poster gesehen«, fährt Waldi fort. »Es hing von Baum zu Baum und darauf stand in großen Buchstaben: *Vorsicht: Giftiges Gewässer!*«

Waldi – ist der wahnsinnig geworden? – zeigt mit dem Ruder hinüber zum Ufer. Dadurch entgleitet Pöls für einen Moment die sichere Stütze, die er dringend braucht, um nicht vom Seil zu kippen. Zittrig setzt der Inspektor den Fuß aufs knapp drei Zentimeter schmale Polyesterband. Sein erster Schritt, bei dem er sich lediglich mit einer Hand festgehalten hat, sozusagen 50 Prozent freihändig. Da kann beim besten Willen nicht mehr von Rollator gesprochen werden.

Und Pöls steht trotzdem noch auf der Slackline!

Sowas motiviert natürlich. Todesmutig wagt Pöls einen weiteren Schritt. Das wird umgehend von den Beobachtern quittiert. Eine Welle der Begeisterung schwappt über den See.

»Jetzt nimmt er ordentlich Fahrt auf«, sagt Waldi.

»Nur nicht übermütig werden, Heinz.«

»Erzähl weiter, Waldemar!«

»Auf jeden Fall habe ich mich über das hängende Poster so erschrocken, dass ich die Konzentration verloren habe und von der Slackline gekippt bin.«

»Wir haben sofort gewusst, dass es Gaukler war«, fügt Frank hinzu. »Weil wir ihn wenige Stunden zuvor beim Parkplatz erwischt haben, als er die Werbetafel beschmierte.«

»Habt ihr das Transparent von den Bäumen geholt?«

»Was glauben Sie denn: Selbstverständlich! Dann stand auf einmal der Herr Doktor da.«

»Mückmann?«

»Ja.«

»Was hat er zum Transparent gesagt?«

»Ich glaube, er hat's gar nicht registriert«, sagt Waldi und vergisst für einen Moment seine Unterstützer-Aufgabe. »Er wollte, dass wir unsere Slackline packen und verduften.«

»Warum?«

»Hat etwas von fehlendem Respekt gegenüber der Natur gequatscht. Oberlehrerhaftes Zeug eben. Ich wäre ihm beinahe an die Gurgel gesprungen, aber Frank mit seiner diplomatischen Art hat sofort den Wind aus den Segel genommen und den Typen darauf angesprochen, ob sich Aqua Spirit nicht als Sponsor für unseren Slackline-Event beteiligen möchte.«

»Wie hat er darauf reagiert?«

»Er ist nicht darauf eingestiegen«, gesteht Frank.

»Eure Reaktion?«

Die beiden Burschen tauschen Blicke aus. »Zuerst einen weiteren Meter, Inspektor. Sonst ist's ungerecht.«

Kein Problem. Pöls benötigt dazu die Hilfe von beiden Rudern, um nicht unfreiwillig in den See zu plumpsen.

»Waldi hat ihn auf das Gerücht angesprochen, dass der Doktor angeblich falsche Wasseranalysen produziert. Das hat ihn in Rage gebracht und er hielt uns einen regelrechten Vortrag. Der war sogar ganz informativ, fand ich. Waldi hat das dann trotzdem abgekürzt, indem er einwarf, dass wir das Umweltamt einschalten würden, damit die Mückmanns Treiben kontrollieren.«

»Und ich sagte auch, dass wir Mückmanns Vorgesetzten von den falschen Analysen in Kenntnis setzen werden. Ich weiß nicht, was ihn mehr auf die Palme brachte, er ist regelrecht abgerauscht.«

»Und dann?«

»Nichts dann. Er zischte ab.«

»Das soll das Letzte gewesen sein, das ihr vom Doktor gesehen haben wollt?«

Pöls kommt ins Trudeln, diesmal nicht wegen seiner ruckartigen Vorwärtsbewegungen, sondern weil er den Jungs die Geschichte nicht abkauft.

»Ich weiß aus anderer Quelle, dass euch Hans Mückmann rund ein, zwei Stunden später nochmals gesehen haben muss. Er kam nämlich zurück zum See und wollte gezielt zu euch.«

Wieder tauschen die Jungs Blicke aus und Frank schüttelt energisch den Kopf. »Nein, davon wissen wir nichts. Eine halbe Stunde nach seinem Abgang waren wir gar nicht mehr vor Ort. Nachdem uns der Doktor das Slacklinen am Grünen See untersagte, rief Waldi Jeff an.«

Vom Ufer ist der Kahn gut sieben Meter entfernt, aber Pöls kann sehen, wie Frank konzentriert nach dem Aqua Spirit-Boss sucht.

»Woher wusstet ihr die Nummer von Jeff Eriksen?«

»Sag's ihm, Waldi.«

»Nein, zuerst noch zwei Schritte, sonst sagen wir kein Wort mehr.«

Diese elenden Erpresser. Je weiter sich Pöls vom Ufer entfernt, desto wackeliger wird das Seil und reagiert noch sensibler als ohnehin auf die geringste Zuckung aus den Gliedern des Inspektors.

»Mückmann kam kurz nach seinem Tobsuchtsanfall nochmals – das war keine zehn Minuten nach seinem Abgang. Er hatte einen hochroten Schädel und quasselte irgendetwas von unserer Schuld, dass er seinen Traum vom neuen Leben begraben kann. Wir wussten nicht, wie uns geschah. Mückmann schleuderte sein Handy wütend ins Gebüsch. Dann ging er weg.«

»Und ward nie wieder gesehen?«

»Richtig! Dafür hatten wir sein Handy – auf dem war sein letzter Anruf auf dem Display protokolliert. Mehr haben wir nicht gebraucht und haben Jeff Eriksen umgehend angerufen.«

»Hans Mückmann war überzeugt, dass ihr ihn bei Jeff Eriksen angeschwärzt habt.«

»Wir haben über Mückmann kaum ein Wort verloren, außer dass er uns sein Handy zur Verfügung stellte, damit wir mit Jeff reden können. Wir haben uns und unser Projekt artig gepitcht und Jeff war sofort begeistert und wollte uns kennenlernen.«

»Und nach so einer Frohbotschaft wollt ihr vom Grünen See abgezogen sein? Das müsste euch doch so einen Motivationskick gegeben haben, dass ihr sofort weitermachen wollt. Stattdessen hört ihr auf Mückmanns Rat? Nein, Jungs, lasst euch was Besseres einfallen.«

Pöls hat unterschätzt, dass seine Worte dazu führen, dass Frank und Waldi ihre Ruder nicht mehr so konzentriert in die Höhe strecken. Säge niemals den Ast ab, auf dem du sitzt.

»Was macht ihr da? Ich kann mich kaum noch halten.«

»Ich glaube, es ist vorbei. Die Zuschauer langweilen sich schon.« Frank zieht sein Ruder zurück und legt es ins Boot.

»Wird Zeit, dass Sie es alleine probieren.« Als Pöls spürt, dass auch Waldi ihm die Stütze entziehen möchte, reißt er das lange Ruder gierig an sich und hält es wie ein Seiltänzer waagrecht vor der Brust. Im Gegensatz zu einem eleganten Seiltänzer macht er eher die Figur einer außer Kontrolle geratenen Holzmarionette. Sein linker Fuß rutscht vom Seil. Pöls landet mit dem Hintern am Band. Noch immer das Ruder fest in den Händen. Es gibt weitaus bequemere Sitzmöglichkeiten als so eine Slackline, die unangenehm am After schabt. Andererseits bewahrt es ihn vor einem Köpfler ins eiskalte Wasser. Was macht man in so einer ausweglosen Situation?

Ablenkung! Pöls schließt die Augen und fokussiert sich auf seine Worte.

»Hans Mückmann wollte euch überreden, dass ihr bei Jeff ein gutes Wort einlegt. Dazu hat er eine Plakette vom Gasthaus zum Pribitzblick abmontiert. Wahrscheinlich wollte er sie euch überreichen, damit ihr seht, was für ein toller Kerl er ist. Vielleicht wollte er euch damit seine Kompromissbereitschaft demonstrieren. Aber dann trifft er statt euch auf Max Neukaiser, der die Banderole, die ihr von den Bäumen gerissen habt, im Wasser versenkt – mit Bleigewichten aus der Tauchschule.«

»Dann wird der eigenartige Waldmensch der Mörder sein«, mischt sich Azra ein, die in den letzten Minuten die Anfeuerungen einschlafen ließ und immer ruhiger wurde.

Pöls öffnet die Augen. Azra und das Boot sind ein Stückchen von ihm entfernt.

»Ich habe nur gesagt, Max Neukaiser. Warum weißt du, dass das der sogenannte Waldmensch ist?«

Ihr Lächeln auf dem beängstigenden Gesicht wirkt bizarr. »Hans, versuch, deine Füße aufs Band zu kriegen. Sitzend kommst du keinen Millimeter voran.«

»Ich dachte, es ist ohnehin vorbei.« Pöls wirft das Ruder neben dem Boot ins Wasser. Die Spritzer treffen die Physiotherapeutin.

»Hans, du fällst bald runter.« Azras Stirnfalten vermehren sich.

»Du hast diesem Typen mit den Verschwörungstheorien gar nie *Atomic* vorgespielt, stimmt's?«

»Natürlich nicht. Glaubst du, ich will dem Kerl noch einmal in meiner Praxis begegnen? Aber als ich mir das Lied angehört habe, da wusste ich, dass es diese Liedzeile war, die ich gehört habe, als ich meine Runden um den See drehte.

Uh huh, dein Haar ist wunderschön.

Der Waldmensch hat es gesungen. Ich hatte eine Gänsehaut.«

Platsch!

Pöls geht ab wie ein Salto-Akrobat – fällt einem Steinbrocken gleich in den Grünen See. Verdammt, ist dieses Wasser kalt. Im ersten Moment weiß Pöls nicht, ob er verbrennt oder erfriert. Frank streckt dem Inspektor ein Ruder entgegen.

»Halten Sie sich daran fest.«

Pöls fehlt die Kraft, zu kraulen. Er fühlt sich wie eine müde Fliege, die im Cola gelandet ist.

Da packen ihn auf einmal fremde Hände.

Links von ihm taucht Karin auf, rechts Tommy. Gemeinsam führen sie Pöls bis zum Boot. Dort übernehmen Frank und Waldemar und ziehen den Inspektor ins Trockene. Es schaukelt wie auf hoher See.

Während sich Azra um Pöls kümmert, versuchen die Praktikanten das Boot zu stabilisieren. Karin und Tommy blicken über den Bootsrand.

»Alles ok, Inspektor?«, fragt Tommy.

»Gestern, da hast du Stefans Glock in den Tresor gebracht.«

Der Taucher nickt und treibt gemeinsam mit seiner Partnerin rückwärts davon. Pöls guckt in die Gesichter, die besorgt auf ihn herabblicken: Azra, Frank und Waldemar.

»Wisst ihr, was mich stutzig machte? Diese Plakette von Hans Mückmann lag die ganze Zeit bei mir in der Hütte. Ich konnte mir nicht erklären, wie sie dahin gekommen war. Sie lag auf dem Stuhl, auf den du nach der Wanderung deine Hose gelegt hast. Ich habe so lange gegrübelt.«

»Und ist Ihnen ein Licht aufgegangen?«

117. Frank & Waldi – Ein letzter Rückblick

Der Tag, an dem Hans Mückmann aus dem Leben gerissen wurde.

Frank und Waldemar stehen in gebückter Haltung am Waldrand.

»Und?«, fragt Frank, der weiter hinten in Deckung ist.

»Ich seh niemanden.«

»Das muss Schinagl gewesen sein. Der Einzige, der hier jagt.«

»Das klang so extrem nah. Da hat niemand auf ein Wild geballert, das sag' ich dir.«

»Aber ich sehe keinen Menschen.« Waldi verlässt den schützenden Wald und geht vor zum Seeufer.

»Scheiße«, hört Frank wenig später.

»Was ist?«

»Sieh dir das an.«

»Sag schon: Ist's ein Toter?« Frank zögert, aus dem Versteck zu kommen.

»Mach endlich! Komm! Hilf mir.«

Waldemar watet bis zu den Knien ins Wasser.

»Was tust du da?« Frank traut sich endlich ans Ufer heran. Sein Kumpel fischt ein schweres Ding vom Seegrund. Im ersten Moment glaubt Frank, ein Seebewohner, aber neben ihm landet ein nasser Textilsack – ein Bleigewicht. Als Frank einen Schritt näher kommt, erblickt er ein rochenartiges Ding, das wie ein Seeungeheuer im Wasser treibt.

»Was zum Teufel ist das?«

Waldi hat noch ein Gewicht ans Ufer gebracht. Der Rochen durchstößt allmählich die Wasseroberfläche und entpuppt sich als langes Leinen-Transparent, das wie eine Anaconda im See schwimmt.

»Gaukler gibt keinen Frieden. Das ist das Poster, das ich heute von den Bäumen gefetzt habe.«

»Fischen wir es raus?«

»Es treibt ohnehin hier her.« Waldi deutet auf den erdigen Boden und geht in die Hocke, weil er etwas entdeckt hat. Eine blecherne Plakette steckt in der Erde: Die Auszeichnung des Grünen Sees als Gesundheitsoase.

»Das ist das Gütesiegel, das Doktor Mückmann vergeben hat. Von dem hat er uns doch so stolz berichtet. Am Design hat er kräftig gespart. In seinen Erzählungen klang das alles viel spektakulärer.«

»Er würde jetzt sagen, dass es auf die Botschaft und nicht auf die Optik ankommt.«

Waldi nimmt die Plakette in Daumen und Zeigefinger und will sie wie einen flachen Stein in den See schleudern, da kommt das »Halt« scharf über Franks Lippen. Er zupft Waldi die Plakette aus der Hand und begutachtet die leicht gebogene Form.

»Das könnte passen.«

Ohne es weiter zu erklären, läuft Frank über die Schottersteine hinweg bis zum Waldrand, hinter dem die kleine Holzhütte zu erahnen ist.

»Digga, sagst du mir, was los ist?«, ruft ihm Waldi hinterher und startet die Verfolgung.

»Wir wollten doch nachsehen, ob dieser Sound aus der Holzhütte kommt.«

»Wir? Du! Du wolltest nachsehen. Mir hängt das Lied zum Hals raus.«

»Ich brauche den Song für meine Motivation«, sagt Frank und stoppt erst an der Seitenflanke der Hütte vor dem Fenster, bei dem der Holzbalken geschlossen ist. Frank setzt die Plakette zwischen den beiden Balkenflügeln in den Spalt.

»Das Ding hat genau die exakte Krümmung, um den Sperrbolzen zu entriegeln.«

Es macht Klack.

»Sieh an, Frank, du Fuchs! Wie ein Junkie, der seinen Stoff riecht. Nur, dass deine Droge *Atomic* heißt.«

Der Balken ist zwar widerspenstig, aber jetzt braucht's etwas rohe Gewalt – schon ist eine Seite offen. Frank geht mit einer Prise zu viel Engagement ans Werk und die unterste Holzsprosse fällt vom Balken.

»Zu früh gelobt, Digga! Die sollen doch nicht merken, dass da wer in der Bude war. Lass den Profi ran.« Waldi hebt das abgebrochene Teil vom Boden. Am Ende des Balkens ragt ein riesiger Nagel empor. Damit lässt sich die Sprosse recht simpel ins Balken-Konstrukt integrieren.

»Na bitte, sieht doch wie neu aus.«

Das dahinterliegende Fenster aufzudrücken ist deutlich problemloser.

Frank setzt sich aufs Fensterbrett und rotiert seine angezogenen Beine in den Raum. Er stützt die Füße auf einem Stuhl ab.

»Komm rein.«

»Mir stinkt's hier zu stark nach Hund«, sagt Waldi, der auf ein Eindringen verzichtet und beim Fenster verweilt.

»Da ist der Plattenspieler.« Der euphorische Ton verschwindet rasch aus Franks Stimme. »Aber keine einzige Schallplatte. Von Blondie nicht zu reden.«

Waldi blickt in die Hütte, kann seinen Kumpel nicht sehen. Ein Schatten wächst neben ihm in die Höhe.

»Hab ich die Scharlatane endlich!« Hans Mückmann steht zwischen den Bäumen. Aus der Puste, Fäuste geballt, wütender Blick.

»Da wird sich Josef Schinagl freuen, wenn ich ihm erzähle, wer unerlaubt in seiner Ferienhütte wühlt.«

»Bist du hier, weil du das suchst?« Waldi zieht Mückmanns Handy aus der Hosentasche. »Wir hatten damit herrliche Telefonate mit deinem Vorgesetzten.«

»Gib her, Rotzlöffel.«

Waldi findet Gefallen am Necken und zieht das Telefon immer wieder im letzten Moment in die Höhe, wenn Hans Mückmann danach greifen will.

»Frank, komm raus, sieh dir an, wer beleidigt ist, dass wir ihn nicht zur Party eingeladen haben.«

Waldi hat den Satz noch nicht beendet, spürt er eiskalte Hände um seinen Hals.

»Ich will mein Telefon. Sofort!«

Mückmann ist so dürr, dass man meinen könnte, er wäre ein leichter Gegner, aber Waldi muss das Gegenteil feststellen. Die langen, dünnen Finger schnüren sich wie Seile enger. Waldemar verliert den Halt, rutscht vom Balken weg und knallt auf den Boden. Der Dürre auf ihm.

»Her mit meinem Telefon«, brüllt er.

Plötzlich Stille! Erschlaffte Muskeln. Weich wie Butter lösen sich die Finger von Waldemars Hals. Mückmann sinkt auf Waldis Oberkörper. Aus dem Schädel ragt dem Doktor die Sprosse des Fensterbalkens wie eine Indianerfeder. Nagel im Kopf.

Dahinter am Fensterbrett kniet Frank, mit dem Ausdruck des Entsetzens im Gesicht.

»Frank! Was hast du getan?«

»Was hätte ich sonst tun sollen?«

»Mit dem Leichtgewicht wäre ich locker fertig geworden.«

»Der wollte dich umbringen.«

»Du hast ihn umgebracht.«

»Ist er tot?«

»Gesund sieht er jedenfalls nicht aus«, sagt Waldi und robbt unter dem erschlafften Körper hervor. Das Ding steckt ihm immer noch im Kopf.

»Lebt er noch?« Frank wird ungeduldiger.

Puls fühlen. »Ich spür nichts.«

»Waldi, was machen wir denn jetzt? Es war Notwehr!«

»Wir sind zu zweit. Notwehr gegen den Hungerhaken? Das glaubt uns die Polizei nie.«

»Ich sage, ich war alleine. Ich habe gesehen, wie der Doktor einbrechen wollte und dann musste ich mich wehren.«

»Notwehr von hinten ist schlecht. Das legen sie dir als Heimtücke aus. Dafür gehst du lange in den Häfn.«

»Dann sagen wir eben, wie es war.«

»Dass du in das Haus musstest, weil du *Atomic* auflegen wolltest? Frank, dann stecken sie dich in eine Zwangsjacke.«

»Dann schieben wir den Einbruch ihm in die Schuhe.«
»Hast du in der Hütte was angegriffen?«
»Nein! Ja! Ich weiß nicht.«
»Den Plattenspieler?«
»Den auch. Scheiße, ich habe einen Menschen getötet.«
»Beruhige dich.«
Waldemar zieht Mückmann den Nagel aus dem Kopf. Kurz betrachtet er den rot glänzenden Spitz. Er geht zum Balken und hämmert mit dem Handballen die Sprosse wieder an die ursprüngliche Stelle.
»Wir können den hier nicht liegen lassen. Er muss weg.«
»Verbuddeln?«
»Ja, aber weit weg vom See.«
Da hören sie Rascheln aus dem Wald. Beide steigen durchs Fenster in die Hütte und betrachten durch die Sprossen, was sich vor der Hütte tut. Der irre Waldmensch torkelt zwischen den Bäumen vorbei. Ein ziemliches Cut an der Stirn.
»Was ist mit dem passiert?«, flüstert Frank.
»Keine Ahnung. Als hätte er sich mit Mückmann gestritten.«
So schnell, wie er gekommen ist, taucht der Irre wieder in den Wald ein. Nur das leiser werdende Knacken verrät seine Anwesenheit.
»Komm mit«, sagt Waldi, öffnet das Fenster, springt raus und packt Mückmann an den Fußknöcheln. »Pack an.«
Frank kommt zögerlich aus der Hütte gekrochen und schnappt sich die Arme des Doktors.
»Runter zum See.«
»Was hast du vor?«
»Wir wickeln ihn in das Poster. Dann glaubt die Polizei, es war Gaukler.«
Der Tote wird auf den Schottersteinen abgelegt. Waldi fischt nach der Banderole, die wenige Meter vorm Ufer treibt und von einem Ast am Wegschwimmen gehindert wird. Zu zweit rollen

sie Mückmann ins Leinen und ziehen die gefüllte Rolle in den Grünen See.

»Da sieht man ihn doch sofort.«

»Na und? Glaubt sowieso, dass es Gaukler war. Den Arsch sind wir dann los.«

»Aber der Stofffetzen wird sich von ihm lösen.«

»Nicht, wenn wir das Poster beschweren.« Waldi zeigt zu den unzähligen Bleigewichten, die am Boden in Ufernähe herumliegen. Noch bevor die Praktikanten nach einem greifen können, taucht auf der anderen Uferseite ein Hund auf. Frank und Waldi verschanzen sich hinter Gebüsch. Eine Frau folgt dem Hund.

»Das ist die Fesche, die in der Hütte wohnt.«

»Mist! Das Fenster ist noch offen.«

»Sie darf uns nicht sehen.«

»Lass uns abhauen.«

»Wir müssen die Leiche sichern, sonst treibt sie in fünf Minuten an der Wasseroberfläche.«

Die Jungs beobachten Hund und Frauchen. Sie wirft ein Stöckchen und der Vierbeiner jagt bellend über den Schotter. Dann verschwinden Frauchen und Hund im Wald.

»Wir setzen den Doktor auf die versunkene Bank«, schlägt Frank plötzlich vor.

»Was? Warum?«

»Das sind wir ihm schuldig. Er schätzte diesen See. Soll er ihn sich ein letztes Mal von der schönsten Stelle aus ansehen.«

»Du hast zu viel *Atomic* gehört«, sagt Waldemar und schleudert Mückmanns Handy in den eiskalten See.

118. Inspektor Pöls – Geglättete Wogen

Jetzt ist es Pöls, der es sich im Ruderboot bequem macht. Mit dem Rücken ans Heck gelehnt, betrachtet er die Praktikanten, die ihn stumm anstarren, bis Frank seinen Kumpel stößt. »Ich habe dir doch gesagt, wir sollen die Tatwaffe verschwinden lassen.«

»Wir haben es probiert, aber was hilft's, wenn sich diese Scheiß-Balken von außen nicht öffnen lassen.«

»Ihr ward das also vor meiner Hütte«, lächelt Pöls, während die Jungs die Ruder rhythmisch ins Wasser tauchen.

Azra hat es sich neben Pöls bequem gemacht. Der hat nach den Anstrengungen und ohne Sehhilfe zwar einen verwaschenen Blick, Bobo erkennt er aber blind. Der Leibnitzer Kollege wandert am Ufer entlang und erwartet die Ankunft des Ruderbootes. Fast romantisch. Durch die Bäume hindurch kann Pöls schemenhaft seine Holzhütte erkennen, in der alles begonnen hat.

Epilog

»Traust dich?« Bobo grinst Pöls an.

»Was?«

»Traust dich nie!« Bobo geht in die Hocke. Sein Spiegelbild im Wasser. Schlierenfrei sein schelmisches Gesicht in Türkis.

»Trinken, oder was?«, fragt Pöls und setzt sich auf den Hosenboden, weil er aus einer Hocke nie im Leben wieder hochkommen würde. Der unmenschliche Muskelkater in seinen Knochen ist noch nicht verflogen.

»Gleichzeitig oder hintereinander?«

»Kannst dir aussuchen.«

»Gleichzeitig!«

Bobo formt mit beiden Händen eine Trinkschale. Pöls taucht nur mit einer Hand unter.

»Mach schon.« Wie eine Baggerschaufel setzen sich Bobos Hände unter Wasser.

Die Männer blicken sich in die Augen.

»Auf drei, ok? Eins, zwei …«

Bobo führt die Hände an sein Gesicht heran.

»Drei!«

Der Leibnitzer Kollege trinkt hastig, schielt zu Pöls, dem das Wasser zwischen den gespreizten Fingern entgleitet.

»Sei nicht feig, Pöls.«

Da spritzt ihm Pöls den letzten Rest ins Gesicht, schnappt sich seinen Flachmann und nuckelt daran.

»Ich bin ja nicht deppert.«

»Es hat Trinkwasserqualität, Pöls.«

»Ja, eben, ich bin ja nicht deppert. Ich brauche Hochprozentiges.«

Bobo streckt die Beine durch und blickt auf den sitzenden Pöls herab.

»Bleibst noch ein paar Tage?«

»Mal schauen. Jetzt hätte ich Zeit zum Wandern.«

»Der Chef hat gemeint, wenn du dir endlich Kontaktlinsen checkst, könnte er dich demnächst wieder in den Dienst aufnehmen. Die Anzeige gegen dich wurde fallen gelassen.«

»Das würde dem so passen. Da fallen mir ganz andere Dinge ein, die ich tun kann.«

»Zum Beispiel dein Slackline-Handicap verbessern?« Bobo boxt seinem Lehrmeister freundschaftlich an die Schulter.

»Ich würde mich auf jeden Fall freuen, wenn ich dein Gesicht bald wieder in Graz sehen könnte.«

»Dann ist's aber vorbei mit deinem BMW, denn dann müssen's sparen, damit sie sich mich leisten können.«

Der Inspektor spürt die Blicke seines Kollegen.

»Pöls, wo ist eigentlich dein Hund?«

»Mein Hund?«

»Wegen dem du es in Graz nie schaffst, mit uns auf ein Feierabendbier zu gehen.«

»Ach der! Der ist bei einer guten Freundin, die auf ihn aufpasst, solange ich wandern bin.«

Der Inspektor meidet bewusst den Blickkontakt – gleich so viele Lügen auf einen Haufen.

»Neben deiner Physiotherapeutin gibt's noch andere Menschen, die du als gute Freunde bezeichnest? Pöls, du überrascht mich von Mal zu Mal.«

Über die Spiegelung im See beobachtet Pöls, wie sein Kollege Richtung Gasthaus entschwindet.

Ob der Wirt für den alten Inspektor eine Ausnahme macht und noch einmal ein Duo Frankfurter in den Kochtopf wirft? Allein beim Gedanken rinnt Pöls das Wasser im Mund zusammen.

Im Augenwinkel nimmt er den schwarzen Punkt am Himmel wahr, der im Spiegelbild Richtung Meßnerin segelt. Muss ein Steinadler gewesen sein. Den ganzen Weg zum Gasthaus zum Pribitzblick behält Pöls den Himmel im Blick. Er wird nie erfahren, ob er seinerzeit tatsächlich diesen majestätischen Vogel hörte, oder ob es die leiernde Fahrertür eines ausrangierten Lastwagens war.

Walter ist gnädig – der Wirt besteht sogar darauf, dass er den Inspektor auf das Mittagessen einladen darf, samt Bier vom Fass. Pöls bezahlt es ohnehin auf andere Weise. Er muss nämlich den Lärm ertragen, der aus den Lautsprecherboxen quillt.

»Die Platte haben's bei mir vergessen, Inspektor. Der Walter hat sich erlaubt, sie aufzulegen.«

»Die gehört dem Waldmensch.«

»Der hat sich nicht mehr blicken lassen, seit sie ihn freigelassen haben. Ob der tatsächlich nach Kanada oder Australien ausgewandert ist?«

Pöls zuckt mit den Schultern und beißt in sein Frankfurter Würstel.

Uh hu - Atomic!

Anmerkungen

1 Österreichischer Ausdruck für Auto
2 Schularbeit = Klausur
3 Tuscher = Knall
4 aus dem Jahre Schnee = uralt
5 schleichen = verduften
6 Kiberer = Polizeibeamter
7 schasaugert = schlecht sehen
8 hucken = setzen
9 abgeposcht = abgehauen
10 Jassing = ein Abschnitt, von dem man vom Grünen See zur Sonnschienalm geht
11 waken = einweichen/so lange im Wasser baden, bis der Körper einweicht
12 Schas = Blödsinn
13 Pippe = Wasserhahn
14 Bahö = Aufruhr
15 schurln = laufen
16 abkrageln = umbringen (erwürgen)
17 Jugo = Jugoslawien (abwertend)
18 Biaschtler = Säufer/Alkoholiker
19 gespieben = erbrochen
20 Stockerlarsch = kleiner, wohlgeformter Knackpopo
21 Hurenviech = Hure
22 fladern = stehlen
23 Pappalatur = Mund
24 Dorfmatratze = ländliche Nutte
35 Peitscherlbua = Zuhälter/Bordellbesitzer
26 Krawall = Lärm
27 damisches Madl = verwirrtes Mädchen
28 Schlurf = enger Gang
29 Patzenjob = gut dotierter Job

30 Fotzen = Ohrfeigen
31 schmettern = nicht die Wahrheit sagen
32 ein Packerl Haustetschn = eine Tracht Prügel
33 volle Wäsche = mit voller Kraft
34 Gfrasta = gemeine Menschen/ Nichtsnutze